小　说　中　的　心　事

谢有顺／著

作家出版社

谢有顺　男，1972年8月生于福建省长汀县。文学博士。一级作家。现任中山大学中文系教授、博士生导师，当代文学研究中心主任。广东省"珠江学者"特聘教授。湖北省"楚天学者"特聘教授。国务院特殊津贴专家。兼任中国小说学会副会长、广东省作家协会副主席、广东省文艺批评家协会常务副主席等。在《文学评论》《文艺研究》等刊发表学术论文三百余篇，出版有《文学如何立心》《散文的常道》等著作十几部，主持多个国家社科基金项目。曾获冯牧文学奖、庄重文文学奖、中国文联文艺评论奖等奖项。入选全国"四个一批"人才和教育部"新世纪优秀人才"。

目 录

小说的常道

一

很多人可能都同意，中国人普遍有两个情结，一是土地情结，一是历史情结。前者使中国文学产生了大量和自然、故土、行走有关的作品，后者则直接影响了中国人的人生观——在中国，历史即人生，人生即历史，甚至文学也常常被当作历史来读，这一点，钱穆先生多有论述。

事实上，中国的小说也的确贯注着传统的历史精神。比如，《三国演义》把曹操塑造成奸雄之前，史书对曹操多有正面的评价，连朱熹也自称，他的书法曾学曹操，可见，那时朱子至少还把曹操看作是一个艺术家。然而，对曹操人格判断的改变最后由一个小说家作出，并非作者无视曹操在政治、军事、文学上的成就，而是他洞明了曹操的居心——以心论人，固然出自一种文学想象，但也未尝不是一种历史精神。好的小说本是观心之作，而心史亦为历史之一种，这种内心的真实，其实是对历史真实的有益补充。

古人推崇通人，所谓通物、通史、通天地，这是大境界。小说则要通心。因为有心这个维度，它对事实、人物的描绘，更多的就遵循想象、情理的逻辑，它所呈现的生活，其实也参与对历史记忆的塑造，只不过，小说写的是活着的历史。这种历史，可能是野史、稗史，但它有细节，有温度，有血有肉，有了它的存在，历史叙事才变得如此饱满、丰盈。

中国是一个重史，同时也是一个很早就有历史感的国度。如果从《尚书》《春秋》开始算起，也就是在三千年前，中国人就有了写史的意识。这比西方要早得多，西方是几百年前才开始有比较明晰的历史意识的。但按正统的历史观念，小说家言是不可信的，小说家所创造的历史景观是一种虚构，它和重事实、物证、考据的历史观之间，有着巨大的不同。但有一个现象很有意思。比如，很多人都说，读巴尔扎克的小说，比读同一时期的历史学家的著作更能了解法国社会。恩格斯就认为，从巴尔扎克的《人间喜剧》，包括在经济细节方面（如革命的动产和不动产的重新分配）所学到的东西，要比上学时所有职业的历史学家、经济学家和统计学家那里学到的全部东西还要多。法朗士干脆称巴尔扎克是他那个时代洞察入微的"历史家"，"他比任何人都善于使我们更好地了解从旧制度向新制度的过渡"。①在认识社会、了解时代这点上，文学的意义居然超过了历史。胡适也说过类似的话。他说《水浒传》"是一部奇书，在中国文学史上占的地位比《左传》《史记》还要重大的多"。② 这当然是夸张之辞，但也由此可知，中国过去一直否认小说的地位，把小说视为小道、小技，显然是一个文学错误。假若奏折、碑铭、笔记都算文学，小说、戏曲却不算文学，以致连《红楼梦》这样的作品都不配称为文学，这种文学观肯定出了大问题。

进入二十世纪，为小说正名也就自然而然的了。

这涉及到一个对史的认识问题。中国人重史，其实也就是重人

---

① 转引自 [法] 巴尔扎克：《高老头·前言》，张冠尧译，人民文学出版社，2002年。
② 胡适：《百二十回本〈忠义水浒传〉序》，见《中国章回小说考证》，安徽教育出版社，1999年。

世。很多人迷信历史，把史家的笔墨看得无比神圣，但对历史的真实却缺乏基本的怀疑精神，所以就有了正史与野史、正说与戏说的争议。直到现在，很多人看电影、电视剧，还为哪些是正史、哪些是戏说争论不休。可是，真的存在一个可靠的正史吗？假若《戏说乾隆》是稗史，那《雍正王朝》就一定是正史吗？电视剧里写的那些人和事，他们的对话、斗争、谋略，难道不也是作家想象的产物？一个历史人物想什么、说什么，当时有谁在场？又有谁作了记录？没有。由于中国人对文字过于迷信，对圣人、史家过于盲从，许多时候把虚构也看作是信史，所以才有那么多人把《三国演义》《水浒传》都当作是历史书来读。甚至中国文人评价一部文学作品好不好，用的表述也是"春秋笔法""史记传统"之类的话——《春秋》《史记》都是历史著作，这表明，在中国文人眼中，把文学写成了历史，才算到达文学的最高境界。

把历史的真实看作是最高的真实，这种观念直接影响了中国小说的写作。中国小说一直不发达，也和束缚于这种观念大有关系。只有从这种观念中解放出来，认识到虚构这种真实的意义，小说写作才能进入一个自由王国。其实从哲学意义上说，虚构的真实有时比现实的真实更可靠。那些现实中的材料、物证，都是速朽的，经由虚构所达到的心理、精神的真实，却可以持续地影响后世。曹雪芹生活的痕迹早已经不在了，他的尸骨也已无处可寻，但他所创造的人物，以及这些人物所经历的幸福和痛苦，今日读起来还如在眼前，这就是文学的力量。

因此，在史学家写就的历史以外，还要有小说家所书写的历史——小说家笔下的真实，可以为历史补上许多细节和肌理。如果没有这些血肉，所谓的历史，可能就只剩下干巴巴的结论，只剩下时间、地点、事情，以及那些没有内心生活的人物。历史是人事，小说却是人生；只有人事没有人生的历史，就太单调了。历史关乎世运的兴衰，而小说呢，写的更多的是小民的生活史——这种生活，还多是俗世的生活。俗世生活是世界的肉身状态，它保存世界的气息，记录它变化、生长的模样。所以，以生活为旨归的小说，是对枯燥历史的有效补充。事实上，那些好的历史著作，也多采用文学的手法来增添历史叙事的魅力。包括《史记》，里面也有很多是文学笔法，有一些，明显就是小说叙事了。比如《史记·项羽本纪》里写到"霸王别姬"时项羽唱歌的情形，"歌数阕，美人和之；项王泣，数行下，左右皆泣，莫能仰视"，这是《项羽本纪》里很著名的一段。项王哭了，怎么个哭法？眼泪是"数行下"，不是一行，是好几行往下流，旁边的将士也跟着哭，哭到什么程度呢？连脸都仰不起了。画面感多强啊，但这不是历史，而是文学，是写作者对当时情景的合理想象。

　　就此而言，历史叙事和小说叙事之间，有很多共同的地方；历史的真实有时需要借助文学的真实来强化。

　　读历史著作，可以认识很多历史人物；读文学著作，也可以结识很多文学人物。但是，到底历史人物真实还是文学人物真实？这就很难说。有一些历史人物，当时很重要，但没有文学作品对他的书写，慢慢就被世人淡忘了；相反，一些并不重要的历史人物，甚至无关历史大势的人物，因为成了文学人物，一代代相传，他反而变成了重要的历史人物。比如陶渊明，一个小官，对当时的社会进程可谓毫无影响，但因为文学，他在中国人的观念中，早已是重要的历史人物了。又如伯夷、叔齐这两人，不食周粟而饿死，他们并非什么大人物，对当时的朝代兴亡也不重要，但他们的故事太具文学性了，所以，即便《史记》，也都为之作传，他们的故事，几千年后还被传颂，知道他们的人，甚至比知道周武王的人还多。

　　这可以说是人生即文学的最好诠释。

　　文学把一种历史的真实放大或再造了，即便世人知道这是文学叙事，也还是愿意把它当作信史来看。而更多的文学人物，历史上查无此人，完全出自作者的虚构，可由于他们活在文学作品里，在很多人的观念中，也就成了历史人物了。比如鲁迅笔下的祥林嫂，完全是虚拟人物，但读完《祝福》，你会觉得她比鲁迅的夫人朱安还真实。朱安是历史中实有其人的，但对多数读者而言，虚构的祥林嫂比朱安更真实。祥林嫂的悲哀和麻木，被鲁迅写得入木三分，之后我们只要在生活中遇见类似的人，自然就会想起祥林嫂，甚至会直接形容一个人"像祥林嫂似的"——此刻，祥林嫂已不再是文学人物，她也成历史人物了，她仿佛真实存在过，而且就像是我们周围所熟知的某一个人。

看《红楼梦》就更是如此了。像贾宝玉、林黛玉这样的人物，谁还会觉得他们是虚构的、不存在的人？一旦理解了他们的人生之后，你就会觉得他们在那个时代，是真实地爱过、恨过、活过和死过的人。由此可见，文学所创造的真实，已经成了我们生活中的一部分，甚至也成了我们精神中的一部分。这就是文学历史化的过程，文学不仅成了历史，而且还是活着的历史。

文学所创造的精神真实，也成了历史真实的一部分。真正的历史真实，即所谓的客观真实，它是不存在的，我们所能拥有的不过是主观的、"我"所理解的真实。真实是在变化的，也是在不断被重写的。此刻真实的，放在一个更长的时间里来看，就可能不真实了。时间一直在损毁、模糊真实。比如，今天看这张讲台桌，很真实，是木头做的，方形，摆在这里，很多人都用过，是再真实不过了，但你们想一想，三十年后，这张讲台桌会在哪里？可能它已损坏，甚至被当作柴火烧掉了，或者腐烂了。也就是说，此刻你认为的真实，三十年后可能就不真实了；此刻你认为它存在，三十年后它可能就不存在了。现实中的桌子消失了，剩下的只是我们对这张桌子的记忆。于是，记忆的真实就代替了关于这张桌子的客观真实。记忆是文学的，客观的真实是历史的，但更多的时候，文学比历史更永久。我们所追索的客观真实，许多时候，不过是一个幻象而已。

客观的真实已经趋于梦想。即便是新闻，看起来是记录客观事实，也可能是经过剪辑和加工的，哪怕真实的记录，因着角度不同，材料的选择不同，也可能会得出完全不同的结论。电视是可以剪辑的，文字也是可以加工的，因此，新闻的真实，很多也是被改造过后的真实。同样一个采访，把前面的话放在后面去说，把后面的话放到前面来，说话的语境变了，新闻的效果也就变了。你们都看过电影《阿甘正传》吧？里面的阿甘可以跟肯尼迪总统握手，一个是虚拟的人物，一个是已经消失了的历史人物，但好莱坞的电影技术却可以让他们握手，普通的人，肯定想不到这是特技，就会以为这是真的。如果此时你迷信自己的眼睛或耳朵，就会落到不知是真实还是幻觉的陷阱当中，就像我们看英格玛·伯格曼的电影，你永远都不知道他镜头里的人生，哪些是真实的，哪些是幻觉。

文学是依据自身的艺术逻辑来书写真实的，所以，文学是自由主义的，作家那些虚构和想象，不过是为了坚持个体的真理——个体的真理，是文学叙事的最高标准，也是作家认定真实的惟一依据。举一个例子。乾隆是雍正的儿子，按正史记载，是雍正和他满族的妃子所生，但像高阳、二月河这些小说家，就认为乾隆是雍正和一个宫女所生。据说雍正一次狩猎的时候，喝了鹿血，春情大发，当晚临幸了一个宫女，结果这个宫女就怀了乾隆。两种说法，到底哪个才是历史的真实呢？已无可考。每个人都可以选择自己认定的真实，真实就不再是惟一的了，而文学所敞开的，就是这种无限地接近真实的可能性。因此，文学有文学的逻辑，历史有历史的逻辑。文学的逻辑更加重视情理，即心理、精神的逻辑；比起历史所遵循的事实逻辑，精神逻辑也并非是全然不可靠的。

这令我想起对《红楼梦》的考证。很多作家都是《红楼梦》迷，但他们的观点往往和学者不同。学者多以历史材料为证据，是用考证的方法来找小说中的现实影子，而作家则更看重人物精神、性格、心理的发展，从这种情节演进的逻辑来看作者的写作用心。这是两种不同的读小说的方式。学者们普遍认为，《红楼梦》前八十回和后四十回不是同一个作者，但很多作家则坚持认为这两部分是由同一个作者所写的。据我所知，林语堂、王蒙等人，就持这种观点。林语堂、王蒙本身写小说，深知写作的奥秘——若不是同一个作者，而是由另一个人来写续书，是很难续得如此之好，也很难把前面布下的线索都收起来的。从小说的逻辑来讲，前八十回和后四十回之间，有很深的联系，一些生命的肌理、气息，包括语感，有内在的一致性，假手他人来续写，这是很难想象的。也有人提出反证，比如刘心武就说，《红楼梦》前八十回写到了很多植物，后四十回写到的植物品种要少得多，前八十回写到很多种茶，后四十回写到的茶也要少很多，等等，于是，刘心武认为，续书的人，无论是知识面还是生活积累，都赶不上前八十回的作者，他们必然是两个人。这当然只是一种推想，一个研究的角度。试想，有没有一种可能，前面八十回是作者花心血增删、修订过，而后四十回作者来不及增删、修订就去世了，所以不如前面那么丰富、精细？这种可能也是有的。

小说和历史，是两个世界，不能重合，但有时小说也起着历史教化的作用。尤其是在民间，很多人是把小说当作历史来读的，甚至认定小说所写，就是一种可以信任的真实。所以，连孙悟空、西门庆这些小说人物的故乡，前段也有不少地方政府想认领了，这当然有地方政府在旅游宣传上的苦心，只是，细究起来，似乎也和中国人对小说的态度不无关系。鲁迅先生就曾说过，"我们国民的学问，大多数却实在靠着小说，甚至于还靠着从小说编出来的戏文。"[1] 这是对中国社

---

[1] 鲁迅：《华盖集续编·马上支日记》，《鲁迅全集》，第三卷，第334页，人民文学出版社，1981年。

会的一种深切观察。小说和戏文写的历史，当然不可靠，但它却为很多民众所认同。玄奘在历史上是如何一个人，民众是不关心的，他们多半都照着《西游记》写的来认识这个人；诸葛亮的实际情形如何，民众也无心考证，他们相信《三国演义》里所写的就是历史真实；包括《鹿鼎记》里的韦小宝，他的历史知识也全部来自于说书和戏曲，他的英雄情怀、江湖义气，也都是从说书人那里听来的。《鹿鼎记》第二回里有这样一个情节，韦小宝帮茅十八脱险之后，茅十八从怀中摸出一只十两重的元宝，交给韦小宝，说道："小朋友，我走了，这只元宝给你。"金庸的描写很生动，说此时的韦小宝"见到这只大元宝，不禁咕嘟一声，吞了口馋涎"——可见他并不是不爱钱。但韦小宝听过不少侠义故事，知道英雄好汉只交朋友，不爱金钱，今日好容易有机会做回英雄好汉，说什么也要做到底，可不能脓包贪钱，于是就大声道："咱们只讲义气，不讲钱财。你送元宝给我，便是瞧我不起。你身上有伤，我送你一程。"① 这两人就这样结交上了，他们的人生也由此纠结在了一起。很显然，"只讲义气，不讲钱财"这种思想，是韦小宝听戏听来的，戏曲里的人生，早已影响了他的人生——对于韦小宝来说，小说、戏曲所写的就是历史。

二

确实，小说写的是一种特殊的历史。但凡写史，自古以来无非是记言、记事、记人这几种。《春秋》是记事，《左传》则记事也记言，司马迁的《史记》最为大家所熟知，因为它的主体是记人。有人，才有事；有人，才有言，故历史是以人为中心的。只是，如果光读史书，了解的多是人事，或者多是客观现象，比如官阶、经济、人

---

① 金庸：《鹿鼎记》（一），第41页，广州出版社，2009年。

口，地方发展，文化状况，等等，这些你都可以通过史书来了解。可是，那一时代的人是怎么生活的，尤其是生活中那些细枝末节，那些生机勃勃的日常图景，正统的史书上是不太会写的，比如那个时代的人吃什么、穿什么，婚礼如何操办，葬礼怎样举行，唱什么戏，吃什么点心，穿什么衣服，衣服的褶皱有几道，上面又分别饰着什么图样的花纹，等等，这些特殊的生活细节，你惟有在小说中才能读到。小说所保存的那个时代的肉身状态，可以为我们还原出一种日常生活；有了小说，粗疏的历史记述就有了许多有质感、有温度的细节。

历史如果缺了细节，就会显得枯燥、空洞，而文学如果缺了历史的支撑，也会显得飘忽、轻浅，没有深度。你看当代小说，很多都是写个人的那点情事，出自一种私人想象，但这些情事背后，没有个体如何在历史中艰难跋涉的痕迹，没有时代感，就显得千人一面。中国的小说传统，终归脱不了历史这一大传统，小说不和历史发生对话，它就很难获得持久的影响力。很多小说，当时影响大，过后就烟消云散了，因为时代一变，写作的语境一变，那些故事、情事就显得不合时宜了，读之也乏味了。

小说是在写一种活着的历史，这意味着它必须理解现实、对话社会、洞察人情。它要对时代有一种概括能力。鲁迅的小说何以有那么大的影响力，最重要的，就在于它那种对时代的概括力。鲁迅写的是当下的事情，是此时、此地发生的故事，从时间上说，它和作者靠得很近，这本来是最难写好的，但鲁迅为虚构的人物找寻了一个真实的历史背景——辛亥革命前后。底层民众和小知识分子的困苦、麻木与挣扎，一旦放在这个背景里，虚构就获得了一个真实的时代语境，小说也就成了历史讲述中的一部分，真实和虚构的界限弥合了，小说也因为有了历史的旁证，而变得更具力量。

这一点，金庸也做得极为高明。他写的武侠小说，纯属虚构，但他习惯把自己的侠客故事安放在一个真实的历史脉络里来展开，而且，他选择的时代背景多是乱世，多是朝代更替的年间，如宋末元初，元末明初，明末清初，这就为他的人物在江湖上行走创造了极大的空间。同时，他还善于把自己虚构的人物和真实的历史人物缝合在一起写，如郭靖与成吉思汗，张无忌与张三丰，袁承志与袁崇焕，陈家洛与乾隆，韦小宝与康熙，等等，一虚一实，亦真亦假，既有虚构，也有史实，小说和历史融为一体，最终就使读者信以为真，这其实是小说写作一个很高的境界。

好的小说家，是能把假的写成真的，如卡夫卡写人变成甲虫，明显是寓言，是假的，但你读完他的《变形记》，你会觉得那种真实触手可及。而《鹿鼎记》这样的作品，明知是虚构的，但由于作者把历史和虚构嵌合得特别严密，也使得这部武侠小说被很多人当作历史小说来读。相反，蹩脚的作家总是把真的写成假的，或者细节不合情理，或者语言的针脚不够绵密，或者精神造假，它根本无法在读者心中累积起阅读的信任感，这样的写作必然失败。

如果我们把历史理解成一种精神，一种心情，甚至一种生活的话，就能更好地理解我说的小说是活着的历史这一观点。为什么是"活着"的？因为小说所保存的日常生活中那毛茸茸的部分，是有生命力的。生命的构成，离不开这些肉感、琐细、坚韧的细节，甚至文明的传承也常常是在这些生命的细节中完成的。钱穆说中国文化的核心是"礼"，是礼就有仪式，是仪式就有细节，所以，在一些传统的婚嫁、祭祀、人情来往中，甚至在一种饮食文化中，也能感受到中国文化是如何一步步延续下来的。

小说所分享的，正是文化和历史中感性、隐蔽的部分，它存在于生命舒展的过程之中，可谓是历史的潜流，是历史这一洪流下面的泥沙和碎石——洪流是浩荡的，但洪流过后，它所留下的泥沙和碎石，才是洪流存在的真实证据。生命的痕迹，往往藏于历史这一巨大幕布的背后，小说就是要把它背后的故事说出来，把生命的痕迹从各个角落、各种细节里发掘出来，让生命构成一部属于它自己的历史。许多的时候，历史只对事实负责，却无视生命的叹息或抗议，更不会对生命的寂灭抱以同情，它把生命简化成事件和数字，安放在历史的橱柜里，这样一来，个体意义就完全消失了——而文学就是要恢复个体的意义，让每一个个体都发出声音、留下活着的痕迹。

如果触摸到这个生命层面，小说的独特价值就显现出来了。它叙述的是此时的历史，但此时所发生的故事，一旦被凝聚、被书写，它就可能是永恒的——小说所写的永恒，不在于观念和哲学，而在于日常生活。观念可以陈旧，但生活却在继续。日起日落，花开花谢，吃喝拉撒，儿女情长，这些看起来是最不起眼的俗事，但千百年来，日子都是这样过的，帝王将相，贩夫走卒，都脱不开这种日常生活的逻辑。古代和现代，昨天和今天，上演的生命故事、爱恨情仇，也大体相似，所谓"日光之下，并无新事"。历史讲的多是变道，但小说所写的其实是常道——无非是生命如何在具体的日子里展开，情感如何在一种生活里落实，它通向的往往是精神世界里最恒常不变的部分。我们今天读古代的小说，古人的诗，还会有一种亲切和共鸣，就在于我们和古人都在共享同一个生命世界。朝代可以更替，皇帝可以轮流做，但饭总是要吃的，四季是分冷暖的，人是需要爱的，身体是会死亡的——这些生命共通的部分，正是小说叙事的永恒主题。

我们读一部古代的小说，会为其人物的情感悲剧落泪，说明今天的人还在和古人共享同一种情感；我们看一幅古画，能理解画中的意境、画家的心情，就表明今日的看画者和当年的画家还在共享同一个生命世界；我们参观名人故居、历史古墓，会有很多感慨，原因也在于我们和逝去的人还在共享同一种人世。"已有的事，后必再有。已行的事，后必再行。"《传道书》里的这句话，说的就是这个意思。这种人世的常道，其实也是小说在日常叙事中所发现的真理。比如，李白带着歌妓到浙江东山看谢安墓时，心有悲感，写下了著名的

《东山吟》："携妓东土山，怅然悲谢安。我妓今朝如花月，他妓古坟荒草寒。"谢安已经葬在那里三百多年了，但李白当时的慨叹，我想谢安若还活着，也会有同感。李白说的"我妓"今日如花似月，可当年谢安活着的时候，身边也有妙龄女子吧，她们也如花似月吧，但"他妓"却"古坟荒草寒"了，青春、美丽都化作了黄土一堆，这是多么令人伤怀的事情。这种在时间面前的苍凉、悲哀之感，我想，谢安在看他之前的古墓的时候会有，李白看谢安墓时也会有，今天我们若去看谢安墓、李白墓，这种感觉同样会有。

在不同的时间，我们却共享着同一个生命世界，体验着同一种生命感悟，文学的妙处正源于此。

世界是一个大生命，个体是一个小生命，小生命寄存于大生命之中。在这个过程当中，生命不断变化，也不断积存，文学记录的就是这个动态的生命史，文心通向的也是人心。人类的生命、性情，留存得最多的地方，就在文学；阅读文学，你就能知道前人是怎么活、如何想的，因为它里面隐藏着一个幽深的生命世界——文学笔下的历史，既是生活史，也是生命史，所以钱穆说，"中国文学即一种人生哲学"[1]。文学笔下的人生是活的、动态的、还在时间长河里继续展开的，读者一旦和文学世界里这些活泼泼的生命相遇，它就共享了一种别人的人生，同时也为自己的生命找到了一个确证的理由。这种对生命的独特书写，是文学的高贵之处，也是别的任何艺术门类都不能和文学相比的地方——因为生命不可重复，生命的个体形态也全然不同，这就决定了文学写作必须一直处于创造之中，作品与作品之间，连一个细节也不能相同。人物的遭遇、情感的冲突，甚至饭菜的种类、衣服的样式，每一个细部，都不能重复，这是文学写作的原则。与之不同的是，你成了书法家之后，可以天天写"厚德载物"

---

① 钱穆：《现代中国学术论衡》，第248页，生活·读书·新知三联书店，2001年。

"淡泊明志"，这样的句子，书法家一生不知要重复写多少遍；你成了画家之后，可以不断地画兰花或画猫，所不同的，不过是构图上稍作变化而已；唱歌的，可以一生都唱那几首歌；跳舞的，每次表演都可以跳那几出；甚至电视剧制作，都有模式可以遵循。惟独文学，特别是小说，必须完全独创，不仅要不同于别人，还要不同于自己。这是小说独有的难度，也是小说独有的尊严。

按照西方的经典解释，小说是借力于想象和虚构的，但在中国，直到今日，还有很多人并不会自觉区分虚构与真实的界限，把小说当作信史来读的人也还大有人在。一些朋友听说我在福州读过书，总会问我，福州是不是有一个向阳巷，因为金庸在《笑傲江湖》所写的林平之的老宅就在这个巷子里；至今还有学者在考证大观园是在何方，因为在他们眼中，《红楼梦》就是作者的自传；而为了小说所写的虚拟的故事，打现实官司的事就更多了。

这似乎也是一种小说的国情。中国的小说起源于说书，而说书者的故事母本，多数是有历史背景的，这导致很多中国人的阅读心理，至今还不能完全领会虚构这一叙事权力，甚至在骨子里，中国人是蔑视虚构而崇尚自我讲述的。何以中国自古以来重诗歌而轻小说、戏曲？就在于诗歌里是有"我"的，它讲述的也多是"我"的感慨、胸襟、志趣、抱负，读者是能从诗歌里看出诗人的精神境界的；而说书（包括小说）这种形式，惊堂木一拍，讲的是别人的故事，是无"我"，或看不出"我"的境界高下的，它当然只能居于文学的末流。

现在，这种观念已经改过来了，更多的人已经知道，小说也可以是关乎生命的叙事，同时还是一部活着的历史——生命与历史的同构，是真正的小说之道。借由小说的书写，当下、此时可以成为历史的一部分，日常生活也能成为永恒的历史景观。你读懂了中国小说，以及中国人在小说中所寄寓的情思，其实就是理解了中国人的人生观和世界观，理解了他们观察世界的一种方式。

三

很多小说家都曾表示，自己读的书很杂，尤其是对那些方志、稗史、传奇、风俗读物感兴趣，甚至对植物学、地理学或者器物收藏着迷，从而一直保持着自己对世界的好奇。这些貌似平常的偏好后面，其实能看出小说家的态度：他们对一种生活的了解，对一次生命过程的展开，同样需要阅读、调查、研究和论证。好的小说，是有坚实的物质外壳的——有合身的材料，有细节的考据，有对生活本身的精深研究。这表明，小说也是关于生活、生命的学问，只不过，这种学问很特殊，它不是讲述知识或物质的学问，而是研究人，研究人的生活世界、生命情状。所以，小说家也是学问家，或者换一个词，是生活家——也就是生活的专家。

对自己所写的生活，有专门的研究，使自己对这种生活熟悉到一个地步，成为这种生活的专家，这是作为一个好小说家的基本条件。只是，一说到专家，很多人也许会想到教授、学者、学究，一丝不苟，迂腐刻板，不闻窗外事，但生活的专家，不该是这种面貌。沈从文先生对专家有一个解释，大意是说，专家就是有常识的人。你对事物或人群的认识，如果达到了专家的水准，衡量的标准就是看你对事物和人群的了解是否具有常识。常识就是对事物有直觉般的反应，一目了然，看到了就知道。如果你是一个瓷器专家，瓷器一到你手里，一看器型、包浆，你就要知道，它是官窑还是民窑，大约产于什么年代；如果你是一个木材专家，一看到木材，就要辨别出它是大红酸枝、小叶紫檀还是黄花梨；如果是黄花梨，又要知道是海南黄花梨还是越南黄花梨，若是海南黄花梨，又要知道是糠梨还是油梨，是东部料还是西部料，不同的产地，木材的花纹、密度、颜色都是不同的。你对瓷器、木材的直觉，就是常识。

同样的，小说家也要有对生活和生命的常识，他不仅要储备知识，还要对生活的情理、生命的逻辑有感知，能领会，他写的不仅是表层的记忆，也应有对人性的深度剖析，进而达到物质与精神的综合。

很多人常常称《红楼梦》这样的小说为百科全书式的小说，这一断语背后所隐含的意思，正是表明作者对那个时代的生活，包括风俗、人情、吃喝、玩乐、器物，甚至建筑，都是具有常识、了如指掌的。假若曹雪芹没有经历和研究过这种大户人家的生活，他是不可能写出《红楼梦》的。这令我想起脂砚斋的一个点评。在《红楼梦》第三回，林黛玉第一次进荣国府，有丫鬟来说，王夫人请林姑娘到那边坐。黛玉随老嬷嬷进了房，小说是这样写的："正房炕上横设一张炕桌，桌上磊着书籍茶具，靠东壁面西设着半旧的青缎靠背引枕。王夫人却坐在西边下首，亦是半旧的青缎靠背坐褥。见黛玉来了，便往东让。黛玉心中料定这是贾政之位。因见挨炕一溜三张椅子上，也搭着半旧的弹墨椅袱，黛玉便向椅上坐了。"一般的人读到这段可能都是不留意的，但脂砚斋却特意提及三个"旧"字，并说这"三字有神"："此处则一色旧的，可知前正室中亦非家常之用度也。可笑近之小说中，不论何处，则曰商彝周鼎、绣幕珠帘、孔雀屏、芙蓉褥等样字眼。"[1]确实，假若一个人，从未见识过大户人家的生活，他是绝对不敢把荣国府的垫子写旧的，他会以为大户人家的所有东西都是簇新的、高贵的，殊不知，皇宫里也有厕所，大户人家也有旧东西。这就好比没有进过皇宫、见过皇帝的人，想象起皇帝的长相、用度来，必定是不真实的，因为他根本没有这种常识。假若他要写作关于皇宫的小说，就得对此做调查、研究，甚至考证，写起来才不会隔，不会

---

[1] 曹雪芹、高鹗著，脂砚斋、王希廉点评：《红楼梦》（全二册），第三回，中华书局，2009年。

显得外行。

　　作家贾平凹曾经说过，他写农村生活得心应手，因为他对农村生活最熟悉。他写不来皇宫的生活。的确，一个人的青少年记忆往往是最深刻的，绝大多数作家，一生所写的题材，都和这种记忆有关。这就不难解释，像贾平凹、莫言、迟子建这样的作家，为何一直都钟情于乡村题材。但我记得，贾平凹也提到，陕西还有另外一个作家，叶广芩，她就能写好皇宫或大户人家的生活，她对这种生活，即便没有见识过，至少也听闻过。据说叶广芩是慈禧太后的侄孙女，清朝最后一位皇太后隆裕太后的亲侄女，这个家族背景，当然会影响叶广芩的写作，她的成长记忆，也必然会和这些或多或少联系在一起。

　　因此，小说一方面是来源于虚构，另一方面也离不开作家对生活的观察、研究。通过钻研人类的生命世界，进而写出这一生命世界的丰富性和复杂性，这未尝不是一种做学问的方式。传统的学问，探究的多是知识的谱系、历史的沿革，而小说作为生命的学问，目的却是解析人心世界的微妙和波澜。福克纳说，没有冲突就没有小说，米兰·昆德拉也说，小说的精神即复杂性，如何写出这种冲突和复杂，是大有学问在里面的。小说和诗歌不同，诗歌可以抒情，"在天愿作比翼鸟，在地愿为连理枝"，这可以是很好的诗歌，但这种题材要写成小说，就很难。鲁迅曾想把唐明皇和杨贵妃的故事写成小说，最终没写，也许正是他发现了小说与诗歌是不同的。心心相印这种感情，只能写散文或诗歌，小说的构成是要有错位、冲突，故事才会丰富、好看。贾宝玉和林黛玉之间，如果没有冲突，不使小脾气，不闹别扭，没有误会，一见面就你情我爱，那就成了抒情散文，或者情诗，就不是小说了。小说讲冲突，讲丰富性和复杂性。如何认识这种复杂性与丰富性，这就是学问，一种生命的学问。

　　那么，生命的复杂性表现在哪几个方面呢？我用三个词来概括：变化、积存、落实。

生命首先是一个变化的过程。这种变化，遵循它自身的规律。我们常说，小说的叙事，要符合情节和性格的逻辑，这就表明，生命的展开有自己的轨迹，人物性格的发展也有它的线索可循，作家并没有自由可以天马行空、肆意安排的。好的作家，都知道约束自己，知道如何贴着人物写，并跟着人物的命运走，这种写作的限制，是不可以轻易突破的。一部小说成功与否，一是要看作家有没写出生命丰富的变化，二是在变化这一动态的过程之中，作家是否为每一次的变化提供了足够充分的证据。生命的变化，说出生命具有无穷的可能性，它往哪个方向发展，人物的命运最终会走向哪里，这需要作家提供合理的逻辑，而且这个逻辑要能说服读者。

逻辑即说服。说服力越强，小说的真实感就越强，人物就越能立得起来。不少作家藐视这一点，让他笔下的人物随意发生性格或命运的巨变，却不提供充足的理由；他说服不了读者，也就无法让人相信他所写的是真的。秘鲁作家略萨说，小说的说服力是要"缩短小说和现实之间的距离，在抹去二者界线的同时，努力让读者体验那些谎言，仿佛那些谎言就是永恒的真理，那些幻想就是对现实最坚实、可靠的描写"。[①] 具有强大的写作说服力，谎言才不再是谎言，虚构才不会是任意的编造。

何以很多小说都选择成长作为主题？其实它要写的，正是一种生命的变化。成长就是生命不断地在变化，不断地从一种境遇走向另一种境遇。在这个过程当中，生命在扩展、成熟，也在不断地自我修正、自我调整。可能性越多，生命就越丰富。

我举大家所熟悉的金庸小说为例。金庸的武侠小说，虽被定义为通俗读物，但他写得并不粗疏，尤其是在人物塑造的过程中，主人公

---

① ［秘鲁］马里奥·巴尔加斯·略萨：《给青年小说家的信》，第30页，赵德明译，上海译文出版社，2004年。

性格变化的轨迹，金庸安排得很严密、曲折。譬如杨过，前后就有很大的变化。他本是一个流浪小儿，经历过各种挫折和苦难，内心世界自然也充满矛盾、激荡。他一直想杀了郭靖，以报父仇——他认定自己的父亲之死与郭靖、黄蓉有关，并想用郭靖的人头来换那枚救命丹药。他几次都有下手的机会，却一直犹豫，尤其是郭靖在万军之中登城墙那次，杨过要杀他很容易，结果不但没杀，反而出手救了他。杨过一生不怕别人的威吓，却受不了别人的好。他感念孙婆婆、欧阳锋、郭靖对他的好，尤其为郭靖身上的凛然正气、家国情怀所感动，最终忘记个人恩仇，臣服于家国之义。到小说的最后，杨过打死蒙古皇帝，万民向他欢呼之时，他心里想，若不是当年有郭伯伯的教诲，自己绝不会有今天，这是很真实的心理自白。这个变化的过程，可谓一波三折、惊心动魄，但金庸为杨过内心每一次的变化，提供了合理的心理依据。小龙女对杨过的评价是："世上最好的好人，甘愿自己死了，也不肯伤害仇人。"确实，因着他父亲杨康的缘故，很多人对杨过有先入之见，总以为他的心地不好，至少黄蓉是这样认为的。事实上，细究起来，杨过固然有倔强、油滑、不守礼法的一面，但他一生其实没干什么坏事，相反，他还一次次地舍命救人。他每一次矛盾的背后，其实都藏着很微妙的心事，如何写出这种微妙，正是检验小说家能力的重要标准。

　　因此，即便对金庸小说不作整体性的价值判断，光在塑造人物这点上，我以为他也是比很多小说家高明的。譬如黄蓉，很多人都注意到了，从《射雕英雄传》到《神雕侠侣》，她的性格，前后似乎是断裂的。《射雕英雄传》里那个聪明、可爱的形象，到《神雕侠侣》就荡然无存了。尤其是黄蓉对杨过的冷漠、猜疑，一直持续到了最后，甚至她看自己的女儿郭襄神不守舍，也怀疑是杨过对她干了什么坏事。黄蓉这个形象一度变得可厌。很多人觉得《神雕侠侣》里黄蓉的塑造是失败的，可此时的黄蓉已是中年，她从少年的聪明、可爱，变成中年的世故、多疑，从内在逻辑上说，却有其性格上的合理性——太聪明的人，往往容易把人往坏处想，也容易猜疑，难以信任人，因为她认为自己能洞穿一切。这就好比一个受过太多苦难和挫折的人，往往有一颗软弱的心。杨过就是这样的人。即便他不喜欢黄蓉，但也受不了黄蓉偶尔流露出来的对他的好。在那次英雄大会上，黄蓉曾对杨过有一次推心置腹的长谈，杨过被感动了，当下就对黄蓉说，郭伯母，其实我有很多事情都瞒着你，我今天都给你说了。但黄蓉那时有孕在身，没精力听他说。这就是杨过的软弱，很动人。这点很像张无忌。张无忌小的时候，也经受了很多苦，所以也受不了别人对他好，甚至像朱长龄、朱九真对他的好，明显是假的，他也不易识破，因为他软弱的内心需要这些。后来，周芷若对他好，他就更没防范能力了，几乎整个人都受制于周芷若了。张无忌的命运和遭际，也可谓是这种性格逻辑在其中起作用。

　　一个人有一个人的性格，一种性格又有一种逻辑在里面。再专断的作家，也不能随意设计情节，更不能忽视细节和场面中潜藏的情理。郭靖和黄蓉的性格是不同的，他们的思想、言谈也就不同；杨过和小龙女的性格也是不同的，他们的志趣、处世也就不同。小龙女一直生活在古墓里面，之前没有进入过俗世，自然也就不必理会俗世的眼光，所以她公开说，自己要做杨过的妻子。当黄蓉告诉她，师徒结婚违反礼法，别人会因此瞧你不起时，她马上反问："别人瞧我不起，那打什么紧？"这话说得惊世骇俗，但小龙女与世隔绝，不通人情世故，说得很自然，她根本不在乎别人的看法，或者也没觉得别人的看法多么重要，她的心只专注于自己所爱的人。这是合乎情理的。可是，当她知道自己被尹志平侮辱的真相后，内心的痛苦，也是旁人无法想象的。她觉得自己已不清白，再不能像以前那样爱杨过了。这真是一件无比悲惨的事情。但她没有处世经验，即便知道坏人是尹志平，她也不知道该怎么办，只能茫然地一路跟着尹志平。后来，小龙女力战金轮法王，临危之际，尹志平用自己背脊替她硬挡下法王的金轮，她见尹志平为了救自己，受了致命重伤，"一刹那间，满腔憎恨之心尽化成了怜悯之意"，柔声道："你何苦如此？"这是第一次的变化。尹志平命在垂危，忽然听到这"你何苦如此"五字，不禁大喜若狂，说道："龙姑娘，我实……实在对你不起，罪不容诛，你……你原谅了我么？"小龙女一怔，想起在襄阳郭府中听到他和赵志敬的说话，以为杨过嘴上说要和郭芙成亲，原因就在于他已知道自己受辱于尹志平的真相，"这时猛地给尹志平一言提醒，心中的怜悯立时转为憎恨，愤怒之情却比先前又增了几分，一咬牙，右手长剑随即往他胸口刺落。只是她生平未杀过人，虽然满腔悲愤，这一剑刺到他胸口，竟然刺不下去。"这是第二次的变化。到后来，杨过出现，小龙女对杨过说："他舍命救我，你也别再为难他。总之，是我命苦。"这是第三次的变化。① 从茫然、憎恨、怜悯，再到憎恨、愤怒、悲苦，这个过程，情绪变化既细腻、微妙，又合情合理，和小龙女的性格、遭遇结合得丝丝入扣。这种对生命变化的精微描绘，使小说对人心的勘探，变得生动而丰盈，它如同一次学术论证，证据绵密，逻辑谨严，生命的存在，就由此变得无可辩驳。

除了变化，生命还是一个积存的过程。有变化，也有沉淀、积存，有不变的一面。生命的积存，包含着记忆、经验、环境等等对他的影响——他并非天生就是这样的人，而是一步步成长为这样的人的。写出这种生命积存对一个人的影响，就能把生命的抉择、境况解析得更合逻辑。变化是动态的一面，积存是相对静态的，是一种累加，小说就是要写出这两者交织在一起的丰富景象。很多作家只写生命的当下状态，而忽略了每一个生命背后都拖着一条长长的影子，每

---

① 参见金庸：《神雕侠侣》，第二十六回，第二十七回，生活·读书·新知三联书店，1999年。

一个生命本身都是一部小历史，人物塑造就会显得单薄；不明了生命是怎么走过来的，也就很难写好生命该往哪里去。

四

生命不仅是一种此在，它也是曾在和将在。此在、曾在、将在，三者的统一，才是完整的生命。

此在是曾在的积存，将在又是此在的积存。一边变化，一边积存，这就构成了生命的复杂面貌。譬如郭靖，木讷厚道，性格中有单纯透彻的一面，但他身上，同样有家族、环境、师友对他的影响。他是郭啸天的遗腹子，他的父亲虽然没有机会对他言传身教，但父亲的精神还是积存在了他的身上：一是通过他的母亲李萍，一是通过他的师父江南七怪，他们不断地给他讲述父亲的故事，父亲那种民族气节、英雄道义，就成了他生命中的积存。江南七怪彼此之间的情义，也是一种积存，影响了郭靖重诺、重义的性格。还有，蒙古大漠这种生长环境，对郭靖也是一种生命的记忆，他的豪爽、豁达、广交朋友，作为一种积存，即便回到了江南，也未有丝毫改变。他第一次见黄蓉，就把成吉思汗赠他的四个金元宝，分了两个给黄蓉；他见黄蓉冷了，就把自己的貂皮大衣脱下来给她披上；黄蓉故意试探他，向他要汗血宝马，他也爽快地答应，他看重朋友过于一切名贵的物质——这些，可谓都是他在蒙古生活的积存。假如郭靖从小生活在秀丽的江南，就未必能够如此大方。大漠的成长背景不仅影响郭靖的性格，也影响他的体格、武功。桃花岛选婿那次，他们站在树上比武，郭靖比欧阳克后面落地，就在于他摔下来要着地那一瞬间，用蒙古的摔跤术，倒勾了欧阳克一脚——在不经意间，这些成长的积存就会表现出来。这就好比韦小宝，他成长于妓院，妓院的习气、语言、思维，就自然积存在了他身上。他初进皇宫，看这好大一个院子，想到的是比扬州最大的妓院还大；他发了财，想到的也是回扬州去开妓院；他骂人，是把人比喻为婊子；他脸皮厚，也和妓院的生长环境有关。他能够在皇宫里如鱼得水，实在是得益于他在妓院的见识——就阿谀奉承、尔虞我诈这点而言，皇宫和妓院确实有着惊人的一致。

因此，作家在处理人物的遭际、命运时，并不是兴之所至的，他要顾及人物的记忆和积存；生命的细节之间，往往有着千丝万缕的联系。一个人会如何做事，会说什么话，是由这个人的经历、性格所决定的，作家不能任意把自己的意思强加给人物。人物在小说中，发展到一定的时候，是会自己走路的；好的小说，就是要让人物直接站出来说话，并让小说中写到的细节都勾连、编织在一起——作家写什么，不写什么，要遵循艺术的逻辑，正如契诃夫所说，你开头若是写到了一把枪，后面就得让它打响，要不这把枪就没必要挂在那里。这令我想起《鹿鼎记》里，抄鳌拜的家时，韦小宝得了两件宝贝，一是防身背心，二是名贵宝剑，这两样东西，在后面的情节中多次出现，并一次次帮韦小宝死里逃生。这是很小的一个例子，但金庸处理得也不马虎。事实上，无论韦小宝说话、行事、习武，金庸都在叙事中呼应着韦小宝生命中的积存，郭靖、杨过、张无忌等人的塑造，也是如此。

这其实就是小说的针脚。针脚下得越绵密，生命就越立体、饱满，人物就越令人印象深刻。

不可否认，二十世纪以来，能让读者记住小说主人公名字的作家，以鲁迅和金庸为最。尤其是金庸的人物名，很多读者一口气就能说出几十个，这是任何一个中国现当代作家无法与之相比的。他的小说深入人心，他所创造的语言与人物形象，也都进入了读者的日常生活。小说的语言，能够成为公众日常语言的一部分，它就接近于经典了。我们经常形容一个人像猪八戒，或者像祥林嫂，但不必专门解释猪八戒和祥林嫂分别出自哪部小说，一般的人，都知道它指的是什么意思，这就是经典的魅力。当代作家中，惟有金庸所创造的人物，能被人在日常生活中大量使用。说一个人像韦小宝或岳不群，说某人与某人"华山论剑"，一般的人，也都知道它指的是什么意思。我们还经常在报纸上看到记者直接用金庸的人物名做标题，根本无须多加解释，比如，乔布斯要辞职了，报纸用的标题是"乔帮主，别走啊"；有个魔术师表演在泰晤士河上行走，第二天报纸的标题是"魔术师泰晤士河上凌波微步"；杭州有人能在绳子上睡觉，报纸就说"杭州街头惊现'小龙女'"……没有编辑觉得需要向读者解释，"乔帮主""小龙女"是谁，也没有记者会担心"凌波微步"被人误读，这就是金庸的大众性。他的小说语言，早已渗透到了我们的日常生活之中。

甚至，在金庸的小说中，即便是次要人物，那些着墨不多的人物，也常常令人难以忘怀。比如《天龙八部》里的南海鳄神，憨直，可笑，栩栩如生，又比如阿碧，远没有阿朱重要，是小说中可有可无的一个角色，但到小说的最后，阿碧再一次出现，特别是她在慕容复的疯话中边掉眼泪边给孩子们发糖果的画面，一下就把她的痴心和伤感呈现在了我们面前。用很少的语言，或寥寥几个细节，有时就能把一个人立起来，这不是一般作家都有的能力。金庸经常把虚构与历史，主要人物与次要人物镶嵌得严丝合缝，除了他长于对话和细节的雕刻，也得力于他对生命世界的把握中，很好地平衡了变化与积存之间的关系。

有了变化和积存，生命还需要落实。所谓落实，就是要有归宿，要找寻到活着的方向和意义。如何才能获得内心的安宁？如何才能活出意义来？再喧嚣或麻木的心灵，也总会有那么一些时刻，是在追问和沉思这些问题的。有人说，连中国很多单位的门卫，都成哲学家了，一开口就问来访者：你是谁？你从哪里来？你到哪里去？——这种人类生存的根本之问，某种意义上说，每个人都需面对。应答者的声音也许永远不会出现，但生命渴望落实、渴望找到栖居地的愿望也不会消失。就像那些侠客，浪迹江湖，快意恩仇，但总有一天，都会像萧峰对阿朱所说的那样，渴望过上远离江湖，到雁门关外打猎放牧的生活，这是生命深处的吁求，也是人类无法释怀的一种梦想。

金庸的小说，也为生命的落实提供了自己的角度：归隐。退出江湖，到一个小岛，或无名之地，过上超然、有爱的生活，这几乎成了金庸笔下的主人公共同向往的归宿。他们也曾愤然于世间，也曾置生死于不顾，也曾伤心和痛苦，最终，几乎都选择了归隐。陈家洛归隐于回疆；袁承志归隐于海外；杨过、小龙女归隐于古墓；郭襄归隐于峨眉；张无忌归隐于为赵敏画眉；令狐冲、任盈盈归隐于江湖上的无名之地；就连混世魔王韦小宝，最终也带着老婆孩子归隐于江南一带。真正死于江湖或战场的，只有郭靖、萧峰等很少的几个。金庸曾说："'人在江湖，身不由己'，要退隐也不是容易的事。刘正风追求艺术上的自由，重视莫逆于心的友谊，想金盆洗手；梅庄四友盼望在孤山隐姓埋名，享受琴棋书画的乐趣；他们都无法做到，卒以身殉，因为权力斗争不容许。对于郭靖那样舍身赴难，知其不可而为之的大侠，在道德上当有更大的肯定。"[①]确实，郭靖这种为国为民、侠之大者的精神，体现出的是典型的儒家价值观，这在金庸早期的小说中，是一种主流思想，陈家洛、袁承志和郭靖，都可称之为儒家侠。但金庸越往后写，就越倾向道家思想，道家侠的形象越来越多，如杨过、令狐冲、张无忌，都追求自由的心性和个人价值的抒发，看重个体的感情实现，也愿意为自己所爱的人付出。相比之下，感时忧国的精神就在他们的生命中，慢慢退到幕后了。

很多作家，早期尖锐，后来转向庄禅思想，其实都是这种人生哲学在起作用，像余华从《现实一种》到《活着》的转变，体现的正是这种思想路径。刘小枫把中国人和西方人的这种精神差异，概括为

---

① 金庸：《笑傲江湖·后记》，生活·读书·新知三联书店，1999年。

"拯救与逍遥"。西方有旷野呼告的精神，有约伯式的来自内心深渊的懊悔，他们拒绝与现实和解，假若没有拯救者降临，就会走向分裂或死亡。中国文化则为无法突围的生存困境，准备了遗忘或逍遥的精神逃路。

许多中国人，他们一边张扬儒家价值，一边却践行着道家思想，儒家可能是主体，但道家、佛家的思想也深深影响着中国人的人生，所谓得意的时候是儒家，失意的时候是道家，绝望的时候又成了佛家。这样的人生是立体的，有弹性的，不在一棵树上吊死，也不会一条道走到黑。有人戏言，中国文学不深刻，是因为中国作家自杀的少。中国人有自己的精神消解机制，很少走绝路，原因就在于他的人生思想是儒、道、释三位一体的，他对生活有着很强的适应力，同时也相对缺少了向存在深渊进发的勇气。年轻的时候，都想有所作为，干一番事业，是典型的儒家。到一定年龄，假若事业受挫、身体衰朽，多数的中国人又都成了道家，推崇不争，向往怡然、冲淡的人生境界，于是，开始养花、钓鱼、刻章、练字、画画、旅行，颐养性情，淡泊名利，背后未尝不是藏着对社会不同程度的厌倦和失望。假若精神危机加剧，无路可走，中国人还可选择出家，望断俗世，看空一切，使自己成为一个寂然无欲之人。

中国人的人生认识并不单一，而是复杂、多变，表面是儒家，骨子里却很可能是道家，甚至法家。金庸的小说写出了这种复杂性，他笔下那些侠客，构成了中国人生命中的不同侧面，而归隐这一主题的凸显，又为这种生命的落实，提供了一条出路。归隐未必是现实的，却暗含着中国人内心那种隐秘的梦想。冲突消解了，痛苦释怀了，一切名利争竞也都放下了，最终为自己的内心找到了一个可以安静下来的栖居地方，这种落实感，正是文学所创造出来的生命趋于完满的幻境。

小说表达的是生命的哲学，它和现实中的人类，共享着同一个生命世界。如何把这个世界里那些精微的感受、变化解析出来，并使之成为壮观的生命景象，这是小说的使命。生命是变化、积存、落实的过程，它作为一种具体的存在，展开得越丰富、合理，这个生命世界就越具说服力、感染力。生命不是抽象的线条、结论，不是一个粗疏的流程，它的欣喜与叹息，成长与受挫，变化与积存，共同构成了生命的形状，写作既是对这一生命情状的观察、确认，也是对它的研究、描述、塑造；它以一种人性钻探另一种人性，以一个生命抚慰另一个生命，进而实现作家与人物之间的深度对话。

因此，小说既是语言的奇观，也是生命的学问。

五

说小说是生命的学问，表明它对生命有一套自己的勘探和论证路径，但它也遵循学问的一般法则。

什么是学问？清代有一个著名学者，叫戴震，他在乾隆年代，把学问分为义理、考证、辞章三门。同时期的文学家姚鼐也持这一观点。在当时，这是对宋学的纠偏，宋学重义理，清代学者所讲的汉学则倾向于考据，而戴、姚二位，则强调义理、考证、辞章三方面的统一，这就好比大学的文、史、哲三个专业，应有内在的联系。但戴震认为，学问有本末，文章之道当有更高的一面，他把这称之为"大本"，不触及"大本"，学问就仍属"艺"之一端，而未闻"道"。"夫以艺为末，以道为本，诸君子不愿据其末，毕力以求据为本，本既得矣，然后曰'是道也，非艺也'……求其本，更有所谓大本。"[①] 也有同时代人评价戴震此论，"通篇义理，可以无作"，不仅章学诚，甚至连钱大昕、朱筠等人，都认为戴震作《原善》诸篇，"群惜其有

---

① 戴震：《与方希原书》，见《戴震文集》，中华书局，1974年。

用精神耗于无用之地"，意思就是反对戴震过分强调义理这种空虚无用之说。

但我觉得，学问若失了义理，不讲大道，也可能会把学问引向干枯和死寂。王阳明形容这种无根本的学问，"如无根之树，移栽水边，虽暂时鲜好，终久要憔悴。"① 很多人都感叹过，现在的研究制度，培养了一大批的硕士、博士，论文之多，前所未有，但真正有学问、有见地的，又有几何？都在讲规范，讲选题，惟独不讲学术的义理、心得，都在讲专门之学，而不讲生命之学，学问的现状，终究是晦暗、残缺的。以前的理学家把学问分为"德性之知"和"闻见之知"，虽然不能说"闻见之知"就不重要——王船山就认为，"人于所未见未闻者不能生其心"，但"德性之知"肯定更为重要。在中国的学术传统中，"尊德性"本是首要的议题，不强调"德性之知"，就无从接续和应用中国自身的学术资源。因此，我认同戴震所说的"德性资于学问"，这是一条重要的学术路径，至少，它更切近我对学问的理解。

借用义理、考证、辞章这三分法，或能更清晰地理解小说的写作之道。后来的曾国藩，又在这三者以外，加了另外一门，叫经济。所谓经济，是指学问要成为实学，要有经国济世之用，不能光是空谈。《红楼梦》里，史湘云曾嘲讽贾宝玉是懂"经济"的人，亦取此意。小说作为一门学问，面对的研究本体是生命本身，它是对生命的解析，也是对生命的考证。既然是学问，自然就有义理、考证、辞章这三方面的讲究。

首先是义理。小说的义理，我想就是人生之道。它不仅是写人生的事实，也讲人生的道义。文学所写的生死，该是道义之生、道义之死。没有经过省察的人生不值得过，没有道义成分的人生，我想也不值得小说家去写。一个人出车祸死了，可以写成新闻，却并不适合写

---

① 王阳明：《传习录卷下》，黄修易录，第131页，台北黎明文化事业公司，1986年。

小说——这种死亡的背后，可供挖掘的道义成因太少；但一个人车祸死了，他的妻子因伤心也随之自杀，这就可以写成小说了。

情义即道义。因此，小说所呈现的，永远不是单纯的社会事件，它的背后，应该有价值的错位，有道义的冲突。自然之死是没什么可写的，一个老人老死于家中，一个人在江边散步失足落水而死，这就是自然之死，很平淡。道义之死就不同了。譬如林黛玉的死，是"泪尽而亡"，她为追求一种心心相印的感情流泪至死，这种死是有重量的，这个重量即为道义。《红楼梦》有一次写宝玉来见黛玉，黛玉说，最近好像眼泪少了。这是一句奇怪的话。眼泪少了，表明黛玉已经伤心到了极处，走到绝境了。泪尽而亡，是殉情，是肉体之死，更是精神之死。确实，真正的悲伤，不一定是泪如泉涌，也可能是欲哭无泪。《水浒传》写潘金莲毒死武大郎后，在那里哭，"看官听说：原来但凡世上妇人，哭有三样：有泪有声谓之哭，有泪无声谓之泣，无泪有声谓之号。当下那妇人干号了半夜。"这是潘金莲的哭，假伤心。《史记·项羽本纪》写"项王泣，数行下，左右皆泣，莫能仰视"，这是项羽的哭，他是英雄，不可能嚎啕大哭，那样太失尊严，他只能泣泪无声。无声的，有时更为有力。贾平凹在一篇文章里写，"听灵堂上的哭声就可辨清谁是媳妇谁是女儿"，这种观察，包含着中国社会一种很深切的人情：媳妇常常是必须哭出声的，不哭就不足以证明她的伤心；女儿却未必要哭出声来，她可以抽泣，可以默默流泪，甚至可以没有眼泪，但没有人会怀疑女儿失去母亲之后的伤痛。确实，不同的人，会有不同的哭法。《射雕英雄传》中，金庸写郭靖在桃花岛看到自己五个师傅死于非命时，极度悲痛，但他哭不出来；《笑傲江湖》写令狐冲看到小师妹岳灵珊死了，也是"想要放声大哭，却又哭不出来"，这样处理，符合郭靖、令狐冲两人的性格，符合他们对师傅和师妹的感情，哭不出来的伤痛，其实更深。《射雕英雄传》写黄药师在船上听说自己的女儿已命丧大海时，他也哭，只

28

是他在哭之前，是先"哈哈大笑"，"仰天狂笑"，然后才"放声大哭"，"哭了一阵，又举起玉箫击打船舷，唱了起来"，他唱的是曹子建的诗："天长地久，人生几时？先后无觉，从尔有期。"[①] 黄药师有晋人遗风，纵情率性，歌哭无常，他伤心之时，又笑又哭又唱，这完全符合他的生命风貌。

可见，作家不仅是写哭，更要写哭的义理。只是，小说的义理，往往不是由作家直接说出来的，而是通过一个形象的塑造、一种生活的描绘来呈现。义理藏得越深，小说就可能越成功。

钱穆先生说："世俗即道义，道义即世俗，这是中国文化的最特殊处。"[②] 确实，中国文化的传承，常常是通过圣人故事、世俗生活来完成的。圣人内在的德性，世俗中的人情与义气，就这样一代一代地通过生活传了下去。鲁迅说《红楼梦》是清代人情小说的顶峰，是指《红楼梦》写了人情之美，这个人情在哪里？它就在世俗生活中。人情之美，也即日常生活之美。日常生活所蕴含的人情、义气、忠诚、牺牲，这些都是中国人特别看重的人生道义。

人生之道往往藏在世俗之中。何以中国的文明一直没有中断？何以蒙古人、满族人统治了中国，汉文明也还一直存续？就因为统治者可以改变朝代、制度，但一直无法改变中国人的生活。你可以统治我们，但你不能让我像你一样生活，我日常的饮食、起居、礼节、人情来往，依然遵循着以前的传统。这就是生活的力量，它有时比一切可见的事物都要强大。我在意大利看过古罗马的斗兽场，确实太令人震撼了，我在俄罗斯也看过他们的冬宫和夏宫——比起它的恢弘和华丽来，中国的故宫就像是一个土堆；就物质遗迹而言，中国远没有一些国家流传下来的丰富，但中国文化依然如此灿烂，最重要的一点，就

---

① 金庸：《射雕英雄传》（三），第708—709页，生活·读书·新知三联书店，1999年。
② 钱穆：《中国史学发微》，第88页，生活·读书·新知三联书店，2009年。

是中国文化主要是通过生活来保存和流传的。儒、道、释的典籍，很多中国人都没有读过，但这不影响有些中国人生来就是儒家，或者道家，他的血液里流着中国文化的因子。物质的遗迹，可以摧毁，但只要典籍还在，只要圣人的故事还在流传，只要他们的诗文还在被我们阅读，文化就一代代传下来了。

文明与道义，一方面是保存在传统的典籍里，另一方面也保存在世俗和日常生活里。小说所写的，更多的就是日常生活所传承下来的生命义理。

生活是文化的外现，它的内部藏着义理，而小说所写的，就是一种世俗的道义。只是，小说的义理，未必是方正的、正统的，它经常以独特、偏僻的角度切入生活，以呈现出生活的复杂与丰富，就像米兰·昆德拉所探讨的，小说的道德和世俗道德并不是重合的。因此，现代小说经常写精神病患者、疯子、傻瓜、绝望儿，它们都是世俗生活中的失败者，但在文学写作上，却具有某种精神标识的意义，能扩大我们对生活和自我的理解。《红楼梦》的价值观中，鄙弃富贵功名，向往生命的自在、情感的自由，像贾宝玉，他只是喜欢过一种和几个青春女子厮守一起的生活，他并不投合家族或时代的喜好去追求功名，不愿成为他们希望成为的那种人，这种反叛在当时是惊世骇俗的，因此，《红楼梦》是用一种生活来解构另一种生活，用一种义理来反抗另一种义理。《变形记》里人成了甲虫，他是被社会这个巨大的胃囊咀嚼之后所吐出来的存在，这种存在，对于卡夫卡的时代而言，是弱的哲学，是精神的异见，也是生命义理的一次崭新发现，它对人与世界的关系作出了完全不同的诠释。

小说所出示的义理，未必是正见，也不一定是正统的历史观和道德观，小说重在描绘人性的复杂和多义。一些学者或评论家，经常忽视文学道德的独特性，而习惯性地用历史的正见来要求作家，这就违背了文学的立场。小说写历史，写秦皇、汉武，和《史记》的写法肯定会有不同，用《史记》的历史观来审核小说家的历史观正确与否，这是对小说创造性的否定；把小说写成《史记》了，那还要史学家干什么？况且，《史记》也未必都是信史，它也常用小说笔法，里面也不乏虚构的事实和段落。

小说是生活别史，是个人史、心灵史，比起历史的正见，它更看重个体真理。小说就是讲述个体真理的哲学。它深入个体的内部，辨析生命的细节，它对生命的各种情态都持平等的态度，所以它经常写不正确的道德，甚至还写那些变态的、疯狂的、暴烈的人生，写那些反道德、反人性的人物，它并不是正确道德的辩护者，它所探究的是人性内部那无穷的可能性。若用人间的道德来检视、约束小说，小说就会充满平庸者的表情，而少了个性鲜明的生动面容。据说，金庸最近一次修订《鹿鼎记》，把韦小宝的结局改了，他说不能让他这个混世魔王娶七个漂亮老婆，过那么幸福的日子。金庸对韦小宝是一直有看法的，他曾写过一篇文章，把韦小宝说成是市井流氓，为此，很多人都表示抗议。倪匡就坚决反对把韦小宝称之为小流氓。他专门在一个会议上问过金庸，你说韦小宝是个坏人，那你列举一下，韦小宝究竟干过什么坏事？金庸当时回答不出来，愣半天，只说了一条，韦小宝赌博时经常出千，骗人。比起韦小宝对朋友的义气，包括他对康熙和天地会的忠诚，赌博时出千是很小的事情，至少大节不亏。这就是形象的丰富性，各有各的理解，即便是韦小宝，也有很多读者喜欢他、维护他，对他的道德判断，未必有什么定见，也不应该有定见，这才符合文学形象的欣赏法则。

以形象来呈现一种生命的义理，这可谓就是"世俗即道义"的最佳注释。

六

其次是考证。小说在某种程度上说，也是考据之学，它要复原一种业已消逝的人生，要让人读到一个时代富有质感的生活，就必须有对那个时代的物质、风俗、人情世态的考据、还原。所谓考证，就是要把小说中所写的事物、情理写实了。一个时代有一个时代的活法，一个人物也有一个人物的口气，他的性格如何，他生活在什么环境中，这会决定他将如何说话、行事，甚至他吃什么，穿什么，都应有情理上的依据。作家在写这样一种生活时，不能有语境的错位，也不能张冠李戴，不能把南方的风俗安在北方人头上，更不能让人物随意经历不同时代的事情。考据即实证，而实证是一种笨功夫，它要求作家做一些案头工作，甚至查找资料，核实细节，熟悉他所要写的生活。

有实证的基础，小说的叙事才会有说服力。好的小说，在编织情节、塑造人物上，都是绵密、坚实的，不能有逻辑或情理上的漏洞，否则就会瓦解读者的阅读信任。金庸笔下有一个著名的人物黄蓉，她心灵手巧、智慧超群，为表现她这个特点，金庸就安排她成长在江南——按金庸自己的说法，他想象中的桃花岛就在宁波舟山群岛一带，还为她设置了一个无所不知、神通广大的父亲黄药师。这是一个必要背景。像"二十四桥明月夜"这样的名菜，像一次次对付欧阳锋的机敏心思，成长在蒙古土地上的华筝公主做得出来、想得出来吗？不可能。郭靖第一次见黄蓉，分别的时候从身上摸出四锭金子来，给黄蓉两锭，自己留两锭，因为他是成吉思汗的金刀驸马，这很正常，如果他只是牛家村的普通小儿，让他摸出这几锭金子来，而且很大方地赠给一个刚结识的陌生人，就不合情理。

情理也是一种逻辑、一种规定性，合情合理是小说家在描写一种现实时必须遵循的铁律。不合情、不合理，经不起推敲，留下逻辑的漏洞，就会影响一部小说的真实感。

小说写作中的考证，既是为了创造一个能把各样描写镶嵌得严丝合缝的物质外壳，也是为了建构起一种符合生命情态的情理逻辑，从而使小说的情节、命运的展开显得合理、精微而又密实。假若一种写作，把每一个细节都落实了，把每一次人物内心的细微转折都还原到了极富实感的情境之中了，那它就会在读者心中建立起强大的说服力。考证是对生命的辨析，也是对生命的还原。

最后来看辞章。这是指小说的文体、文采、语言、形式。古人说"修辞立其诚"，又说"直而不肆"，也可谓是辞章之学，说话要真实、诚恳又不放肆。用词要有分寸，口气要有节制，讲义理，也要讲艺术。语言上尤其如此。贾平凹在一部长篇的后记中说："几十年来，我喜欢着明清以至三十年代的文学语言，它清新，灵动，疏淡，幽默，有韵致。我模仿着，借鉴着，后来似乎也有些像模像样了。而到了这般年纪，心性变了，却兴趣了中国两汉时期那种史的文章的风格，它没有那么多的灵动和蕴藉，委婉和华丽，但它沉而不糜，厚而简约，用意直白，下笔肯定，以真准震撼，以尖锐敲击。何况我是陕西南部人，生我养我的地方属秦头楚尾，我的品种里有柔的成分，有秀的基因，而我长期以来爱好着明清的文字，不免有些轻的佻的油的滑的一种玩的迹象出来，这令我真的警觉。我得有意地学学两汉品格了，使自己向海风山骨靠近。"① 这种认识是有高度的，只是，一个成熟的作家，要在语言、文体上转身，其实是很艰难的。但意识到了变的意义，从字词开始，一点一点累积着，仍然可以经营出一番气象出来。今天这个时代，求变的作家太少，创造的欲望越来越低，把写作看作是辞章之学、试图在文体上有所革新的人，就更少了；而消费主

① 贾平凹：《带灯·后记》，人民文学出版社，2013年。

义、躁狂主义的风习，在语言上却对中国文人影响至深，失了分寸、肆无忌惮的话，随时可见诸报章或网络，这种状况的形成，文学也要在其中担负一份责任。

中国小说自"五四"以来，逐渐出现了两类写法，一种是以外来文学形式为核心的具有新文学风貌的小说，一种是接续本土文学传统但亦有革新的章回体小说，应该说，这两种小说的差异不仅在义理上，更是在辞章上。前者的语言先是欧化的白话文，再是标准的普通话，后者的语言却以传统白话为主，但也吸纳有表现力的生活语言。

很多人误以为，使用传统的叙事形式写小说就是落后，殊不知，二十世纪很多传统作家，写作上都颇具新意。金庸是一个典范。他的白话文，克服了欧化的毛病，既承继了传统白话及古雅文言的韵味，也有日常口语的亲切活泼，用李陀的话说，金庸"为现代汉语创造了一种新的白话语言"，是对"一个伟大写作传统的复活"。至少，在辞章意义上，金庸重视传统叙事资源的运用，也不回避新文学的影响。韦小宝这个人物，显然受了阿Q这一形象的影响，郭靖、黄蓉在牛家村的密室里疗伤七天七夜，而密室外上演了无数故事，这又明显借鉴了戏剧的写法。在人物塑造上，金庸还罕见地写了好几个极富性格张力和感染力的少数民族英雄形象，以萧峰为代表，这种形象，在中国小说的人物谱系中是前所未有的。而在小说的结构上，像《天龙八部》，写了宋、辽、大理、西夏、女真、吐蕃等六七个国家之间的纷争，有如此广阔的空间跨度、如此复杂的多国交锋场面的小说，在中国小说史上也几乎未见。这都是这一类小说的新意。

另外，金庸的小说，往往有深切的情感表达，但在情感的书写上，他也遵循节制、隐忍的原则，充分体现了文学之美。梁实秋说"美在适当"，说的就是节制。汪曾祺也说："过度抒情，不知节制，容易流于伤感主义。"他觉得伤感主义是一切文学的大敌。[①]金庸笔下一些人物的情感世界写得极为节制、动人，比如郭襄，她对杨过的感情就是隐忍的，《倚天屠龙记》的开头写她骑着小毛驴浪迹天涯，这能体会到她的伤怀、惆怅，但她也就止步于想知道点杨过的消息，不作他想，这种引而不发的感情，思之令人落泪。再如张三丰，他十三岁那年，在华山遇见杨过等人，临别时，郭襄送了他一对铁罗汉；张三丰一百多岁以后，这对铁罗汉居然还揣在他的怀里。这令我想起《诗经》里有一句思念情人的诗，"自伯之东，首如飞蓬。岂无膏沐，谁适为容！"（《国风·卫风·伯兮》），意思是说，自从心爱的人走后，我的头发便乱得像飞蓬，不是没有润泽的发油，而是我把头发梳好了又给谁看呢？张三丰一生邋遢，未尝不是因为见不到郭襄的缘故。他的外号就叫"张邋遢"，首如飞蓬，不过是为了表达一种感慨：谁适为容。这或许只是猜测，但小说把一种情感写得如此深沉而隐忍，的确有一种节制之美。《鹿鼎记》里写韦小宝把七个女人抬到床上，也就用"胡天胡地"这几个字就交代了，这也是辞章上的节制。

节制是一种修辞，也是一种艺术。

语言的选择，情感的抒发，文体的创新，都属辞章之学，也即文章之道，它是学问之一种，也是小说写作至为重要的一环。无德性，文章就无光彩，而无文章之道，义理也无法得到有效表达。今日的小说日渐粗糙、苍白，辞章上不讲究，以致失了文学的魅力，这肯定是其中的病症之一。

把小说视为生命的学问，从义理、考证、辞章这三方面来读解小说，这未尝不是一条新的路径。义理是大道，考证是知识，辞章是情感和艺术的统一，三者兼备，缺一不可。以前小说界多注重小说与现实、小说与人生、小说与存在的关系，但小说若没有那些考证、核实

---

① 汪曾祺：《蒲桥集·自序》，作家出版社，2000年。

过的知识，没有辞章的讲究，终归不算健全。中国小说界太匮乏学问精神，过度迷信虚构和想象，缺乏实证意识，没有对一种生活的考据，写出来的人生就缺乏实感；而没有文体意识，情感的表达越来越简陋、直接，少了一种隐忍的美，也使当下的小说多半成了这个粗糙时代的合唱；更为致命的是价值观的混乱，无所信，也无人生义理的追求，生存处于晦暗之中，又无追问存在之意义的勇气，小说在德性上就一直匍匐在地，无法张扬一种可以站立起来的价值，精神上萎靡不振。即便有好的精神，假若没有把这种精神进行实证和考据的能力，它也最多就成为一个写作口号，而根本无法使小说真正被建构成灵魂的容器。

　　小说对生命的勘探、考证，借由实证主义的写作精神和自觉的文体意识来落实、表达，这是生命的敞开，也是生命的学问。①

二〇一二年十一月十日

---

① 本文是作者关于金庸小说的一次课堂实录，根据录音整理、修改而成。整理者为滕斌，特此感谢。

内在的人

一

如果我说，这是一个不断向内转的时代，或者说，这是一个内心觉醒的时代，很多人肯定不会同意。但我坚信，如何发现、重塑一个内在的我，不但是现代文学的主题，也将会是现代人不可回避的人生话题。尽管这些年来，随着商业主义、消费主义的兴起，人类似乎一直在向外转，一直在和物质、消费达成某种默契，但我觉得这只是一个短暂的现象，那个沉睡着的内在的我，总有一天会苏醒过来。

这一点，我可以从文学之外找到旁证。大约是在一个月前，我受托邀请台湾的胡因梦女士来广东演讲，她从身、心、灵发展的角度提出，这十年，恐怕是人类内心最混乱、最迷茫的时期，重心几乎都在外面，所以世界一片喧嚣，精神却日益贫乏。度过了这个时期之后，人类会走向一个注重内心生活、不断向内探索的时代。而这个时代的来临，是以女性为精神先导的。这似乎不难理解，因为在两性之间，女性确实更注重内在的生活，更愿意倾听内心的声音，对自我的敏感与守护，也比男性显著。据胡因梦介绍，现在社会上有很多灵修班，学员也都以女性为主，她们借此释放压力，开始对身外世界有疏离感，甚至是厌倦感，她们都想停下来，听听内心的声音，过一种看似简单、却有内在深度的生活。

不可否认，这正在成为一种潜在的时代潮流。事实上，精神意义上的这种内在变化，不过是呼应了文学中早已有之的探索。熟悉现代小说的人都知道，现代小说最醒目的一个特点，就是不断地向内开掘、探索自我，着力于考据、辨析现代人内心里不同的细微体验。有人说，如果要给二十世纪以来的小说找一个主角，那它的名字只能叫"内心"，确实如此。西方从卡夫卡开始，中国从鲁迅开始，小说写作的一个重要路径就是自我勘探，它对于深化人类对自我的认识，重释人与世界的关系，都异常重要。

内心觉醒的文学表现，首先就是塑造有现代意识的个人，并关注个体的存在。

鲁迅《狂人日记》的发表，可以看作是现代中国的一个文化开端。尽管就整体而言，中国文化更多表现为一种集体主义，个人在这一文化体系中，一直处于次要的地位。但这个状况，随着现代中国的兴起，发生了巨大的改变。像"狂人"这个形象，明显是具有现代意识的个人，他用自己的现代意识来重释历史、省悟自我，所以，《狂人日记》用了不少篇幅来写人物的内心生活，甚至他的幻想和梦呓。这样一种转变，就使小说书写的重心发生了偏移，它不再是写社会的、民族的、伦理的人与事，而更多的是呈现人的内心与精神。

《祝福》里有一个大家都熟悉的场景，也许更具象征意义。"我"回乡时碰到了祥林嫂。这时的祥林嫂，在鲁迅笔下是这样的："五年前的花白的头发，即今已经全白，全不像四十上下的人；脸上瘦削不堪，黄中带黑，而且消尽了先前悲哀的神色，仿佛是木刻似的；只有那眼珠间或一轮，还可以表示她是一个活物。她一手提着竹篮。内中一个破碗，空的；一手挂着一支比她更长的竹竿，下端开了裂：她分明已经纯乎是一个乞丐了。"这是一幅经典的肖像，面对这样一个人，"我"是预备好了等她来讨钱的。令我意想不到的是，祥林嫂只是想问"我"一个问题："一个人死了之后，究竟有没有魂灵的？"

尽管祥林嫂是一个被凌辱的麻木者，但她这个疑问，却承载着鲁迅的思索，可视为现代个体对自我所发出的沉重一问。

你可以说，这是要表达一个关于启蒙的话题，但说到启蒙，我们总是以为，只有高处的人才能启蒙在底层的人，或者知识分子才能启蒙无知的人，但我们从未想过，底层的人，或者一种低处的生活和境遇，有时也能惊醒在高处的人，甚至启蒙他们。在我看来，《祝福》就含有这么一个意思在内。祥林嫂问完死后究竟有无魂灵这个问题之后，小说接着写道："我很悚然，一见她的眼盯着我的，背上也就遭了芒刺一般，比在学校里遇到不及豫防的临时考，教师又偏是站在身旁的时候，惶急得多了。"为什么"我"会悚然，会觉得芒刺在背？正是这个问题惊醒了"我"，"对于魂灵的有无，我自己是向来毫不介意的；但在此刻，怎样回答她好呢？"这既是在思考如何回答，同时也把祥林嫂的问题转化成了"我"个人的问题。接下来的对话意味深长。"我"吞吞吐吐地说："也许有罢，——我想。""那么，也就有地狱了？""地狱？——论理，就该也有。——然而也未必，……谁来管这等事……""那么，死掉的一家的人，都能见面的？""唉唉，见面不见面呢？……那是，……实在，我说不清……。其实，究竟有没有魂灵，我也说不清。"说完，乘祥林嫂不再紧接着问，"我"匆匆而逃，"心里很觉得不安逸。"[1]这里的"我"，明显是一个小知识分子，有一定的同情心，但对世界又有一种无力和漠然感。这是鲁迅小说中的"我"共有的特点之一。这个"我"不作恶，有同情心，但也并不勇敢，有时还会像大家一样胆怯、无奈。祥林嫂

---

[1] 关于《祝福》的引文，均引自钱理群、王得后编：《鲁迅小说全编》，第158—159页，浙江文艺出版社，1991年。

的追问，惊醒了像"我"这样的人，关于魂灵的问题，从此之后，对"我"就成了问题——而有了对这个问题的思考和追问，就表明内在的人开始苏醒。

很多现代小说，都不断地把关于内在的人的省思，通过极端的形式表现出来，让读者也聆听这种来自心灵内部的声音。这不是一种自我折磨，而是很多作家在思考人生时，都摆脱不了这样一种精神逼问：人应该如何活着？怎样才能活出意义来？活着的尊严是什么？我如何才能把自己从欲望和沉沦中拯救出来？每当夜深人静的时候，这些问题就会从内心里跳出来逼视着你。卡夫卡有一句名言：有天堂，但是没有道路。他相信天堂的存在，却又觉得个人在现代社会已被各种制度所异化、瓦解、腐蚀，人变成了像小动物一样无助、无力的存在，他已无法再获得通往天堂之路的信心和力量。他知道有天堂的存在，但他无法抵达，因为通往天堂的介质——人的内心——已经腐朽，不再挺立起来。这就好比我们都知道善是好的，内心却缺乏行善的能力；都知道爱是美好的，却没有办法让自己一直爱下去，"爱情有一夜之间就消失的恶习"。没有人在相爱时会想着分手，没有人不想让两个人的感情、婚姻一直幸福地维持下去，可是在生活中，我们见到了太多这样的悲剧：想爱而无力爱。现代人失去的往往不是爱，而是爱的能力。就如失眠的人，不是不想睡，而是睡不着，即便是非常困乏了，可就是睡不着。他失去了让自己安睡的能力。

精神问题更是如此。只要对人为何活着持续追问下去，每个人都会发现很多关于存在的悖论和难题。而人和动物的区别之一，就在于人有追问的意愿，人会想明天的事情，会为那些还没有来临的事情感到恐惧。海德格尔在《存在与时间》里，就特别注重讨论所谓人对未来的各种筹划，其实就是要回答人对于恐惧和死亡的问题。同样是面对死亡，动物可能要当死亡迫近，肉身感到疼痛之后，才会感到恐惧。但人不是这样。死亡还没来临，人就会对它产生恐惧，他到底恐惧什么？细究起来，你会发现，人普遍都会对一种叫"不存在的东西"或"无"本身感到恐惧。比如，一个人走夜路，他为什么会害怕？他究竟害怕什么？不一定是害怕某个具体的人或事物，而是害怕一种叫做"不存在的东西"。它并不存在，但你觉得它一直隐匿地存在着，你为自己无法确知它到底存在还是不存在而感到恐惧。就如你把一个小孩留在黑暗的房间里，他突然醒过来之后，会对黑暗有一种莫名的恐惧，他的哭就是恐惧的一种表现。当你把灯打开，或者抱着他，他可能就不哭了，因为灯光或拥抱把一种黑暗驱逐了，不存在变成了具体的存在，恐惧就被克服了。这种对"不存在的东西"的恐惧，是人对生存的独特感知，也是人之为人的尊严所在，它意味着，人不仅是一个存在者，他还是一个会思考存在的存在者。

而存在的真实面貌，往往是在不断的思考和追问中才显示出来的。许多貌似正常的存在，经过追问之后，就会显露出荒谬、虚无的一面。这些荒谬和虚无的经验，也是生存经验中的一种。

二

很多的现代小说，正是不断地在给我们提供这种经验，进而使我们更深邃地理解了生存，理解了自我和世界的关系。卡夫卡有一个著名的短篇小说，叫《饥饿艺术家》，这是他自己特别珍视的作品，他去世前一个多月，在病床上校阅这部小说的清样时，还禁不住泪流满面。那个时候，卡夫卡也许想到了，自己其实就是这个时代最为孤独的"饥饿艺术家"。这部小说讲了一个艺术家关在笼子里面做饥饿表演的故事。人们出于好奇，通宵达旦地排队买票观看。每四十天为一个表演周期，整个过程，艺术家除了偶尔喝点水以外，一粒米都不进，任人观看、触摸他瘦骨嶙峋的样子。为了监督他是否偷吃东西，公众还推选出了人员加以看守，其实这是多余的，"他的艺术的荣誉感禁止他吃东西"。可是，有一天，随着时代的变化，人们突然对"饥饿表演"失去了兴趣，即便是他无限期地绝食下去，也已无法再吸引人来看他的表演，理解他的人更是没有，他慢慢地就被人彻底遗忘了。艺术家最后说："我只能挨饿，我没有别的办法。……因为我找不到适合自己胃口的食物。假如我找到这样的食物，请相信，我不会这样惊动视听，并像您和大家一样，吃得饱饱的。"① 这话显然是一个隐喻。不是说我想要这样，而是我不得不这样想；不是我有意要和这个时代别扭着，而是我的思想、我的体验和这个时代无法相容。为何越来越多人选择自杀这条绝路？就因为他们的精神无法和这个时代和解，时代像一个巨大的胃囊，把他咀嚼一遍之后，又把他吐了出来，他成了这个时代无法消化的部分，成了这个时代里的一根刺。他想自由、清洁地活下去的唯一出路，就是拒绝活下去，拒绝和时代同流合污。

很多小说都描写了这种精神洁癖。这些人，信守内心的纯洁，找寻活着的价值，苦苦地为自己的存在划定坐标，他们不愿匍匐在地上，而是要站出来生存，要回答人之为人的意义到底是什么。这种精神洁癖，对于流连于世俗生活的庸众而言，也许是不可思议的。但文学所表达的，有时正是一种精神的偏执，一种片面的真理，它要证明的是，人的内心还有不可摧毁的力量，还有不愿妥协的精神。它试图呈现出一种存在的纯粹状态。这种有精神洁癖的人，和生活中那些有物质洁癖的人一样，都是少数，但都与时代的主流格格不入。我有一个朋友，就是有洁癖的人，她到我家里来，都是自己带拖鞋的，去哪里吃饭，她也都自己带筷子，而我到她家里去，你穿上她家的拖鞋，走几步，她就跟在后面用拖把拖几下。客人走了之后，别人穿过的

---

① ［奥］卡夫卡：《卡夫卡短篇小说选》，孙坤荣等译，第290—296页，外国文学出版社，1985年。

鞋，她要认真地消毒。她自己也知道这是很不好的一种脾性，但她无法控制自己，也许她看到的已经不是人和世界本身，而是一堆细菌。她想一尘不染地活着，但客观地说，每个人的生活都必须和细菌为伴，所以，她活得很累，也很屈辱。

有精神洁癖的人，他的处境其实与此相仿。他是个别的，不见容于主流社会的，但他并不放弃自己内心的标准，而是要借由追问来逼视出人生的真相——文学所要表达的，正是这种个体的真理。这种个体真理，常常是少数、异端、偏僻、锐利的。文学不仅是为可能的现实作证，它也试图把一种不可能变成可能。通过不断的质询，存在由此获得意义。苏格拉底说，没有经过追问的人生不值得过，确实，如果没有经过追问、省思，人生就完全处于混沌、茫然的状态，是低质量的。也正因为如此，现代哲学和文学，都在不断地谈论"存在"的问题。

没有存在感的建立，文学就没有内在维度，人也没有心灵的内面，文学就会成为平面的文学，人也会成为单向度的人。

那文学应该如何表达"存在"这一内在的主题？这令我想起德国的雅斯贝尔斯，他是一个执着于存在的思想家。依照他的研究，"存在"至少包含三个方面。首先是人作为一种存在而存在，这是最浅的层面。比如一张讲台在这里，一个人站在这里，这就是一种客观的存在。它是关于物质存在的一种描述。人的存在，显然不仅于此。当我们说一个人死了，指的是他的身体死了，他属于物质的那一部分消失了。这是最为表面的消失。可我们绝不能轻言孔子死了、鲁迅死了，为何？就在于作为肉体存在的孔子、鲁迅固然死了，但他们的书还在被人诵读，他们的思想还在影响人，从中我们依然可以感觉到他们的存在。或许，他们只是换了一种方式存在而已。这清楚地表明，人的存在，不仅包含物质层面的，也还包括精神、心灵层面的。

这就引出了存在的第二个方面：人不仅存在，他还是知道自己存在的存在。人和草木不同，和山川大地不同，甚至和鱼虫鸟兽也不同，那就是人有存在的自觉意识。有了这种自觉，人的存在就区别于无意识的物质存在了，这种存在的自觉，使他具有了领悟生活悲欢、感受生与死之差异的能力。这种领悟非常重要。一个人有存在意识，对个体的生与死有觉悟，他的生存就会完全不一样。尤其是对死亡的认识，它关乎到一个人选择什么方式活着、怎样活着。接受了死亡教育的人，对生才会有一种谦卑和敬畏，才会对活着本身怀着一种郑重之情。但在生活中，我们经常会遇见一些人，总是活得兴高采烈，神采飞扬，他觉得自己可以主宰自己的生活，也能安排好自己的日子。这样的快乐，往往是禁不起追问的，因为他遗忘了一个重要事实：人是会死的。假若他意识到了死亡就在不远处等着他，他就不会再沉浸于毫无来由的生的欢乐之中。不认识死亡，人都是狂妄的。我经常看新闻，发现那么多人不惜一切手段在抢夺，在占有，贪欲无度地扩张，精神不断地矮化，问题可能就出在他忘记了人是会死的这一事实。一个人以自己的权力和贪婪，用不义的手段攫取了无数财富，他其实是做了物质的囚徒，而没有想到，人死之后，都化成那把灰，即便你生前有再多的房子，到时也不过是住那几平方米的公墓而已。这才是人生不可回避的真相。

死亡不仅是对活着的终结，也是对存在的一种否定。面对人是会死的这一尖锐的事实，人生会呈现出另一种面貌，至少，个人对人生的设计，就不会再盲目乐观，而会多一点追索人生的意义到底在哪里。就此而言，死亡永远是悬挂在人类头顶的一把利器，它嘲讽一切肤浅的欢乐，也注销一切短暂的价值。更为致命的是，人知道自己会死，但你永远不知道自己何时死。假如一个人知道自己能活多久，哪怕是活六十岁、七十岁，人生都会好办得多。活八十岁的人，等到七十九岁的时候，就可花光所有的钱，处理完所有挂心的事情，然后干净利落地走。可人生的困境是，没有人知道自己什么时候死。许多人按少年、青年、中年、晚年来规划自己的人生，想象自己老了将做什么，要去哪里旅游，该如何安度晚年，可谁保证你能活到晚年呢？疾病、意外或者别的缘由，都可能导致死亡提前来临，你不知道明天会发生什么，更不知道自己是否还可以看到明天的太阳。被时间拘禁在今天的我们，想象任何一种未来的生活，其实都是妄想。这样活着，更像是一种侥幸。那些突然死去的人，又有哪个没有过理想、没有过灿烂的人生规划呢？当死亡来临，一切就都成了虚无。

文学存在的意义，就是不断地强调这些，使活着和如何活着的问题，成为每一个人都必须思考的人生课题。

人存在，也知道自己存在，再进一步，人还知道自己有一天将不存在，也就是说，人知道自己的存在是有限的，可他的内心，又有一种对无限的向往——存在的有限与渴望无限之间的冲突，就构成了存在的第三个层面。几乎每一个人，内心都渴望自己的存在能够延续得久一点，中国人甚至说得极为直白，"好死不如赖活着"。在中国，因为没有宗教传统，多数人不在宗教意义上信仰灵魂的存在，骨子里也不接受灵魂永恒这种观念，但中国人却崇尚两件事情：著书立说和传宗接代。二者在中国文化体系里，都有崇高的地位。其实著书立说也好，传宗接代也罢，都是为了让自己的存在延续下去，拒绝让自己从此世消失。不同的是，著书立说借助的是精神的流传，传宗接代则是通过血缘的承继。因此，中国人是以另一种方式相信灵魂的永恒，他有属于自己的精神不死的象征，只不过，这种永恒和不死，不是指向彼岸和未来，而是指向此岸、此世。钱穆说，"凡属超我而存在，外于我而独立，不与我而俱尽的，那都是不朽。""人死了，灵魂还存在，这是不朽。"这里说的，其实更多是西方的观念，中国人所理解的不朽，似乎更具现实意义。"中国古人却说立德立功立言为三不朽，凡属德功言，都成为社群之共同的，超小我而独立存在的，有其客观的发展。我们也可说，这正是死者的灵魂，在这上面依附存在而表现了。"① 德功言指向的都是现世，它是中国人所理解的灵魂不灭的证据。

但不管以何种方式来理解生与死的诘问，人的肉身终有一死，存在会变成非存在，这都是一个客观的事实，也是人所有痛苦的根源。人无法超越肉身而存在，也无法突破时间的限制，这就是存在的有限性。孔子说，"未知生，焉知死"，这固然没错，但这话也可反过来说，未知死，又焉知生？死亡是一种提醒、警戒，当你想到人会死，甚至随时都有可能意外地死去，那些无度、无意义的贪婪和抢夺就瞬间失去了光芒。活着却不知道为什么活着，甚至一直成为物质、欲望、权力的俘虏而活着，这才是存在最为荒谬的境遇。

面对死亡对活着意义的注销，如何才能反抗死亡、继续生存？这就引出了存在的另一个命题：向死而生。海德格尔等人的哲学，都讨论了这个问题。向死而生，即直面死亡，在死亡的注视下活着，通过一种有意义的活着来超越死亡。许多地方的平坟事件，之所以会引起轩然大波，不仅关乎那个坟包之争，它更是一种文化的较量。假若入土为安、死者为大的思想被颠覆，那所谓的中国传统也就丧失了一个重要的根基。中国人敬畏死亡，而且常常对死亡有一种达观、宽大的理解。尤其是在农村，死亡如同是一个公开的节日。那些与土地相伴终生的农民，早已学会了如何与死亡一起生存。在我的老家，多数人在四五十岁的时候，就为自己准备好了棺材，有些人，做棺材的时候，像做新衣服一样，还要躺进去试试是否合身。棺材是上油漆的，为了防虫、防腐，过几年就要把它从阁楼上抬下来再油漆一遍。还有很多人，六十岁之前就为自己找好了坟墓，甚至生前就把坟墓按照自己的喜好修好了，他也不讳言这就是自己将来的家。我的祖母，生前就说希望自己的坟墓能够离家近一点，我问她为何喜欢离家近的地

---

① 钱穆：《湖上闲思录》，第26—27页，生活·读书·新知三联书店，2000年。

方，她说，远了说不定你们就不来扫墓了，离家近一点，家里煮什么好吃的，香味飘过来，我还能闻到呢。她对死亡，从未恐惧过，她也不害怕那个将要去的地方，因为她说活着是坦荡的，死了就不害怕。同时，她认为自己生了儿子，儿子又生了儿子，生命就传承下来了，所谓的死，对我的祖母而言，不过是短暂的消失，或者是换了一种方式存在——存在于祖宗牌位上，存在于子孙的血脉中。这或许只是一种朴素、淡然的人生观，但绝不是一些人所说的愚昧，恰恰相反，这种人生观在中国极具代表性，它透露出一种独有的关于生与死的乡村哲学，尤其是那种乐观的"向死而生"的精神，对现代人也不乏启示意义。

也有悲观的人生看法，譬如，张爱玲有一种思想，叫"望远皆悲"，意思是说，你只要拨开眼前的迷雾，稍稍看远一点，人生就不过是悲凉、悲哀而已。那些快乐、欢场，那种不可名状的信心，都是因为只看到了眼前的事物，那么灿烂、光彩，而从未意识到，灿烂背后的灰烬，光彩背后的黯然。这几乎是一种无法修改的人生现实，繁华过后就是寂寥，生的终点就是死。无论你如何强大、不甘，你终究躲避不了人生的这个结局。你没有看到这些，不等于人生的悲剧就会离你而去；你看到了这些，心里响起的就是悲哀之情。人生的过程可以千百种，但结局却是平等的，在死亡面前，智慧、美名、财富、权位都将化成灰烬，这些生前令人念兹在兹的事物，并不能改变人生是悲凉的这一事实。张爱玲为何一直蜷缩在世俗生活里？其实是为了抗拒一种无法排遣的厌倦和虚无。王安忆说："张爱玲的人生观是走在了两个极端之上，一头是现时现刻中的具体可感，另一头则是人生奈何的虚无。……当她略一眺望到人生的虚无，便回缩到俗世之中，而终于放过了人生的更宽阔和深厚的蕴含。从俗世的细致描绘，直接跳入一个苍茫的结论，到底是简单了。"[①] 这样说，并不是没有道理。或

———————————

① 王安忆：《世俗的张爱玲》，载《解放日报》2000年11月29日。

许，由于张爱玲过早就洞穿了人生的本质，她已没有耐心去描绘现实世界里的争取、理想的光泽，她知道这一切都是徒劳的，望远皆悲。她写着写着就会向读者亮出人生的底牌，把自己对人生的苍凉体认直接说出，而忘了展示这个过程的丰富和复杂。

这就是一种现代体验。就像卡夫卡，发现了一种精神真实之后，也是急于要把结论告诉我们。他的《变形记》，写人变成甲虫，这种写法，就艺术而言，是粗陋的，但这就是卡夫卡要告诉我们的，有一个比艺术自身还要重要的人生结论，所谓所有的障碍都在粉碎我，人再也不能像人一样活着了。这完全不同于传统的小说观念，它所深入的是现代人的内心世界，写的是内心那种极为隐秘而细微的经验，那种不安、恐惧、绝望，根植于那个内在的人——这个内在的人，在过去小说中，往往是缺席的，或者是不动声色的，现在经由现代生存的提示，成了小说的主体，甚至成了小说新的主角。

这个内在的人，有存在感，对他的书写，代表的是对存在的不懈追索，它构成了现代小说的精神基石。而今日的小说，之所以日益陈旧、缺少探索，无法有效解读现代人的内心，更不能引起读者在灵魂上的战栗，很重要的原因，就是小说重新做了故事和趣味的囚徒，不再逼视存在的真实境遇，进而远离了那个内在的人。

三

现代小说和传统小说不同，它深入的是现代人的内心世界，写的是人类内心那种极为隐秘而细微的经验，那种不安、恐惧、绝望，根植于内在的人——这个内在的人，是一种新的存在经验，也是现代小说最重要的主角。在这个内在的人里，作家追问存在本身，看到自己的限度，渴望实现一种存在的超越，并竭力想把自己从无能、绝望、自我沦陷的存在境遇里拯救出来。而如何才能获得救赎，这就不仅是一个文学话题，也是一个宗教话题。

谈及宗教，东西方之间有着很大的不同。以鲁迅的《狂人日记》为例，他在小说的最后所出示的对未来那种宗教般的希望，是寄托在孩子的身上，他对现实绝望，但对未来却充满着模糊的信心。在此之前，狂人对"这伙人"有一个警告："你们立刻改了，从真心改起！要晓得将来容不得吃人的人，活在世上。"① 而没有吃过人的人，才是"真的人"。从"真心"到"真的人"，这里头包含着鲁迅对现实的理解。其时的鲁迅，受了尼采哲学的影响，所谓"真的人"，显然闪烁着"超人"的影子。但"真的人"究竟是什么面貌，有着哪些内涵，鲁迅自己也说不清楚。他只是一个模糊的概念，是鲁迅借来的文化符号，既没有传统的根基，也没有宗教的想象力。尼采尽管是反基督教的，但他提出的"超人"，明显受了《圣经》中"新人"的启发，仍然带着某种宗教色彩。鲁迅笔下的"真的人"则要空洞得多，难以在中国文化中落地，所以，《狂人日记》里有大量不像小说语言的杂感，更像是思想笔记，鲁迅借此重在提出问题，喊出自己的声音，但狂人的这些思想如何产生、何以产生，他并没有合理地交代。读完《狂人日记》，我不禁在想：狂人是从哪里得到的善的知识，从而知道吃人是不好的？在他眼中，大家都吃人，四千年的历史，无非是写着"吃人"二字，"我"在四千年来时时吃人的地方混了多年，也成了"有了四千年吃人履历的我"，既然如此，狂人何以知道吃人是要不得的？又何以知道"将来容不得吃人的人，活在世上"？

在鲁迅的精神视野里，他并不相信有一位救赎者——上帝，具体到狂人身上，也就没有一个外在的声音来提醒他该不该吃人，他的所有价值判定都来源于自我觉悟。鲁迅的生命哲学是不相信有外在救赎

---

① 鲁迅：《狂人日记》，见钱理群、王得后编：《鲁迅小说全编》，第18页，浙江文艺出版社，1991年。

的，他只是对生命本身存着一种自信，他接受尼采，也和这种生命的自信不无关系。他相信生命会发生改变，这也暗合了古代圣贤的教导，只要你肯努力，人人皆可成尧舜，"德辉动于内"，"礼发诸外"。一切从心开始，不是向外求，而是向内求，所以钱穆说中国若有宗教的话，那就是"人心教"。王阳明去世前写"我心光明"，弘一法师圆寂时写"悲欣交集"，讲述的都是心的故事，是个人的内在觉悟。觉悟即救赎，一种中国式的救赎。

但在西方的文学背景里，生命的改变或存在的救赎，主要得力于倾听外在的声音，无论是"旷野的呼告"，还是关于拯救的"福音"，都被描述为是来自上帝的声音，人只不过是这种声音的倾听者和跟随者。通过外在的声音来唤醒一个人的内心，并通过这个声音所传输的生命意志，来完成对生命的救赎，以"新造"代替"旧造"，以"新人"代替"旧人"。这种对生命和救赎的理解，就是宗教的角度，它并不依靠人的觉悟，而是仰赖上帝的力量来获得拯救。因此，人的有限与上帝的无限，人的堕落与上帝的圣洁，就构成了西方文学作品中的根本冲突。我们读托尔斯泰、陀思妥耶夫斯基的小说，读卡夫卡的小说，关于上帝是否存在、人如何才能获救的问题，一直是他们小说里的中心问题。他们在相信与怀疑之间徘徊，但上帝存在与否可以争论，有一点却是不容置疑的：人的生命是有限的，他不具备永恒的品格，所以也就无法实施自我拯救；人离开上帝之后，不断堕落，最终完全被自身那黑暗、绝望的经验所粉碎，如卡夫卡所形容的，人成了虫豸，成了小动物，只能内心惶恐地谛听外面的动静。人要从这种境遇里得救，就只能等待圣灵的降临，等待拯救者的到来。

这就是西方文学最为普遍的内在经验，它充满深渊的呼告，也时常发出拯救者到底在哪里的哀叹。文学的内在性，其实和这种呼告的精神、追问的经验密切相关。《旧约·约伯记》所写的约伯的追问，就是一个经典的主题。约伯是一个正直的人，但耶和华却伸手击打他，击杀了它的牲畜、仆人，剥夺了他的财富、快乐，使他的家庭破败，身体长出恶疮，极其痛苦，于是约伯就哀叹，抱怨，甚至咒诅自己的生日，他不知道耶和华为什么要这样对他。耶和华没有正面回答约伯的厌弃和哀告，而是反问他："我立大地根基的时候，你在哪里呢？你若有聪明，只管说吧！你若晓得就说，是谁定地的尺度？是谁把准绳拉在其上？地的根基安置在何处？地的角石是谁安放的？……你曾进到海源，或在深渊的隐密处行走吗？死亡的门曾向你显露吗？死荫的门你曾见过吗？地的广大你能明透吗？你若全知道，只管说吧！"[①]最终，约伯"在尘土和炉灰中懊悔"。从中国的文化背景出发，是很难读懂约伯的遭遇的。约伯已是一个正直而敬畏上帝的人，耶和华为何还要如此试验他？中国的文化重行为和表现，约伯的好，符合现世一切道德和伦理，但在基督教背景里，这个故事就具有奇特的内在性：约伯所受的试验并非因为约伯不好，而是约伯以自己的这个好为好，这在《圣经》里称之为"自以为义"。以自己的义为夸耀，就否认了信仰的意义。《圣经》强调"因信称义"，它的意思是说，你的行为、表现不能成为你的义，这就好比一个犯了死罪的人，他再做好事也不能改变他是一个罪人的事实。罪的消除不是来自于自义，而是来自于赦免；而赦免是一种权柄，它只能来自于一位无罪者，这位无罪者就是上帝本身。因此，当你自以为义的时候，背后其实是隐含着一种不信，这就是约伯的困境。

从宗教意义上说，不信是最大的罪。这一点，不妨来看一下伊甸园的那个故事。耶和华对亚当、夏娃说，不可吃善恶树上的果子，"吃了必定死"。但夏娃却在蛇的诱惑下，吃了那棵树上的果子，亚当也吃了，这就意味着他们面临着死的结局。这里的"死"，不是肉身马上终结，而是指亚当、夏娃从时间之外进入到了时间之内，从此之

---

① 《旧约·约伯记》三十八章四至十八节。

后，死亡会拘禁他们，时间会限制他们，他们再也不是有永恒生命的人了。夏娃和亚当吃果子，看起来不过是犯了一个很干净的罪，可是这个干净的罪背后，有一个罪的根源，就是他不相信耶和华说的话。不信的罪，才是人类的原罪，它比说谎、杀人的罪要大得多，因为说谎和杀人仅是一种行为，而不信是一种性质。性质的罪，大于行为的罪；行为的罪，是从性质的罪里派生出来的，没有罪的性质，就不会有罪的行为。为何说恨人就杀人，指的就是一个人的内心先有了恨，行为上他才去杀人的。所以，一切罪的根源都来自于不信，因为不信，人类被驱逐出伊甸园，因为不信，人类在罪的道路上越走越远，也因为不信，人类无法从根本上获得拯救。

所有罪的思想的核心，都是指向那个不信的罪。正如所谓的罪人，不看你是否在行为上犯了罪，而是因着不信，你在性质上就已经是罪人了。是罪人，就需要悔改和救赎，就需要重新回到相信的道路上来，以重新确认人与上帝的关系。这种观念，和东方思想有着很大的不同。按照本尼迪克特在《菊与刀》里的看法，西方社会的文化形态和日本的文化形态，可分别归结为罪感文化和耻感文化。"提倡建立道德的绝对标准并且依靠它发展人的良心，这种社会可以定义为'罪感文化'。"[①] 罪感文化的道德标准来自宗教传统，来自上帝。李泽厚则认为，中国文化是一种乐感文化，肯定现实、此世的价值，以身心幸福地在这个世界中生活作为理想和目的，所以，中国人很少有罪感意识。

这种文化差异，也影响了中国文学的品格，它必然是以书写世俗生活的幸福与残缺为主体，而少有追问存在困境与寻找精神救赎的意识。王国维所说，中国文学更多的是写民族、国家、人伦的主题，而

① 本尼迪克特：《菊与刀》，吕万和、熊达云、王智新译，第201页，商务印书馆，2012年。

缺少探索精神、心灵和宇宙的文学传统。前者以《桃花扇》为代表，后者以《红楼梦》为代表。《桃花扇》式的关怀现世的作品为多数，而像《红楼梦》这种贯穿着精神性、超越性母题的作品，即便是到今天，也还是不多见的。《红楼梦》虽然也写实，多表达日常人情之美，但它以实写虚，创造了一个精神的幻境，在价值观上，它是有天问精神的。这在中国文学的传统中，是一种珍贵的叙事资源。

<h2 style="text-align:center">四</h2>

事实上，一部作品中是否有精神追问，是否有存在意义上的呼告，它的境界是大不相同的。这令我想起一个学者在一篇文章中说，由于自己早年读过太多伟大的俄罗斯小说，所以现在根本无法阅读中国小说。我能理解他的这种感受。俄罗斯文学里面所响彻的，都是非常宏伟的精神辩论，托尔斯泰等人所写的，完全是一种内在的经验，他们绝不会把笔墨停留在那些无关痛痒的事上。鲁迅论到陀思妥耶夫斯基的小说时，有一个精准的概括："凡是人的灵魂的伟大的审问者，同时也一定是伟大的犯人。审问者在堂上举劾着他的恶，犯人在阶下陈述他自己的善；审问者在灵魂中揭发污秽，犯人在所揭发的污秽中阐明那埋藏的光耀。这样，就显示出灵魂的深……在甚深的灵魂中，无所谓'残酷'，更无所谓慈悲；但将这灵魂显示于人的，是'在高的意义上的写实主义者'。"[①]确实，在陀思妥耶夫斯基的小说中，审问者和犯人是同时存在的，这就为作品创造了一个自我辩论的场域。一个我在审判另一个我，一个我又在为另一个我辩护，这种争辩，构成了陀思妥耶夫斯基小说中的精神旋律。鲁迅的深刻，也得益于此。

---

① 鲁迅：《集外集·〈穷人〉小引》，《鲁迅全集》（第七卷），第95页，人民文学出版社，1981年。

他的作品，往往也具有审问者和犯人这两种精神维度。他的《狂人日记》，一方面是审判中国的历史，审判所有的人，包括自己的兄弟、母亲，也都是吃人的人；另一个方面，他也不避讳我也是吃了人的人，认为妹妹死的时候，他们未必不把肉和在饭菜里暗暗地给我吃。鲁迅在杂文里也多次说到，吃人的时候，我也帮助排这个吃人的筵席，我也是吃人者当中的一个。如果鲁迅仅仅是一个审判者，批判这是一个吃人的社会，那他就不算深刻。他把自己也摆进去，进行彻底的自我批判，这种写法，在中国传统中是罕见的。鲁迅说，我不单是无情地解剖别人，更无情地解剖自己。他在给许广平和其他朋友的信中，曾反复强调，自己的思想过于黑暗，觉得身后仿佛有鬼跟着，总是拖着长长的黑影。他看到了自己灵魂里的残缺、黑暗和肮脏的，但他不回避这些，他正视自我内部的疾患，这是了不起的一种眼界。

只是，鲁迅之后，有这种自我审判意识的作家太少了。在当代，有太多的作家都在写那种醉生梦死、欲望横流的生活。在他们的作品中，读不到作家的自责，更没有自我审判、自我愧疚的姿态。其实，忏悔、自责是特别值得珍视的写作情怀，它能够把一个人的写作，带到另一个境界。我曾经听莫言在几个场合说过，包括他谈自己的长篇小说《蛙》，反复说要把自己当作罪人来写，这对中国作家而言，显然是一个新的写作角度。因为莫言一旦有了罪人及罪感意识，他的作品就会打开另一个精神空间，就会诞生新的内在经验。

余华的写作也是一个例证。他在二十世纪八十年代，用非常冷静的口吻写下了像《现实一种》《一九八六年》这些作品，那时有人读了作品后说，余华的血管里流着的不是血，而是冰碴子。其实，那时的余华，在冷静的叙述中，对人性一直有清醒的批判和揭露，也暗含着一种隐忍的爱。他的第一部长篇小说《在细雨中呼喊》，出色地写出了一个孩子的内心世界。那个内心充满恐惧和颤栗的孩子，就是一个"内在的人"的形象，而因着有这种内在经验的书写，这部小说也就获得了独有的精神深度。小说里有一个细节令我印象深刻。一个孩子因为在背后嘲弄老师，说他怕老婆，只要他的老婆来了，就像是皇军来了。老师知道后，说要惩罚他，那个小孩就整节课都充满恐惧，等着老师的惩罚降临。后来发现，老师下课就走人了，他以为老师忘记惩罚了，他的恐惧也就随之消失。可是，恐惧刚消失不久，老师又出现在了他面前，说我还没有惩罚你呢。孩子的心情一下子又落到了谷底，他又一次回到了那种即将要接受惩罚的恐惧中。反反复复，那个孩子就这样被折磨了好长一段时间。通过不断地延迟惩罚的来临，余华把一个小孩内心的恐惧，写得真实、动人。这些都构成了余华小说中极为重要的内在经验。

但《活着》之后，余华的写作发生了一些微妙的变化。《活着》对人之命运的书写，尽管充满悲怆，但相对《在细雨中呼喊》而言，写法上要简单得多。《活着》里人物命运的悲怆感，多半是来自于死亡事件的简单叠加——通过不断地死人，到最后，死得只剩下福贵一个人了，让你不得不觉得人生真是悲剧。《在细雨中呼喊》里那个孩子的恐惧，是有深度的、内在的，充满存在意义上的复杂感受；到《活着》里的福贵，他的苦难更多的是成了一种外在的遭遇，没有多少精神挣扎，甚至福贵面临悲惨遭遇时，前后也没有多少内心变化，他面对每个亲人离去时的感受是相似的。《许三观卖血记》也是这种模式。福贵的悲怆，在于不断地有亲人死去；许三观的痛苦，则是要不断地卖血。福贵的人生中，前后死了七八个人，而许三观的人生中，一共卖了十几次血。我曾经看过一篇评论文章说，就叙事设计而言，《活着》也可以更名为《福贵丧亲记》，它们在叙事模式上是相似的，都是通过外在遭遇在同一层面上的叠加，迫使读者觉得这个人活得真惨。这就有点像电视剧的模式了，以一个好人为主线，故意把各种苦难都压在他身上，由此来激发观众的同情心。王朔概括他们当年编电视剧《渴望》，就是按这个模式来设计的，一个好人，做什么事情都不顺，几乎所有的人都在为难她，但最后她没有被打倒，这是吸引观众的一个重要因素。《大长今》《木府风云》等电视剧，用的其实也是这种故事模式。

《活着》最后写到，福贵和一头牛对话。这里面有一种禅宗的思想，人变成牛了，具有牛一般的忍耐力和承受力了。这表明人承受了无数的苦难之后，已经麻木了，苦难也已经不再是苦难了。余华把这解释为福贵的内心变得宽广了，但也可以说，这是内心麻木了。这是很典型的中国人对待生存困境时的态度：他不会在苦难的处境里一直追问下去，而是会找到一种消解苦难的方式，使自己快乐起来。这就是刘小枫所说的"逍遥"精神。他在《拯救与逍遥》一书中说，西方人在面对苦难时会选择旷野呼告，以期待拯救者的出现和来临；中国人则通常选择对苦难进行自我消解，进入一种逍遥、自在、忘我的境界，以期实现对苦难的忘却。福贵就是一个忘却了苦难的人。

如果只有逍遥哲学，文学是很难获得深刻品格的。我们读鲁迅的作品，为何会觉得那是一种完全不同的精神品质？就在于鲁迅不是逍遥的，鲁迅是承担的、前行的。比如在《过客》里，有这样的提问："你可知道前面是怎么一个所在么？"老头说，前面是坟，小孩则说，前面有鲜花，有野百合、野蔷薇。这是鲁迅对人生的真实看法。他有篇文章就叫《坟》，"我只很确切地知道一个终点，就是：坟。"可是鲁迅又对未来、对孩子存着希望，所以也会注意倾听孩子的声音。过客说："我只得走了。况且还有声音常在前面催促我，叫唤我，使我息不下。"老翁说："那也未必。太阳下去了，我想，还不如休息一会的好罢，像我似的。"过客说："但是，那前面的声音叫我走。"老翁说："我知道。""你知道？你知道那声音么？""是的，他似乎曾经也叫过我。""那也就是现在叫我的声音么？""那我可不知道。他也就是叫过几声，我不理他，他也就不叫了，我也就记不清楚了。"过客说：

"不行！我还是走的好。我息不下。"①——这里特别强调了有一个声音来叫我，我不能停下来，我还是要走。这其实是关于存在的一种倾听：每个人的内心都有过这种声音，但对这种声音往往持两种态度，一种是像老翁一样，叫了几声我不理它，它也就不叫了；还有一种是像过客这样，无法不听从这声音的催促，要继续往前走。

我想，关于存在，关于内在的人与内在的经验，都可以用这个声音问题来总结。每个人都有一个内在的自我，都有其内在的经验，以及内心的生活，无论年轻还是年老，都是如此，关键是我们听不听从内心的召唤。按鲁迅的解释，内心的声音可以来自生命本身，这就是中国哲学所强调的心里面那善的声音，也就是孟子所说的，人生来就有"四端"，有恻隐之心、丑恶之心、恭敬之心、是非之心。我们做任何一件事情，内心的声音都会出现，它告诉我们这样做，对还是不对，并等待你的内心作出抉择。在西方文学里，这声音往往来自人以外，来自那个更高的拯救者，是他在召唤人，并激发人起来跟从这个声音。

说现在是向内转的时代，其实就是说现在正进入一个倾听内心声音的时代。里面的声音一旦越来越响亮，外面又有倾听和配合者，并不断地有人站出来呼吁人应该如何活着、如何有意义地活着，现状就会发生改变。

《极权主义的起源》一书的作者阿伦特，曾就希特勒对犹太人实行种族灭绝的主要工具之一的阿道夫·艾希曼在耶路撒冷受审这一事件，为《纽约客》杂志写了一系列文章，并在此基础上出版了《耶路撒冷的艾希曼：关于平庸的恶的报告》一书，轰动一时。阿伦特写到，艾希曼为自己辩护的一个重要论点是："没有外在的声音来唤

---

① 鲁迅：《过客》，见钱理群、王得后编：《鲁迅散文》，浙江文艺出版社2009年版。

醒我的良心。"他觉得所做的不能全由他一个人来承担，因为在那种境遇里，他没有理由不执行元首的意志。这个关于罪责问题的辩论，在当时引起了很大的争议，尽管这个争议，并不能为艾希曼的暴行开脱，但对于那个外在声音存在与否的问题，确实值得我们深思。这令我想起雅斯贝尔斯在战后的反思，他说：我们全都有责任，对不义行为，当时我们为什么不到大街上去大声呐喊呢？假若我们沉默、拒绝发声，就会助长这些暴行。可见，强调内在的人的同时，也不能忘记外在声音的提醒，两种声音并存，才能见证人的完整性。

其实，鲁迅所说的审判者和犯人的辩论，也可看作是一种关于声音的较量。这种较量，往往就是一种自我辩论。内在的人，是经常有不同的声音在内心激辩的人；内在的经验，就是这种内心激辩的真实写照。德国学者G·R·豪克有一本书叫《绝望与信心》①，他阐释了一个重要的事实：对于当今时代而言，绝望的存在可能是一个无以辩驳的事实，可是我们也不能忽视绝望的背后，还有微弱的信心，还有希望的存在。两种声音的辩论，绝望与信心的交织，就构成了人类丰富的内心世界。一种有重量的文学，就应该多关注这些内心的争辩和较量，就应该在作品中建构起这种独特的内在经验，惟有如此，文学才能有效地分享存在的话题，并为当下人类的存在境遇作证。②

二〇一三年六月二十五日

---

① 中国社会科学出版社1992年版。
② 本文是作者的课堂讲课实录，根据录音整理而成。整理者为李德南，特此感谢。

当代小说的叙事前景

一

二〇〇八年十月二十七日，第七届茅盾文学奖揭晓，贾平凹的《秦腔》位列获奖作品榜首。我发现在评审讨论过程中，关于《秦腔》的争议，还是像它刚出版时一样，多集中在故事好看不好看这个问题上。熟悉新时期文学的人都知道，在二十世纪八十年代的中国，小说的叙事革命才是文学的主潮，讲一个什么样的故事并不重要，重要的是如何讲故事。因此，那时即便是不讲故事、甚至反故事的小说，依然能获得文学界的高度评价——许多先锋小说，正是在这个背景里受到重视的。但是，十几年之后，当《秦腔》面世，小说好读不好读，再一次成了尖锐的问题被提出来，这种阅读趣味的变化，透出的是怎样一种文学转型？

阅读《秦腔》确实是需要耐心的，它人物众多，叙事细密，但不像《废都》《高老庄》那样，有一条明晰的故事线索，《秦腔》"写的是一堆鸡零狗碎的泼烦日子"①。在叙事上，《秦腔》是一个大胆的探索。四十几万字的篇幅，放弃故事主线，转而用不乏琐碎的细

---

① 贾平凹：《秦腔·后记》，《秦腔》，第565页，作家出版社，2005年。

节、对话和场面来结构整部小说，用汤汤水水的生活流的呈现来仿写一种日常生活的本真状态，这对读者来说，是一种考验，对作家而言，也是一种艺术的冒险。在当代中国，像《秦腔》这种反"宏大叙事"、张扬日常生活精神的作品，并不多见。因此，要真正理解《秦腔》，就得把它当作一部探索性的小说来读，一味追求故事是否好看的人，必然难以接受这种细密、琐碎、日常化的写法。米兰·昆德拉在论到卡夫卡的小说时所说："要理解卡夫卡的小说，只有一种方法。像读小说那样地读它们。不要在K这个人物身上寻找作者的画像，不要在K的话语中寻找神秘的信息代码，相反，认认真真地追随人物的行为举止，他们的言语、他们的思想，想象他们在眼前的模样。"[①] 如果，真能"像读小说那样"读《秦腔》，就会发现，《秦腔》写的是当下中国的"废乡"景象，而贾平凹对乡土中国变迁的精细刻写，以及对这种变迁的沉痛忧思，的确把握住了这个时代的精神乱象。

"像读小说那样地读它们"，可是，从什么时候开始，人们读小说就是为了读故事？故事与叙事是不同的，叙事才更接近小说的本质。正如托马斯·曼所说，小说家既要通晓现实，也要通晓魔力。故事所描述的是一种现实，而叙事则是一种语言的魔力。应该说，从先锋小说发起叙事革命开始，小说写作就不仅是再现经验，讲述故事，它还是一种形式的建构，语言的创造。写作再也不是简单的讲故事了，它必须学会面对整个二十世纪的叙事遗产——只有建构起了自己的叙事方式的作家，才称得上是一个有创造性的作家。可是，这个经过多年探索所形成的写作难度上的共识，开始被文学界悄悄地遗忘。更多的人，只是躺在现成的叙事成果里享受别人的探索所留下的碎片，或者

---

① 米兰·昆德拉：《被背叛的遗嘱》，第217页，余中先译，上海译文出版社，2003年。

回到传统的叙事道路上来；故事在重新获得小说的核心地位的同时，叙事革命也面临着停顿。

这种停顿，表明艺术惰性在生长，写作和阅读耐心在日渐丧失。讲述一个有趣而好看的故事，成了多数作家潜在的写作愿望——今天的小说家几乎都成了故事的奴隶。我在想，文学一旦丧失了语言冒险的乐趣，只单纯地去满足读者对趣味的追逐，它还是真正的文学吗？说到底，文学的独特价值，许多时候正是体现在语言的冒险上——语言的冒险，叙事的探索，往往能开辟出一条回归文学自性的道路。当初，马原的"我就是那个叫马原的汉人"这一经典句式对当代小说叙事的重大启示，不正是因为马原找到了一种新的语言方式么？离开了这一点，写作的意义就值得怀疑。可是，在这样一个喧嚣、躁动的时代，有谁愿意去做那些寂寞的叙事探索？故事要好看，场面要壮大，经验要公众化，要出书，要配合媒体的宣传——所有这些"时代"性的呼声，都在不知不觉地改写作家面对写作时的心态。

或许，短篇小说艺术在近年的荒芜，可以作为我们讨论这个问题的另一个旁证。以前的作家，常常将一个长篇的材料写成短篇，现在恰恰相反，一个短篇的素材，很多作家多半也要把它拉成一个长篇的。老舍就曾回忆说，"事实逼得我不能不把长篇的材料写作短篇了，这是事实，因为索稿子的日多，而材料不那么方便了，于是把心中留着的长篇材料拿出来救急。……用长材料写短篇并不吃亏，因为要从够写十几万字的事实中提出一段来，当然是提出那最好的一段。这就是楞吃仙桃一口，不吃烂杏一筐了。"[1]把短篇小说看得如此重，今天看起来确实是有点不可思议的，或许这正是两个时代的写作差异吧。

如今，长篇小说盛行，短篇小说则已退到文学的边缘，核心的原

---

① 老舍：《我怎样写短篇小说》，《老舍全集》，第十六卷，人民文学出版社，1999年。

因，我想还是故事与叙事之间的较量。长篇小说的主题词，当然是故事和冲突，而短篇小说则更多地保留着叙事艺术的痕迹，因为短篇小说是很难写好的，它虽是一些片断，但仍然要表达出广大的人生，而且要有一气呵成的感觉。读者对长篇的毛病是容易原谅的，篇幅长了，漏洞难免会有，但只要故事精彩，就能让人记住。对短篇，要求就要严格得多。字数有限，语言若不精练，人生的断面切割得不好，整篇小说就没有可取之处了。所以，叶灵凤曾经说，现代的短篇小说"已经不需要一个完美的故事"，写短篇就是要"抓住人生的一个断片，革命也好，恋爱也好，爽快的一刀切下去，将所要显示的清晰的显示出来，不含糊，也不容读者有呼吸的余裕，在这生活脉搏紧张的社会里，它的任务已经完成了"①。要做到这一点，谈何容易？没有生活的丰盈积累，没有在叙事上的用心经营，再好的断片，我怕一些作家也是切割不好的。因此，在这个长篇小说备受推崇的时代，我倒觉得，中短篇更能见出一个作家的叙事功底和写作耐心。②

　　然而，我们依然无法改变一个事实：翻开杂志和出版物，举目所见，多是熟练、快速、欢悦的欲望写真，叙事被处理得像绸缎一样光滑，情欲是故事前进的基本动力，场景、细节几乎都指向阅读的趣味，艺术、叙事、人性和精神的难度逐渐消失，慢慢地，读者也就习惯了在阅读中享受一种庸常的快乐——这种快乐，就是单一的阅读故事而来的快乐。或许，正是因为看到了这一点，英国文学批评家迈克尔·伍德才有那句著名的论断："小说正在面临危机，而故事开始得到

---

① 叶灵凤：《谈现代的短篇小说》，1936年4月15日《文艺》1卷3期，转引自《二十世纪中国小说理论资料》，第三卷，北京大学出版社，1997年。

② 熟悉文学史的人都知道，新时期以来，中国当代小说成就最大的正是中短篇小说。从二十世纪七十年代末开始，几乎每个小说家都是靠中短篇小说成名，他们迄今为止最重要的代表作也多是中短篇小说。但现在的年轻作家不同了，他们似乎更愿意一开始就进入长篇小说的写作，一个从未写过中短篇小说的人，可能已经出版了好几部长篇小说了，这显然是小说叙事艺术被漠视的一个证据。

解放。"① 很多人都会感到奇怪，小说的主要任务不就是讲故事么，为何要将小说与故事对立起来？按照本雅明的说法，小说诞生于"孤独的个人"，而故事的来源则是生活在社群中、有着可以传达经验的人② ——故事所远离的恰恰是"孤独的个人"，它的主要旨归是经验和社群。可见，故事并不一定就是小说，但在这个崇尚经验、热衷传递经验的当代社会，故事正日渐取代小说的地位。

那些善于讲故事的人，尤其是善于以私人经验为主要故事内容的人，越来越成为这个时代的宠儿——市场意识形态所青睐的，总是这样一些人。故事获得解放，经验正在扩张，由此所建构起来的消费景观，也就成了文学的主流。于是，凡是与文字相关的场域，充斥的都是讲故事的人。新闻是在讲事故，网络帖子是在讲故事，段子与闲谈是在讲故事，畅销的文学读物也多是在讲故事——当然，小说也是在讲故事。在这一片故事的喧嚣之中，容易让人产生小说正在走向繁荣的幻觉，因为据不完全统计，每年国内出版的长篇小说多达近千部，发表的中短篇小说就更是不计其数了，难道这还不足以让我们得出小说正在走向复兴的结论？然而，在故事复兴的过程中，崛起的只是那些可以传递的经验，相反，小说所需要的"孤独的个人"却正在消失。故事的核心是经验的表达，它所面对的更多是公共趣味，响应的更多是消费和市场需求的召唤；在经验的形态上，它也是解密的，自我展示的，并无私人的秘密可言——没有秘密，就决不会有"孤独的个人"；没有"孤独的个人"，就不会有真正的小说。

---

① 迈克尔·伍德：《沉默之子：论当代小说》，第1页，顾钧译，生活·读书·新知三联书店，2003年。

② 瓦尔特·本雅明：《讲故事的人》，《本雅明文选》，第295页，张耀平译，中国社会科学出版社，1999年。

二

这几乎成了中国当代小说的根本困境：一边是经验和欲望的展示，另一边是文学叙事的悄然隐匿——小说在今天，似乎到了需要重新辨析的地步。至少，我们不能再简单地将经验的诉说理解为小说本身，小说有着比这更复杂的精神事务需要解决，如米兰·昆德拉所说，小说的精神是复杂性。确实，复杂的世界，需要一种复杂的形象和复杂的精神来诠释它，这是小说的基本使命，也是小说所要面对的艺术难度。假如小说不再表达复杂的世界，而只是像故事的那样专注于单一、贫乏的经验，那么小说的存在就将变得可疑。

本雅明说，"经验贬值了"，"而且看来它还在贬，在朝着一个无底洞贬下去。无论何时，你只要扫一眼报纸，就会发现它又创了新低，你都会发现，不仅外部世界的图景，而且精神世界的图景也一样，都在一夜之间发生了我们从来以为不可能的变化。"[1] 所以，在现代社会，口口相传别人的经验的时候，其实个体可以言说的经验不仅没有变得丰富，反而变得贫乏了。这也就是为何那些激进的个人写作者，写出来的小说面貌往往大致相仿的原因之一。经验的类同，正在瓦解小说家的创造力，因为经验在遭遇根本的挑战："战略经验遇到战术性战争的挑战；经济经验遇到通货膨胀的挑战；血肉之躯的经验遇到机械化战争的挑战；道德经验遇到当权者的挑战。"[2] 那些渺小的个人经验，只有被贴上巨大的历史标签或成为特殊的新闻事件之后，它才能被关注而获得意义，因此，很多的写作，看起来是在表达自己的个人经验，其实是在抹杀个人经验——很多所谓的"个人经验"，

---

① 瓦尔特·本雅明：《讲故事的人》，第291—292页。

② 瓦尔特·本雅明：《讲故事的人》，第292页。

打上的总是公共价值的烙印。尽管现在的作家都在强调"个人性"，但他们分享的恰恰是一种经验不断被公共化的写作潮流。

在那些貌似个人经验的书写背后，隐藏着千人一面的写作思维：在"身体写作"的潮流里，使用的可能是同一具充满欲望和体液的肉体；在"私人经验"的旗号下，读到的可能是大同小异的情感隐私和闺房细节；编造相同类型的官场故事或情爱史的写作者，更是不在少数。个人性的背后，活跃着的其实是一种更隐蔽的公共性——真正的创造精神往往是缺席的。特别是在年轻一代小说家的写作中，经验的边界越来越狭窄，无非是那一点情爱故事，反复地被设计和讲述，对读者来说，已经了无新意；而更广阔的人群和生活，在他们笔下，并没有发出自己的声音。诚如耿占春所说，在新闻主宰一切的今天，"人人都记得的一件事，谁也不会对它拥有回忆或真实的经验。这反映了经验的日益萎缩，这也表明了人与经验的脱离，人不再是经验的主体。看来不太可能的状况已经出现在我们的生活中：我们生活在并非构成自身经验的生活中。我们的意识存在于新闻报道式的话语方式中，因而偏偏认为：不能为这种话语方式所叙述的个人生活经验是没有意义或意指作用不足的。"① 确实，当下中国作家面临的一个重要困境就是，"生活在并非构成自身经验的生活中"，生活正被这个时代主导的公共价值所改写，在这种主导价值的支配下，一切的个人性都可能被抹平，似乎只有这样，小说才能获得最大限度的商业和消费价值。

这种写作对当代生活的简化和改写，如果用哈贝马斯的话说，是把丰富的生活世界变成了新的"殖民地"。他在《沟通行动的理论》一书中，特别论到当代社会的理性化发展，已把生活的某些片面扩大，侵占了生活的其他部分。比如，金钱和权力只是生活的片面，但

---

① 耿占春：《回忆和话语之乡》，第181—182页，广西师范大学出版社，2003年。

它的过度膨胀，却把整个生活世界都变成了它的殖民地。"这种殖民，不是一种文化对另外一种文化的殖民，而是一种生活对另外一种生活的殖民。……假如作家们都不约而同地去写这种奢华生活，而对另一种生活，集体保持沉默，这种写作潮流背后，其实是隐藏着写作暴力的——它把另一种生活变成了奢华生活的殖民地。为了迎合消费文化，拒绝那些无法获得消费文化恩宠的人物和故事进入自己的写作视野，甚至无视自己的出生地和精神原产地，别人写什么，他就跟着写什么，市场需要什么，他就写什么，这不仅是对当代生活的简化，也是对自己内心的背叛。若干年后，读者（或者一些国外的研究者）再来读这一时期的中国文学，无形中会有一个错觉，以为这个时期中国的年青人都在泡吧，都在喝咖啡，都在穿名牌，都在世界各国游历，那些底层的、被损害者的经验完全缺席了，这就是一种生活对另一种生活的殖民。"①

这种殖民，也是一种简化。在中国当代小说中，我们读到的正是越来越普遍的对世界的简化。就像很多作家笔下的民工，除了在流水线上做苦工，或者在脚手架上准备跳楼以威胁厂方发放工资之外，并没有自己的欢乐或理想；他们笔下的农民，除了愚蠢和贫困之外，似乎也没享受过温暖的爱情、亲情；他们小说中的都市男女，除了喝咖啡和做爱之外，似乎不要上班或回家的。很多作家都像有默契似的，不约而同地把世界简单化、概念化。简化是对生活的遗忘。"简化的蛀虫一直以来就在啃噬着人类的生活：即使最伟大的爱情最后也会被简化为一个由淡淡的回忆组成的骨架。但现代社会的特点可怕地强化了这一不幸的过程：人的生活被简化为他的社会职责；一个民族的历史被简化为几个事件，而这几个事件又被简化为具有倾向性的阐释；

---

① 谢有顺：《追问诗歌的精神来历——从诗歌集〈出生地〉说起》，《文艺争鸣》2007年第4期。

社会生活被简化成政治斗争，而政治斗争被简化为地球上仅有的两个超级大国的对立。人类处于一个真正简化的漩涡之中，其中，胡塞尔所说的'生活世界'彻底地黯淡了，存在最终落入遗忘之中。"① ——小说应该是反抗简化和遗忘的，它的使命是照亮"生活世界"，守护这个世界的复杂性和丰富性。

只是，当代中国的小说家中，有几个人意识到了这种简化是对存在的遗忘？又有几个人察觉到了时代的某种"共同的精神"是对小说内部那个"孤独的个人"的伤害？故事、经验、欲望，三者的背后关涉的都是一种趣味——写作和生活的趣味。但除了经验的我、欲望的我，小说中理应还有道德的我、理性的我。写作不从生理和身体的生命里超拔出来，不讲道德勇气和超越精神，作家就会很容易堕入玩世主义和虚无主义之中，透显不出作家主体的力量。何以这些年来的中国小说多是在延续着量的增长，而无多少质的改变？我以为，正是故事、经验、欲望这三位一体的写作结构，限制了小说在艺术、精神上的进一步深化。经验的我、欲望的我，对应的正是量的精神，是纷繁的事象，是身体和物质在作家笔下的疯狂生长，是长篇小说的泛滥性出版。而所谓文学的质，它所对应的则是艺术世界、价值世界。中国当代文学中，这些年几乎没有站立起来什么新的价值，有的不过是数量上的经验的增长，精神低迷这一根本事实丝毫没有改变，生命在本质上还是一片虚无，因为就终极意义上说，经验的我，身体的我，都是假我，惟有价值的我，生命的我，才是真我。现在看来，艺术危机、价值危机才是小说真正的危机。小说如果只一味地去迎合那些消费主义的趣味，没有气魄张扬一种新的精神，也无法创造一个新的叙事艺术的世界，那它附庸于趣味和利益的写作格局就无从改变。尤其是二十世纪九十年代以后，中国小说的主角由语言变成了经验，写作

---

① 米兰·昆德拉：《小说的艺术》，第22—23页，董强译，上海译文出版社，2004年。

的先锋性不再被重视，讲述经验所代表的趣味性和煽情性，则受到了消费社会的广泛欢迎。小说突然被经验、趣味、欲望这些事物所解放，叙事探索的重担仿佛彻底地放下了，在多数作家那里，叙事问题好像已经根本就不存在了。

三

难道小说不再是一种叙事的艺术？难道叙事艺术真的在走向衰竭和死亡？这话初听起来有点危言耸听，却也并非什么新的看法。早在一九三六年，德国批评家、哲学家瓦尔特·本雅明就在他著名的《讲故事的人》一文中作了这种预言式的宣告。在本雅明看来，"讲故事这门艺术已是日薄西山"，"讲故事缓缓地隐退，变成某种古代遗风"，本雅明把这种叙事能力的衰退，归结为现代社会人们交流能力的丧失和经验的贬值。他认为，新闻报道成了更新、更重要的第三种叙事和交流方式，它不仅同小说一道促成了讲故事艺术的死亡，而且也对小说本身的存在带来了危机。他引用了《费加罗报》创始人维尔梅桑一句用来概括新闻报道特性的名言："对我的读者来说，拉丁区阁楼里生个火比在马德里爆发一场革命更重要。"本雅明继而说："公众最愿听的已不再是来自远方的消息，而是使人得以把握身边的事情的信息"，"如果说讲故事的艺术已变得鲜有人知，那么信息的传播在其中起了决定性的作用。""不论新闻报道的源头是多么久远，在此之前，它从来不曾对史诗的形式产生过决定性的影响；但现在它却真的产生了这样的影响。事实表明，它和小说一样，都是讲故事艺术面对的陌生力量，但它更具威胁；而且它也给小说带来了危机。"[①]

这的确是一个重要的发现。新闻对故事和小说的取代，在新闻业

---

① 瓦尔特·本雅明：《讲故事的人》，第296页。

不算很发达的当代中国也已经是一个耀眼的事实，以致多年前，就有作家宣称，最好的小说并不在文学期刊上，而是在《南方周末》这类报纸的深度新闻报道中。本雅明指出，讲故事是一种手工匠人式的艺术，流行在前工业的农业与手工业社会中，相比之下，新闻报道则是一种现代工业化的生产，它可以更快、更真实地介入当代人的生活——但由此就断言叙事艺术已经死亡，只有新闻报道才是人们生活中唯一的主角，似乎也还缺乏充分的说服力。

本雅明对叙事艺术走向衰竭的哀叹，或许是有根据的，他说出了叙事艺术的总体性命运。但就当下的境遇而言，我更愿意相信，叙事艺术还在我们的生活中坚韧地存在着，不过，它已不再是小说的专利，而是被分解到了其他的言说艺术之中。"日常生活中经常被引用的叙事例证有电影、音乐录像片、广告、电视和报纸新闻、神话、绘画、唱歌、喜剧性连环画、逸闻、笑话、假日里的小故事、逸闻趣事，等等。在更为学术化的语境中，人们都承认，在个人回忆和自我表述中的个人身份表达中，或者在诸如地球、民族、性别等集团的集体身份的表达中，叙事都占有中心地位。人们一直对历史、法律制度的运作、心理分析、科学分析、经济学、哲学中的叙事有着广泛的兴趣。叙事犹如普通语言、因果关系或一种思维和存在的方式一般不可避免。"[①] 马克·柯里说，这是一种"新叙事学"，这种叙事不只限于文学，它无处不在。可见，叙事和叙事学并非真像一些人所说的那样，已经寿终正寝，它其实不过是经历了一次转折，一次积极的转折而已。

本雅明也许意想不到，经过结构主义和后结构主义叙事学大师们的研究，叙事学内部已经发生了重大的变化，就连讲故事，也在新的叙事艺术的刺激下获得了新的生长空间。故事不再是固定不变的结

---

① 马克·柯里：《后现代叙事学》，第3—4页，宁一中译，北京大学出版社，2003年。

构，它成了叙事的产物，而叙事所能建构的故事形式的可能性是无法穷尽的。只要作家愿意，叙事甚至还可以脱离故事，独自在语言的自我指涉中完成。语言并非工具，语言也表达其自身，语言本身是一个伟大的世界，叙事也可以是一种语言的自我讲述、自我辨析。这便是传统叙事学和后结构主义叙事学之间的根本不同。"传统叙事学家由于把文本看成一个稳定的连贯的设计，因而只能对文本作部分的解读。后结构主义叙事学的一个重要特征就是，它设法保持叙事作品中相矛盾的各层面，保留它们的复杂性，拒绝将叙事作品降低为一种具有稳定意义和连贯设计的冲动。"[①]——这些叙事理论听起来也许过于玄奥了，但在中国当代小说的实践中，确实是有一批作家在按着这些理论创造新的叙事话语。从马原等一批作家开始，故事正被叙事所取代。讲一个线性发展、头尾呼应的故事，很长一段时间来不再是先锋作家的兴趣所在。他们选择了以叙事主宰一切，以叙事驱动人物的命运，甚至直接在小说中拆解故事，亮出自己的写作底盘——文本已经没有秘密，一切都成了纸上的游戏、语言的真实。亚里士多德说，叙事的虚构是更高的真实。这话正应和了先锋作家的写作：虚构成了他们最主要的叙事策略。马原不止一次在小说中声称，写作就是虚构，就是一次叙事游戏。"我就是那个叫马原的汉人"这一经典句式的不断使用，使他的写作成了纯粹个人的语言游戏，在他所出示的语言地图上，叙事不再是表达现实、承载意义的手段，叙事本身成了目的。"叙事中'所发生的'从指涉（现实）的观点看是无；'所发生的'只有语言，语言的冒险。"[②]叙事的背后已找不到一个全知全能的主体（这个主体必须被彻底颠覆），写作也不是重在讲述一个故事，而是如何讲述一个故事。

---

① 马克·柯里：《后现代叙事学》，第5页。

② 罗兰·巴特：《叙事的结构分析导言》，转引自海登·怀特：《后现代历史叙事学》，第142页，陈永国、张万娟译，中国社会科学出版社，2003年。

在二十世纪八十年代中期至九十年代初，叙事在中国小说界是一个嘹亮的字眼。小说写作被马原、莫言、格非、余华、苏童、叶兆言、北村等人处理成了叙事的产物。话语和世界发生了分离，能指和所指出现了断裂，叙事既是一种语言建构，也是一种对现实、历史和意义的解构。在马原笔下，世界和人的命运丧失了深度，他煞有介事的叙事，建构的不过是一个"无"而已；在余华笔下，残酷更像是一场纸上的杀戮，人的意义、价值和尊严，在他不动声色的叙事口吻中被彻底解构；在格非、苏童、叶兆言笔下，历史的真相已经隐匿，历史叙事不过是一场话语游戏；在北村笔下，世界也只是话语的镜像、语言的自我繁殖和自我缠绕……语言是这批作家写作的新主体。他们试图以语言来对抗世界，试图在语言中建立起栖居之地，这种纯粹的写作把文学带到了一个孤独的高地，并在某种程度上改变了中国文学的方向——语言、叙事、形式、结构这些词汇，从此纳入了后来者的写作视野。

或许，孤独注定是先锋的命运，纸上的幻象也终究承受不起沉重的现实，一些先锋作家进入二十世纪九十年代后开始改弦更张，叙事革命随之停顿；而另一些重返现实、书写经验的作家，则开始轻易地站到了文学发展的显赫位置。可以说，九十年代叙事革命停顿的背后，暗含的是现实、经验、欲望的胜利——而现实、经验和欲望的背后，我们又可以迅速拆解出消费和市场在其中所起的作用。就这样，当初由叙事革命所建立起来的孤寂的文学景象，很快就被一种大众叙事、消费话语所消解，文学又一次接通了现实和社会那根巨大的血管：读者群扩大了，媒体关注度增加了，谈论的人多了，可文学内在的品质，尤其是在叙事空间的拓展上，并无多少进展。今天，制造文学事件、领导文学风潮的人，多数都是二十世纪九十年代后成名的年轻作家，他们中的很多人，从一开始就学会了如何与读者、市场达成和解，不约而同地在写"好看小说"，在他们身上，已经没有叙事的负担，更没有如何建立起自己的叙事风格的焦虑。

四

文学作为叙事的艺术，正在经受各种消费主义潮流的考验。到二十世纪九十年代，小说日渐成为一种消费品，从刊物到出版社，充满对情爱故事的渴望，加上电影、电视剧对小说的影响，而且每天大量的社会新闻主导着人们的日常阅读，所有这些，都是故事在其中扮演第一主角——不过，这里的故事不再是艺术性的叙事，它成了文化工业对读者口味的揣摩和满足。

从这个意义上说，消费的力量介入小说写作之后，使叙事发生了另外一种命运：叙事与商业的合谋，在电影、电视剧和畅销小说等领域都获得了巨大的成功。这是消费社会里新的叙事图景："现代社会一方面把叙事分解为新闻报导或新闻调查之类的东西，另一方面资本社会并没有忘记人们爱听故事的古老天性，现代社会把叙事虚构变成了一种大规模的文化工业。古老的叙事艺术和讲故事的能力在认真严肃的小说叙事领域没落了，却成了一本万利的文化工业。讲故事的艺术从小说叙事中衰落，为广告所充斥的商业社会却到处都在讲述商业神话，用讲故事的形式向人们描述商品世界的乌托邦。"① 这种文化工业对叙事的改造，正在影响小说写作的风貌。为了迎合读者的口味和走向市场，已经有不少作家以牺牲写作难度的代价来满足出版者的要求；即便是严肃的写作，许多时候也得容忍和默许出版者用低俗的理由进行炒作。商业和市场遏制了许多作家试图坚守写作理想的冲动，叙事的艺术探索更是在萎缩。消费社会的叙事悖论也许正在于此：任

---

① 耿占春：《叙事美学：探索一种百科全书式的小说》，第2—3页，郑州大学出版社，2002年。

何严肃、专业的艺术创造，甚至艰深、枯燥的学术思想，都有可能被消费者改造成商业用途。"时尚业本身也开始回过头来向哲学和批评界借用术语：解构主义成了时装业和唱片业的标签，后现代主义被广泛使用，成了时装、饰品和时尚的促销术语。"①消费社会的逻辑根本不是对商品的使用价值的占有，而是满足于对社会能指的生产和操纵；它的结果并非在消费产品，而是在消费产品的能指系统。文学消费也是如此。读者买一本小说，几乎都被附着于这部小说上的宣传用语——这就是符号和意义——所左右。小说（产品）好不好越来越不重要，重要的是，它被宣传成一个什么符号，被阐释出怎样一种意义来。最终，符号和意义这个能指系统就会改变小说（产品）的价值。我们目睹了太多粗糙的小说就这样被炒作成畅销书或重要作品的。叙事如果完全受控于消费符号的引导，真正的叙事艺术就只能退守到一个角落了。

消费主义对叙事的改造，必然导致叙事的分野；这种分野，也许将会帮助我们建立起新的文学叙事的格局。在这个格局里，以消费为主要特征的文学，也就是我们俗称的畅销作品和大众文学，肯定将占据主体地位，毕竟，用统一的标准来研究文学的时代过去了，文学应该有不同的类型，以满足不同人群的阅读渴望。必须承认，在世界范围内，二十世纪下半叶都出现了文学共识上的断裂。文学正在走向多元化。正如利奥塔所认为的那样，后现代时期的特点是从大叙事到小叙事的转变。利奥塔对"元叙事"持一种不信任态度，他提倡向"小叙事"转变，强调的是差异的合法化，"叙事学之变化，正在于文学研究中的标准化价值被多元价值和不可简约的差异所取代。这种差异不仅有文本之间的，还有读者之间的。"②元叙事的消亡，差异的合法

---

① 马克·柯里：《后现代叙事学》，第11页。

② 马克·柯里：《后现代叙事学》，第16—17页。

化，必然导致利奥塔所命名的小叙事、本土叙事、小身份叙事的崛起——而"小叙事"很可能是消费社会中叙事探索唯一可能的空间。

按照利奥塔的观点，这样的小叙事再次发挥了前现代的语言游戏功能，它坚持"语言游戏的异态性质"。而中国当下的文学，还处在"元叙事"和"小叙事"共存的局面里。"元叙事"在今天的文学书写中不仅没有消亡，而且还拥有巨大的空间。无论"主旋律"作品，还是市场化写作，都可看作是"元叙事"的写作，因为它们后面还有一个十分明显的总体话语在支配它们。意识形态的要求，或者市场的诉求，都可能成为新的总体性在左右作家的写作，从这个总体性出发，写出来的作品多半就是千人一面的。叙事的创新肯定不能冀望于这种总体话语，而只能寄托于有更多"小叙事"、更多差异价值的兴起。消费社会的文学工业，掳掠了大多数的作家和读者，但如何在市场的磨碾下，为文学保存一个叙事探索的空间，使叙事回归语言自我建构的维度，这已是文学走向自身、突破困境的迫切需要。

叙事和虚构、语言和形式上的可能性并未穷尽，放弃对它的可能空间的探索，最终导致了当代文学的肤浅和庸常。要改变这一局面，就需要有人重新从文学内部出发，重新探求文学价值的差异、文学叙事的多样化。尽管有人指出，文化差异也在日益变得商业化，但在一个共识已经断裂的时代，寻求差异的合法化便是唯一的出路。现在，我们举目所见，文学叙事的方式是如此的整齐，几乎都在书写欲望和欲望的变体，几乎都以故事的趣味和吸引力为最终旨归，这当然是一种文学危机，只是这种危机不太被人察觉而已。

我想，如何坚持写作的先锋精神的问题，就在这个背景里被提出来了。像这些年出现的《檀香刑》（莫言）、《人面桃花》（格非）、《抓痒》（陈希我）、《秦腔》（贾平凹）、《陌生人》（吴玄）等一批小说，就蕴含着叙事探索的冲动，也向我们提供了新的叙事经验，只是，这样的作品已经越来越少。但这些小说的存在，至少提醒了我们：当文学过于外向，它需要向内转；当文学过于实在，它需要重新成为语言的乌托邦；当"写什么"决断文学的一切，它需要关注"怎么写"；当文学叙事被简化成讲故事，它需要重获话语建构的能力；当"元叙事"和总体话语处于文学的支配地位，它需要有"小叙事"和差异价值存在的空间；当消费主义成为文学主潮，它需要坚持孤寂的勇气……真正的文学，总是在做着和主流的文学价值相反的见证。

这就是一种文学抱负。——"文学抱负"是略萨喜欢用的词，他认为"献身文学的抱负和求取名利是完全不同的"。也许，在这个有太多主流价值能保证作家走向世俗成功的时代，所谓的"文学抱负"，大概就是一种先锋精神，它渴望在现有的秩序中出走，以寻找到新的创造渴望和叙事激情。就此而言，文学写作的先锋性、叙事探索、反抗精神，在任何时代都必不可少，因为它能够使文学重新获得一种自性，获得一种自我建构的能力。略萨在谈及"文学抱负"时，将它同"反抗精神"一词紧密地联系在一起，他说："重要的是……永远保持这样的行动热情——如同堂吉诃德那样挺起长矛冲向风车，即用敏锐和短暂的虚构天地通过幻想的方式来代替这个经过生活体验的具体和客观的世界。但是，尽管这样的行动是幻想性质的，是通过主观、想像、非历史的方式进行的，可是最终会在现实世界里，即有血有肉的人们的生活里，产生长期的精神效果。"[1] 所谓的文学先锋，或许就是反抗和怀疑的气质，是创造精神和文学抱负的结合。

在叙事革命正面临终结，文学投身消费潮流的渴望越来越强烈的今天，缅怀一种叙事探索的传统、追思一种语言革命的激情，便显得异常重要。保罗·利科在其巨著《时间与叙事》中把人看作是"叙事动物"。确实，叙事是人类生活中的重要内容，"没有叙事，就没有历

---

① 马里奥·巴尔加斯·略萨：《给青年小说家的信》，第6—7页，赵德明译，上海译文出版社，2004年。

史"（克罗奇语），没有叙事，也就没有现在和未来。一切的记忆和想象，几乎都是通过叙事来完成的。人既然是"叙事动物"，就会有多种叙事冲动，单一的叙事模式很快会使人厌倦。当小说日益变成一种经验的私语和故事的奴隶，也许必须重申，文学还是一种精神创造，一张叙事地图，一种非功利的审美幻象，一个语言的乌托邦。

二〇〇八年十月三十日

乡土资源的叙事前景

如何认识乡土资源的价值，这关涉到一个作家的写作根基。尽管现在的新作家，很多都出自都市，但在血缘上，多半还是植根乡土；离开了乡土，就无从认识一个真实的中国。费孝通说，传统的中国社会其实就是一个超大型的乡土社会。确实，无论城镇化的进程如何迅猛，从本质上说，中国的国族精神还是乡土的：社会规则的建立，多和乡土的伦理有关；每年清明、春节大塞车，大家多是往乡下去；最动人的文学描写，也多是作家关于乡土的记忆。哲学家牟宗三在《周易哲学演讲录》①中说，"真正的人才从乡间出"，这个观察饶有意味——今日的中国，无论文学、艺术界，还是政治、商业界，拔尖的人才，几乎都出自乡间，或者都有乡村的生活记忆和家族背景。

乡村是熟人社会，城市是陌生人社会；城市经验高度相似，乡村经验却极富差异性。没有经验的差异，就没有个性的写作，也没有独特的想象。这令我想起一个"八〇后"作家对我说的话。她说，我们已经无法再进行《红楼梦》这种百科全书式的写作了，更不可能像古代作家那样，细致地去描绘一种器物，一张桌子，或者去描写一个

①　华东师范大学出版社，2004年。

人的穿着，一次茶聚，一场戏。古代作家由于地域和交流的限制，他所看到、遭遇的经验各自不同，他写这种有差异的个体经验，谁读了都会有新鲜感。但是，现代社会不同，现在的孩子，从小到大吃相似的食物，穿相似品牌的衣服，甚至戴的眼镜、用的文具盒都可能是同一个品牌的，大家的成长经验几乎没有什么差异。假若有哪个作家在小说里花很多笔墨去描绘一个LV包，或者讲述自己吃麦当劳、法国大餐的滋味，岂非既无聊又可笑？城市化进程，抹平了作家经验的差异，以建筑为例，以前有北京四合院、江南园林、福建民居等地域差别，现在，从南到北，从新疆到海南，房子都建得几乎一样，衣服、饮食亦是如此。大家说一样的话，住一样的房子，穿差不多的衣服，接受几乎相同的教育，这样的公共经验已经不足以成为一种写作资源。

乡土经验则全然不同，它是个别的，偏僻的，是贴着感觉的末梢生长的；它之于文学的重要意义，就在于既能训练作家的感官，也能解放作家的感官。

写作如果只靠阅读经验或书斋里的想象，就容易变得苍白、无力。我经常说，好的写作，既要用心写作，还要用耳朵、眼睛、鼻子甚至舌头写作，要有丰盈的感觉，作品的气息才会显得活泛。这方面，莫言是一个很好的典范。我们可在他的小说中读到很多声音、色彩、味道，以及各种幻化的感觉，充满生机，有趣、喧嚣、斑斓，就感官的丰富性而言，其他作家很难与莫言相比，这得益于乡土经验对莫言的塑造。他曾经说：

> 每天在山里，我与牛羊讲话、与鸟儿对歌、仔细观察植物生长，可以说，以后我小说中大量天、地、植物、动物、如神的描写，都是我童年记忆的沉淀。我作品中对大自然细致入微的描绘、乡土气息的浓郁也许是我在中国文坛上有一

席之地的原因。①

　　这种感觉训练、记忆储备，对于写作而言，是一笔巨大的财富。躺在青草地上，看白云飘动，花朵开放，看各种小动物觅食、打架，了解事物与事物之间的差异，感受世态的冷暖，这样的经验，未必是每个人都有的，但对于作家而言，又是至关重要的。莫言回忆，自己小时候经常孤独地坐在炕头或树下，看院子里蛤蟆怎么捉苍蝇。他将啃完的玉米棒子扔在地上，苍蝇立刻飞来，"碧绿的苍蝇，绿头的苍蝇，像玉米粒那样的、有的比玉米粒还要大，全身是碧绿，就像玉石一样，眼睛是红的。"这是形体、色彩的描绘。"看到那苍蝇是不断地翘起一条腿来擦眼睛、抹翅膀，世界上没有一种动物能像苍蝇的腿那样灵巧，用腿来擦自己的眼睛。然后看到一只大蛤蟆爬过去，悄悄地爬，为了不出声，本来是一蹦一蹦地跳，慢慢地、慢慢地，一点声音不发出地爬，腿慢慢地拉长、收缩，向苍蝇靠拢，苍蝇也感觉不到。"这是动作的分解，源于他细致的观察。"到离苍蝇还很远的地方，它停住了，'啪'，嘴里的舌头像梭镖一样弹出来了，它的舌头好像能伸出很远很远，而后苍蝇就没有了。"②真是有声有色。莫言说，他小时候就观察这些东西，蚊子、壁虎、蜘蛛，向日葵上的幼虫，锅炉上沸腾的热气……这些都被莫言写进了小说。在《透明的红萝卜》里，他写"当她的情人吃了小铁匠的铁拳时，她就低声呻唤着，眼睛像一朵盛开的墨菊"，写菊子姑娘的右眼里插着一块白色的石片时，又说"好像眼里长出一朵银耳"；他写自己小时候掉到茅坑里，大哥把他捞上来按到河里冲洗，他说自己"闻到了肥皂味儿、鱼汤味儿、臭大粪味儿"，③色、香、味俱全，想象力超群。生活、大地与自然，成了莫

①　转引自隋峻：《千言万语　何若莫言》，载《青岛日报》2011年11月17日。
②　引自《莫言王尧对话录》，第31—33页，苏州大学出版社，2003年。
③　莫言：《故乡往事》，见《莫言散文》，第19页，浙江文艺出版社，2000年。

言最重要的写作导师。

　　贾平凹也对乡土经验极为熟悉，他的小说，也充满了乡土的实感，很多场面、细节和人物，读之如在眼前。以《高老庄》为例，主人公子路父亲忌日的宴席上，各色人物都登场了，但贾平凹能掌握场面，在你一言我一语的对话中，写出了各人不同的性格。

　　　　庆来娘说："刚才烧纸的时候，你们听着西夏哭吗，她哭的是勤劳俭朴的爹哪，只哭了一声，旁边站着看热闹的几个嘎小子都捂了嘴笑，笑他娘的脚哩，城里人不会咱乡下的哭法么！"大家就又是笑。这一笑，子路就得意了，高了嗓子喊："西夏，西夏——！"西夏进门说："人这么多的，你喊什么？"见炕上全坐了老人，立即笑了说："你们全在这里呀，我给你们添热茶的！"骥林娘就拍着炕席，让西夏坐在她身边，说："你让婶好好看看，平日都吃了些啥东西，脸这么白？"庆来娘说："子路，你去给你媳妇盛碗茶去。"子路没有去，却说："西夏，你刚才给爹哭了？"西夏说："咋没哭？"子路说："咋哭的？"西夏偏岔了话题，说："子路你不对哩，菊娃姐来了，你也不介绍介绍，使我们碰了面还不知道谁是谁。"子路说："那现在不是认识了？这阵婶婶娘娘都在表扬你哩！我倒问你，是你给菊娃先说话还是菊娃先给你说话？"双鱼娘说："这子路！西夏毕竟是小，菊娃是大么！"西夏说："这是说，菊娃姐是妻，我是妾，妾要先问候妻的？"一句话说得老太太们噎住了。①

　　这样的写实，透露出了作家固有的乡村生活的底子，他对这些人

----

①　贾平凹：《高老庄》，第87页，太白文艺出版社，1998年。

物有感觉，才能捕捉到他们的个性、特点，并运用他们独有的语言。因此，强调乡土经验与乡土资源，其实就是强调写作要有一种脚踏实地的感觉，不能过度虚构，想象无边，而是要在一种经验和生活里扎根。没有根，不接地气，作家的感觉是漂浮的，无法沉下来，更谈不上贴近生活本身，经验也会越来越贫乏。譬如，在城市里住久了，很多人都注意到了一个事实：自己可能多年都没有见过真正的黄昏或凌晨了。在城市，早晨起得迟，见不到万物在晨曦中苏醒的样子；黄昏呢，天未暗下来，路灯就亮了，也见不到万物被黑暗所吞噬的过程。我们几乎生活在白昼和黑夜区别不大的世界里，黄昏和凌晨，都只是一个概念而已，不再是现实一种。同样，很多人的写作，也是在使用二手经验，要么看报纸新闻，要么看好莱坞影碟，从中寻找写作素材，没有自己的体验和观察，更不能复原一种记忆，这样的写作，必然是空泛的。小说是活着的历史，也是对生活世界的还原，它不仅要写人物的命运，还要呈现人物生活的场景，小说的世界里，应该有人，有物，有情。然而，当一个作家的感觉迟钝、经验贫乏，他如何才能进行一种既有实感，又有想象力的写作？

因此，乡土经验对作家感觉的训练和解放，具有阅读和想象所不能替代的作用。

另一方面，如何理解乡土资源，背后也隐含着一个作家是如何理解中国人的情感和现实的。不了解乡土中国，就谈不上理解了文化中国；不到中国的乡村去走一走，我们也不会知道中国的矛盾在哪里，她的希望又是在哪里。譬如，这几年来，关于拆迁所引发的冲突，见诸媒体的很多，不少还酿成了流血事件。有些人自焚，有些人跳楼，但都不能阻止推土机的步伐，这确实是一个悲剧。很多的冲突，未必是赔偿合不合理的问题，它的背后，也潜藏着情感问题、精神问题，一个作家要写好这一类题材，就得对这个题材的深层矛盾进行探究。

中国是一个特殊的民族，中国人对历史和土地，有着神圣的情结。照钱穆的研究，中国文化是一种向后看的文化，中国人对历史和记忆，洋溢着一种难言的深情。把一个人或一个家族的祖屋、祠堂拆了，把人家的祖坟挖了，那他们在祖屋、祠堂和祖坟上所寄托的情感，今后将安放在哪里？中国人没有自己恒定的宗教信仰，没有教堂，一直以来，祖屋、祠堂、祖坟、文庙就成了中国人的教堂，成了中国人的信仰。拆迁动的就不仅是房子，而是中国人的信仰，这必然会引发顽强的对抗。没有了祖屋和祖坟，很多中国人就会觉得自己成了孤魂野鬼，有处安身，无处立命了，被连根拔起了，这无异于是一次灵魂的死亡。

中国人对土地的情感是很深沉的，对故乡的情感也是。对于那个生我养我的地方，埋葬了自己祖先的地方，很多人都存有神圣的情感。莫言曾把自己的故乡形容为"血地"，这是一个很重的词，是母亲为我流过血的地方——除非你忘却自己的来处，否则你永远不能放下这份情感。

这种对土地、祖屋的情感，成了维系中国人伦理的精神纽带；没有了祖屋和祠堂，儿子上大学了，无处告诉，生孙子了，也无处告诉，无处欢喜也无处悲伤了，这个伤害，对中国人来说是巨大的。所以，看起来是拆毁一些旧屋和祠堂，破坏和摧毁的却是中国人的精神结构。中国文化的核心是家庭，家庭的核心是血缘，血缘断了，中国人就一片茫然了。中国人眼中的生与死是相联的，"未知生，焉知死"，也可反过来读，未知死，又焉知生呢？没有了对死者的尊重，也就不会善待生者，二者是密不可分的。何以历朝历代都基本信守一个原则，不挖前朝皇帝的坟墓？民间为何也不挖别人家的祖坟？这不是一句封建主义就可解释过去的，它暗含了中国人的精神信仰，中国人必须在看得见的现实世界里，找到归宿，看到未来，惟有如此，中国人才能安息。西方有宗教信仰，他们可以安息在神的怀抱里，中国人没有这样的神，他们死后，希望是和自己的亲人在一起，这是完全不同的民族文化。今日的社会进程，无视这一文化的意义，强力、野蛮地摧毁一切，这样的文化暴力，当然也值得作家们来反思。

很多人都在为中国现代化建设的进程而欢呼，确实，这些年，中国到处楼房林立，新城、新区不断涌现。可是，迄今为止，世界上没有一个国家是可以通过建房子把自己建成世界强国的。文化根系如果彻底破坏了，维系中国人和历史、传统之间联系的精神纽带断裂了，中国的现实将会变得令人无法理解——事实上，今日中国的种种乱象，已经够触目惊心了。比起于经济的落后，文化的贫穷是更可怕的事，文化的断绝，才是一个民族最致命的灾祸。顾炎武说，"天下兴亡，匹夫有责"，这个"天下"就是指着文化说的。顾炎武担心清兵入关之后，汉文化会灭绝，所以才有这个感叹。朝代更替不可怕，可怕的是文化不能承传下去。今天虽然不必再有这种担忧，但我们也必须承认，经过这么多年对传统的践踏，再加上各种粗鄙文化对中国人的塑造，今日中国人的种种表现，包括他们的精神姿态，已经和我们在古代典籍里所读到的中国人，是完全两样了。

很多中国人是靠血缘的流传来维系自己的精神信仰的，你把这个摧毁了，中国人的灵魂就没有着落了。我再说一件真实的事情。某个中国省会城市要建新城，并对新城进行了详细的规划，当这个城市的市长把一幅宏伟的新城规划图给一个来访的西方著名建筑师看时，那个建筑师问的第一个问题是：教堂在哪里？市长哑然。市长在主导设计这个新城的时候，根本没想到居住于此的百十万人是有精神的，而精神是需要有栖居地的。所以，他可能为博物馆、美术馆、大剧院、行政中心都预留了足够的空间，却惟独没有给这个新城留一个教堂的位置。没有了教堂，那中国人的精神该安放在哪里？这个问题，在古代中国是不成问题的，因为中国的文庙、祠堂，就是中国人的教堂。现代社会的精神表达或许多样化了，但关于精神皈依何方的问题，依然在折磨着中国人。可见的精神栖息地是文庙、祠堂、祖屋、祖坟，不可见的精神栖息地是中国的诗歌、中国的文学。中国历代来以文立国，就在于文既诠释中国人的精神，也能为中国人提供精神居所。所以钱穆才说："不懂文学，不通文学，那总是一大缺憾。这一缺憾，似乎比不懂历史，不懂哲学还更大。"[①] 这可谓是独特的中国现实，它对文学抱以极高的期待，而中国的文学又必然要解释一个乡土中国，因为乡土里隐藏着中国最基本的伦理、情感和精神。

　　乡土是中国人的精神基座，也是中国文学不动的根基。现在讲写作，都在讲变道，但也不可忘记，文学除了变道，还有常道，在变的下面，还要找到一个不变的核心。何以中国人身上有那么难以释怀的历史情结和土地情结？就在于关于历史的讲述，可以满足中国人对时间的想象；而关于土地的讲述，可以满足中国人关于空间的想象。这个时间和空间感的确立，就为中国人的精神找到了一个坐标，他就觉得自己有来处，也有归途，就安心了。心安则精神昂扬，反之则精神萎靡。

　　中国文学中，最好的作品，都是关于乡土叙事的，这种乡土资源里，隐藏着一整套关于中国人生存的解释方法。这是极为重要的认识尺度，离开这个尺度，对中国人的描述就可能是残缺的、表浅的。

　　重新认识乡土资源的叙事意义，就是要打开这个视界，使之滋润当下的写作，提升当下的写作。乡土昭示写作的根源，也解放作家的感官，它的差异性、感受性经验，对一种有活力的写作而言是极为重要的。感觉的枯竭，感受力的麻木，有时不在于才华，也在于作家的经历里缺少一种来自自然、大地的滋养，不生动，没有质感，更无法通过丰富的物象描写和情理逻辑来建构一个文学世界。文学的苍白，是因为失去了那种生机勃勃的品质，失去了具有独特经验的个人讲述。而有了乡土资源这一根基，文学能更好地描绘出什么是人类世界

---

① 钱穆：《中国文学论丛》，第126页，生活·读书·新知三联书店，2002年。

不可摧毁的信念，什么是人类世界无法磨灭的声音。

福克纳在他的诺贝尔文学奖获奖演说中说："人是不朽的，他的延续是永远不断的——即使当那末日的丧钟敲响，并从那最后的夕阳将坠的岩石上逐渐消失之时，世界上还会留下一种声音，即人类那种微弱的却永不衰竭的声音，在绵绵不绝。""人的不朽，不只是因为他在万物中是惟一具有永不衰竭的声音，而因为是他有灵魂——有使人类能够同情、能够牺牲、能够忍耐的灵魂。诗人和作家的责任，就在于写出这能同情、牺牲、忍耐的灵魂。诗人和作家的荣耀，就在于振奋人心，鼓舞人的勇气、荣誉、希望、尊严、同情、怜悯和牺牲精神，这正是人类往昔的荣耀，也是使人类永垂不朽的根源。诗人的声音不应仅仅是人为的记录，而应该成为帮助人类永垂不朽的支柱和栋梁。"① 福克纳也是一个乡土作家，他怀着对土地的深情，揭示了人类社会不可摧毁、得以一直延续下来的可贵品质，他是站在大地的立场上，见证了人类灵魂的伟大。

中国的作家缺的正是这种精神。我们这块土地有如此深重的苦难，也有如此灿烂的荣耀，这么多人在此生生不息，活着，死去，留下了太多的故事，也留下了太多的叹息，可在现有的书写者中，还远没有写出真正震撼人心的故事，也还没有挖掘、塑造出这块土地上真正得以存续的精神。二十世纪以来，中国的文学多是揭露、批判，写法上也多是心狠手辣的，它对黑暗和人性局限的描写，达到了一个深度，但文学终究不仅是揭露的，不仅是对黑暗的认识，它也需要有怜悯和希望的声音，也需要探求"人类永垂不朽的根源"。这种写作追求告诉我们，离开了大地，离开了中国人的精神基座，作家就无法分享永恒，无法辨识出自己是谁，他者又是谁。我何以存活在这世上？

---

① 见毛信德主编：《诺贝尔文学奖颁奖演说集》，第374页，百花洲文艺出版社，1991年。

我从哪里来，我往哪里去？我灵魂的声音发自何方，又朝向何处？这些问题，在中国，只有大地能回答，只有故乡能回答。①

二〇一三年一月五日

---

① 本文是作者在湖南省作家讲习班上的讲课实录节选，根据录音整理、修改而成。整理者为陈颖，特此感谢。

从密室到旷野的写作

近年来，随着消费文化的影响和社会语境的变化，文学的面貌正在发生根本的变化。以小说为例，重视内心勘探的作家越来越少，大多数作家都热衷于讲一个好看的故事，以取悦这个时代的阅读口味。于是，小说的情节越来越紧张，悬念一个接着一个，但叙事明显缺少舒缓的节奏和写作的耐心。湍急的小溪喧闹，宽阔的大海平静。一部好的小说，应该既有小溪般的热闹，也有大海般的平静，有急的地方，也有舒缓的地方。中国传统小说的叙事有个特点，注重闲笔，也就是说，在"正笔"之外，还要有"陪笔"，这样，整部小说的叙事风格有张有弛，才显得从容、优雅而大气。比如，传统小说常常穿插进来写一桌酒菜的丰盛，一个人穿着的贵气，一个地方的风俗，这看似和情节的发展没有多大的关系，但在这些描写的背后，我们会发现作家的心是宽广的，叙事是有耐心的，他不急于把结果告诉人，而是引导读者留意周围的一切，这种由闲笔而来的叙事耐心，往往极大地丰富了作品的想象空间

中国当代小说中，几乎找不到好的、传神的风景描写，跟这种叙事耐心的失去有很大的关系。风景描写看起来是很小的问题，它的背后，其实关乎作家的胸襟和感受力。二十世纪以来，风景写得最好的作家，我以为有两个：一个是鲁迅，一个是沈从文。在鲁迅的小说

里，寥寥数笔，一幅惆怅、苍凉的风景画就展现在了我们面前，像《社戏》《故乡》这样的篇章，已经看不到鲁迅惯有的悲愤，而是充满了柔情和悲伤。沈从文的小说也注重风景的刻画，他花的笔墨多，写得也详细，那些景物，都是在别人笔下读不到的，他是用自己的眼睛在看，在发现。像他的《长河》，写了农民的灵魂如何被时代压扁和扭曲，原本是可以写得很沉痛的，但因为沈从文在小说中写了不少"牧歌的谐趣"，痛苦中就多了一种凄凉的美。他们的写作不仅是在讲故事，而是贯注着作家的写作情怀，所以，他们的小说具有一种不多见的抒情风格。我非常喜欢鲁迅和沈从文小说中的抒情性，苍凉、优美而感伤，这表明在他们的笔下，一直有一个活跃的感官世界，他们写作的时候，眼睛是睁着的，鼻子是灵敏的，耳朵是竖起来的，舌头也是生动的，所以，我们能在他们的作品中，看到田野的颜色，听到鸟的鸣叫，甚至能够闻到气息，尝到味道。当代的小说为何单调？很大的原因是作家对物质世界、感官世界越来越没有兴趣，他们忙于讲故事，却忽略了世界的另一种丰富性——没有了声音、色彩、气味的世界，不正是心灵世界日渐贫乏的象征么？

今天的作家，普遍耽于幻想，热衷虚构，他们已经习惯了用头脑和阅读经验写作，也只记得自己有头脑，没想到自己有心肠，有眼睛、鼻子、耳朵、舌头。作家的感官一旦向外面的世界关闭，写作成为脱离生活实践的观念写作，他们笔下的世界，就一定是静默的，单调的。中国小说跟着潮流、市场走了多年，到今天，可能又得回到一些基本问题上来寻找出路。比如，感觉的活跃，感官的解放，对于恢复一个生动的小说世界来说，就有不可替代的意义。

但凡好的小说，都是有很多实在、具体、准确的细节的。这些细节，如果没有感官世界的参与，就不容易写得有实感。很多人喜欢《红楼梦》，不单是喜欢《红楼梦》里那种感情理想，那种寻求爱情知己的决心和信念，也喜欢《红楼梦》所写的实感层面的生活。食物的香味，人物的神采，器物的光泽，场面的气息，曹雪芹都写得活色生香。作者那高远的精神，并不是悬空在小说中的，哪怕是吃茶，喝酒，洗手，换衣服，这样琐碎的事情，曹雪芹写起来也都有不同的情趣，不同的细节表现。在《红楼梦》的感官王国里，简直可以按照声音、颜色、气味、形状、光泽等分类，对小说中的事象做专门的研究，也可以根据茶、酒、饭食、点心、钱物、器具等分类，对小说中的物质进行分析——没有眼睛、鼻子、耳朵、舌头、手和脚、头脑和心肠的参与，怎能成就《红楼梦》这种百科全书式的写作？

有时候，一个实感意义上的传神细节，就能够将作家要表达的、甚至没有说出来的东西，刻在读者的心里。鲁迅的小说不多，为何大多能让人记住？就在于鲁迅有很强的刻写细节的能力。他描写了很多底层的被损害者的形象，他对这些人物和他们的生活，有观察，也有感受。他写祥林嫂的出场，"脸上瘦削不堪，黄中带黑，而且消尽了先前悲哀的神色，仿佛是木刻似的；只有那眼珠间或一轮，还可以表示她是一个活物。"一个被生活摧残到毫无生气的人，就活画在了我们面前。她一手提着竹篮，内中有一个破碗，但鲁迅要强调是"空的"；她一手拄着一支比她更长的竹竿，但鲁迅要强调"下端开了裂"。通过这些细节，这个"已经纯乎是一个乞丐了"的人就呼之欲出了。鲁迅写孔乙己，也是充满这些有力量的细节的，他说孔乙己"从破衣袋里摸出四文大钱，放在我手里"时，不忘加一句，"他满手是泥"，这就表明孔乙己是"用这手走来的"，又在旁人的说笑声中，坐着"用这手慢慢走去了"。因着鲁迅的感官在写作时是苏醒的，他笔下的人物，寥寥数笔，就活了。这就是一个大作家的笔墨。相比之下，当代中国的很多小说，都是消费文化影响下的产物，在实感生活的层面越来越缺乏生机勃勃的感受，在细节的雕刻上，有个人风格的东西也越来越少。

风景描写、细节刻画方面的匮乏，是指着小说的物质外壳而言的，它表明作家的感官视野需要进一步打开；此外，从内在的精神建构上说，当代小说的灵魂视野也需要有一次根本的扩展。

在经验的层面上，中国小说迷恋凡俗人生、小事时代多年了，这种写作潮流，最初起源于对一种宏大叙事的反抗，然而，反抗的同时，伴随而生的也是一种精神的溃败——小说被日益简化为欲望的旗帜、缩小为一己之私，它的直接代价是把人格的光辉抹平，人生开始匍匐在地面上，并逐渐失去了站立起来的精神脊梁。所以，这些年来，尖刻的、黑暗的、心狠手辣的写作很多，但我们却很难看到一种宽大、温暖并带着希望的写作，可见，作家的灵魂视野存在着很大的残缺。

只看到生活的阴暗面，只挖掘人的欲望和隐私，而不能以公正的眼光对待人、对待历史，并试图在理解中出示自己的同情心，这样的写作很难在精神上说服读者。因为没有整全的历史感，不懂得以宽广的眼界看世界，作家的精神就很容易陷于偏狭、执拗，难有温润之心。这令我想起钱穆先生在《国史大纲》一书的开头，劝告我们要对本国的历史略有所知，"所谓对其本国已往历史略有所知者，尤必附随一种对本国已往历史之温情与敬意"，"所谓对其本国已往历史有一种温情与敬意者，至少不会对其本国已往历史抱一种偏激的虚无主义，……而将我们当身种种罪恶与弱点，一切诿卸于古人。"[1] 钱穆所提倡的对历史要持一种"温情与敬意"的态度，这既是他的自况之语，也是他研究历史的一片苦心。文学写作何尝不是如此？作家对生活既要描绘、批判，也要怀有温情和敬意，这样才能获得公正的理解人和世界的立场。可是，"偏激的虚无主义"在作家那里一直大有市场，所以，很多作家把现代生活普遍简化为欲望的场景，或者在写作中单一地描写精神的屈服感，无法写出一种让人性得以站立起来的力

---

[1] 钱穆：《国史大纲（修订本）》上册，第1页，商务印书馆，1996年。

量，写作的路子就越走越窄，灵魂的面貌也越来越阴沉，慢慢地，文学就失去了影响人心的正面力量。

精神视野的残缺，很容易使作家沉于自己的一己之私，而无法在作品中出示更广阔的人生、更高远的想象。而好的小说，不仅要写人世，它还要写人世里有天道，有高远的心灵，有渴望实现的希望和梦想。有了这些，人世才堪称是可珍重的人世。中国当代小说惯于写黑暗的心，写欲望的景观，写速朽的物质快乐，惟独写不出那种值得珍重的人世——为何写不出"可珍重的人世"？因为在作家们的视野里，早已没有多少值得珍重的事物了。他们可以把恶写得尖锐，把黑暗写得惊心动魄，把欲望写得炽热而狂放，但我们何曾见到有几个作家能写出一颗善的、温暖的、充满力量的心灵？那些读起来令人心惊肉跳的欲望故事中，有几个是写到了灵魂深处不可和解的冲突？为现代人的灵魂破败所震动、被寻找灵魂的出路问题所折磨的作家，那就更少了。

很多的小说，都成了无关痛痒的窃窃私语，或者成了一种供人娱乐的肤浅读物，它不仅不探究存在的可能性，甚至拒绝说出任何一种有痛感的经验。作家们只要一开始讲故事，马上就被欲望叙事所扼住，他根本无法挣脱出来关心欲望背后的心灵跋涉，或者探索人类灵魂中那些不可动摇的困境。欲望叙事的特征是，一切的问题最后都可以获得解决的方案，也就是获得俗世意义上的和解；惟独灵魂叙事，它是没有答案的，或者说它在俗世层面上是没有答案的——文学就是探究那些过去未能解答、今日不能解答、以后或许也永远不能解答的疑难，因为这些是灵魂的荒原，是每一个人的生存都无法回避的根本提问。只有勇敢面对这样的根本提问，人才有可能成为内在的人，文学才能称之为是找灵魂的文学。木心说："五四以来，许多文学作品之所以不成熟，原因是作者的'人'没有成熟。"① 确实，作家如果没有

---

① 木心：《琼美卡随想录》，第77页，广西师范大学出版社，2006年。

完成精神成人，文学所刻画出来的灵魂就肯定是单薄的。

在这个一切价值都被颠倒、践踏的时代，展示欲望细节、书写身体经验、玩味一种窃窃私语的人生，早已不再是写作勇气的象征；相反，那些能在废墟中将溃败的人性重新建立起来的写作，才是有灵魂的、值得敬重的写作。我相信后者才是文学精神流转的大势。

因此，当代小说要发展，我以为要着力解决以上这两方面的问题：一是如何通过恢复一种感受力，接通一个更广大的物质视野；二是如何从一己之私里走出来，面对一个更宽阔的灵魂视野。我把这两个问题，用一种比喻的方式，把它归结为是从密室写作到旷野写作的精神变迁。所谓密室写作，它喻指的是作家对世界的观察尺度是有限的，内向的，细碎的，它书写的是以个人经验为中心的人事和生活，代表的是一种私人的、自我的眼界；而旷野写作呢，是指在自我的尺度之外，承认这个世界还有天空和大地，人不仅在闺房、密室里生活，他还在大地上行走，还要接受天道人心的规约和审问。

这也是张爱玲的写作和鲁迅的写作之间的重要区别。张爱玲对世俗生活细节的偏爱（她说，"我喜欢听市声"，如她喜欢听胡琴的声音，"远兜远转，依然回到人间"），以及她对苍茫人生的个人叹息（她说，"这世上没有一样感情不是千疮百孔的"，"短的是生命，长的是磨难"），都可以看作是她的密室写作的经典意象，她确是一个能在细微处发现奇迹的出色作家。但比起张爱玲来，鲁迅所看到的世界，显然是要宽阔、深透得多。尤其是在《野草》里，鲁迅把人放逐在存在的荒原，让人在天地间思考、行动、追问，即便知道前面可能没有路，也不愿停下进发的步伐——这样一个存在的勘探者的姿态，正是旷野写作的核心意象。二十世纪的中国文学一直以鲁迅为顶峰，而非由张爱玲来代表，我想大家所推崇的正是鲁迅身上这种宽广和重量。

从细小到精致，终归是不如从宽阔到沉重。关于这点，王安忆有一段精到的论述，她说："张爱玲的人生观是走在了两个极端之上，一头是现时现刻中的具体可感，另一头则是人生奈何的虚无。在此之间，其实还有着漫长的过程，就是现实的理想与争取。而张爱玲就如那骑车在菜场脏地上的小孩，'放松了扶手，摇摆着，轻倩地掠过。'这一'掠过'，自然是轻松的了。当她略一眺望到人生的虚无，便回缩到俗世之中，而终于放过了人生的更宽阔和深厚的蕴含。从俗世的细致描绘，直接跳入一个苍茫的结论，到底是简单了。于是，很容易地，又回落到了低俗无聊之中。所以，我更加尊敬现实主义的鲁迅，因他是从现实的步骤上，结结实实地走来，所以，他就有了走向虚无的立足点，也有了勇敢。就如那个'过客'，一直向前走，并不知道要到哪里去，并不知道前边是什么。孩子说是鲜花，老人说是坟墓，可他依然要向前去看个明白，带着孩子给他裹伤的布片，人世的好意，走向不知名的前面。"① 中国小说推重张爱玲多年，从她身上一度获得了很好的个人写作的资源，但相比之下，鲁迅所开创的在天地间、在旷野里、在现实中关怀人的道路，如今却有逐渐被忽视的倾向。这也是很多人对当代小说感到不满的原因之一。

从密室写作到旷野写作的精神变迁，其实就是要提醒中国作家：除了写身体的悲欢，还要关注灵魂的衰退；除了写私人经验，还要注视"他人的痛苦"；除了写欲望的细节，还要承认存在一种欲望的升华机制。也就是说，一个作家，在一己之私以外，还要看到有一个更广大的世界值得关注。

这或许就是中国当代小说的真实现状：一方面，细节的虚假、感受力的僵化，正在瓦解小说的真实感——所谓的虚构，正在演变成一种语言的造假，而虚假导致文学成了无关痛痒的纸上游戏日益退出公众生活，文学的影响力不断衰微；另一方面，不少作家还沉迷于密室

---

① 王安忆：《世俗的张爱玲》，《解放日报》2000年11月29日，第4版。

里的欲望图景，无法完整地写出人类灵魂的宽度、厚度，写作也无法为一种有力量的人生、一种雄浑的精神作证，相反，它成了现代人精神颓废的象征。

要突破这两方面的困境，我想，当代小说需要有感官视野和精神视野上的双重扩展。作家们的感觉力在钝化，心智不活跃，文学世界就会变得苍白、单调，因此，韩少功说："恢复感觉力就是政治，恢复同情和理解就是文学的大政治"。① 另外，从密室走向旷野，表征的是作家灵魂眼界的开放，它是文学重新发出直白的心声、重新面对现实发言的精神契机。中国小说经过了这十几年欲望话语的激进实践之后，现在正向灵魂叙事转身——这是一个值得期许的变化，而文学正是在这种变化中不断前行的。

二〇〇八年四月二日

---

① 张彦武：《韩少功：恢复同情和理解就是文学的大政治》，《中国青年报》2006
年12月11日，第12版。

"七〇后"写作与抒情传统的再造

　　二十世纪六十年代，陈世骧在美国提出了"抒情传统"这一概念，他认为，相比荷马史诗和希腊戏剧，同时期的中国文学里并没有出现像史诗那样醒目的作品，但中国文学的荣耀不在史诗，而是在抒情传统里。这一概念的提出，无疑为中国文学研究开出了新的视界，尤其是在台湾，它在高友工等学者的进一步阐释下，形成了一个互有关联、又有开放性与差异性的学术话语谱系①。王德威后来又把有关抒情传统的论述延伸至中国现当代文学的领域，从启蒙、革命、国族、时间/历史、创作主体等角度，来展开他对抒情传统与中国现代性的研究，但他主要是以启蒙、革命等话语作为参照系来理解抒情传统的现代再造，对抒情传统的辨正多停留在国族政治领域，而相对忽略了经济或商业意识形态对二十世纪中国文人生活与写作的影响②。事实上，商业意识形态对现代文学的影响并不亚于政治意识形态。阿多诺、霍克海默等人对现代文化工业的研究表明，这两者间存在着互相借用的关系。本雅明对机械复制时代文学艺术的生产所进行的

---

① 有关抒情传统在台湾的具体发展过程，可参考沈一帆：《台湾中国抒情传统研究述评》，《华文文学》2011年第1期。

② 王德威的研究见《抒情传统与中国现代性——在北大的八堂课》一书，生活·读书·新知三联书店，2010年。

阐述，波德里亚对景观社会或消费社会生产模式的分析，也告诉我们，在从现代向后现代转变的历史进程中，商业意识形态对文学艺术的影响要远远超过政治意识形态。即便是围绕晚清以来的文学实践展开讨论，也不可能离开商业意识形态这一维度。陈平原在研究清末民初的小说时，就用了不少篇幅来谈论"新小说的商品化倾向"这一问题；有学者在分析二十世纪三十年代"革命加恋爱"式的左翼文学实践时，也早已注意到这是商业、政治、文人性情等多重因素共同塑造的 ①。二十世纪中叶以后，受国家管理文学的具体方式与政策影响，文学写作中的商业因素虽然一度有所降低，但是从二十世纪八十年代年代中期以来，尤其是一九九二年以后，恰好又迎来了一轮压抑后的反弹。彼时商业化的因素，极大地影响了民众的生活，也参与塑造了文学的基本面貌。政治意识形态与商业意识形态所构成的那种既共谋又互相冲突的社会境况，给抒情传统提出了更需要面对的复杂挑战。

这一挑战，在新一代作家身上表现得更为复杂，尤其是"七〇后"作家对抒情传统的呼应和再造，值得研究。尽管用一个年代来命名一代人的写作，是机械的，不准确的，但是，一代人有一代人的文学，也是一个不争的事实。"七〇后"作家最早的出场时间是二十世纪九十年代中期，那时，文学正面临被边缘化的压力，商业主义的思潮开始进入文学领域，媒体的商业化运作也为作家提供了新的平台。正如二十世纪八十年代中国作家着迷于把语言变成一种叙事权力一样，九十年代以来，如何把个人经验彻底合法化，也成了中国当代文学发展的重要动力。于是，经验和故事，身体和欲望，就成了这十几年来小说写作中极为重要的两对关键词。"七〇"后作家一度是经

---

① 参见陈平原：《中国现代小说的起点——清末民初小说研究》，第三章，北京大学出版社，2005年；刘剑梅：《革命与情爱——二十世纪中国小说史中的女性身体与主题重述》，上海三联书店，2008年。

验、欲望和身体书写的践行者，在面对历史和现实的讲述中，个体是叙事的中心，他们所描述的情感创伤或生存破败，更多是个人的记忆，而无关国族和社会这些宏大命题。这种新的叙事者的出现，其实也可解读为是抒情主体的隐秘变化：他们的情感指向，他们歌唱或诅咒的对象，都和个体有关，无论是颂歌还是哀歌，他们所推崇的，不过是关于"我"的真实表达。因此，要在现代语境中重新辨识抒情传统，围绕"七〇后"小说写作来展开讨论，未尝不是一个新的角度。

一

如果借用普实克有关抒情与史诗的区分，可以发现，"七〇后"作家群中较少有像茅盾、莫言这种以注重表现广阔的社会画面为中心的"史诗的"写作，而更多是一种"抒情的"写作。"史诗的"写作，对一个作家的精神体量和叙事方法，都有更高的要求，这也是为何一些作家以长篇写作见长，一些作家却以中短篇小说写作见长的缘故。"七〇后"作家也写长篇小说，但普遍字数都在十多万字，结构上更像是一个大中篇，比如"七〇后"较早发表的几个长篇《高跟鞋》（朱文颖）、《上海宝贝》（卫慧）、《拐弯的夏天》（魏微），叙事规模都不大，但这些关于青春记忆的个人书写，却有着鲜明的抒情风格。也许，任何人的青春里，都有一种可以被宽恕的狂放；他们的叛逆，破坏，颠覆，也理应被理解。菲茨杰拉德说：每个人的青春都是一场梦，一种化学的发疯形式。而梦和疯狂，是文学创造力的两个核心要素，也是抒情主体不可或缺的情感成因。

而我以为，再写实的小说，就其内在的精神旋律而言，都必须要有诗性和抒情性，才有更为丰富的文学性。中国的小说革命，一度在极端写实和极端抽象之间摇摆，如"新写实小说"，写出了日常生活的事实形态，但缺乏一种精神想象力，而先锋小说一度致力于形式探索，把情感和记忆从语言的绵延中剔除出去，也因失之抽象而把小说逼向了绝境。小说要写得优雅、从容、饱满，就要有日常性，也就是说，小说的物质外壳必须由来自俗世的经验、细节和情理所构成，此外，它还要有想象、诗性和抒情性，这样才能获得一个灵魂飞升的空间。

诗性产生抒情性，而抒情性的获得和一个作家的叙事耐心有关。何以在当代小说中难以找到好的、传神的风景描写？其实就和作家叙事耐心的丧失有很大的关系。二十世纪以来，写风景写得极好的作家，一个是鲁迅，一个是沈从文。在鲁迅的小说里，寥寥数笔，一幅惆怅、苍凉的风景画就展现在了我们面前，像《社戏》《故乡》这样的篇章，已经看不到鲁迅惯有的悲愤，而是充满了柔情和悲伤。沈从文的小说也注重风景的刻画，他花的笔墨多，写得也详细，那些景物，都是在别人笔下读不到的，他是用自己的眼睛在看，在发现。像他的《长河》，写了农民的灵魂如何被时代压扁和扭曲，原本是可以写得很沉痛的，但因为沈从文在小说中写了不少"牧歌的谐趣"，痛苦中就多了一种凄凉的美。他们的写作不仅是在讲故事，而是贯注着作家的写作情怀，所以，他们的小说具有一种不多见的抒情风格。我喜欢鲁迅和沈从文小说中的抒情性，苍凉、优美而感伤，这表明在他们的笔下，一直有一个活跃的感官世界，我们能在他们的作品中，看到田野的颜色，听到鸟的鸣叫，甚至能够闻到气息，尝到味道。当代的小说显得单调，很大的原因是作家对物质世界、现实世界越来越没有感觉，他们忙于讲故事，却忽略了世界的另一种丰富性——没有了声音、色彩、气味的世界，正是心灵世界日渐贫乏的象征。好的小说，固然要有坚实的物质外壳，要有事实层面的逻辑、情理和论证——但除了事实的想象力，小说家还需具有价值的想象力。价值想象力创造精神奇迹。一个小说家，如果只屈服于事实，只在事象层面描绘和求证生活的真相，它就会成为一个实在主义者（而非现实主义者），而小说最可贵的品质之一，是呈现事实背后的心灵跋涉。价值想象力的获得，首先就要求小说家必须脱离就事论事的困局，要扎根于诗性、梦想，寻找灵魂中还未被充分认知的那些不可思议的力量和可能性，有了这种精神腾跃的空间，小说就不仅是描摹、发现，它还是创造。小说不单要告诉我们生活是怎样的，它还要告诉我们生活可能是怎样的。

呈现生活的无限可能性，是小说最迷人的气质之一，而这种可能性正是隐藏于小说家的灵魂之中——通过想象，激动这个不安的灵魂，把灵魂的秘密和精神的奇迹写出来，你既可说这是小说，是虚构，也可说这是一份关于人类梦想和存在的真实报告。有梦想，有秘密，有可能性，有精神奇迹，有价值的想象力，这样的小说才堪称是抒情的、诗性的。并不是说，小说只有这样一种神采飞扬的写法，而是就中国当代小说的现状而言，当我读到了太多斤斤计较、油腔滑调或就事论事的小说之后，就不由得开始想象一种有心灵秘密、有梦想和抒情风格的小说了。具有诗性和抒情性的小说家，他们的语言往往有弹性和速度感；他们笔下的青春，即便是梦想的残片，也不乏冷峻，并有一种令人心碎的美；他们面对历史，撬动的是那些深藏不露的隙缝，从而找到和自我相关的联索；他们热爱现实，但在现实面前没有放弃想象的权利，在看到现实的残酷的同时，也学习在情感上如何把隐忍变成一种力量。

"七〇后"作家很多都有这种叙事自觉，尤其是他们的中短篇小说，不乏出色的篇章，但他们成长于一个长篇小说处于绝对强势的时代，在短篇小说上即便做再多的努力，也不易引起大家的注意。但"七〇"后的写作普遍转向个体记忆，重在写小事、小情感，写精神的碎片，并把小说视为一种精致的艺术，所以他们更愿意在中短篇小说上用力。说"七〇后"作家是"抒情的"一代，就因为他们在叙事层面上有着鲜明的抒情风格，有的作家是在历史的感伤中找寻自我的位置，有的作家是在民族的记忆中观察现实，有的作家充满对小人物的同情，有的作家却以温婉而柔韧的情感线条，满带感情而朴实的语言，理性而欲言又止的人物关系结构成篇，他们甚至能在这个热衷于身体和欲望叙事的年代，凭一种简单、美好并略带古典意味的情感段落来打动读者，并由此接续上一种令人久违了的抒情传统。这方面比较有代表性的"七〇后"作家是魏微，她的短篇小说《乡村、穷亲戚和爱情》①就是很典型的"抒情的"写作。这篇小说，情感上暗藏着一种隐忍的高尚，叙事上既简约，又节制，它写了一个城市女孩和一个乡村男人之间那种微妙、细腻的情感起伏。它不是以故事取胜，而是蕴藏在简单的故事和人物关系背后那种充沛、温婉的情感在驱动着叙事，在这里，情感就是精神，它主导了小说的叙事方向。小说写到的"我"，最初也是一个享乐主义式的物质女孩："我在过物质生活，也马不停蹄地谈恋爱。几乎是走马观花的，我和异性相处，也获得愉悦"，"无数次的恋爱在于我，就像一次恋爱。一步步地往前走着，说不定哪天就遇上了一个男人，那又会怎样呢？也许会擦肩而过，也许呢，会'携子之手'。总之，就是这样子了"。但就是这样一个人，在一次将奶奶的骨灰送回乡下的过程中，不知觉地在自己的内心发生了一场爱情：她居然短暂地爱上了乡下的表哥陈平子，表哥也爱她，"一切都昭然若揭了"，可由于这场爱情是如此的不切实际，它的命运注定只能是稍纵即逝。让我们意外的是，这个表哥以前经常到"我"家，是少女时期"我"不喜欢的穷亲戚的代表。"在我的少女时代，一看见家里来穷亲戚，我就变得意志消沉"，"我确实知道，在我和他们之间，隔着一条很深的河流，也许终生难以跨越。想起来，我们的祖辈曾在同一片土地上生活，我们的血液曾经相互错综，沸腾地流淌。现在，我眼见着它冷却了下来，它断了，就要睡着了"。魏微

---

① 《花城》2001年第5期。

的抒情才华正是体现在这里：她使一场根本不可能发生的爱情，最终降临在"我"的内心，从而写出了"我"灵魂中的美好品质从沉睡到苏醒的微妙过程。小说写道，"我们家族的人，不管是穷人还是富人，骨子里都是尊贵的，这是从血液深处带下来的，没法子改变的"，"他们淳朴，平安，弱小，也尊贵"。作者正是借着一系列温婉的细节和情感铺垫，使"我"血液中的尊贵品质苏醒过来，并与表哥产生回响。但如果作者停留于此，小说还是过于理想化，魏微巧妙地把这种因内心苏醒而有的爱情限制在内心的范畴，现实的那层却一直让它处于暧昧之中，最终，这种不可能的爱情就成了一个"瞬间的理想"，"它在那个春日的晌午袭击了我，击垮了我，让我觉得浑身乏力，让我觉得精神振奋"。"呵，和贫穷人一起生活，忠诚于贫苦。和他们一起生生不息，最终成为他们中的一分子。这都是我的想象，可是这样的想象能让我狂热"。之后，人物的生活也许又恢复了理性和冷静，但"我"内心苏醒的一些方面已经发生，它真实，动人，庄严而坚韧。

如何对待贫穷、物质与乡土记忆，这是"七〇后"作家普遍要面对的议题。他们不像"八〇后"作家，大多成长于都市，可以直接而大胆地描写奢华或靡废；他们也不像"六〇后"作家，成长途中历经过不少社会苦难，喜欢回望那些阳光灿烂或暗无天日的日子。"七〇后"作家更多是在物质和精神之间徘徊，他们可能是最早正视物质力量的一代，但又无法沉迷于物质，无法放下自己身上的那份精神自尊。朱文颖的《高跟鞋》[①]是比较早开始写物质与精神相较量这一主题的，它不仅写出了物质所具有的广阔力量，也进一步发现这些物质的生长是如何一步步作用于现代人的精神的。朱文颖既不像一些高蹈而抽象的理想主义者那样，竭力地贬损物质，把它视为庸俗和罪恶的代名词

---

① 《作家》2001年第6期。

加以批判，也不像那些紧跟潮流、向往奢华的现实主义者那样，不顾一切地把物质的力量神化，从而向物质社会的到来全面投诚。朱文颖似乎在说，在我们这个时代里，物质的力量的确是巨大的，甚至物质本身就成了精神，至少，它的合法地位的日益加强，大大地扩展了精神的边界——那种完全漠视物质存在的精神姿态不仅空洞，而且脆弱。但即便这样，也并不等于我们都要以丧失自尊的代价来赢得物质——真正的困难就在这里：我们在生活中往往难以守住自尊的边界，也难以守住那份面对物质该有的笃定。小说里有这样一段描述："对于她们来说，精神的对面不再是物质，而是贫穷。'贫穷。由贫穷产生的屈辱。由屈辱汇集的阴暗。以及由阴暗组成的对于不明之物的仇恨。'这话说的是老魏，一个想建一座最现代化的高楼来反衬他自己的出生之地——他曾经的贫寒、艰辛，还有那一片永远在同一水平面上的平原谷地的人，他最终失败了，并为此卖掉了自己身上的一个器官，但老魏身上有了一股'遍体鳞伤后血肉重聚的力量'，并让安弟觉得，'回想起来，老魏的每一句话，都是一个真理。血淋淋的真理。'或许，这就是一个人要在物质社会生存下去的代价。老魏的经历，似乎让安弟和王小蕊更加坚定了一个观点：有时候，真的让人怀疑，是不是一个人的品质是在童年生活中就确立了。而且很可能，富裕明亮的生活，才是一个人纯净坚韧品质的最好营养，而不是苦难贫穷的生活。"[1]

这样的看法，有一种属于这一代人才能体会到的透彻。小说中的两个主人公，王小蕊天生是这个时代的尤物。时代现实，她比时代更现实。相比之下，安弟对这个物质社会的认同，内心要复杂得多，因为她一直没有停止对精神、爱情的向往，"她觉得生活是应该有原则的"，所以，她喜欢外婆生活过的三四十年代的旧上海，觉得自己在

---

[1] 朱文颖：《高跟鞋》，《作家》2001年第6期。

那些历史的暗影里能找到精神的慰藉；她爱过王建军，可她醒来时发现躺在她身边的是老魏，王建军出卖了她；她后来又喜欢上了看上去既超拔又孤独的大卫，可"大卫对于生活的怀疑和绝望，要远远地高于她原来的猜想"。安弟是单纯的，她的单纯使她对任何物质的追求，都要为它找到精神的理由。可是，人周旋于物质之间，结果自己仿佛也变成了微不足道的物质本身，世界如同机械，人心如同沙漠。当庞大而缜密的物质主义世界全面降临的时候，温暖而柔情的人性世界就只好退场了。在这种境遇下，也许安弟和王小蕊都还会活下去，但可以想象，在她们还没有找到新的可靠的信念来对抗物质的侵蚀之前，摆在她们面前的，只能是无边无际的广阔的虚无。朱文颖的这部小说，叙事上有一种怅惘、感伤情怀，有着抒情主义、个性主义的显著风格。金仁顺的小说也有相似的面貌。她的短篇小说《盘瑟俚》[1]，同样写得冷峻而感伤，篇幅虽短，却表现出了作者成熟的结构能力和叙事节奏，以及简洁、抒情的语言风格。"盘瑟俚"是朝鲜族特有的一种曲艺形式，它在金仁顺的小说中，起着虚拟性的作用，既可以模糊故事发生的年代，使其更具普泛性，又可以将故事置于一个转述的特殊结构中展开。或许，盘瑟俚这种来自民间的曲艺形式，最适合于叙述民间的苦难和悲情。作者在最后说，"我既是一个说故事的人，同时也是故事里的一个人"，这是金仁顺小说中惯有的宿命意味，里面包含着她对存在的基本理解。明明是一个充满暴力、痛楚和撕裂感的故事，明明是两代女性的被凌辱和被损害，金仁顺的笔触却显得特别舒缓和沉着，这无端地使命运和死亡多了一份残酷。那个伤害"我"和"母亲"的人，是"我"的"父亲"，一个所谓的"贵族的后代"，然而，正是这个"贵族"，成了"我"的耻辱和暴力的来源，我唯一的反抗方式是杀了他；而当我面临被定罪的时候，盛大的同情却

---

① 《作家》2000年第7期。

来自一个叫玉花的老太太，一个盘瑟俚艺人，她说唱的故事，使"我的眼泪像春天的雨，下起来就没有个完。不光是我，全谷场的人都被玉花说哭了，连冷冰冰的府使大人也用袖子遮住了脸孔"，于是，"我"最终被释放，也成了一个盘瑟俚艺人。整篇小说对传奇的热爱，对宿命的运用，对死亡的冷静处理，可以见出金仁顺的抒情风格中所特有的纤细和单纯。

具体到长篇小说的写作，"七〇后"作家的叙事风格就要开阔一些。葛亮的长篇小说《朱雀》①里，有志于以南京这一城市空间为根据地，聚拢起二十世纪中国的历史与创伤，行文中也涉及南京大屠杀、国共内战、反右、"文革"等重大历史事件。但它们并没有成为表现的中心，葛亮的着力点，主要还是用在了历史和政治中那些卑微的个体身上。所有的历史事件，在小说里成了人的存在背景，叙事的中心依然是人的情感和人的精神。刘玉栋的长篇小说《年日如草》（作家出版社，2010年）也有意观照二十世纪八十年代以来中国的城市化进程，涉及改革开放后的诸多政治事件。然而，整部小说读下来，会发现他主要是想写曹大屯如何融入城市，他要表达的，还是个人的成长史。而魏微的《拐弯的夏天》、徐则臣的《水边书》、盛可以的《道德颂》、路内的《少年巴比伦》、金仁顺的《春香》、鲁敏的《六人晚餐》，或是写个人的成长史，或是写个人的周遭世界和当下的内心生活，大多是以精致取胜。而像张楚、阿乙等人的写作，都有不少和小县城有关的作品。在他们的书写中，小县城往往是一个需要逃离的对象，而一旦到了城市里，很多人又只能过一种非常卑微、困苦的生活。这些依然是关于个体命运的讲述，并非是"史诗的"，而更多是"抒情的"。

及物，注重表现当下的现实，善于在细小的经验里开掘出这个时

---

① 作家出版社，2010年。

代的特点，是很多"七〇后"作家所擅长的。蒋一谈的写作就是一例。他的 *China Story* ① 讲述的是一个新时代的父与子的故事。那彬毕业后在北京的 *China Story* 杂志做编辑，身在乡下的老那因关心儿子的工作、为能读懂儿子参与编辑的杂志而自学英语，甚至因此而爱上英语。后来为了给儿子凑钱交房子的首付而卖掉自己的房子，在生病的时刻仍希望能让孩子在城里扎下根来，过上安定的生活。作者在老那这一父亲形象上倾注了很深的感情。蒋一谈的短篇小说集《栖》② 则以城市女性作为主人公，通过一些生活的横截面来讲述她们内心里的绝望和信心，很多细节的雕刻中都显露出了女性特有的情感世界。马拉的长篇小说《未完成的肖像》③ 通过书写一个艺术家群落的生活，揭示了现代艺术的进步主义、激进化、媚俗等诸多法则，对人之内在存有深入的追问和细微的展现。他的另一部长篇小说《果儿》④，则通过一个爱情故事来写现代知识者在理想、爱情等方面所遭遇的困境，带有童话般的唯美气息和抒情气息。而计文君、付秀莹、吴文君等最近几年开始受关注的作家，更是无意成为莫言意义上的"讲故事的人"，她们不再关注宏大的国族叙事，她们甚至不再像王安忆、铁凝等作家那样，试图从相对中立的视角来书写这个时代的历史与现实，而是更多地以抒情为"志业"，重视写作在存在论层面上的意义。对她们而言，写作往往首先是和"我"有关的，为的是传达"我"心里的感觉、意象与心象。

这些小说，都有较典型的抒情风格，因此，说"七〇后"作家是"抒情的"一代，也不无道理。

---

① 见《中国故事》，上海文艺出版社，2013年。

② 新星出版社，2012年。

③ 《作家》2011年第3期。

④ 《收获》2012年增刊·春夏卷。

二

　　有论者认为，《红楼梦》是中国现代抒情小说的鼻祖，是中国抒情传统的集大成者，事实上，抒情小说的创造，即便是从现代开始，亦已形成自身的"小传统"。鲁迅的《呐喊》《彷徨》，废名的《桥》《桃园》，萧红的《生死场》《呼兰河传》，沈从文的《边城》《长河》，汪曾祺的《大淖记事》《受戒》，阿城的《棋王》《树王》《孩子王》，迟子建的《逝川》《世界上所有的夜晚》，等等，都属此列。而"七〇后"作家中，付秀莹的写作，可以看作是这一抒情"小传统"在当下的延续。这种延续性首先体现在语言上。她的小说语言，"似有孙犁式的韵味，又似有张爱玲式的精细，似有点沈从文式的散淡，或还有点萧红式的凄婉，全然不像当下流行的那种调调。她能于轻巧跳转的叙述中，把人物心理描画得活脱脱跃然纸上，把人物性格点染得神情毕现，把故事讲得如烟似梦，情节和人物命运的变幻，也严丝合缝，了无痕迹"①。付秀莹从传统中国的抒情美学中汲取营养，常常采用散点式的结构手法，节奏舒缓，充满诗意。她的《爱情到处流传》《后院》《花好月圆》等小说，重视书写人的幽微情绪，也重视意境的呈现。她要么写男女爱情，要么写地方风俗和长辈的既充满苦难又不乏诗意的人生，但不管是何种题材，都写得典雅，节制，富有古典艺术的韵味。吴文君的小说所承接的，也是这一写作传统。她早期的作品，曾受弗洛伊德心理学和伍尔夫意识流小说的影响，在最近几年的写作中则有意回归中国的抒情传统。中国古典文学，往往十分重视意象的运用与创造，吴文君对抒情传统的赓续，也由此入手。对个体内心的复杂、幽微进行探究，始终是她写作的重要

---

① 　张清华：《说说付秀莹和她的小说》，《山花》（B版）2009年第7期。

动力。而为了更好地照见内在的人，吴文君会经常为心理活动的过程寻找类似于艾略特所说的"客观对应物"。她的《红马》[1]里面不断地提到的马、红马和木马等意象，就相互指引，使得意象的含义不断地生长。这些意象群，起到了一种结构性的作用，使得人物的心理不再是抽象的，也不再破碎，而是变得无比鲜活。通过这种创造意象、经营小说结构的方式，我们也能看出作家的诗心以及他们和抒情传统的关联。

"七〇后"作家中，还有另外一些人，注重展现在新的社会语境和精神难题面前，抒情传统所面临的各种问题。弋舟、东君等人的写作，就在赓续抒情传统的同时，也思考在商业、消费等新意识形态的影响下，人的处境发生了哪些变化。他们都一度受西方现代派的影响，经历过"先锋写作"的阶段，注重形式和叙事实验，最终却发现，写作还是得以自身的文化传统为根基。于是，他们逐渐回归中国古典，在写作中与抒情传统展开对话。他们的叙事语言讲求诗意，文人气息浓厚。弋舟的《嫌疑人》《锦瑟》《李选的踟蹰》《等深》《而黑夜已至》，东君的《苏静安教授晚年谈话录》《听洪素手弹琴》等作品，更是直接以诗人、作家、古典文学教授、国学大师、琴师作为主角，通过书写他们在此时此地的生活，来展现中国的文脉在当下所遭遇的困境。

"七〇后"的写作，往往具有很强的当下性，弋舟的写作就是如此。但他不是直接写当下，而是以二十世纪八十年代为当下的参照背景，这是一种建立在个人生命的基础上的"历史感"。在弋舟看来，八十年代是朝气蓬勃，以理想情怀、浪漫情怀为尚的时代，一个充满诗性和激情的时代，也就是说，那是一个适合抒情的时代。进入九十年代以后，整个社会为物质主义和实用主义所裹挟，曾经飞扬的理想

---

[1] 《小说林》2012年第4期。

情怀已经尘埃落定，与诗性和浪漫有关的"那个时代"早已失去肉身，所留下的不过是剩余的、幽灵般的记忆。他的《嫌疑人》《怀雨人》《等深》等作品，都借助这两个时代参与者的人生经历的回顾和"重述"，隐喻式地书写时代变迁，也由此揭开他对商业意识形态的批判。在《李选的踟蹰》①里，弋舟越过了八十年代，将问题放在一个更有纵深感的时间背景上进行审视。他别有深意地以汉乐府《陌上桑》中的"使君从南来，五马立踟蹰"为题，并小说中穿插对这首抒情诗的激进阐释。在以往的解读中，大多数人认为《陌上桑》所讲的是采桑女罗敷拒绝官员引诱的故事。罗敷本是个明艳高贵的女子，身边的男性都爱慕她，为她着迷而不能专心劳动。她也一度引来某位太守上前调戏，罗敷机智地拒绝了。然而，在小说里的女主角李选看来，这更像是一则斗富、炫富的故事："罗敷并没有义正词严地去驳斥对方，她用一种近乎兴高采烈的劲头，向引诱者夸耀自己的男人，说自己的男人不但官运亨通、家财万贯，而且肤白髯美，还是个漂亮人物"，"罗敷用来抵挡诱惑的本钱，是杜撰出比诱惑者更有说服力的家底。不知为什么，李选觉得这个古代女子将自己的男人说得天花乱坠，完全是一种自我虚构。可这种虚张声势又显得俏皮可爱，远远胜过铿锵的道德说教"。李选的这种解读，并非纯粹是出于后现代式的解构，而是有感同身受的意味。在她所处的时代，"铿锵的道德说教"早已失效了，她虽然不是罗敷式的少女，而是一位单身母亲，但依然不乏魅力，是所在公司的顶头上司张立均觊觎的对象。为了获得优渥的待遇和更高的职位，她和张立均一直保持着某种隐秘的关系，她并没有从中得到精神上的愉悦或享受。弋舟在小说中围绕《陌上桑》而展开的讨论，不是为了给小说营造一种古典的情调，也不仅仅是出于情节设计上的需要，而是对《陌上桑》的现代式重构。作者试图

———————————

① 《当代》2012年第5期。

通过这种方式，来为当下的生活找到一个起源或是参照系，借助古与今的对照，来重新确认"抒情"、情感在我们生活和心灵中的位置。他自己也认为，"'那个时代'的罗敷与'这个时代'的李选，古今同慨，又几乎是没有差别的。只不过，这个时代的李选，面临着比那个时代的罗敷更为芜杂的局面——毋宁说，权力与资本在这个时代更具有锐不可当的诱惑力与掠夺性；毋宁说，这个时代的曾铖、张立均比那个时代的使君更加幽暗与叵测、欲望更加地曲折逶迤；毋宁说，这个时代的李选比那个时代的罗敷更多出了许多的不甘、许多的迎难而上的果决的动力"①。

这既是时代之间的差异，也是情感的变迁在现代社会的写照。东君的写作，也有不少类似的探求。他的《苏静安教授晚年谈话录》②，主人公苏静安是一位国学大师，叙述者"我"则是他的粉丝，在一个研究所工作。"我"一度接受所里的委派，在苏静安教授身边工作，从而有机会切近地理解他的生活世界与内心世界。起初接近苏教授时，他所给"我"的，是一个老年知识分子的智者形象；而他的太太，乃至于家中的保姆都显得不同寻常。然而，相处的时间越长，苏教授生活中破败的一面，就越是触目惊心。初见苏太太，"我"一度觉得她身上曾经透着某位诗人所形容的"陶罐般的静美"，她也一度为马拉美、波德莱尔等人的诗歌所着迷，如今却着迷于搓麻将和谈论"麻将经"。她和苏教授早已貌合神离，最终因为前夫王致庸教授家产丰厚而回到他身边去。备受刺激的苏教授，也因为这一事件和别的刺激而"碰"了自家的保姆小吴，甚至一度精神失常，不再把自己看作是苏静安，而是以自己的老师朱仙田自居。保姆小吴来自乡下，但不愿过农村生活，"宁愿做苏教授的仆人，也不愿待在乡下做一群家畜

---

① 弋舟：《我们何以爱得踟蹰》，《北京文学·中篇小说月报》2012年第10期。
② 《作家》2010年第5期。

的主人"。她对知识一度有崇拜感，甚至是崇拜知识的化身，也就是苏教授本人。然而，当苏教授精神失常后，她已不甘于做苏教授的女佣。她因参加过保姆高级培训班和保姆选秀节目而身价大增，更觉得自己可以取代苏太太，成为苏教授的少妻。她们对知识、情感的态度，其实都取决于物质和金钱。在小说的开篇，东君曾引用叶芝的诗句作为题词："我听那些老人说：'一切美好的东西/都像流水般永逝了。'"这既是叙述者"我"的感受，是对小说本身的一种高度概括，也是苏教授有意无意地以朱仙田自居的原因。毕竟，在朱仙田的时代，那"一切美好的东西"还没有"像流水般永逝"。

　　这种精神溃败，以及中国传统中固有的抒情方式在当今时代所遭遇的困境，在东君的《听洪素手弹琴》①里，有着更直接的表现。洪素手从小就患有孤僻症，不爱说话，但喜欢弹古琴。她承传了顾樵先生的琴艺，在古琴演奏上有极高的造诣，又有超出顾樵之处：不失人之本心。她把弹琴视为流露个人情绪、寄托心意的方式，仅是弹给自己或自己喜欢的人听，而无法将之当作一门赚钱的手艺。然而，哪怕是有顾樵的护佑，她有时也不得不勉强地为人献艺，有一次便因为不愿为大商人唐老板演奏而失手伤人，引发冲突。离开顾樵的山馆后，她与民工小瞿前往上海，在那结为夫妇。洪素手以在公司里替人打字为职业，小瞿则成了在高层建筑上搞清洁为生的"蜘蛛侠"。在故事的结尾，小瞿坠楼而死，怀有身孕的洪素手也不知所终。在叙述中，东君有意将故事情节打乱，并穿插讲述了顾樵、徐三白、唐书记等人的经历。在小说的第一节，徐三白奉命前来看望洪素手时，对其居住的地方有一段描述："屋子小，显得有些闷热。洪素手建议徐三白到阳台上吹吹风。他们并肩站着，弹琴似的抚弄着栏杆，沉默了许久。对面是一幢银行大楼，有二十多层，高大的阴影铺得很大，有一

────────────

① 《人民文学》2011年第1期。

种扑过来的气势。这个炎热的夜晚，小阳台上竟没有一丝风，好像风跟钱一样，也都存进银行大楼里面了。"这里关于银行大楼的描写，比如高大的阴影有一种扑过来的气势，风跟钱一样也都存进银行大楼里，与其说是一种实物的景象，不如说是一种隐喻——暗指金钱对文人所造成的压抑。而小说里的唐书记及儿子唐老板，一个是官，一个是商，前者把古琴看作是医疗保健品，后者则把古琴也包括弹琴者洪素手视为玩物。他们粗鄙无文，却可以活得肆无忌惮；他们貌似在欣赏艺术，实际上却是在摧毁艺术。这是东君所想要批判的，他所写到的古典艺术在当今时代的处境，也可以看作是抒情传统在当下所面临之困境的一个象喻。

面对强大的商业意识形态，以及面对物质的无往不胜，人类的生存正在变得务实而无趣，现代作家几乎已无情可抒。但"七〇后"作家在这个语境里，转而寻找传统资源，在试图激活这些抒情资源的同时，也不忘珍视个体在现代社会还残存的诗性和梦想，继续张扬一种抒情传统，这种写作，可以看作是对各种新意识形态的一种反抗。抒情的时代也许过去了，但抒情性作为文学性之一种，却不可能在写作中消失。

三

抒情传统不只是一种文学实践，也是一种生命实践。抒情传统中最核心的部分，就在于不把抒情、情感视为小道或仅仅局限于文本，而是表现为对一种生命意识、生活态度、情感结构的体认。人类之所以有必要借助诗、绘画、古琴等方式来"抒情"，是因为文学、艺术、历史和人生，必须"有情"。按照李泽厚的说法，中国文化的主体是一种乐感文化，缺乏对彼岸世界的信仰，着力于肯定此生此世的价值，以身心幸福地在这个世界中生活作为理想和目的。"情本体"，又是乐感文化的核心。最终是以"情",以家国情、亲情、友情、爱情等各种"情"作为人生的最终实在和根本①。只有在"有情"的基础上,生命的意义才得以确立。

而在生命实践这一维度上,抒情传统在今天所面临的困境更加复杂、沉重。如果一个时代粗鄙盛行,价值和情感都必须兑换成物质才有效,那么这时代的运行逻辑本身就构成了对"情"的质疑,甚至是直接的否定。我们已经无从确认到底情为何物,更不知情归何处。正因为这种由政治、经济等混合而成的否定性力量特别强大,在这个时代,对情的书写才会显得无力,甚至抒情本身也被异化成了一种反讽。

有不少"七〇后"作家,是有志于让文学和自己的人生同构,借助有情的书写来构建、传达个人的人生哲学的。以吴文君为例,她的《蚂蚁》《圣山》《在天上》等作品,都表现出一种要顺其自然地度过人生的观念。《蚂蚁》②里的水洁,曾在花盆里种下了一个石榴。"水洁埋石榴那天是立了秋的第四天。秋天有杀气,古时候秋后是处决犯人的时候,所谓秋后问斩,不是栽种的日子。她也没期望从那花盆里长出一棵石榴树来"。这石榴种子并没有发芽,而花盆里突然多了很多蚂蚁。蚂蚁的出现,又干扰了水洁的生活,让她不胜烦恼。刚开始,她并不想弄死它们,而是希望让它们自己爬走。用了很多办法,蚂蚁却不为所动。最后,她只好用母亲所给的猛药,将蚂蚁杀死。蚂蚁的"大患"是解决了,水洁"心里却像少了什么。是什么,却又说不出来,心里莫名地悲伤"。紧接着,花盆里又多了一棵植物,也就是《诗经》里所说的荼——苦菜,苦苣菜。就像她伤害蚂蚁一样,小说也简略地提到水洁所受到的各种伤害。这来自她的前

---

① 参见李泽厚:《实用理性与乐感文化》,第55页,生活·读书·新知三联书店,2005年。

② 《人民文学》2013年第1期。

夫付义，来自她所生活的世界，但水洁并没有过多地放在心上。对于那些伤害过她的人，她也常常能发现他们的好。小说表达了这样一种生命哲学：对于恶，对于种种伤害，我们可以选择谅解和宽容，这样，人生的亮色就能有所保存，暖意也能有所积淀；哪怕是受到致死的伤害也不必有怨气，毕竟生命本身是一种轮回。小说写到的石榴变成蚂蚁，蚂蚁变成苦苣菜，就是一次生命的轮回。而《圣山》里的刘瑞，可以看作是另一个水洁。早年时，在面对人生的阴影，比如遭人欺凌，刘瑞也一度有反抗之心，甚至会觉得自己的父亲过于懦弱。"我看了契诃夫的《一个文官之死》，觉得他就是那种按着钟点上班的胆小的文官"。等到发现更多的不如意悄然逼来时，他反而逐渐学会了忍耐、接受，也开始理解他父亲的性格和行为。从这样一种生命哲学出发，他得以幸存，既没有完全被苦难裹挟，当然也没能从中脱身。他过得既不好也不坏，不在光明或黑暗的任一端，而是在两者之间。但是，这样一种人生态度，也有它的局限。我们固然要竭力维系各种"情"，但总以有情之心来对待无情，这本身就是对情的一种瓦解，而不是对情本身的呵护。

有时候，外部的种种恶，是需要直面的。东君的《听洪素手弹琴》，既是在展示一种琴艺，也是通过"琴"来写父女之情、夫妻之情、兄弟之情、师徒之情，"琴者情也"。他对"情"的书写，给读者带来了不少暖意。然而，悲哀的是，这里面的各种"情"都是守不住的，在时代的各种蛮力面前，它们往往如苇草一般脆弱。这就是作家要直面的现实。东君并没有刻意回避时代的恶，而是直接指明这恶的存在，让恶与善同在。《听洪素手弹琴》《苏静安教授晚年谈话录》等作品，既有浓厚的抒情气息（这是对善与美的肯定与确认），又流露着巨大的反讽精神（这是对恶与丑的揭示与显形）。克尔凯郭尔曾

---

① 《山花》2011年第7期。

如此解释反讽："根本意义上的反讽的矛头不是指向这个或那个单个的存在物，而是指向某个时代或某种状况下的整个现实。"① 这个定义，对于理解东君的一部分写作也是有效的。我们不应该把他笔下的抒情与反讽的共生共存仅仅视为修辞学上的融合，而应该将之视为一种时代精神的显现，视为精神结构的一种形式。东君对当今时代种种物欲病的批评意图，也隐含在这两者所构成的张力之中。既有抒情，又有反讽，既有肯定，又有否定，这是东君所取的写作路径。

弋舟在写作，也形成了自己独有的情感结构。在面对"情为何物、情归何处"等问题的追问上，他更为焦虑，对自我的卷入和反思也更为彻底。在《李选的踟蹰》《等深》等作品里，时代变迁所造成的"情"的无以落实，是弋舟所关注的问题。在《等深》②的叙述者刘晓东看来，正是时代的巨大变化，造成了一代人的溃败，将一代人抛入绝境之中。"我觉得此刻我面对着的，就是一个时代对另一个时代的亏欠"。尤其值得注意的是，在揭发种种时代病症时，刘晓东，也包括弋舟的《而黑夜已至》《怀雨人》等小说中的叙事者，往往也带有非常强烈的自省精神。

就像一些学者所注意到的，自现代以来，很多中国作家都倾向于把文学看作是启蒙与救亡的手段，重视文学在建立现代民族国家方面的作用。然而有不少人，在对各种社会现实问题进行揭露和批判时，是把自我排斥在外的。作家的潜在主体，在小说里所担当的只是审判者、受害者、见证者这种角色①。就好像所有的丑与恶，任何的罪与罚，都跟自己毫无关系似的。"七〇后"一些作家似乎意识到了这个问题，所以，他们的写作，很少站在伦理和道德的制高点上，也很少

---

① 克尔凯郭尔：《论反讽概念》，汤晨溪译，第218页，中国社会科学出版社，2005年。

② 《小说选刊》2012年第11期。

③ 具体论述可参见刘再复、林岗：《罪与文学》，第157页，中信出版社，2011年。

天然的精神优越感，而更多的是和自我对话，并试图重构自我与世界的关系。尤其是他们作品中自我批判、自我反省的气质，使他们在重审人与他者、人与历史等诸多关系中，多了一份"耻"和"罪"的意识，这就使得"七〇后"的写作在情感深度上开阔了许多。

按照丸尾常喜在《耻辱与恢复——〈呐喊〉与〈野草〉》一书中提出的看法，"耻"是一种包括"耻辱""惭愧""含羞"等不同形态的、意义相当宽泛的意识。"'耻'是在自己之中兼具'能够看见的自己'与'看人的自己'的意识。所谓'看人的自己'，是指人给自身设定的典范或征象；而'能够看见的自己'，则是在这一典范或征象映照之下显出否定性真相的'现在的自己'，换言之，这是同典范或征象相背离的意识。人希望弥补这种背离、超越现在的自己，因而在这种深度的背离之前不能不表现出含有紧张的沉默"①。这种"耻"的意识，经常是弋舟小说所着力书写。《等深》里的刘晓东，在发现大家对待性的态度是如此的随意时，心里便涌起了浓重的"耻"的意识："我和这个瘦削的男人都在宾馆里与茉莉会面——这个事实让我痛苦的程度，甚于这个男人存在的事实本身。我是一个连说出和别人一样的话都会倍感羞耻的人。"《锦瑟》里那位姓张的剧团老琴师，也曾因为自己衰老不堪时还去嫖娼而感到羞耻。在他所疼爱的外孙女成了杀人犯以后，他心里那沉重的耻感便上升为更难消除的罪感。个人情感意识中的罪感，并不单纯是指某人犯了法律方面的罪，也还意味着"我"犯下了良知或宗教意义上的罪。他们觉得眼下种种的不公不义，所有黑暗的、负面的一切，都与"我"脱不开关系。"我"必须对此负责。因此，真正的罪感就体现为一种共同犯罪的意识——弋舟把这称之为"罪"的"等深"或"自罪"。剧团的老琴师觉得，正

---

① 丸尾常喜：《耻辱与恢复——〈呐喊〉与〈野草〉》，秦弓、孙丽华编译，第7页，北京大学出版社，2009年。

是因为自己的荒唐行为，自己那可爱的外孙女才会去杀人。"这一切都是我造成的，老天给了我最严厉的处罚，他把一头老公羊犯下的错加在了一头无辜的羊身上"①。后来的事实证明，外孙女杀人和这位老琴师并没有直接的联系，但这种"耻"与"罪"的意识，在老琴师身上，反而显得更加醒目。也正是通过这种"耻"和"罪"的书写，个人对自我内心世界的逼视，达到了一个极致。这种发生在内心里的自我争执，除了呐喊，许多时候也表现为忏悔，这是一种很可贵的情感。除了这位老琴师，小说里的另一个人物，那位姓张的博士生导师、古典文学教授、李商隐研究专家，在获悉自己的学生杀人时，也想着替她顶罪。这也是出自一种"罪"的意识。在弋舟的小说里，之所以有这么多类似的书写，和弋舟本人所信仰的基督教不无关系。如果没有这个背景，"罪"的意识很难产生。作为一个中国人，基督教信仰对其个人情感结构的影响，会和西方人有一些微妙的差异，那就是这些耻感和罪感，最终会落实到李泽厚所说的"情"这一层面。哪怕是进入现代以后，"情"在个体的实际生活和文化心理方面，也依然有着极其重要的地位。而这种"情""耻"与"罪"的融合，也构成了对中国抒情传统中具有核心地位的情感结构的改造，呈现出了抒情传统在现代性语境中的另一种复杂面貌。

按照美国社会学家本尼迪克特的看法，西方社会的文化形态和日本的文化形态可分别归结为"罪感文化"和"耻感文化"。其中，"提倡建立道德的绝对标准并且依靠它发展人的良心，这种社会可以定义为'罪感文化'"②。罪感文化的道德标准来自宗教传统，来自上帝。而按照基督教的教义，人是生而有罪的。与此相应，李泽厚则用以下词汇来总结中国文化的基本精神：实用理性与乐感文化。"依循中国

① 弋舟：《锦瑟》，《我们的底牌》，第143页，作家出版社，2011年。
② 本尼迪克特：《菊与刀》，吕万和、熊达云、王智新译，第201页，商务印书馆，2012年。

传统，实用理性本是'经验合理性'的提升，它重视现实的特殊性多于抽象的普遍性，重视偶然性多于必然性"①。因此，实用理性多少有些实用主义、功利主义的意味。乐感文化主要是指"肯定此生此世的价值，肯定生的快乐。不是生而有罪（基督教），不是生而悲苦（佛），不是生而有错（老子：'大患'），而是生而有趣。用李泽厚的话说，不以另一个超验世界为指归，他肯定人生为本体，以身心幸福地生活在这个世界为理想、为目的。'乐感文化'重视灵肉不分离，肯定人在这个世界的生存和生活。即使在黑暗和灾难年代，也相信'否极泰来'，前途光明，这光明不在天国，而是在这个现实世界中"②。在一些"七〇后"作家，我们能看到一种"罪""耻"与"情"深度交融的书写，可以看作是中国人对现代性的卷入程度越来越深以后，所导致的情感结构的变化。这是我们讨论抒情传统与中国现代性这个论题时所无法忽略的。

因此，"抒情的"而非"史诗的"，可以指证为是"七〇后"一代作家的写作特征，但在他们这一代，抒情传统既被有效地赓续，也被重新再造，进而呈现出了不同的面貌。尤其是他们面对物质与商业的情感态度，面对古典文化的体悟与理解，面对自我时的批判和内省，包括对西方文化的借鉴和转化，极大地扩展了这一代人的情感书写疆域，也为他们的写作建构起了新的抒情风格。阿多诺说，现代抒情诗发达，乃是由于神恩已经不能安慰人，个人不得不自己唱歌安慰自己。"七〇后"写作中的抒情性，也多是讲述个人的故事，表达对个体的关怀，但他们所站立的精神背景和情感立场，却不完全是安慰自己，因为在他们的情感记忆里，不仅有"自我"，也开始承认传统的价值，并在一种自省中追寻精神救赎的可能；他们不仅自己唱歌，也

---

① 李泽厚：《实用理性与乐感文化》，第25页，生活·读书·新知三联书店，2006年。
② 刘再复：《李泽厚美学概论》，第56页，生活·读书·新知三联书店，2006年。

试图在作品中开始倾听来自他者、来自彼岸世界的歌声。这种新的抒情传统，既传承情本体的美学源流，也直面物质与商业意识形态对自我的影响，更没有停止对一种存在意义的追索和吁求。这种对固有的抒情传统的再造，表明"七〇后"作家开始获得更为健全的精神视野，而这一代人的写作也因着健全而开始走向成熟。

二〇一三年七月二十日

那些坚固的东西都烟消云散了

——《鲤》、"八〇后"及其话语限度

一

文学进入二十一世纪之后，新一代作家的崛起对已有文学现实的有力改写，以及由此形成的精神转向，显然是当代最为重要的写作图景之一。要理解新世纪这十几年的文学变化，不能不正视这些青年作家在面对自身、面对文学时的不同姿态。早有人指出，中国作家普遍面临"中年困境"的问题。从现代文学开始，许多作家的重要作品，几乎都是在青年时期完成的，进入中年之后，一些人不写了，有一些人即便还写，写的作品在他个人写作史上也不再具有代表性意义。当代就更是如此。一些作家，青年时期才华横溢，可一进入中年，写的作品要么重复自己，要么就仅仅维持一种还在写作的状态，少有创造性。从这个角度看，考察中国青年作家的写作史，几乎就可见出中国文学真正的水准和基本的状况。

青年代表着希望，活力，勇气。对文学现状感到悲观的人，往往冀望于青年，冀望于现状可以改变。比如，鲁迅先生一生悲观，批判很多人，却唯独不苛责青年，因为他的内心，一直怀着对青年的善意和期许。确实，观察中国当代文学这些年的变化，几乎都由青年作家所发起，正是他们的写作实践，最终完成了一次又一次的文学变革。

因此，青年作家的写作，无论过去和现在，都洋溢着一种求变的渴望。他们面对文学，有一种解放的冲动，当然，解放之后，也会产生新的压抑，而文学的发展，正是在解放与压抑的过程中进行的。不断地解放，又不断地被压抑，再不断地冲破压抑，这就是文学变革的主题，在这个过程中，写作不断地在寻找新的可能和方向。

新时期初始，文学所着力变革的，是写作与现实的关系，那个时候的作家，渴望喊出真的声音，渴望突破固有的政治禁锢，以表达自己受创的心，朦胧诗人，伤痕文学作家，他们的写作，都贯彻着这种努力。到先锋文学兴起，像苏童、余华、格非、北村等人，出道很早，又有很好的文学训练，他们已不满足于描摹现实，而更多地思考语言和形式的问题，所谓从"写什么"到"怎么写"的转变，文学开始回归本体——这是当代文学一个重要的转折，它改变了写作与语言之间的关系。再接下来，女性文学兴起，"七〇后"作家出现，改变了写作与身体、经验、欲望之间的关系。到"下半身写作""底层写作"热闹一时，文学好像又从注重"怎么写"转到了"写什么"这个话题上来了。可以说，这三十年的中国当代文学，一直在写什么和怎么写这一条线索上探索，文学与现实、文学与语言、文学与经验等方面的关系被全面改写，文学的丰富性、可能性被不断地敞开，到今天，这些艺术或精神上的变革，已经成为当代文学发展史上不可忽视的重要段落。

但是，直到新世纪初"八〇后"这一代作家崛起之后，我才觉得，深刻的文学断裂真正出现了。我读他们的作品，有一个强烈的感觉，不仅这一代人的文学观念发生了很大的变化，就连他们的出场方式，作品的传播方式，和前面几代作家比起来，也有着天壤之别。尽管用一个年代来命名一代人的文学，是机械的，不科学的，但是，一代人有一代人的文学，这也是一个不争的事实。尤其是"八〇后"作家刚开始出现的时候，他们的作品还是有其共同性的，姑且用

"八○后"来指称他们，似乎也无不可。前面几代作家，几乎都是通过期刊、评论家和文学史来塑造自己的文学影响、文学地位的，可如今，这个由期刊、评论家和文学史所构成的三位一体的文学机制，在"八○后"这代作家身上，似乎解体了，代之而起的是由出版社、媒体、读者见面会所构成的新的三位一体的文学机制。而出版社、媒体和读者见面会背后，活跃着的是消费和市场——正因为这一代作家不回避作品的市场问题，所以，他们的写作，多数是读者在场的写作，他们不是关在密室里写，而是注重读者的感受，也在意和读者的互动；通过博客、微博、读者见面会或媒体报道，他们能时刻感受读者的存在，这个存在，也从正面肯定他们的写作价值。

这种写作语境的变化，必然会改变他们的文学观念。读"八○后"作家的一些作品，我常想，那个我们讨论了很久的后现代社会，也许真的来临了。经验的碎片，浅阅读，削平深度，消费符号与趣味，等等，这些都是许多"八○后"作家作品的显著特征，也是后现代社会的一个象征。这一代作家注重现在，书写绝对的自我，笔下的经验，常常呈现出极度个人化的色彩；对于历史、甚至对于父母一代的生活，他们少有关注的兴趣；他们所苦苦追问的，多是情爱的困局，并习惯在情爱的自我表达中夸耀自己独特的生活观（如"我们放浪形骸，低俗，玩世不恭，但我们内心纯洁"）；他们想象力奇崛（如"我是吃人，卖梦为生"），语言神采飞扬（如"记忆如此之美，值得灵魂为之粉身碎骨"）；他们多是消费社会的信徒，并在写作上普遍接受娱乐化、偶像化和符号化的风习——这些话语方式、精神姿态，对于前面几代由经典和传统养大的人来说，是全新而富有冲击力的，它当然是一种断裂，是绝对的重新出发。由此我在想，那些传统和经典，以及我们过去关于文学的很多伟大解释，对于年青一代而言，真的还有效吗？

至少，"八○后"作为近几十年来的最重要的文学主角登场之后，一切开始变得可疑，那些坚固的东西似乎都烟消云散了。

二

我想以张悦然主编的主题书《鲤》①的出版为例，进一步观察这一代人在写作和生活观念上的巨大变化。刚看到《鲤》的时候，我试图猜想，"鲤鱼"这个符号在张悦然心中所拥有的神秘意味——它并非留存在传统中那种庸俗的吉祥如意，而是返回到现代人所能想象的鲤鱼的外在形象：华丽，饱满，光滑。这样的特质带有明显的女性意味——华丽代表着虚荣和梦想；饱满代表着压抑得更深、因此也更具爆发力的欲望和野心；而光滑，则既代表着对于完美的渴望，又代表着某种不可遏止的自恋。

阅读《鲤》，我能感受到张悦然的野心，那种试图看穿一代人内心深处的隐秘、试图为一代人代言的野心。或许，这种代言的野心，连张悦然自己都未曾省察，而是在无意之中发生的。当七十年代出生的卫慧那么恣肆地在小说中炫耀自己的青春，书写自己新鲜而兴奋的欲望时，你应该承认，她在无意中完成了某种代言——在她的身后，欲望成了新一代写作者的基本母题。但八十年代出生的这代人，是一个很难被代言的群体，他们自我分裂、自我保护的意识比任何时代的青年都更强烈，可是，当我读完系列书《鲤》的第一本《鲤·孤独》，觉得这代人同样有可能被描述，被代言，正如每代人都会遭遇孤独。

---

① 这是一套连续出版的系列主题书，由张悦然主编，它团结的作者、探讨的主题几乎都围绕着"八〇后"这一代展开，比起其他的"八〇后"主编的系列图书，它的文字面貌也更具文学趣味。该系列书的第一本《鲤·孤独》，由江苏文艺出版社2008年6月出版，之后又陆续出版了《鲤·嫉妒》《鲤·谎言》《鲤·暧昧》《鲤·最好的时光》《鲤·因爱之名》《鲤·逃避》等。

孤独是人类共有的主题。在中国，二十世纪五十年代出生的人身上，有一种被时代碾压所带来的辽阔的孤独；六十年代人身上，遭遇的是理想与现实相撞后的孤独；七十年代人更多的是短暂迷狂后留下的大片空白——这是更清晰的孤独；而八十年代人呢，我在《鲤·孤独》一书中嗅到的是一股带有甜腻味道的孤独，是一种必须孤独否则无法找到真正的自我的那种孤独，这种孤独甚至是一种欲望，一种强迫症，一种爱与忧伤。

在《鲤·孤独》中，张悦然的小说《好事近》，几乎将这种孤独渲染到了极致。少女之间因为对自己的爱怜而产生的彼此之间的爱恋、依赖与占有的欲望，是孤独，也是绝望——是对自我的爱过于强烈而带来的那种绝望。没有哪一代人像"八〇后"这样，有着那么浓烈而外在的对自我的爱，这种爱甚至会带来对自我的憎恨——这种憎恨之下的孤独，如同毒药，又如同糖果，她是甜的，令人沉沦的甜，想挣扎吗？那代价又是血淋淋的。如果不是作家把这种孤独描述得如此清晰，我几乎难以想象，在她们光鲜璀璨的青春中，隐藏有这样醒目的划痕。不仅是《好事近》，《鲤·孤独》中的其他文字，那种女性与女性之间的同性爱，映照出的，正是这代人内心那道无法弥合的划痕。孤独的出口如此狭窄，非得将这印痕打在另一个自我身上，彼此纠缠、撕扯、融合、撕裂，在疼痛中品味那燃烧的瞬间。

周嘉宁的小说《湿漉漉》，更是将这种孤独所具有的过于强烈的自我认同，演变成一个人根本无法接受真正的自我——把对于"自我"的憎恨，对于一切肮脏事物的痛斥，对于性的恐惧与渴望，通过一个封闭的老处女，描述得如在眼前。周嘉宁把小说的主角逼到了一个死角，在如此恶狠狠的环境之中，以一种憎恶的方式来确认自我，似乎非如此而不能将心中最深处的爱与憎恨、孤独与自怜释放出来。

性与孤独，成了《鲤·孤独》中纠缠不清、难以分辨的主题。只有借助于性，隐秘的、欲望高涨而又无助地纠结着的肉体，才能精准地诠释孤独的主题。不同的是，《鲤·孤独》中另外两位女作家的小说：日本当红女作家青山七惠的《一个人去巴黎》，表达的是一种极端干燥的孤独，一种工业社会已经完全成熟后的如同机器般的人生的干枯；而"七〇后"女作家周洁茹的《四个》，虽然笔法很接近"八〇后"女作家那种华丽与幽暗，但在骨子里，她的孤独是平静的，是自己可以观望甚至欣赏的，是潮水退去后安宁的瞬间。因此，青山七惠和周洁茹的出现，只是《鲤·孤独》一书的调味品，她们并不能改变《鲤·孤独》那种强烈的为八十年代人的心灵立传的欲望与冲动。至少，在张悦然和周嘉宁这两位"八〇后"女作家身上所体现出的孤独感，带着强烈而浓郁的八十年代人的印记。

　　——我所讶异的是，何以在"八〇后"这代人身上，也活跃着如此强烈的代言的野心？《鲤》号称是主题书，而所谓主题书，其实是想通过一个又一个隐秘话题，去探索、刻写这一代人的心灵暗角。我不知道张悦然最后是否能完成所谓的代言任务，也许她永远都完不成。在这个精神日益分崩离析的时代，每个人都躲在一个孤独的茧中，如同一尊破败的神，相互隔绝，无法交流——人与社会隔绝，人与他人隔绝，最终，人与自我隔绝，这是一种普遍的时代病，它正感染着每个热爱这个时代或憎恨这个时代的人。因此，要书写、穷尽一代人的躁动、隐疾和那种难以言喻的复杂，谈何容易。但我感兴趣于张悦然所作的努力，她是一个作家，原本可以专心经营自己的写作，也像别的作家那样，藏身于自己制造的文学的茧中，但她不甘于此，而是决然地探出头去，观察别的人都在做什么，想什么。她想对这个时代、对同代人作出某种概括——也就是说，当这个时代的青年普遍心思散乱、以"愤"立世时，张悦然想有所担当，有所肯定，以期在一片乱象中，发现问题，看清症状，以寻找在精神上重新出发的可能。

《鲤》所作的探索，可以看作是这一代作家的某种转向：从执着于个体的写作，转而追求文字对别人的影响并渴望获得别人的呼应——这当然是一种自我的扩大，也是一种文学志向。韩寒在许多文字中和现实所作的短兵相接的交锋，又何尝不是这一志向的体现？陆象山说，"先立其大"，而这个时代的文学所面临的"大"问题，在我看来，就是如何正视个体的生命、发出自己的声音、培育新的灵魂。遗憾的是，多数的作家，仍旧流连于小事，斤斤计较于那个小我——经验的我，而对时代正在发生的、秘密的精神流转茫然无知，在自我与现实的较量中也无所肯定，或许，这就是文学影响力日益衰微的病因所在吧。

三

这也是我在关注"八〇后"的同时，不愿意轻易认同他们的一些文学趣味和文学观念的原因所在。我当然知道，"八〇后"也处在变化之中，并已开始呈现出复杂的面貌，比如，诗人郑小琼的出现，就为他们这一代的写作实践提供了新的例证。因此，继续以整体主义的眼光来看待"八〇后"，显然是危险的。

郑小琼也是"八〇后"，但她的生活经历、经验轨道、精神视野，都和另外一些只有都市记忆的"八〇后"作家有着根本的区别。她在同龄人所塑造的锦衣玉食的生活之外，不断地提醒我们，还有另一种生活，一种数量庞大、声音微弱、表情痛楚的生活，等待着作家们去描述、去认领：他们这一代人，除了不断地在恋爱和失恋之外，也还有饥饿、血泪和流落街头的恐惧；他们的生活场，除了校园、酒吧和写字楼之外，也还有工厂、流水线和铁棚屋；他们的青春记忆，除了爱情、电子游戏、小资情调之外，也还有拖欠工资、老板娘的白眼和

"一年接近四万根断指"①的血腥……郑小琼在诗歌中说，"我不知道该如何保护一种无声的生活/这丧失姓名与性别的生活，这合同包养的生活"（《生活》），她惟有依靠文字的记录、呈现，来为这种生活留下个人见证——当我第一次读到"我在五金厂，像一块孤零零的铁"（《水流》）这样的诗句时，的确觉得这是惊心动魄的。②

只是，与郑小琼同时代的写作者，多数人选择的是和她完全不同的话语路径，他们的个人记忆，以及价值迷茫，应和的也多是那些在现代生活中沉浮的青年——这样的作品，一度在出版界泛滥，似乎惟有如此，才能代表"八〇后"在精神上的激越面貌。而我现在怀疑，这种话语方式，是否也走到了它的限度。记得不久前，一个有名的"八〇后"作家对我说，他突然有一种如何继续写作的焦虑，其实也就是要找寻一种写作资源来支撑自己写作下去的焦虑——这个焦虑一旦出现，就表明这一代作家也开始有了如何接续经典、面对传统的渴望，毕竟，就文学写作而言，"八〇后"作家也已经不年轻了——文学史上，在他们这个年龄，很多作家都已写出了自己一生中极为重要的作品。

由此看"八〇后"的写作，我深感他们中的一些人，也到了该转型的时候。或许，我在下面几方面的疑虑，值得他们思考。

一、他们的写作眼光，普遍集中在都市生活上，过于单一。这意味着，除了都市生活之外，更多无名、匿名的生活，难以出现在他们的笔下。试想，再过五十年，一百年，假如那时的读者试图通过文学

---

① 郑小琼以散文《铁·塑料》获得《人民文学》颁发的"新浪潮散文奖"后，在获奖感言中她说："听说珠江三角洲有四万个以上的断指，……而我笔下瘦弱的文字却不能将任何一根断指接起来。"相关报道见《南方都市报》2007年5月24日B11版。

② 关于郑小琼的论述，可参见谢有顺：《分享生活的苦——郑小琼的写作及其"铁"的分析》一文，《南方文坛》2007年第4期。

来了解今天这个时代，他们一定会出现幻觉——以为今天的年轻人一天到晚都在喝咖啡、吃哈根达斯、游历世界、用名牌，而更大规模的农村生活、边地生活、底层人的苦难生活，就被彻底忽略了。可是，都市时尚里生活着很多"八〇后"，可工厂的流水线和农村的角落里，也生活着很多"八〇后"，后者的生活，由谁来书写？这一代人如果大多在描写都市生活、时尚生活，这必然会导致这种单一、片面的生活对更广阔的生活的殖民——这种新的文学殖民，本质上说，就是一种生活对另一种生活的殖民，一种经验对另一种经验的殖民，它所导致的结果是，沉默的人群消失，渺小的声音失语。我为什么愿意特别提及郑小琼的诗歌，就在于她的诗歌提醒我们，除了欲望、享乐和自我的痛苦这些声音之外，还有别的声音存在；一旦这种声音得不到表达，对话的格局就无从形成，当代生活的丰富性也会大受损伤。因此，"八〇后"作家需要有更宽阔的视野，他们除了为自己的生活写实，还需要有更大的虚构的能力，除了观察自己的内心，还要学习关心"他人的痛苦"——虽然有"八〇后"作家在这样做了，但就这一代人的写作主流而言，这样的努力还远远不够。当然，这种写作视野的局限性，不仅是"八〇后"作家要面对，别的作家同样也需面对。这些年来，中国小说日益被简化为欲望的旗帜、缩小为一己之私，人生开始匍匐在地面上，并逐渐失去了站立起来的精神脊梁，所以，尖刻的、黑暗的、心狠手辣的写作很多，却很难看到一种带着善意和希望的写作，原因就在于作家在写作视野上存在着很大的残缺。

二、他们的精神气质，常常流于孤愤，格局太小。"愤"是"八〇后"作家的一个显著特征。这种叛逆的情绪，有时能使他们神采飞扬，个性十足。但如果光有这种情绪，孤愤到底，内心失了温暖和宽大，就难以用公正的眼光看待当代生活，也难以公正地对待人和世界。在生活中只看见阴暗和不满，一味地愤怒，包括在那些文学前辈身上也看不到值得自己尊敬的成就，过分地偏狭、执拗，没有温润之心，对历史和传统缺乏必要的敬重之情，这必然会导致一个人的精神走向简陋、孤僻。比如有些年轻作家对于冰心的文学成就，简单地否定，就不是公正的态度，因为很多人都没有充分认识冰心的小诗，她翻译纪伯伦、泰戈尔的作品，以及她为孩子们写的《寄小读者》等一系列感人作品的价值——这些都是冰心独有的成就，在文学史上是有开创性意义的。因此，要公正地看待人和世界，光有一种愤的情绪是不够的。一个作家，要了解、书写宽阔的人世，有时需要愤怒，有时也需要同情，有时需要鲜明的价值判断，有时也需要通过暧昧和模糊来敞开生活中所蕴藏的无限可能性——甚至，文学的目光，更多的应是徘徊在那些暧昧的、模糊的、不可言说的区域，而不应过度迷恋价值决断的快意。丰富性，有时指的就是复杂性和模糊性，而孤愤，往往会遮蔽这些生活中最为细微而生动的部分。

三、他们的话语方式，太重搞笑、诙谐，容易打滑。其实，只要翻开报纸、杂志，尤其是在网络上，到处都有人用滑稽、搞笑、诙谐、插科打诨的口吻说话，这种话语方式不是"八〇后"所独有，它已经成了当代社会的主流。这种话语方式的流行，更像是作家丧失价值视力之后所刻意寻找的语言避难所，因为就现实而言，今天的中国社会不仅不幽默，反而显得异常沉重、不堪，如果一个时代的作家在这样严峻的现实面前，只热心于幽默和搞笑，并一味地迷恋用周星驰或《武林外传》的方式说话，他如何能够触及到有重量的话题？文风油滑之后，人也就随之变得油滑了。到处都是那些附着于生活表层的打滑的文字，到处都是插科打诨的人，任何尖锐的问题似乎都不复存在，这样的写作，其实是在变相地简化现实。而我以为，一个作家要走得远，还是要有沉下来的东西，内心也还是要存有庄严的事物，不能轻化一切、简化一切。像鲁迅写《阿Q正传》，也充满幽默、诙谐，但在鲁迅的内心深处，我们还是能摸到沉重、庄严的东西①，只是，很多作家没有看到这一点，而把文字的最高境界只是定位于有趣——有趣固然是文学写作中的一种重要的话语方式，但趣味的背后如果失于轻飘，缺少庄重的东西，就有可能伤害写作的命脉。当然，"八〇后"作家中也有严肃、沉痛的写作者，比如，并不太被重视的七堇年，她的长篇小说《澜本嫁衣》，里面就布满了哀伤和痛楚，并不时地对生活作出绝望的反抗："我沿着她走过的路途，便从一个幻灭望见了另一个幻灭。幻灭之间的空白是如风中残烛一般的洁净希望。我以书写讣告般的心情着笔，为人心的希望和幻灭，为人间的纯洁和污秽，书写散发着腐臭的供词。"②

——这种独异的写作姿态也证明，试图用任何的总体性来概括新世纪文学或概括"八〇后"的写作，都是无效的，即便他们从同一个地方出发，最终抵达的也不会是相同的目的地；而文学真正的希望，就在于它总是不断地抵达，又不断地重新出发。面对一个总体性已经彻底溃散、坚固的东西都烟消云散的时代，文学作为个人主义最后的堡垒，它的存在本身便已成了一个象征——过往的岁月告诉我们，这样的象征并不是可有可无的，它所照见的往往是一个时代不为人所知的精神内面。

二〇一〇年一月十日

---

① 钱穆说鲁迅"用阿Q一词来讽刺国人，可谓不庄严，不忠厚之至。其尖酸刻薄，犹超乎嬉笑怒骂之上。其病在流入人心，为害风俗"，我以为，这是对鲁迅的一种误读。参见钱穆：《现代中国学术论衡》，第295页，生活·读书·新知三联书店，2001年。

② 七堇年：《澜本嫁衣·自序》，长江文艺出版社，2008年。

莫言的国

——关于莫言获诺贝尔文学奖的一次演讲

一、文学比政治更永久

莫言获得了今年的诺贝尔文学奖，这是一件大事。最近这些天，总有记者来采访，或者来邀约讲座，但我每次要讲莫言，总会不自觉地想起他的名字。莫言自己说，他取"莫言"这个笔名，是为了纪念那个不能讲话的年代——那种只能沉默的痛苦，今天恐怕很少人能够理解了。而关于他这次获奖，大家却说得太多了。当我看到报纸、网络，包括那些对当代文学毫无了解的人，都在谈论莫言，我已没有多少说话的愿望。但我研究莫言的小说，也熟识莫言本人，常有见面、联系，国内惟一由莫言审订并认可的《莫言评传》是我主编的丛书里的一本。评传的作者是叶开博士，他最初并不想写这本书，我在给他的约稿信中说，等莫言获了诺奖之后，你就是最重要的莫言研究专家了，以后的研究者恐怕就很难绕过你了。这话打动了他。这是在二〇〇七年，没想到预言成真。莫言获奖之后，我为莫言高兴，他受之无愧。

我和莫言的第一次见面是在二〇〇一年初，我们一起在北京领一个文学奖。颁奖后很长一段时间，我们却拿不到奖金，我倒不急，可莫言是已经答应了将这笔奖金捐出去的，这钱一直兑现不了，他怕受捐那方有想法，于是给我来了一封信，大意是说，我催他们几遍了，都没用，你是报社记者，你出面催一下，或许会有效果。后来我真写了封信给大奖组委会，很快奖金就给我们打来了。我想，肯定不是我的报人身份起了作用，而是组委会刚好把奖金筹措出来了吧。这件事令我印象深刻。后来，见面的机会就多了。他随和、宽厚、智慧，和他在一起，没有压力，而且处处能体会到一个从乡土里长出来的人那种质朴感。他记忆力超群，口才好，有急智。记得十几年前在大连，一个正规场合讲话，会议主办方临时要莫言讲话，他讲得很好，而且大量用四字排比句，有诙谐、调侃和反讽的效果——当时有高官在坐，他显然是有意的。前几年，王蒙兼任中国海洋大学文学院长，还专门邀请我和莫言去青岛，我们三人一起给海大的学生做了几次对谈，莫言所讲的，学生都很爱听。莫言平时还爱写打油诗，大概是出于一种好玩的天性，他自己并不太当真，但他获奖之后，这些打油诗也被网友挖出来，有些还被刻意地嘲讽。

莫言获奖之后，已经无处藏身；他的人与文，都成了社会各界热议的对象。文学界多欢呼，知识界却不乏批评的声音。官方也兴奋起来了，或发贺信，或借由莫言大谈中国文学走出去的战略。而在莫言的老家，有媒体报道，说地方政府要投入六七个亿，在高密种万亩红高粱，推出红高粱文化体验区，还要改造莫言旧居，为此，领导跑到莫言家，对他九十高龄的父亲说，儿子不再是你的儿子，屋子也不再是你的屋子了，你同不同意都未必管用。有网友就抬杠说，政府不单要种红高粱，还要种上几万亩红萝卜，养上几万只青蛙，再找一些丰乳肥臀的山东美女来做导游，文化旅游业就会做得更加有声有色。还有媒体报道，莫言老屋附近，不仅萝卜被人拔光了，连青草也被人拔光了。各地的报纸、杂志，几乎都出了莫言获奖的专题，以致有人呼吁，要警惕过度消费莫言。莫言自己倒很清醒，他在记者会上说，莫言热很快就会过去。我也觉得，在获奖之初，国人参与讨论、热议这一文化现象，都是正常的事情，不必过度解读此事。

但莫言这次获奖所引发的热潮、争议，规模之大、之久，还是令人大为吃惊。尤其是文学中人，大多没有想到，在文学如此落寞的今天，一个作家的获奖还能受到如此关注，而且这一话题好多天来居然席卷了整个网络世界，这是难以想象的。何以如此？我想，一方面，诺贝尔文学奖毕竟是全世界最有影响的文学奖，而且这个奖持续评了百年以上，它所累积下来的影响力和价值观，任何人都很难忽视它；另一方面，中国人有着根深蒂固的诺奖情结，而且和诺奖之间的关系一直都很纠结，总是不顺。之前并不是说没有华人拿过诺奖，只是这些拿诺奖的人，几乎都拿着外国国籍，如丁肇中、李远哲、朱棣文、崔琦、钱永健、高锟、李政道、杨振宁、高行健等人。

莫言获奖之后，这个奖对于中国人的意义就不同了。它也改变了中国人对诺奖的观感。在此之前，不少人认定诺奖是有政治偏见的，没想到，莫言和主流现实之间的关系近年稍微和顺了，他反而得了奖，一些人为此又嫌诺奖的政治性不够强了。还有一些公共知识分子感到诧异，何以像莫言这样的共产党员作家，也能获得诺奖。说这话的人，显然不了解诺奖。事实上，在此之前获奖的作家，至少一九六五年的肖洛霍夫、一九七一年的聂鲁达、一九九六年的希姆博尔斯卡、一九九八年的萨拉马戈、二〇〇四年的耶利内克、二〇〇七年的莱辛，都是共产党员。萨特也是，但他没去领奖而已。这些政治身份，对获不获奖似乎并不重要。莫言小说的瑞典文翻译陈安娜女士日前说："以前很多人批评诺贝尔文学奖评委，说这个奖太政治化，现在有人批评他们说这个奖不够政治化。瑞典有一句俗语：'无论你转身多少次，你的屁股还在你后面。'意思就是说，无论你怎么做，人家都会说你不对。"陈安娜所说的中国人的文化心结，在对待诺奖这事上一览无遗。

现在，莫言得奖了，很多中国作家的心态也许都要调整了——看来，光在姿态上迎合诺奖的价值观，或者热衷于讨好、猜度评委（尤其是马悦然）的心思，都是徒劳的。诺奖评委会能把一种评奖游戏玩一百多年，而且玩得如此成功，最根本的，还是因为他们坚持了某种艺术理想，即便有政治偏见，也非主流。遍观历届获奖者，尽管诺奖也遗漏了很多优秀的作家，但总体而言，众多获奖作家中，没有谁是很差的作家。一个文学奖，遗漏该得奖而没有得奖的作家是难免的，但绝不能让不该得奖的作家得奖了，这是底线。我觉得，诺贝尔文学奖是基本守住了这一底线的。

有意思的是，一些知识分子对这次莫言获奖的反应却很强烈，甚至还有一些有名的文化人，他们不仅觉得莫言不该得奖，还愤怒到说这是诺奖历史上最黑暗、最耻辱的一天，云云，我觉得，这样说就太夸张了。这个反弹，主要是由莫言也参与抄写了"讲话"一事引发的，它在网络上发酵得非常厉害，由这事的激辩，也可看出中国知识界确实已经丧失共识，现在大家探讨任何问题，都开始变得困难重重了。莫言后来在记者会上没回避这个问题，而是做了正面回答。他说他不后悔这事，并举出了自己不后悔的理由，我倒觉得莫言是坦诚的，假若一个人做了一件事情，事后看情形不对，又说自己后悔了，这反而更令人生厌。作家作为一个独立的创造者，不抄别人的东西，当然会更好，但真抄了，似乎也要具体分析，不要轻易就下宏大的判断，因为事情可能并不像一些人想象的那么复杂——尤其是在中国这个人情国家，很多时候，私人感情的因素，也会使得作家在一些抉择上作出妥协。况且，在政治上，帕斯捷尔纳克和马尔克斯都不是我们想象的那么勇敢，君特·格拉斯曾加入党卫军，哲学家海德格尔曾无限崇拜希特勒，并声称领袖的意志就是我们每一个人的意志，意象派诗人庞德也曾是希特勒的崇拜者，这些都不能影响他们在思想和艺术上的重要地位，何况其他。

在这点上，德国汉学家顾彬先生的态度挺有意思。他之前是批评莫言的，批评得很厉害，说莫言的小说很陈腐之类，莫言得奖后，他接受《南方周末》的采访，他的观点已经大变："我说的不一定都是对的。宣布莫言获奖后没多久我就接到了"德国之声"的电话，我当时的回答还是老一套，我没有来得及思考。这些天我问我自己，我精英文学的标准不可能也是错的吧？好像我是少数的。德国非常有名的作家马丁·瓦尔泽歌颂了莫言后，我觉得我应该重新反思我的观点。反正，德国读者不太喜欢看我们的精英作品，宁愿看美国和中国的长篇小说。"看了他的表态，你可以说顾彬没有立场，不敢坚持自己的观点，你也可以说顾彬表示出了要重新了解莫言的诚恳——这样的诚恳是有价值的。

很多人对莫言的作品并不熟悉，更缺乏把莫言放在文学史脉络中来审视的能力，仅凭一些碎片式的观感，是不足以认识一个复杂的作家的。

这令我想起《三联生活周刊》上的一段话："文学不是生活中的必需品，他（莫言）的小说你也可以喜欢或不喜欢，选择或不选择，但起码，你须先了解这是一位什么样的作家、写什么样的作品，明白他作品与我们当今社会发生着怎样的关系。"这确实是讨论莫言的一个理性前提。你喜不喜欢是一回事，你了解不了解又是另一回事。不了解莫言，对莫言这三十年所走过的文学旅程一无所知，由此所作出的判断必然是可疑的，甚至还会误读莫言。譬如，莫言当选为中国作家协会副主席，很多人都以为他就是副部级官员了，其实，兼职副主席是没有级别，也不享受什么待遇的。又如，莫言得了上一届茅盾文学奖，他的作品就被人视为主旋律作品，这就更是外行了。《蛙》肯定算不上是什么主旋律作品，相反，它对当代社会的批判是非常凌厉的。事实上，你若了解莫言所走过的写作之路，就知道，无论是他的小说还是他的人生，都不是一些人想象的那么懦弱，他批判社会，也承受由此而来的压力。从二十世纪八十年代中期开始，对莫言的批判，包括严厉的政治批判，一直都是存在的，连莫言脱下军服，转业到地方工作，都是某种批判的结果。当年他写《红高粱》《欢乐》《红蝗》，就受到了很多的批评，到他发表《丰乳肥臀》，对他的批判更是达到了顶峰。为了审查这部"大毒草"，有关部门成立了两个工作组，一章一章地审查，压力可想而知（详情请参阅叶开《莫言评传》第五章）。后来莫言自己也述说了这段经历，当然他说得很轻松，但实情肯定比他说的还严峻：

> 他们让我做检查。起初我认为我没有什么好检查的，但我如果拒不检查，我的同事们就得熬着夜"帮助"我，帮助我"转变思想"。我的这些同事，平时都是很好的朋友，他们根本就没空看《丰乳肥臀》，但上边要批评，他们也没有办法。其中还有一个即将生产的孕妇，我实在不忍心让这位孕妇陪着我熬夜，我看到她在不停地打哈欠，我甚至听到了她肚子里的孩子在发牢骚，我就说：同志们，把你们帮我写的检查拿过来吧。我在那份给我罗列了许多罪状的检查上签了一个名，然后就报到上级机关去了。第二天，我们的头儿找我谈话，说光写检查还不行，必须要有实际行动。我说您指的实际行动是个什么行动？他说，你能不能给出版社写一封信，以你个人的名义，要求出版社停止印刷这本书，已经印出来的要封存销毁。我说要禁你们自己去禁，我自己不能禁我自己的书，但我们领导知道我的弱点，就再次组织我的同事们帮助我，其中当然还有那位少妇。我这个人意志薄弱，一看到那位孕妇，我的心就软了，我想，不就是一本书吗？禁就禁吧，与她肚子里的小孩子相比，我的《丰乳肥臀》算什么？于是我就给出版本书的出版社写了一封信，请他们不要加印，印出来的也要就地销毁。（见莫言《小说的

气味》一书）

　　当然，正版一禁，盗版本肯定蜂拥起来。据莫言自己的保守估计，盗版起码在五十万本以上。

　　《丰乳肥臀》是莫言自己最看重的作品，他觉得这部作品最为沉重，也最有艺术性，但遭遇如此曲折的命运，着实令人感慨。现在的作家，可以把被批判、被查禁都当作自我宣传的机会，但在《丰乳肥臀》出版的年代，批判和查禁一部图书，对作者还是有巨大压力的。之后，类似的政治批判越来越少，但在文学层面上对莫言的批评却一直没有停止，他的《檀香刑》《蛙》都曾遭遇猛烈的批评。《蛙》能得茅盾文学奖，要得益于评奖制度中的公开投票环节，众目睽睽之下，熟悉文学现场的人，都知道难以回避莫言的存在。其实，未必是莫言需要这个文学奖，而是一个文学奖的权威性，需要一大批优秀的作家站在那里。在今天这个社会，改变自己命运，有些人是选择妥协，有些人是选择出卖人格，但还有一些人是选择把自己做大做强，使对手不能再无视你的存在——后者才真正值得尊敬。莫言的被认同，应该属于后者。莫言近年的文学风格并无根本变化，也未见他在写作上作出什么妥协，但他的文学地位，尤其是他在国际上的影响和以前大不相同了，已是最有国际影响的中国作家了，这就迫使一些人要开始正视莫言的存在——我更愿意从这个角度来理解，莫言何以会被主流现实所认可。

　　莫言作品中的批判品质，但凡读过他作品的人，都会有深刻印象。即便是在生活中，据我所知，莫言也不是卑躬屈膝的。当然，莫言很聪明，知道在什么场合讲什么话，但有时他也大声疾呼。电影界有人回忆说，贾樟柯电影解禁以前，莫言曾当面对国家电影局副局长说，你们封杀这样的导演就是罪恶，后来，贾樟柯很快解禁，是不是莫言的话起了作用，无从考证，但当时听见这话的有导演霍建起和编剧苏小卫等人，他们都觉得能这样对领导说话的文人，当下的中国，已经不多。因此，我们不必苛求作家，更不能要求作家都去做政治的抗议者，作者所关心的，终归还是人类心灵中的那些秘事。

莫言在获奖后的记者会上说，我的小说是大于政治的。"作家是靠作品说话的，作家的写作不是为哪一个党派服务的，也不是为哪一个团体服务的，作家写作是在他良心的指引下，面对着人的命运，人的情感，然后做出判断。"

这是有道理的。好的文学，肯定比政治更大。有一句话是这样说的，文学比政治更永久。苏东坡、王安石都曾投身政治，到今天，有多少人记得他们的政治观点呢？流传下来的是他们的诗文。王安石和苏东坡两个人政见不和，有矛盾，今天读他们的诗文时，他们的政见分歧都不重要了，被超越了。即便是几十年前，国共对立，作家间也有不同的政治主张，今天国共又合作了，有一天，两岸如果统一了，过去那些政治主张就被超越了。一个作家是否能流传下去，终归还是要看他的艺术价值如何。政治永远是当下的，此时的，是少数人或者党派之间的较量，但文学是普遍的，永恒的，人性的，它有比政治更永久的价值。

因此，我不赞成用单一的政治视角来看待莫言这次的获奖。假若中国出了一个作家，能获得世界性的认同，惟独在他自己的民族却遭遇冷眼和冷嘲，甚至恶意的践踏，而不能对他作出公正的评价，这是不正常的。我们应该有一种气度，一种对文化的创造力作出肯定的气度。莫言的得奖，未必能改变中国文学的现状，但它至少对中国文学在世界范围内的传播，是有正面价值的。这些年来，中国社会到处弥漫着一种如何才能发展文化软实力的焦虑，尤其是在国际竞争中，我们还拿不出真正有感召力和吸引力的文化产品，在民族精神的展示上，还显得很贫弱。中国经济的成就令世界瞩目，军工业的发展也进步神速，但是，一个国家如果没有文化输出，没有那种有高度、有影响力的文化符号来诠释自己的国民精神，这个国家就永远不会被人尊敬。中国生产的物质产品可以卖到世界各地去，可有过出国经历的人都知道，中国给人的印象依然是一个物质中国，没有多少外国人会觉得中国是一个文明之邦。他们都在用中国制造的产品，却不知道、也不想知道中国也曾生产孔子、老子、《红楼梦》和鲁迅。

物质中国是对中国最严重的简化。我记得，前几年《时代周刊》评封面人物，登的是中国工人，几个中国工人穿着灰色的工服，满脸疲惫地站在那里，这就是很多西方人对中国的想象，这就是他们认定的中国形象。中国确实有很多工人在流水线上，他们那疲惫、无奈、痛苦的表情，也是中国现实的一种，但中国绝不仅仅是这些。只是，整个西方，大都没有耐心听我们的解释，更没有诚意来了解一个真实的中国，他们骨子里对中国精神的漠视，才是对中国真正的伤害，这种伤害，甚至比贸易制裁和贸易歧视更严重。可是，我们一直没有什么机会来修正西方人对中国这种扭曲的认知，因为我们缺乏有说服力的精神产品。

莫言这次获诺贝尔文学奖，应该是一个很好的机会，世界由他的作品而重新认识中国，是一件好事，他的作品，呈现出了一种和当下的宣传所不同的中国——这个中国，是文学的，也可能是更真实的。假若在物质中国以外，我们能向别国输出一个文学中国，这才是真正的软实力。中国形象和中国语言，比中国经济和中国物质更富精神内涵，这是毫无疑问的。蒋经国的儿子蒋孝严曾说："经济能使一个国家壮大，军事能使一个国家强大，但只有文化才能使一个国家伟大。"这话多少有一点夸张，但如果"伟大"指的是一种精神、灵魂或者人格的话，文化的作用就比经济、军事更大。那些曾经贡献过伟大作家和艺术家的国家，即便今天经济不行了，也没人敢藐视她的存在，道理正在于此。但我也反对把莫言得诺贝尔奖的意义进行盲目升华，所谓莫言得奖反映了中国的强大以及世界影响力的提升一说，显然是牵强了。文学是个体的精神创造，和国力如何并无直接的联系，诺贝尔文学奖也经常授予小国作家，或者乱离中的作家，若单纯以国力论，这些就都难以解释了。

也有人说，由莫言来作为中国文明的传播者，只会让西方看到我们这个民族的丑陋、落后、阴暗，甚至黑暗的一面，莫言的小说，充满着这方面的描写。这令人想起前些年对张艺谋的批评，也说他是在讲述发生在中国偏僻角落那些离奇、丑陋的故事，这不仅不能让人更好地认识中国，反而会带来新一轮的偏见，把愚昧、落后的中国形象固化在西方观众的心中。这当然是一种观点，但未必全面。尤其是莫言的小说，和张艺谋电影的美学趣味是有很大不同的。莫言的作品揭示黑暗和恶，他当然也向往美好，比如《蛙》，就有对生的关切与礼赞，但这样的段落不多，他更多的是摹写现世在欲与恶中的狂欢。他为何不对这种赤裸的罪与丑轻易作出道德审判？我想，他知道文学的态度不是决断，而是发现，不是斥责和批判，而是理解和宽恕。但我们不能由此就认为莫言认同了这种现实，更不能因此就认为莫言丧失了批判立场。

文学的魅力不在于写那些黑白分明、结论清晰的事物，而是在于写生活的模糊区域和无穷可能性，在于描绘那种过去不能回答、今天不能回答、未来也未必能够解答的生存困境。

二、诺贝尔文学奖的价值观

诺贝尔奖评审委员会表彰莫言"将魔幻现实主义与民间故事、历史与当代社会融合在一起"，这只说出了莫言小说的一个侧面，但由此也可看出，他们所关注的，依然是莫言的小说本身。我更愿意相信，莫言之所以能得奖，是因为他的小说契合了诺贝尔奖的价值观。那么，诺贝尔文学奖的价值选择有哪些特点呢？从历届获奖作家的风格看，我概括了一下，以下四点可能是较为鲜明的。

一、具有批判精神。对历史、社会和人生的省悟，一直是文学的责任之一。不和当下主流意识形态合流，拒绝成为这个时代肤浅的合唱者，坚持批判的立场，并努力挖掘人生内部的风景，这已成为诺贝尔文学奖对作家的一种标准。批判性，未必指的就是政治异议，也可以是一种人生态度，即对当下的现状保持一种警觉，并思索人生的困境和真义。有一种批判，是面对社会和强权的，比如索尔仁尼琴、布罗茨基等人，许多时候是一种正面的对抗；还有一种批判，是个体主义的，像阿尔贝·加缪、萨缪尔·贝克特等人，更多的是追问个体所体验到的荒谬和痛苦的深度，这也昭示出了一种生存的真实。不屈从于现有的秩序，不停止对理想世界的想象，或者写那个理想中的世界永远不会到来的绝望，这些都是二十世纪以来获诺奖的作家思考的主题。那种甜蜜的对现实的投诚，和诺奖的价值观是格格不入的。

莫言小说的这种批判性一直存在，而且越到后来，越发的尖锐、宽阔。他的《红高粱》《红蝗》《欢乐》，还有长篇《天堂蒜薹之歌》《酒国》，这些写于二十世纪八十年代中后期、九十年代早期的作品，对中国历史和现实的批判是非常严厉的，在那个年代，甚至有着巨大的颠覆意义。他写抗日，不完全站在阶级或政治的立场上写，而是站在人性的角度上写，不只共产党人抗日，土匪、国民党也抗日，他们中也有义气、勇敢的人，那种蓬勃生长的野性和生命力，是任何阶级观念所不能概括的，它就是一种人性的存在。这样的视点，显然超越了过去的狭隘观念，更具人性的丰富性，也更加深刻。他写《天堂蒜薹之歌》，起因是山东老家附近一个县的蒜农，因为政府的原因，蒜薹卖不出去，蒜农就在政府门前焚烧蒜薹，后来演变成了恶性事件。这是一部很具现实感的小说。这部小说发表之后，那个县的人就威胁莫言说，只要敢踏上他们的地盘，他们就要如何如何，但莫言并不惧怕。莫言获奖之后，一切都不同了，家乡的人视他为一笔财富，整套旅游开发的计划都做出来了——我觉得，这才是真正的魔幻现实主义。

他的小说的批判性有时也是隐藏的，或者通过形象说出来的。《生死疲劳》里，就有这么一段话："我在阴间鸣冤叫屈时，人间进行了土地改革，大户的土地，都被分配给了无地的贫民，我的土地也不例外。均分土地，历朝都有先例，但均分土地前也用不着把我枪毙啊！"这个反思貌似隐蔽，其实也是严厉的。我现在接触一些材料，知道当年对待一些地主，手段还是过于严酷的。有一些，甚至明显就是冤枉。多年前，我看过一本公开出版的《刘文彩真相》，就让我知道了另一个刘文彩，和之前的宣传完全不一样的形象。我到过四川刘文彩的老家，知道他并不是那么坏的，他投不少钱来兴办教育，到了周末，若是下雨，还用自己的小轿车送学生回家，这是很难得的。作家在面对这些历史时，最怕接受现成的结论，而成了政治的传声筒，假若小说能塑造出各样情境下的人性景象，就能为粗疏的历史补上血肉和肌理。直接跳出来发表看法，或者声嘶力竭地呐喊，反而丧失了文学独有的力量。《檀香刑》里的形象，就是一种邪恶人格，把邪恶当做审美，这是很奇怪的一种人格，莫言把刽子手和看客的心理写得很彻底，读之令人惊悚。莫言身上还真是有一些鲁迅的影子，只是他的批判性，和鲁迅不一样，鲁迅是启蒙者的姿态，而莫言则更多是冷静、平等的审视、揭示。一些读者无法接受《檀香刑》里大篇幅的对酷刑的描写，由此认为作者的内心也是寒冷的，这并不符合文学批评的原则，我们不能由此否定这部小说所隐藏的批判性。没有批判性，莫言不可能受到诺贝尔文学奖的关注，哪怕马悦然再喜欢，也未必能成。据我所知，诺贝尔奖的评委普遍精通几门外语，他们评定一个作家，不只是看瑞典文翻译，还要收集英文版、德文版或法文版，通过不同译本的对照，来作出最终的抉择。这些评委都是专业读者，他们作出的判断，可能会有偏差，但不会离谱得太厉害。这点，我们还是要公正地看待。

二、描绘乡土现实。乡土代表一个民族和国家的基本经验，尤其是在中国，离开了乡土，你就无从辨识中国人的精神面貌。中国都市的发展，更多是重复、模仿发达国家所走过的路程，并没有形成自己的风格，因此，二十世纪以来比较有成就的中国小说家，几乎都有乡镇生活的背景，最令人难忘的作品，也多半是写乡土的。诺奖所关注的别国的作家，很多也是从乡土背景出发进行写作的。在给莫言的颁奖词里所提到的马尔克斯和福克纳，写的也是乡土记忆——他们可能是影响莫言最深的两个外国作家。莫言自己回忆，一九八四年十二月的一个下午，下大雪，他从同学那里借到了福克纳的《喧哗与骚动》，读了之后，就大着胆子写下了"高密东北乡"这几个字。福克纳说自己一生都在写那个邮票一样大小的故乡，莫言显然受此启发，也想在中国文学版图上创造一个属于自己的文学故乡。他一九八五年发表的《白狗秋千架》和《秋水》，最早使用高密东北乡这个地名。尽管后来莫言说自己并不喜欢《喧哗与骚动》这书，而只喜欢福克纳这个人，但这并不影响福克纳对他的文学地理学的建构所起的决定性的作用。莫言似乎更喜欢《百年孤独》，他说自己"读了一页便激动得站起来像只野兽一样在房子里转来转去，心里满是遗憾，恨不得早生二十年"，他没想到那些在农村到处都是的东西也能写成小说，"这彻底粉碎了我旧有的文学观念"。马尔克斯本人也有这样的经历，他说自己第一次读到卡夫卡的《变形记》时，才知道小说原来可以这样写。

我相信对高密东北乡的发现，包括因福克纳、马尔克斯的影响而对传统的线性叙事时间的突围，彻底解放了莫言的想象力。莫言找到了自己和故乡之间的精神通道，那个储藏着他青少年时期全部记忆和经验的故乡，他终于知道该如何回去，又该如何走近它、表现它了。莫言曾把自己的故乡用了一个非常重的词来形容，叫"血地"，这是母亲养育自己并为此流过血的地方，任何人，都无法摆脱故乡对他的影响、感召和塑造。

> 故乡留给我的印象，是我小说的魂魄，故乡的土地与河流、庄稼与树木、飞禽与走兽、神话与传说、妖魔和鬼怪、恩人与仇人，都是我小说的内容。（莫言：《故乡往事》）

要想在文学史上留下印记，作家就必须创造出属于他的文学王国，要找到他自己的写作根据地。莫言是比较早有这种写作自觉的人。没有地方性记忆，也就谈不上有自己的写作风格。鲁迅的未庄、鲁镇，沈从文的边城，贾平凹的商州，张承志的西海固，韩少功的马桥，苏童的香椿树街，史铁生的地坛，莫言的高密东北乡，既和地理意义上的故乡有关，也是源于虚构和想象的精神故乡。在这样的文学王国里，作家就像国王，想叫谁哭就叫谁哭，想叫谁饿就叫谁饿，想叫谁死就叫谁死，甚至连一根红萝卜、一片红高粱，都可以被他写进文学史，这就是文学的权力。

这种写作根据地的建立，我相信是莫言写作风格化的重要路标。他要把自己的故乡写成中国农村的一个缩影，应该说，他的努力今天已见成效。哲学家牟宗三说，"真正的人才从乡间出"（《周易哲学演讲录》），这个说法意味深长，至少它对于文学写作而言，还是有道理的。乡土是中国文化的土壤，内里也藏着中国的伦理，以及中国人如何坚韧地活着的故事，这样的故事，往往最为诺奖评委们所关注和喜爱。

三、坚持艺术探索。不但要探索，还要是一个用现代手法写作的人。自二十世纪中叶以来，诺贝尔文学奖几乎未曾颁发给传统作家，获奖作家都是现代主义的，在艺术上有探索精神的人。诺奖重视和表彰那种能够敞开新的写作可能性的作家，不仅福克纳、马尔克斯等人，即便海明威、帕慕克等人，还有那些诗人，他们的写作也都贯彻着现代精神。很多作家，在获奖以前，作品不一定好卖，甚至由于他们所坚持的探索姿态较为极端，读者可能是很少的。诺奖也关注这类作家，并借着他们的表彰为这些探索加冕。譬如新小说派作家克洛德·西蒙，我相信一般读者都未必读得懂他的《弗兰德公路》《农事诗》，即便像埃尔弗里德·耶利内克，很多人也未必喜欢她那种写法，但在他们身上，确实体现出了一种艺术的勇气——不屈从于现有的艺术秩序，坚持探索和实验，不断地去发现新的叙事可能性。并不是说所有的小说都要用新的方式写，但文学之所以发展，作家之所以还在探索，就在于艺术的可能性没有穷尽。有可能性的艺术才有生命力。

今天的艺术可能性，就是明天的艺术常识；文学的发展，就是不断地把可能性变成常识。譬如，我们读鲁迅的小说，都觉得好懂，写法朴实，但在鲁迅写作那个时代，他的小说写法是新的，是具有强烈的探索风格的。《狂人日记》里的内心独白、心理分析、第一人称叙事，这些对于当时的中国小说而言，都是全新的开创。鲁迅写祥林嫂之死、孔乙己之死，包括《药》里面的英雄夏瑜之死，处理方式也和传统小说不同。传统小说写主要人物，都是正面描写的，鲁迅刚好相反，他把人物的遭遇这些本应是主体的情节，虚化成背景，把那些本应是背景的，当作主体来描写。他往往通过一些旁观者，那些周遭的人的感受和议论，来观看一个人的命运，这就是现代叙事。按照传统的叙事，祥林嫂的遭遇要正面描写，孔乙己是如何被打的，打得又是如何悲惨的，也要大写特写，这样才能唤醒读者对他的同情，鲁迅对此却不着一字，只是写孔乙己被打之后如何用手坐着走过来，其实就是爬到小酒馆来的，他写了他手上的泥，写了他如何试图保持最后的可怜的自尊，也写了周遭的人如何看他、议论他。夏瑜之死甚至完全没写，只是背景，但这个背景却成了小说的主体，这是很新的一种写法。这个写法，今天已显得普通，当时却开创了一个小说的新局面，这就是所谓的艺术可能性成了艺术常识。当年的朦胧诗，有些人说看不懂，为此对它进行了声势浩大的批判，把它形容为"令人气闷的'朦胧'"，可今天读北岛、顾城、舒婷等人的诗歌，谁还会觉得晦涩、朦胧呢？朦胧诗甚至都入选中学课本，连孩子们都读得懂了。当年的新潮，今天都成常识了。好比时装设计，模特身上穿的，是一种美学趋势，这些服装真正进入大众的日常生活，还需一些时间；但今天的趋势，明天就会成为生活本身。艺术探索也是如此。

莫言从成名至今，他给人的印象，就是一个探索型的作家。他的成名作《透明的红萝卜》，那种原始的、通透的感觉，那些比喻和描写，在当时是全新的。他的《红高粱》，你只要读第一句，"一九三九年古历八月初九，我父亲这个土匪种十四岁多一点"，就能感受到他在讲述历史和祖辈故事时，有了完全不同的叙事口吻。叙事态度不同即代表历史态度、人性态度不同，这为莫言后来的写作，敞开了一个新的世界。《红蝗》的探索性就更强了，时空转换，意识流，人称变化，艺术上令人目不暇接。到了《欢乐》这个长篇幅的中篇小说发表，莫言的反叛性更为肆无忌惮，写法也更令人不适，第二人称，不分行，乡村生活的美好彻底崩溃，思想上也亵渎土地、母亲，莫言似乎要对自己来一次大发泄、大清理，甚至蹂躏自己的灵魂，然后再轻装上阵。《天堂蒜薹之歌》《十三步》，艺术上日趋成熟，尤其是对小说结构的处理，不少都是之前中国小说所未见。《酒国》《丰乳肥臀》《檀香刑》都贯注着对历史文化的反思，写法上，《檀香刑》大量借鉴了民间戏曲、说唱艺术，创造了一种具有中国风格的叙事语体，《生死疲劳》则直接借用了章回体小说的形式，《蛙》用的是书信体，这些在艺术上其实都是要冒险的。

也有人不理解莫言的这种转向，比如德国汉学家顾彬，就觉得一个用章回体结构写作的人，他的文学观念肯定就是陈旧、腐朽的。顾彬持这种观点是可以理解的，经历了二十世纪以来的艺术探索，假若今天的作家再退回到十九世纪的写法上，那肯定是不能容忍的。必须张扬和召唤一种文学的先锋精神，才能一直保持写作的现代感。但这个问题，在中国的文学语境中要复杂得多。我们之前一直认为先锋就是前进，就是新，就是破坏，现在看来，先锋不一定都是一往无前的，后退也可以是先锋。所谓先锋，本质上就是和这个时代作着相反的见证，拒绝合唱，坚持独立的观点。二十世纪八十年代，小说要从陈腐的艺术现状中突围，写作上学习西方的现代艺术，这是先锋；如今，向西方学习，用现代手法写作成了主流时，莫言转身从中国传统中汲取叙事资源，这种后撤，也可以认为是另一个意义上的先锋。

应该承认，莫言出版《檀香刑》之前，当时几乎没有先锋作家开始意识到需要重新理解传统和现代的关系，至少还没有出现一种向传统的叙事寻找资源的写作自觉。莫言比较早就意识到，在自身的文化传统中找寻资源，不仅不是陈旧的表现，而且还是一种创新。当中国这二三十年把西方这一百多年的艺术探索都学习了一遍之后，什么是中国风格、中国语体、中国气派，这当然就成了一个问题。借鉴和学习并非目的，如何让自己所学的能在自己的文化土壤里落地，这才是最重要的。我很高兴这些当年的先锋作家，到了一定时候开始深思这个过去他们极度蔑视的传统问题，先是莫言，后来又有格非。格非的《人面桃花》，也是深得中国传统的韵味，无论语言还是感觉，都告别了过去那种单一的西方性，而从自身的文化腹地实现了重新出发。王蒙在二十世纪八十年代也是艺术的弄潮儿，可前些年出版的《尴尬风流》，令人想到更多的是中国传统的"文章"的味道。

这其实是一种趋势，它意味着写作的风潮开始发生根本的变化。过去我们一味求新，学西方，但骨子里毕竟无法脱离中国文化的语境，这就迫使我们思考，应该如何对待中国的文化资源。矫枉过正的时代过去了，唯新是从的艺术态度也未必可行了。这一点，从作家为人物取名字这事上就可看出来。二十世纪八十年代的小说探索，经常有作家会把人物的名字取成1、2、3、4或者A、B、C、D，把人物符号化，以表征个性已被削平，现代人内心的深度也消失了，但在今天的语境里，中国作家若再把人物的名字取成1、2、3、4或A、B、C、D，我想，哪怕是最具先锋意识的读者恐怕都不愿去读了。为什么呢？就是因为阅读语境发生了变化。中国人的名字是隐藏着文化信息量的，比如，当你看到我的名字，谢有顺，就会想起王有福、李富贵、刘发财之类，知道取这样名字的父母可能是农民，大约是什么文化水平，但如果我叫谢恨水或者谢不遇，后面的想象空间就不一样了，如果我叫谢清发，大家自然会想到李白那句诗，"蓬莱文章建安骨，中间小谢又清发"。取名也是一种中国文化。我们讲文化自觉，并不是抽象的，而是可以从很具体的写作中看出来的。

在这个背景里，就能看出莫言当年的后撤，其实也包含着某种先锋的品质，也有探索的意味在里面。有些探索，明显是故意的，是夸张的，目的是为了引起注意，呈现一种姿态。在今天这个消费主义时代，保持着这种创新、探索精神的人，并不是太多。文学界近年充满着艺术的惰性和精神的屈服性，平庸哲学大行其道，莫言的获奖，也许可以提醒一些人，小说不仅是在讲故事，它还是讲故事的艺术。

四、要有写作理论。这点不为一般人所注意，是我概括出来的。但这是事实。之前获得诺奖的作家，都有自己的写作理论，有些还出版了多部讲稿或谈话录来阐释自己的写作主张，这对于认知他们的写作、确证他们的写作价值，都起到了重要的作用。无论福克纳、马尔克斯、马里奥·巴尔加斯·略萨，还是奥德修斯·埃里蒂斯、切斯拉夫·米沃什、埃利亚斯·卡内蒂、库切、赫塔·米勒等人，都有大量的创作谈或理论文字，反复解释自己为何写作，并诠释自己的世界观。有写作理论，就意味着这个作家有思想、有高度。前段为何网上有那么多人讨论莫言应该在斯德哥尔摩发表怎样的获奖演说，应该讲些什么，其实就包含着读者对莫言的期待。

诺奖作家的演说词很多都是名篇，里面都闪烁着动人的艺术光泽和价值信念。假若一个作家不能很好地概括自己的写作，不能为自己的写作找到合适的定位，并由此说出自己对世界、历史、人性的一整套看法，他的写作重要性就会受影响。而在众多的中国当代作家中，莫言算是一个比较有想法的作家，他有大量的创作谈或采访录，都在谈写作，谈文学与社会的关系。他的一些思考未必深刻，但朴实而真切，符合写作的实际，也提出了一些自己的概念或说法，我相信这对于他的作品传播和作品研究是有意义的。

关于这一点，比较二〇〇〇年诺奖竞争中北岛败给了高行健，就可得到证实。那一年，几乎全世界的人都知道，诺奖会颁发给一个汉语作家——错过了这一年，就意味着诺贝尔文学奖的百年历史将和中文失之交臂。是高行健还是北岛？多数人猜的是北岛，据说记者也多云集在北岛的住处外面，就等着瑞典宣布了。北岛之于中国文学更具符号性价值，也更具贡献，这是有公论的。没想到，那年的诺奖给了高行健。高行健的小说是否能代表汉语小说的最高水平，姑且不论，但北岛没能得奖，除了对他的诗歌成就的评价有争议以外，我觉得还有两个因素不能忽略。一是诺奖评委都是年龄很大的专业读者，以坚持自己的独立性为荣，但凡当年度外界呼声最高那个作家，多半不会得奖，因为诺奖也是要面子的，不能被轻易猜中，为此评委会故意和大众的评价拉开差距——有这种心理是可以理解的。很多人都知道，法国新小说派最著名的作家是阿兰·罗布-格里耶，《嫉妒》《重现的镜子》《去年在马里昂巴德》的作者，可最终获得诺奖的是克洛德·西蒙；米兰·昆德拉好几年都呼声最高，但最后也被评委所忽略；略萨是在大家认为不太可能得奖的时候得的奖。这些都是例证。北岛没能得奖的另一个因素，据我的猜测，是和他没有自己的写作主张有关。他除了写诗，写散文，几十年来都没认真阐释过自己的写作，更没有什么理论文字行世。没人知道北岛的写作观点是什么。高行健就不同了，他去国之前，出版有《现代小说技巧初探》《对一种现代戏剧的追求》等论著，后来又有《没有主义》一书，专门谈自己的写作主张，这都有益于域外读者和翻译家认识高行健。一个作家，光有出色的作品而没有自己独特的文学观念，没有思想性，至少对于诺奖评委而言，是不够的。我相信北岛吃了这方面的亏，高行健和莫言却受益于此。这些年我一直没有机会见到北岛，如果见了，我会建议他对自己的写作做些总结和概括，把自己深化一下，他还不算老，创造力并未枯竭，还有机会获奖。而且下一次若有汉语作家获奖，可能性最大的，就是诗人了，而诗人中，可能性最大的还是北岛——我这样说的时候，国内一些小说家可能会伤心了。我希望他们也交好运。

当然，诺奖的评奖标准还有很多，上述四项基本原则，却是缺一不可的，至少中国作家要获奖，没有批判精神，不用现代手法，就几乎没有可能——这两点尤为重要。

三、莫言小说的特质

必须看到，莫言并不是因为获奖才变成重要作家的，他所建构的文学王国，一直是当代中国的重要象征之一。"他通透的感觉、奇异的想象力、旺盛的创造精神、汪洋恣意的语言天才，以及他对叙事探索的持久热情，使他的小说成了当代文学变革旅程中的醒目界碑。他从故乡的原始经验出发，抵达的是中国人精神世界的隐秘腹地。他笔下的欢乐和苦难，说出的是他对民间中国的基本关怀，对大地和故土的深情感念。他的文字性格既天真，又沧桑；他书写的事物既素朴，又绚丽；他身上有压抑不住的狂欢精神，也有进入本土生活的坚定决心。这些品质都见证了他的复杂和广阔。从几年前的重要作品《檀香刑》到二〇〇三年度出版的《四十一炮》和《丰乳肥臀》（增补本），莫言依旧在寻求变化，依旧在创造独立而辉煌的生存景象，他的努力，极大地丰富了当代文学的整体面貌。"——这是我当年为莫言获得华语文学传媒大奖时撰写的授奖辞，概括了莫言的一些文学特质，但我觉得莫言的写作要比这个宽广得多，他的存在，能够让我们看出当代文学的丰富和匮乏。

那莫言小说最重要的特色是什么呢？可以谈的很多，今天，我只想说我在阅读中印象最深的三点。

一、感官彻底解放。读莫言的小说，你会觉得莫言不仅是在用心写作，他还用耳朵写作，用眼睛写作，用鼻子写作，甚至用舌头写作。他的写作，是全身心参与进去的，每一个器官仿佛都是活跃的，所以在他的小说中，可以读到很多的声音、色彩、味道，以及各种幻化的感觉，充满生机，有趣、喧嚣、色彩斑斓；就感官的丰富性而言，当代没有一个中国作家可以和莫言相比。我们经常说当代文学的面貌贫乏、苍白，原因就是作家的感官没有获得解放。小说若只有情节的推动，而没有声音、色彩、味道，没有器物、风景的描写，听不到鸟叫，看不到田野和花朵的颜色，就会显得单调、乏味。

小说是活着的历史，也是对生活世界的还原，它不仅要写人物的命运，还要呈现人物生活的场景。小说的世界里，应该有人，有物，有情。

即便是风景描写，也不是可有可无的。读鲁迅或沈从文的小说，他们笔下的风景，会像一幅画一样呈现在我们眼前，鲁迅的是苍凉，沈从文的是精细、诗意；读屠格涅夫、契诃夫的小说，他们笔下的草原和森林，也给我们留下了深刻印象。莫言的小说也是有风景、有色彩的，这得力于他瑰丽的想象力。莫言声称自己只是小学毕业，读书不多，早年在写作上的老师更多是大自然，是生活本身，"每天在山里，我与牛羊讲话、与鸟儿对歌、仔细观察植物生长，可以说，以后我小说中大量天、地、植物、动物，如神的描写，都是我童年记忆的沉淀"。这样的感觉训练、记忆储备，对于写作而言，是一笔巨大的财富。躺在青草地上，看白云飘动，花朵开放，看各种小动物觅食、打架，了解事物与事物之间的差异，感受世态的冷暖，这样的经验，未必是每个人都有的。

何以乡土生活经验对于作家那么重要？乡土经验是有差异的，城市生活却面临着经验的雷同与贫乏。有一天，我坐在书房，突然想，我已多年没有见过真正的黄昏或凌晨了。在都市里，早晨起得很迟，根本见不到万物在晨曦中苏醒的样子；傍晚呢，天未暗下来，所有路灯就亮了，也见不到万物被黑暗所吞噬的过程。我们几乎生活在白昼和黑夜区别不大的世界里，黄昏和凌晨，都只是一个概念而已，已经不再是现实中的一种。在都市里，甚至从小到大的成长过程中，大家喝的饮料，吃的快餐，穿的衣服、鞋子，甚至用的文具或文具盒的牌子都是一样的，从南到北，从新疆到海南，建筑同质化，饮食同质化，生活的差异越来越小，经验的丰富性也就不复存在了。有一个八〇后作家对我说：我已经无法写《红楼梦》式的百科全书式的小说，因为时代不同了，我只能写内心的秘事，或者耽于幻想，如果要写风景或器物，我只能写千篇一律的水泥建筑，或者认真地写一个LV包的光泽和住五星级宾馆的感受？那就太无聊了，这样的经验很多人都有，并无特殊之处。

这确实提出了一个新问题：当经验贫乏之后，写作何为？莫言应该感到庆幸，小时候那些记忆，那些在放羊或割草的生活中所积攒下来的经验和体验，成了他小说中最为生机勃勃的部分。比如，莫言小说经常写饥饿，这和他的童年记忆相关。"那时候我们身上几乎没有多少肌肉，我们的胳膊和腿细得像木棍一样，但我们的肚子却大得像一个大水罐子。我们的肚皮仿佛是透明的，隔着肚皮，可以看到里边的肠子在蠢蠢欲动。我们的脖子细长，似乎挑不住我们沉重的头颅。"（莫言：《饥饿和孤独是我创作的财富》）没有这种经历和体验的人，是很难把饥饿写得如此真实、生动的。这令我想起《蛙》的开头，莫言写孩子们是怎样吃煤的：

陈鼻首先捡起一块煤，放在鼻边嗅，皱着眉，仿佛在思索什么重大问题。他的鼻子又高又大，是我们取笑的对象。思索了一会儿，他将手中那块煤，猛地砸在一块大煤上。煤块应声而碎，那股香气猛地散发出来。他捡起一小块，王胆也捡起一小块；他用舌头舔舔，品咂着，眼睛转着圈儿，看看我们；她也跟着学样儿，舔煤，看我们。后来，他们俩互相看看，微微笑笑，不约而同地，小心翼翼地，用门牙啃下一点煤，咀嚼着，然后又咬下一块，猛烈地咀嚼着。兴奋的表情，在他们脸上洋溢。陈鼻的大鼻子发红，上边布满汗珠。王胆的小鼻子发黑，上面沾满煤灰。我们痴迷地听着他们咀嚼煤块时发出的声音。我们惊讶地看到他们吞咽。他们竟然把煤咽下去了。他压低声音说：伙计们，好吃！她尖声喊叫：哥呀，快来吃啊！他又抓起一块煤，更猛地咀嚼起来。……陈鼻大公无私，举起一块煤告诉我们：伙计们，吃这样的，这样的好吃。他指着煤块中那半透明的、浅黄色的、像琥珀一样的东西说，这种带松香的好吃。

不但吃煤，还吃有红锈的铁筋，吃虫子，吃蚂蚱，莫言都写得有声有色。我还能记住很多莫言小说中的细节。他写自己小时候，如何孤独地坐在炕头或树下，看院子里蛤蟆怎么捉苍蝇。他将啃完的玉米棒子扔在地上，苍蝇立刻飞来，"碧绿的苍蝇，绿头的苍蝇，像玉米粒那样的、有的比玉米粒还要大，全身是碧绿，就像玉石一样，眼睛是红的。"这是形体、色彩的描绘。"看到那苍蝇是不断地翘起一条腿来擦眼睛、抹翅膀，世界上没有一种动物能像苍蝇的腿那样灵巧，用腿来擦自己的眼睛。然后看到一只大蛤蟆爬过去，悄悄地爬，为了不出声，本来是一蹦一蹦地跳，慢慢地、慢慢地，一点声音不发出地爬，腿慢慢地拉长、收缩，向苍蝇靠拢，苍蝇也感觉不到。"这是动作的分解，源于他细致的观察。"到离苍蝇还很远的地方，它停住了，'啪'，嘴里的舌头像梭镖一样弹出来了，它的舌头好像能伸出很远很远，而后苍蝇就没有了。"(《莫言王尧对话录》)真是有声有色。莫言说，我小时候就观察这些东西，蚊子、壁虎、蜘蛛，向日葵上的幼虫，锅炉上沸腾的热气……这些都被莫言写进了小说。在《透明的红萝卜》里，他写"当她的情人吃了小铁匠的铁拳时，她就低声呻唤着，眼睛像一朵盛开的墨菊"，写菊子姑娘的右眼里插着一块白色的石片时，又说"好像眼里长出一朵银耳"；他写自己小时候掉到茅坑里，大哥把他捞上来按到河里冲洗，他说自己"闻到了肥皂味儿、鱼汤味儿、臭大粪味儿"。色、香、味俱全。我想，很少有作家具有这种写作耐心，把看到、听到、想到和闻到的，都用如此生动的笔墨写出来。莫言确实有异乎常人的想象力和感受力。

《蛙》里还写，那个地方有一个古老的风习，生下孩子，喜欢以身体部位和人体器官为孩子取名，譬如陈鼻、赵眼、吴大肠、孙肩、陈眉、王肝、王胆、吕牙、肖上唇、肖下唇，等等，太有意思了。我不相信中国有哪一个村庄的人是这样为孩子命名的，但仅此一点，也可见出莫言那天马行空的想象力。

莫言的小说，幽默而不枯燥，色彩绚丽，读起来也显得舒缓、从容，叙事里有旁逸斜出的东西，有多余的笔墨。有些作家，把小说情节设计得紧张而密不透风，他根本没耐心停下来写一写周边的环境，写一棵树，一条河，或者一个人的眼神，没有闲笔，叙事反而显得不大气。俗话说，"湍急的小溪喧闹，宽阔的大海平静"，大作家的小说多半是从容、沉着的，古典小说经常穿插对一桌酒菜或一个人的穿着打扮的描写，或者时不时来一个"有诗为证"，就是为了追求这种从容的效果。契诃夫有一篇小说以草原的风景描写为主体，读之也令人津津有味，这才是大作家的才赋。有一个作家说，好作品如大动物，都有安静的面貌，这是真的。在动物园，狮子和老虎没事往往是不动的，只有老鼠、小鸟才唧唧喳喳，大动物反而安静，"动如火掠，不动如山"。有一次听王蒙老师说，大人物走路都是不慌不忙的，你看那些大领导，出场时都是慢慢走的，你们鼓你们的掌，我只管慢慢走；如果一报他的名字就着急地跳上台的人，他会是大人物么？所谓"虎行似病"，老虎走路就像病了一样，缓慢、摇摆，但一旦遇见猎物，就矫健凶狠，大作品也应该有这样的节奏感，一张一弛。感官的解放，闲笔的应用，这些貌似不起眼的写作才能，却是能起到大作用的。

二、语言粗粝驳杂。莫言的小说语言风格独特，里面所隐藏的力量感、速度感也是一般作家所没有的。他这种语言为很多人所批评，觉得过分粗糙了，远谈不上精粹、谨严，这些都是实情。莫言喜欢放纵自己在语言上的天赋，他似乎也无兴趣字斟句酌。但莫言的语言如此粗粝、驳杂，未尝不是他有意为之，他似乎想在一泻千里、泥沙俱下的语言洪流当中建立起自己的叙事风格。莫言是北方人，正规教育只读到小学毕业，如果要他和别的作家，尤其是南方作家比精致、优雅、规范，这绝非他的长处。况且，文学语言的风格是丰富的，精致只是其中一种，这就像我们的日常语言，说的很多都是废话，但它带着生活的气息和质感。生活未必要时时说金句和格言，有时也需要说点废话。"我爱你"就迹近废话，可生活中反复说，有些人百听不厌。刘震云写过一部小说，题目就叫《一腔废话》，如果一个人每天都说"一句顶一万句"的话，那他就只有政治，而没有生活了。

莫言的长处是他的激情和磅礴。那种粗野、原始的生命力，以及来自民间的驳杂的语言资源，最为莫言所熟悉，假若删除他生命感觉和语言感觉中那些枝枝蔓蔓的东西，那他就不是今天的莫言了。莫言所追求的语言效果正是泥沙俱下的，普通话中夹杂着方言、土语、俚语、古语，极具冲击力和破坏力，有些作品由于过分放纵，节制力不够，也未必成功，但无论你是否喜欢，都能令你印象深刻。

莫言的写作方式也和他人不同。据他自己介绍，他每一部作品，哪怕是长达几十万字的长篇小说，往往都是几天或几十天内写出来的，而且不用电脑，只用笔写。顾彬对此就有点不屑，他觉得一部篇幅浩大的长篇，几十天就写完了，这必然粗制滥造。莫言的回答很巧妙，他说尽管这些作品写的时间很短，但这些故事、这些人物早在他心里酝酿十多年了，就像女人孕育孩子，瓜熟蒂落的时间不长，但怀孕的时间却很漫长。一种题材，一个人物的命运，在作家内心酝酿、沉淀了多年才开始写出来，而一写就停不住，汹涌而出，这是完全有可能的。有些作家一天就写千儿八百字，他习惯慢，细心琢磨，一字一句；有些作家则崇尚一泻千里，一发而不可收拾。莫言显然属于后者。

这种写作风格、语言风格的不同，和作家的气质、个性相关，甚至和作家的身体状况都有关系。鲁迅写不了长小说，他的文章越到后来写得越短，这和鲁迅所体验到的绝望感有关，他从小说写作转向杂文写作，就表明他对小说那种迂回、曲折、隐蔽的表达方式已感不足，面对如此深重的黑暗现实，他更愿意用短兵相接、直抒胸臆的方式把自己所想说的说出来，所谓"放笔直干"，就是这个意思。这不仅和鲁迅的思想体验有关，也和鲁迅的身体、疾病有关。作为一个肺结核病患者，呼吸常常急促，气息不够悠长，这注定鲁迅写不了长东西，而且他的文章也大量用短句子。莫言的小说则有大量的长句子，这点和鲁迅不同，他体魄强健，气息是不同的。写作和身体的关系，并不是臆想，是有道理的。像普鲁斯特，一个花粉过敏者，一天到晚躲在书房里，写作上就难免耽于幻想，叙事也会崇尚冗长和复杂，《追忆逝水年华》几大卷，就具有一个冥想者的全部特征。卡夫卡也是肺结核病人，他写的也多是短小说。

莫言用的语言是普通话，但中间夹杂着大量民间的口语、俚语，但也不是刻意的方言写作。还有一些古语，保存在自己山东方言里的，用在小说中，也显得古雅、有趣。莫言说在他们老家的方言中，保留了不少古语，譬如说一把刀锋利，不说锋利，而是说"风快"；形容一个女孩子长得漂亮，不说漂亮，而说长得"奇俊"；说天气很热，不说很热，而是说"怪热"，这些词，现代人也能理解，用在小说中就显得古雅而有趣。莫言的小说语言是多重的、混杂的，未必规范，但有活力，而且狂放、恣肆、汹涌，这是一个很大的特点，也是在别的作家身上所未见的。有些作家崇尚精雕细琢，譬如读汪曾祺的小说，都是大白话，没有什么装饰性，也很少用形容词，但你能感觉到他的语言是讲究的，用词谨慎；读格非的小说，书卷气很浓，他用书面语，有时还旁征博引，但也不乏幽默，这和他一直在大学教书有关；读苏童的小说，在语言上你就能感到一种南方生活潮湿、诗意的氛围；读贾平凹的小说，语言上有古白话小说的神韵，也有民间的土气。莫言的语言风格比他们更为驳杂。他说自己小时候特别爱说话，是个多话的孩子，后来他把强烈的说话欲望，都转化到纸上了。莫言的语言有时是对生活的模仿，充满聒噪的色彩，有时是对传统语言和伦理的挑战，是一种狂欢。

语言既是一种工具，也是一种哲学。二十世纪最重要的哲学之一就是语言哲学，文学最重要的革命也是关于语言的革命。维特根斯坦的哲学之所以深邃，就在于他对语言有了全新的理解。二十世纪八十年代有一个重要的口号，怎么写比写什么更重要。不是我在说话，而是话在说我。确实，一种叙事许多时候是被一种语言所决定的，语感不对，叙事甚至都无法进行。余华说他写《活着》，写了几稿都觉不对，最后把叙事人称转换成"我"之后，一下子就顺了。莫言也有过这种经历，可见一种叙事语言会决定性地影响一个作家的写作。

莫言并不愿意守旧，他在《酒国》《十三步》里，探索用不同人称叙事，《檀香刑》也这样，用了不同的视角，创造了一种全新的讲故事的方式。语言上，莫言更是有狂欢精神，亵渎的、嘲讽的、滑稽的、幽默的、庄重的、深情的，汇聚于一炉，斑斓而驳杂，有时也会令人不快，但这就是莫言，一个为他自己的语言世界所塑造的莫言。

三、精神体量庞大。有些作家是优雅、精致的，但莫言不属这种，他的风格是粗粝而有冲击力的，无论是叙事的多样性，还是人物命运感的宽阔、饱满，都异乎一般作家。尤其是他小说中那片热土，为他的人物在其中的挣扎、奋斗、抗争，活着和死去，提供了一个极富张力的背景。莫言特别重视人物的塑造，他说，"不管社会怎样千变万化，不管社会流行什么，不管写出来是否可能引起轰动，我只是从我记忆的仓库里去寻找那些在我头脑里生活了几十年、至今仍然难以忘却的人物和形象，由这些人物和形象把故事带进作品结构中去，这样的写作，往往容易获得成功。"（《写什么，怎么写》）莫言笔下的人物，具有概括性，也有宽度和厚度。他回忆自己写作《丰乳肥臀》的缘起，是一次在北京地铁口出来，他看到一个坐在地铁口给孩子喂奶的农村妇女，不是一个孩子，是两个孩子。

> 这两个又黑又瘦的孩子坐在她的左右两个膝盖上，每人叼着一个奶头，一边吃奶一边抓挠着她的胸脯。我看到她的枯瘦的脸被夕阳照耀着，好像一件古老的青铜器一样闪闪发光。我感到她的脸像受难的圣母一样庄严神圣。我的心中顿时涌动起一股热潮，眼泪不可遏止地流了出来。我站在台阶上，久久地注视着那个女人和她的两个孩子。（《我的〈丰乳肥臀〉》）

我想，莫言此时所看到的，不仅是一个母亲的形象，而且是她后面那种人生和历史的纵深感，她的命运为土地所见证，她的悲哀也为土地所慰藉和平息。

他所描绘的人物群像，都有这种悲怆感，这个调子，也许从《透明的红萝卜》中那个没有姓名的黑孩子开始就奠定了。这个孩子忍受常人不能忍受的痛苦，有幻想能力，能够看到别人看不到奇异景象，听到别人听不到的声音，嗅到别人嗅不到的味道，他不说话，但却有着异常奇特的内心世界。莫言视这个黑孩子为自我形象，他背负这个黑孩子身上的所有重担。甚至越到后来，莫言面对这些人物的命运，就越有负罪感。我不止一次听莫言说过，作家要把自己当作罪人来写。在这一点，莫言是真正接续了鲁迅精神的。鲁迅对国民性的批判，一直是带着罪感去看的，他说吃人时，觉得自己也吃了人，他绝望，同时也带着这种绝望生活。他没有把自己从批判的视野里摘除出去。

认识到自己也是罪人，就会无情地解剖自我，也会对历史和现实有着全然不同的观察，鲁迅看得比别人宽，比别人深，正源于此。莫言体量之庞大，和他在人物身上所贯注的精神关怀密切相关，他看世界、看历史、看别人，最终看见的都是自己，而且他有同代作家所罕见的罪感，比他们就更显宽阔和沉重。

这令我想起鲁迅和张爱玲的区别。张爱玲有着对世俗生活细节独特的偏爱（她说，"我喜欢听市声"，如她喜欢听胡琴的声音，"远兜远转，依然回到人间"），她对苍茫人生的感叹经常也是深刻的（她说，"这世上没有一样感情不是千疮百孔的"，"短的是生命，长的是磨难"），她是一个能在细微处发现奇迹的作家。但张爱玲对人的看法，更多是密室的眼光，是一种闺房心思，精致，但格局较小。比起张爱玲，鲁迅所看到的世界，就要宽阔、深广得多，他笔下那些人物，具有强烈的概括性。鲁迅是那个时代最值得信任的观察者。尤其是《野草》，鲁迅把人放逐在存在的荒原，让人在天地间思考、行动、追问，即便知道前面可能没有路，老人说前面是坟，孩子说前面是鲜花，他都不愿息了脚步，他要一直往前走——这样一个存在的勘探者的姿态，就从密室走向了旷野。"过客"正是鲁迅这种旷野写作的核心意象。二十世纪的中国文学何以一直以鲁迅为顶峰，而非由张爱玲来代表，正是因为鲁迅的精神体量比其他作家庞大。我看重莫言的，也是这一点。

四、莫言获奖的两点启示

最后，我想追问，莫言获得诺贝尔文学奖，究竟能对中国文学带来什么启发？我愿意在这个问题上多说几句。

莫言获诺奖后对记者说，我获奖，不是政治的胜利，而是文学的胜利。我同意这个看法。但我想强调，这是文学的胜利，但不是主流文学的胜利。尽管莫言的作品早已登堂入室，也为主流文坛所认可，甚至还获得了主流文学的最高奖——茅盾文学奖，可他的写作风格、艺术趣味、精神特征，一直来都是反叛的、孤立的，他是文学的异类，并从未停止自己对文学的探索——无论叙事角度、话语方式，还是他对人性与社会的警觉，他都试图在不同的作品中作出新的诠释。他写《透明的红萝卜》的时候，中国多数的作家还在一种旧有的艺术惯性里写作，写作手法单一，但此时的莫言已经从现有的秩序里出走，成了一个文学的先锋。他所理解的写作，不是摹写社会现实的镜子，而是提纯自我经验、省思心灵苦难的容器。

莫言的小说，从来都不是只有单一的声音，而是真正的众声喧哗。莫言不仅能写出不同声音在这个世界的存在，还能让这些声音彼此对话、交流、沉思、争辩，无论表面怎么热闹，莫言都能让那些沉默的声音、被压抑和被损害的声音从他作品中尖锐地响起，那种拔地而起的悲怆与华丽，会突然打开一个巨大的空间，进而挣脱现实的束缚，让读者逃逸到想象世界里去经历那些心灵的事变。譬如《檀香刑》，人的哀鸣、英雄的悲声、良心的悸动、喑哑的死亡，这些声音，最后都成了人性的幕布，当"猫腔"响起，就像一个巨大的回旋，一下就把各种声音的对话和激辩都吸纳进来了，整部作品既充满喧嚣，又归于寂静，如此丰富，又如此悲伤。

莫言处理多种声音对话的能力，令我想起巴赫金对陀思妥耶夫斯基的评价："他不只是聆听时代主导的、公认的、响亮的声音（不论它是官方的还是非官方的），而且也聆听那微弱的声音和观念。"而在莫言的心中，那些"微弱的声音和观念"，显然比"时代主导的、公认的、响亮的声音"更重要，也更让他着迷："黑孩"能听到头发落到地上发出的声音；《四十一炮》里，饥饿的肚子总是发出各种奇怪的声音，这些声音里，甚至还洋溢着食物的味道；《丰乳肥臀》和《蛙》里，甚至万物都会说话，都在发声……莫言拒绝成为某种社会思潮的传声筒，他走向大地、民间，所着力倾听的是那些粗野的、生命力旺盛的、被遗忘的声音，他要让这些声音从黑暗中、地狱里走出来，成为任何主流声音所无法抹杀的存在。

这样，我们就不难理解莫言的作品风格，为何会如此大胆、恣肆，甚至还有大量肉欲、淫荡、邪恶、血腥的描写，他要书写的，正是这种现世的罪与恶，那种苦难与污秽，他当然也向往美好，比如《丰乳肥臀》《蛙》，就有对生的关切与礼赞，但这样的段落很少，他更多的是摹写现世在欲与恶中的狂欢。这显然是非主流的。正统的文学观，总是教导作家要有是非善恶观，要态度鲜明、立场明确，但莫言的文学世界是野生的，他想描绘生命的热烈、顽强、粗粝、荒诞。他也悲悯，但藏得很深。他笔下的故乡、人、动物、植物，甚至河流和石头，充满的是一种原始力，一种生命美，这种力和美，不是传统伦理教化的结果，甚至也不是乡间文明培育出来的面容，它更多是出于生命的自在状态，是一个在想象里生长的世界。

莫言所创造的，更像是一个野生的中国。这个中国，我们在历史书中未曾读过，在过往的文学作品里也无从比照，它来自莫言的记忆与想象、戏谑与虚构。他着迷于呈现自己看见的和想见的，却拒绝为它们归类，那些道德意识形态和政治意识形态的驯化，更是难觅踪影。有人试图把莫言的作品解读为一种新的主流文学，并指证这样的写作与主流思想之间有一种甜蜜的关系，那确实是没有读懂莫言。

除此，我还想大胆地说，莫言的得奖，不仅不是主流文学的胜利，甚至都不是新文学的胜利。

二十世纪以来，中国作家几乎都是新文学的信徒，他们的写作面貌，也多为新文学传统所塑造。新文学最重要的特征，一是用现代白话，早期是欧化的白话；二是启蒙意识，对国民的批判和唤醒；三是学习西方的新的艺术手法。新文学传统中的作家，几乎都站在这个现代立场上，用普通话写作，而那些保存传统艺术形式、有旧文学气息的作品，就被忽略了。直到近些年，像鸳鸯蝴蝶派，像张恨水、金庸这样的作家，才开始受到文学史的关注。这当然是不公正的。现代白话和启蒙意识为作家划定了清晰的边界，这似乎也成了当代写作惟一的合法性。但我认为，莫言的写作，反抗了这种新文学传统，至少他扩大了这一传统。

这点，可从莫言的叙事方式和语言风格中得到证实。"五四"以来的主流知识界，思想是启蒙的，语言是白话文的，艺术方式是现实主义的，表达上也是以普通话为标准的。但莫言的写作，显然与这样的主流格格不入。读他的小说，你会发现，他对"五四"以后建立起来的现代文化充满着不信任，《檀香刑》之后，他对西方话语也开始怀疑，于是，他的小说，开始恢复一种说书、说唱的民间叙事传统，在语言的选择上，他也是反普通话的，大量来自乡土、草根、方言、地方志、民间艺人的词汇、语法进入他的小说，他的语言有野趣，有大地的气息，是在生命现场里生长出来的——他要恢复语言中那些被文化与教育所删除的枝蔓、血肉、味道。莫言语言中那种泥沙俱下、一泻千里的特质，会遭遇诟病和批评，其中也因语言观的差异而起。莫言的骨子里是要反抗原有的语言伦理，并试图接近一种语言的本真状态，保存语言中那些活泼泼的生命因子。他的语言是土地里来的，是生命毛茸茸的状态下的语言。假若语言是一道洪流，那洪流过后，终归有石头沉下来——莫言所追求的语言境界，正在于此。

莫言的写作，从一开始就是反叛的，也一直未能被主流文化所成功消化，他的小说，无论精神指向，还是叙事风格，都是先锋的、独异的、非主流的。他没有成为这个世界的合唱者，他眼里所看到的，也多是受伤者和软弱者，他写的，就着中国庞大而坚硬的现实而言，是边缘的，是经常被人忽略和删除的。他的作品，未必都是好的，有一些明显是松弛之作（如《红树林》）；有一些明显是用力过猛了（如《欢乐》）；还有一些多少有炫技的成分（如《檀香刑》里的酷刑描写）；在一次会议上，我还当面对莫言说，要警惕一种打滑的文风——这是当下写作界盛行的写法，但诙谐一旦成了不易觉察的油滑，就会消解作品中郑重、庄严的气质，这是得不偿失的。莫言诚恳地回应了我的发言。他今年才五十七岁，在众多获得诺贝尔文学奖的作家中，他算是比较年轻的，他的创造力还很活跃，我想，获奖不是对他的终极论定，在不远的将来，他还会写出令人吃惊的作品的。我这样期待。①

二〇一二年十一月一日

---

① 本文根据本人2012年10月在广东外语外贸大学的演讲录音整理、修订而成，整理者为苏沙丽，特此感谢。

海风山骨的话语分析

——关于《带灯》

一

《带灯》是贾平凹的转身之作，与《秦腔》《古炉》的写法不同。《秦腔》借鉴了福克纳的技法，表面上很乱，骨子里有数。康拉德·艾肯说："人们当然总得要从河水里钻出来，离开水面，才能好好地看看河流，而福克纳恰巧是用沉浸的方法来创作，把他的读者催眠到一直沉浸在他的河流里。"①与康拉德不同，李文俊恰恰认为福克纳的小说"在开初时显得杂乱无章，但读完后能给人留下一个超感官的、异常鲜明的印象"②。或许是受《尤利西斯》的影响，《古炉》在叙事上是进行时态的，像是通过散点透视描绘的一幅古炉村的清明上河图，阅读时则像卷轴展开一样是动态的，如果截一段来读的话，则是活脱脱的生活横断面，有着农村生活的丰富情态。这样的写法是作家在《高兴》后记中所说的那样，像陕北一面山坡上一个挨一个层层叠叠的窑洞，或是一个山洼里成千上万的野菊铺成的花阵，但在

---

① ［美］康拉德·艾肯：《论威廉·福克纳的小说形式》，转引自李文俊：《福克纳评论集》，第74页，中国社会科学出版社，1980年。

② 袁可嘉等编选：《外国现代派作品选》，第二册（上），第138页，上海文艺出版社，1981年。

笔致上，比福克纳与乔伊斯似乎要疏散一些。

这种技法与中国古典诗歌意象化的写法也血脉相连。诗人创造出独特的意象序列，读者通过意象的组合，把自己的情感以解方程式的形式呈现出来。《带灯》脱胎于短信，一个一个意象在这里就被置换成一篇一篇小短文，除了二十六条给元天亮的短信，其他也都是像短信的短文序列，貌似章回体。小说整体分成三大部分，但回目很小，所以要比传统章回体小说的密度要大。而一篇一个意思，小处是清楚的，比《秦腔》好懂，所以《带灯》是介于情节与细节之间，疏密有致，每篇小短文可称之为大细节或小章节。作家的写作就像种庄稼的间苗一样，苗稠的可以间得稀一些，稀的也可以补得稠一些，留出适宜的空间，从而疏密相间。这正是汪曾祺所言新笔记体小说"苦心经营的随便"的结构形式。而小节与小节之间是有空白的，如同诗歌的空白一样，这可以让小说空灵起来。一小节一个焦点，整体还是散点透视，只是没有那么密，所以大处还是浑然的。

贾平凹说这次他有意从明清的韵致向两汉的品格转身，使自己向海风山骨靠近。他的长处是刻写细节，描摹一种生活流，有极强的写实能力，尤其你一言我一语的人心碰撞，往往寥寥几笔就能活灵活现，所以，他的小说，读过之后，记忆中总能留下很多细节、场面，人物也有鲜明的个性。但贾平凹显然不满足于此，他每一部新作，都想思考新的问题，探索新的写法，作品的体量也越来越大。他的探索未必都成功，但在他这个年龄段的作家，还有此雄心，也还有如此花心血的写作实践，并不多见。

《带灯》也不例外，也有新的探索。写法上，小处清楚，大处浑然，主要围绕女主人公带灯的生活轨迹与内心世界而展开；在呈现一个人的内心世界的方式上，小说也应用了多种声音的对话，写出了人的复杂和幽深。所以，小说里至少有两种话语体系的脉络，用贾平凹自己的话说，他向往"海风山骨"的境界，而用"海风山骨"的视角来分析《带灯》，或者正好可以切中这部小说的要害。

二

不妨对"海风山骨"这个词进行溯源解释。据贾平凹本人回忆，他大学毕业不久，到华山上去，当时有个道长在山下一个庙里给人写字，道长给他写了四个字，叫海风山骨。他觉得这个词有意思，具体也说不清它的理由，就觉得好，所以爱用这个词，觉得是特别有力量的一种东西。他还说这个词在别的地方没见谁用过，在书面上也没见过，只有他使用。不光是文学写作，他的画册就叫《海风山骨》，在书法也有同样的追求。"当今的书风怎么说呢，逸气太重，好像从事者已不是生活人而是书法人了。象牙塔里个个以不食人间烟火的高人自居，博大与厚重在愈去愈远。我既无凤命，能力又简陋，但我有我的崇尚，便写'海风山骨'四字激励自己，又走了东西两海。东边的海我是到了江浙，看水之海，海阔天空，拜谒翁同龢和沙孟海的故居与展览馆。西边的海我是到了新疆，看沙之海，野旷高风，奠祀冰山与大漠。我永远也不能忘记在这两个海边的日日夜夜。当我每一次徘徊在碑林博物馆和霍去病墓的石雕前，我就感念两海给我的力量，感念我生活在了西安。"[1]

贾平凹认为海风山骨在字面上有两种解释：像海一样的风，吹过来以后说柔也柔，说大也大，就是过来了；这个山，就是山骨，山那种骨架，像骨头一样。一个阔大，一个坚硬。风是温柔性的东西，而且无处不在，是流动性的；山是一种坚硬的东西，是固定的。如果没有给元天亮的信，那故事就是调查报告，现实就像那冰冷的山一样，白花花的骨头一样的山一样。

---

① 转引自王新民：《评〈贾平凹书画〉》，载《美术之友》2001年第4期。

海风山骨虽然源于民间，但其重整体、重气韵的特质，却与中国古代文论重综合的思维方式相契合。尤其刘勰的《文心雕龙》对"风骨"进行了颇为详尽的阐述："是以怊怅述情，必始乎风，沉吟铺辞，莫先于骨。故辞之待骨，如体之树骸，情之含风，犹形之包气。结言端直，则文骨成焉；意气骏爽，则文风生焉。……故练于骨者，析辞必精，深乎风者，述情必显。捶字坚而难移，结响凝而不滞，此风骨之力也。"刘勰所谓的风与骨是有区别的，也强调文章要有整体的气韵与风骨，不过风骨的解释也一直争议不断，有合有分，也有内外之别。其实，在海风山骨里，风骨是先分后合，风骨也都是虚的，都属于内在散发给人的感觉，不是文字表面的，而是文字背后的气象与品格。海、山是实的，风、骨是虚的，只是海的风自然大气，山的骨自然嶙峋。

这个词里有山有水，水不是一般的河水，是海的水，还不是海的水，而是海吹的风，有水汽，是温暖的、湿润的；与海对应的必然是大山，而不是土沟，自然有骨感。而中国的山水是与人化合在一起的，孔子说："知者乐水，仁者乐山；知者动，仁者静。"水是流动的，智者如水般通达；山是岿然不动的，仁者像大山般守静。而西方对狐狸型与刺猬型思想家的区分与之有异曲同工之妙，更有深入的探索。李欧梵说："刺猬型的思想家只有一个大系统，狐狸型的思想家不相信只有一个系统，也没有系统。"[①] 早在一九五三年，英国思想家赛亚·伯林就出版了《刺猬与狐狸》一书，书名源于古希腊诗人阿奇洛克思的话"狐狸多知，而刺猬有一大知"，意思是狐狸机巧百出，不敌刺猬一计防御。伯林借此话将西方思想家与作家分成刺猬型与狐狸型两种，前者相信宇宙的一切可以凭一个思想体系来解决，后者的思想无所不包，多个层面与方向呈离心状，并没有一个恒定的思想体

---

① 李欧梵：《狐狸洞话语》，第1页，人民文学出版社，2010年。

系。伯林以《战争与和平》为例说托尔斯泰天性是狐狸，却自信是刺猬，他的艺术观与历史观是矛盾的，"托尔斯泰渴望有一个整体划一的观点，但是，他对各个不同的人物、事件、环境、历时时机以及对各种人和事的自身发展的细节，有着非常敏锐和无可辩驳的真知灼见，这使得他不能不径直地按照他的所见、所知、所感、所想、所悟如实地写出来。"[1] 其实智者与仁者、狐狸与刺猬虽有区别，但不分高下。

作家是有意为之，那么海风山骨在《带灯》里是如何落实的，柔软与硬朗又是如何搭配、如何相宜的？《带灯》最终又有着怎样品格的海风山骨，在智者与仁者、狐狸型与刺猬型之间又是如何博弈的呢？

三

徘徊在中西文化之间的李欧梵曾言："对于'五四'以来的这一套思路、符号和感情系统要重新审查，'现代性'落实到意识形态之后，便产生了不好的影响。用俗语讲就是阳刚之气太重，说大话，讲奋斗，要革命，这样的阳刚之气就把阴柔的东西完全淹没掉了。而把中国文化的阴柔传统发挥得最光辉灿烂的是晚明，一直到《红楼梦》。"[2] 落实到话语体系上，则有阴柔与阳刚两种，如海风与山骨一样，一为柔软、温润、流动的，一为坚硬、冷干、固定的。

《带灯》共分上中下三部，《山野》《星空》《幽灵》之间是层层递进的节奏，音调不停顿挫，而情感逐渐沉郁。上部主要交代了樱

① ·[伊朗] 拉明·贾汉贝格鲁编著，杨祯钦译：《伯林谈话录》，第172页，译林出版社，2002年。
② 李欧梵著，陈建华录：《徘徊在现代与后现代主义之间》，第99页，上海三联书店，2000年。

镇土地的开发、带灯的出场、综治办的成立，有两种话语体系的雏形。费孝通在《乡土中国》说土地对农民而言是命根，是神，因而形成人与土地宿命般的联系，而缺少仰望星空的超越。《星空》就不光有带灯灿烂的精神星空，也有河流奔涌般的现实潮流，所以阴柔与阳刚的话语体系是共存的。《幽灵》写带灯在现实世界与心灵世界中都难以找到自己，所以成了幽灵，自成一个鬼魅世界借以宣泄郁勃黝黯的情绪，两种话语体系发生了延伸与变形。

《带灯》的故事是随着樱镇镇政府繁琐的政事而展开的，《秦腔》是日子带着政事，日子难过，《带灯》是政事引着日子，更难过的乡村干部的日子，主要以综治办处理上访问题为核心，整日处于各种问题的漩涡之中。樱镇进入开发的时代，现代性落实到经济发展上，就是讲奋斗，谈挣钱，这样的阳刚之气使得身体生态、自然生态、社会生态、精神生态等都遭到了严重破坏。去大矿区打工的人大多得了矽肺病，空气污染了也出现异常，旱涝灾害频发，社会贫富不均造成了暴力事件，精神上更是无所适从。这些都在樱镇世界得到全面的展示，并落实在了阳刚、公共的话语体系上。

除了带灯、竹子，还有偶尔的刘秀珍，以及没有彻底变成书记的镇长，心还没那么硬与狠，其他人尤其是书记与马副镇长基本上是公共话语的代言人，只是一个有上去的可能，一个没上去的可能，面相稍有区别。整个镇政府都充斥着大话套话，尤其是开会话语与文件话语。工作之余则是游走于麻将与酒摊子之间，有时也以跳舞调剂一下，那些干事虽然也有欣赏美的能力，但其话语特点不是比较柔软与润泽的私人话语，彼此之间也没有良性的互动。从乡村干部内部，乡村干部与村民，富村民与穷村民之间都可以看出这一特点。干部内部遵循的是巴结与被巴结的官方伦理，上下级界限分明，连停车都是有等级的。黄书记下乡就像皇帝出巡、贵妃省亲一样。县上出现了王随风上访，县信访局的人就训斥带灯，带灯也训斥村长，层层压制。遇见问题就胡对付、不负责或者推卸责任。

乡村干部与村民之间处于紧张的关系之中，充满着暴力与准暴力的因素。老百姓对镇政府有吐痰、拍砖的，尤其是王后生因为选举不公带蛇上访，派出所是用电棒压制。王后生没使绊子，只是说大工厂有污染，书记却不让他说。但马副镇长等对王后生的折磨，简直就是野蛮执政。马副镇长负责计生办，强行进行计划生育。王随风因为赔偿不公上访，村长强行撵出王随风，朱召财老婆还嘴，村长就扇了她个耳光。筑路赔偿后施工队铲了已成熟的庄稼，以此为导火索，村民认为赔偿不均卖地有黑幕，所以镇长下令绑了闹事的田双仓。带灯则是凭着责任与良心做事，有一副菩萨心肠，态度柔和，讲究策略，更人性化一些。她帮助真正需要的人办低保、发救济，不谋私利。只是长期在这样的工作环境下，带灯身上也有了恶毒与卑俗的一面，脾气越来越大，开始粗野骂人，还有两次不得已的打架，一次是在田双仓等闹事时，有人推扯着镇长，带灯与人有了拉扯，一次是打不孝顺的马连翘。而村民与村民之间并非因为苦焦与泼烦而相互体恤，而是因贫富差距利益不均积怨太深而恶斗，元家与薛家的械斗真是野蛮之极。不是狮子老虎的小昆虫也很凶残，蚰蜒有针一样的管子吸食瓢虫，蜂的前爪如刀锯一样切割小青虫，蚂蚁也有抵抗与争斗。之所以写小昆虫的凶残，我想是有作家的用心的，一方面写基层干部的野蛮与暴戾，同时也隐喻农民的胡搅蛮缠，使强弄狠。同为卑微的生命，这些基层干部与村民就像凶残的小昆虫一样。

以暴制暴来解决问题，就像马副镇长靠吃胎儿来治病一样，有着惊人的残忍与荒诞，这一点与鲁迅的《药》有契合之处。而以人情约束人情，也要看心的天平是否倾向正义。最后也可能是问题累累，正如文中不断出现的落不尽的灰尘、掰不完的棒子、压不下的葫芦瓢、补不完的窟窿一样。现实问题无法解决，人与鬼的界限变得不再分明，因为生活世界的乱象而写出一个鬼影绰绰的世界，而鬼魅世界又正是现实世界的映照。

四

只有《星空》中二十六条带灯写给元天亮的信，是其他两部所没有的，而这正是小说阴柔话语的核心。康德说，世界上有两件东西能够深深地震撼人们的心灵，一件是我们心中崇高的道德准则，另一件是我们头顶上灿烂的星空。带灯是以自己的良知面对现实世界，以自由的遐想丰富心灵生活，其中的话语有味道，充满灵动之气。

小说里写道，一般的女干部做久了就会有煞身，最后就变成像女光棍一样的准男人。从萤改为带灯，不仅是名字的改变，也改变了气象。从形象气质而言，她衣服鲜亮、肤色嫩白，头发一丝不苟，是一个很有风情也很小资的女干部，喜欢爬山、看书等。她还对风土文化比较看重与珍爱，生活方式精致而不粗糙。摊煎饼、捂酱豆等是土色土香的，对其工序的详细描述也渗透着作家的一种情趣与喜爱，还包括许瓜、五味子等山果。而二十四个老伙计做的揽饭可以算是农家饭的集大成。山里人的那些栲木扁担、桐木蒸米桶等农具，带灯也是情有独钟，她还发现了驿站旧址那颇具诗意的石刻："樱阳驿里玉井莲，花开十丈藕如船"。

没有心灯的指引，就只能在黑洞里。有了元天亮的信，带灯才有了自己的精神星空，她是在写信的过程中建构起自己的心灵世界的，那时，她就属于她自己。在倾诉中，她虚构了一个时间与空间，有了自己的私密空间，思想自由遨游，使自己的内心逐渐有了清明的缝隙，找回了自己的生命感觉。这盏小灯尽管微弱，此时却足以照亮内心，也尽可能照亮身边的人。而她的那些情话看了让人含羞脸红，又让人沉醉向往，比如她说："地软是土地开出的黑色的花朵，是土地在雨夜里成形的梦……土地其实是软的，人心也其实是软的"①，以及"你是我在城里的神，我是你在山里的庙。"② 不光是带灯，平时好说是非的刘秀珍在与儿子的呼应中也是温柔的，她说儿子是她河边慢慢长大的树，身心在她的水中，水里有树的影子。她说儿子是天上的太阳照射着河水，河水呼应着却怎么是又清又凉的水流？也都极具诗意。

与书记等干部不同，带灯有对生命、尊严的尊重，也有公正的精神。而她与身边的人有平等的对话，心灵的交流。在《竹子指责自己》这一节里，她与竹子探讨狠与柔软的问题，认为不管怎样，还是要善。她与老伙计的交情都是将心比心，以心换心换来的，给她们治病的药方，解决她们生活中的实际问题，还经常舍财，即使是一些难缠的上访户，她也表现出了慈善之心，从来不是武力相向，除非气急了。她盛气不凌人，宽展不铺张，软硬兼施，恩威共使也使得政事变得温润起来，不像一般的女干部，所以更具理想性。

带灯带着精神上的一盏灯，欣赏与享受山野之美，看到了自然界小昆虫的残忍，悲悯老伙计范库荣等的死去，目睹了人世的残忍而无能为力。面对累累的问题与病痛，冥顽不化的她既无法疗救，也绝不妥协，真是不疯魔不成活。可是疯子不疯，她的疯话才是至情至性的话，就像宝玉的傻话才是真话一样。

五

不同的话语体系背后的旨归是不同的，阳刚的话语体系背后有政治、社会的伦理诉求，而阴柔的话语体系背后活跃的则是心灵与灵魂。

社会伦理是大伦理，关注民众，忧患现实。贾平凹专注于土地，

---

① 贾平凹：《带灯》，第55页，人民文学出版社，2013年。
② 贾平凹：《带灯》，第171页。

直击政治顽疾，直面社会的问题。在《废都》中就有一个民办教师转正不成，上访了十几年最后成了拾破烂的老头。《制造声音》里杨二娃为一棵树上访了十五年，并且说"树是会说话的"，上访到成了孤家寡人，最后证明树确实是他的，不久他就死了。所以这次写《带灯》也算是轻车熟路，以极其隐忍的叙述耐心，全面细致地展现了上访问题。

这是中国现实中无法回避的问题，作家的态度只能站在生活的中心，而不是躲在远处。"我们可恨着那些贪官污吏，但又想，房子是砖瓦土坯所建必有大梁和柱子，这些人天生为天下而生，为天下而想，自然不会去为自己的私欲而积财盗名好色和轻薄敷衍，这些人就是江山社稷之脊梁，就是民族之精英。"① 而小说中撑起民族脊梁的不是鲁迅式的阳刚的男性，而是带灯这样阴柔的女性，而且是以一种韧性的精神在做。"带灯说：我管是谁，我只想让我接触到的人不变得那么坏。陈大夫说：你能吗？带灯愣了一下，说：我在做。"② 孟子就曾经说过："挟泰山以超北海，语人曰：'我不能'，是诚不能也。为长者折枝，语人曰：'我不能'，是不为也，非不能也。"

而话语体系的神秘性深入体现了这种大伦理。天气是天意，怪异的天气是社会乱象的象征。马蜂窝与累累的现实问题是对应的，必须有人捅这个马蜂窝。虱子的意义不在实指，而是形容污染的心境，与现实同化的腥臜。蜘蛛网是否意味着关系网、人情网，或者与情网有关，作者并没明说。有了鬼魅世界的参照，可以增加批判现实的力度。现实的问题积累到一定的程度，就不是一般的药可以医治的。小说的旨归则是挑社会问题的脓包，揭出严重的病痛，引起疗救的注意。

社会伦理关注的是中国固定的现实，一切都要从这里出发。个体

---

① 贾平凹：《带灯·后记》，第358页，人民文学出版社，2013年。
② 贾平凹：《带灯》，第122页。

伦理关注的是人类的生命与灵魂。带灯正因为在精神上带着一盏灯，这盏灯正是人类的视野，从而穿透政事与人世，透彻而温润。

在爱情上，带灯是一个情痴。她认为女人们一生完全像是整个盖房筑家的过程，一直是过程，一直在建造，建造了房子就是为了等人。她所说的无界的定位是女人真正的位置，不是不看重名分与位置，而是看重无界背后自由遐想的空间。而只有极少幸运的妻子能做这样真正的女人。

与其说带灯是在跟元天亮倾诉，不如说她是在跟自我对话，在与自己的较量中自我更新，获得存在的意义，精神空间也由此变得丰富与深刻起来。她说她要尽心让自己光亮成晴天，可不敢让乌黑的云占了上风。在《挣扎或许会减少疼的》中，"带灯说：折磨着好。竹子说：折磨着好？带灯说：你见过被掐断的虫子吗，它在挣扎。因为它疼，它才挣扎，挣扎或许会减少疼的。"① 而带灯对药的尊重，就是起了疗救之心，不光是给村民、老伙计，还有别的。最后的萤火虫阵正是希望的一种象征，"就在这时，那只萤火虫又飞来落在了带灯的头上，同时飞来的萤火虫越来越多，全落在带灯的头上、肩上、衣服上。竹子看着，带灯如佛一样，全身都放了晕光。"② 萤火虫的光尽管微弱，就算一时还照亮不了别人，总要照亮自己，在现实中警醒守望。

六

两种话语、两种伦理综合的能力，在《带灯》中体现得比较清晰。在写法上，贾平凹深知，要入乎各小节之内，才有生气，同时又要出乎各小节之外，有了高致，小节与小节之间才会自动组合，生出

---

① 贾平凹：《带灯》，第197页。
② 贾平凹：《带灯》，第352页。

新的意思，精神容量才能变得阔大。贾平凹说："我是陕西南部人，生我养我的地方居秦头楚尾，我的品种里有暴力成分，有秀的基因，而我长期以来爱好着明清的文字，不免有些轻轻佻佻油油滑滑的一种玩的迹象出来，这令我真的警觉，我得有意地学学两汉品格了，使自己向海风山骨靠近。"[1] 多年前在阐述书法创作中，他就有同样的追求："岳王庙里有两块匾最有意思，一是沙孟海的，一是叶剑英的。沙是文人，书法刚劲之气外露；叶是元帅，书法内敛绵静。人与字的关系，可能是有缺什么补什么的心理因素。我是北方人，可我老家在秦岭南坡属长江水系。我知道自己秉性中有灵巧，故害怕灵巧坏我艺术的趣味，便一直追求雄浑之气。而雄浑之气又不愿太外露，就极力要憨朴。这从我的文章及书法的发展即可看出。"[2]

这也是艺术个性驱使的结果。文学家、艺术家需要虎狼一般的挑战精神，才能在艺术世界里进行探险。在一次采访中，李安说自己平时是温和、平和的人，但拍起电影来就很冒险。因为东方文化的滋养，他习惯协调；而西方艺术让他对冲突、抗争和梦境有一种渴望。所以在生活中他是隐忍的俞秀莲；而在内心里他是率性的玉娇龙。与李安有着相同的秉性，贾平凹在《土门》后记里这样评价自己："知道我德性的人说我是：在生活里胆怯，卑微，伏低伏小，在作品里却放肆，自在，爬高涉险，是个矛盾人。"这样的个性使他在作品中易于触及到社会发展中出现的尖锐问题，而他的文学观又让他在作品中追求更高的精神境界。

在《文学的大道》一文中，作家认为文学在任何时候都有文学的基本，而他说的这个基本是要融合中西文学两大传统，"在中国古典文学传统里，有天下之说，有铁肩担道义之说，有与天为徒之说，

① 贾平凹：《带灯·后记》，第361页。
② 转引自王新民：《评〈贾平凹书画〉》，载《美术之友》2001年第4期。

崇尚的是关心社会，忧患现实。在西方现代文学的传统中，强调现代意识。现代意识也就是人类意识，以人为本，考虑的是解决人所面临的困境。所以，关注社会，关怀人生，关心精神是文学最基本的东西，也是文学的大道。"看来作家有了把社会伦理与个体伦理做整合的雄心，也有了超越现实的文学抱负，"写作超越国家、民族、人生、命运，眼光放大到宇宙，追问人性的、精神的东西"[①]，才能建构起自己的文学世界，为人类文学贡献中国经验。中国当代文学急需重建这种以生命关怀、灵魂叙事为精神维度的叙事伦理。

《带灯》表面上平和，不张扬、不激烈，却骨子里尖锐，绵里藏针，像捅马蜂窝与戳脓包那样对社会存在的尖锐问题进行深刻的批判，又渗透着自己的想法。

面对发展经济与不发展经济的两难境地，作家的态度是矛盾的，富饶了，却不美丽了。樱镇空气好、水好、风光好，可是穷。大矿区富裕了，人却得了矽肺病，环境污染了，这是一个二律背反。还是要发展经济，但不能以牺牲自然与人文生态为代价，其实不开发就是大开发。樱镇号称是县上的后花园，除了松云寺的古松、松云寺坡下河弯里的萤火虫阵都是很好的风水景点，而把驿站遗址保护与恢复起来发展旅游业，这种绿色经济既节约资源，又不污染环境，是比引进大工厂带来了经济效益与政绩，却牺牲了大好环境的饮鸩止渴的办法要好得多。大矿区就是大工厂的前车之鉴。

整部小说中谁都有怨恨，官有官的难，民有民的难，各自有各自的强悍与凶狠，也有着各自生命的可怜与卑微，作家虽然有一种悲天悯人的情怀，但文学并不是解决问题的，而是以自己特有的方式呈现问题，尤其是呈现人类无法解决的精神难题。

---

① 贾平凹：《文学的大道》，载《文学界》2010年第1期。

七

相对而言，女性更关注生命灵性的层面，贾平凹这次之所以选择女性作为主角，是有以柔克刚的希冀的。"《古炉》则代表了他回归抒情的尝试，却是从沈从文中期沉郁顿挫的转折点上找寻对话资源。这样的选择不仅是形式的再创造，也再一次重现当年沈从文面对以及叙述历史的两难。与其说这是他们一厢情愿的遐想，不如说是一种悲愿：但愿家乡的风土人情能够救赎历史的残暴于万一。徘徊暴力和抒情之间，《古炉》未必完满解决沈从文所曾遭遇的两难。"[①] 在《带灯》里，作家已经有了地藏菩萨与土地神一样的精神在做了，已经有了或许一时完不成而要心向往之的尝试。

在基层干部中，除了暴戾与庸俗，也是有带灯这样高贵与智慧的可能的。可是，带灯那点个性与精神能否改变这样强大的现实？与元天亮的通信，寄寓着带灯纯真的幻想。可站在生活中心的承担，这样的重担已经快把她柔弱的肩膀压垮了，而其内心的精神建设还不完善，她的倾诉是没有呼应的，不足以抵御罪恶现实的强大冲击。庙与祠堂已经成为历史，德高望重的长者也已经作古。民间的拯救没有了，又缺乏根深蒂固的宗教神学的传统，现实世界与心灵世界都无从宣泄，拯救如何维系？带灯又不愿与现实妥协，所以注定走向疯癫与鬼魅，就只能在鬼的世界里游荡。在疯狂病态的樱镇世界，疯子与带灯才是精神健康的人。在污浊腌臜的樱镇世界，带灯的精神反而是清明的。在带灯纯真的幻想与坚实希望的博弈中，显露出来的正是微弱的拯救意向。

---

① 王德威：《暴力叙事与抒情风格——贾平凹的〈古炉〉及其他》，《南方文坛》
2011年第4期。

文学是一份纯真的幻想，犹如干枯树叶的湿润经脉，漆黑夜晚的一盏小灯。沈从文说："自然既极博大，也极残忍，战胜一切，孕育众生。蝼蚁，伟人巨匠，一样在它的怀抱中，和光同尘。因新陈代谢，有华屋山丘。智者明白'现象'，不为困缚，所以能用文字，在一切有生陆续失去意义，本身亦因死亡毫无意义时，使生命之光，煜煜照人，如烛如金。"① 如果说之前贾平凹的写作还是生命世界在文学世界的投射与映照，以及生命世界与文学世界的重合，那么在《古炉》《带灯》里则是文学世界对生命世界的照耀，作家相信了他所塑造的精神世界。若《带灯》这盏小灯，能带来大家的萤火虫阵，能让我们分享着彼此生命的精神世界，从而获得坚持下去的精神力量，这正是带灯的意义，也是作家的用意所在。

　　《带灯》在形式上有小品文的特点，也有小品的韵味，可不是在隐蔽处、边缘处、遥远处闲适与逍遥，而是站在生活的中心，参与苦难的生活，主动承担起精神的重担，精神已经向大品的品格转化，在温润与硬气之间徘徊。这不仅是作者在写法上的转身，更是一种精神的自我觉悟。或许，《带灯》远非贾平凹的透彻之作，在一些写作理念的实践上，作者还有犹疑，浑然感还明显不够，但它的确显露出了一种新的写作迹象，那就是用一种柔性的笔法写出庄重的话题，也写出一个承担者的精神。这恰恰是中国当代文学所匮乏的。当代文学骨子里有一种压抑不住的逍遥精神，作家很容易就滑到一个轻松、闲适的世界里，而故意漠视、遗忘现实的苦难。"很长一段时间来，中国小说正在失去面对基本事实、重大问题的能力。私人经验的泛滥，使小说叙事日益小事化、琐碎化；消费文化的崛起，使小说热衷于讲述身体和欲望的故事。那些浩大、强悍的生存真实、心灵苦难，已经很

---

① 沈从文：《烛虚》，见《沈从文全集》（第12卷），第10页，北岳文艺出版社，2002年。

难引起作家的注意；文学正在从精神领域退场，正在丧失面向心灵世界发声的自觉。从过去那种政治化的文学，过渡到今天这种私人化的文学，尽管面貌各异，但从精神的底子上看，其实都是一种无声的文学。"① 这样的文学，如果用索尔仁尼琴的话说，那就是："绝口不谈主要的真实，而这种真实，即使没有文学，人们也早已洞若观火。"② 什么是"主要的真实"？我想就是在现实中急需作家用心灵来回答的重大问题，而在当下中国作家的笔下，很少看到有关这些问题的追索和讨论，许多作家只是满足于逃避和逍遥，或者只满足于对生活现象的表层抚摩，他们普遍缺乏关怀现实、辩论存在的能力。

贾平凹的《带灯》，包括之前的《秦腔》《高兴》《古炉》，却表现出了很强的介入现实的意识，作家的内心也涌动着一种要直面"主要的真实"的勇气，但贾平凹的可贵在于，他不是只单一勇猛地批判现实，而总是能从现实的批判走向内心的省思，所以他看到肮脏，也守护一方心灵的净地，他面对黑暗，但也向往生命的亮光。他用一个文学人的眼光看世界，也用一个文学人的心去体悟世界，正是这一点，决定了他的写作，既是和现实短兵相接的，又能在现实中跳脱出来，沉入一个内心的王国。所以，海风与山骨，阳刚与阴柔，社会伦理与个体伦理，绝望与希望，交织在一起，形成了他这一个阶段的写作面貌。他在叙事上也不是一味地以细节代替情节，而是曲处能直，密处见疏，以小见大的写法用到了极处；在精神的底色上，他也不再向往那种只表现黑暗的力量、心狠手辣式的写作，而是有了更多的宽容和悲悯，有了希望和信心，有了对生命亮光的珍惜，而且，他渴望积攒这些碎片，使之成为自己作品中更为重要的精神维度。至

① 谢有顺：《极致叙事的当下意义——重读〈日光流年〉所想到的》，《当代作家评论》2007年第5期。
② 索尔仁尼琴语，转引自景凯旋：《我们理解索尔仁尼琴吗？》，《南都周刊·生活报道》总第132期，2007年6月29日。

少，写作《带灯》时的贾平凹，是处于智者与仁者，狐狸与刺猬之间的，他用自己的写作，准确诠释了海风山骨的真义。他向往多种写法的综合，也试图把各种精神的矛盾统一起来，他最终是希望自己能走向平静和宽阔，这当然是写作的另一个境界了。

二〇一三年十月八日

乡土的哀歌

一

　　读完贾平凹最新的长篇小说《老生》，第一反应就是这部小说对作者而言，有着怎样的意义？花甲之年，百世乡情，耕作乡土文学三十余载，对于一个现实主义者来讲——我所说的现实主义者，并不是就贾平凹的写作手法而言，事实上，他早已逾越传统或僵硬的现实主义框架，为现实，但不是单纯的"主义"，我所指的是他作品中一种由来已久的关注乡土中国的现实主义精神，它来源于丰富的乡土经验和个体的历史记忆；基于对故乡不断的回访中所感知的鲜活的当下经验；根植于回到日常生活的细密而扎实的写实能力。也就是说，他关注乡土中国的过往及当下，也忧心于乡土中国的未来及变迁，而个体的命运，更多乡民的生活及人生是浸润其间，也是被牵掣其中的。

　　在《老生·后记》中，贾平凹如此袒露写作的初衷：

　　　　在灰腾腾的烟雾里，记忆我所知道的百多十年，时代风云激荡，社会几经转型，战争，动乱，灾荒，革命，运动，改革，在为了活得温饱，活得安生，活出人样，我的爷爷做了什么，我的父亲做了什么，故乡人都做了什么，我和我的儿孙又做了什么，哪些是荣光体面，哪些是龌龊罪过？太多的变数呵，沧海桑田，沉浮无定，有许许多多的事一闭眼就想起，有许许多多的事总不愿去想，有许许多多的事常在讲，有许许多多的事总不愿去讲。能想的能讲的已差不多都写在了我以往的书里，而不愿想不愿讲的，到我年龄花甲了，却怎能不想不讲啊?! ①

这种不得不说的冲动，连同一种疑虑和诘问——"我常常想，我怎么就是这样的历史和命运呢？我疑惑的是，路是我走出来的？我是从路上走过来的?" ② 既是关乎作家个体生命及命运的省思，也可理解为是对贾平凹自身写作历程的回望。如果说，贾平凹在二十世纪七十年代的写作还带着过重的意识形态的痕迹，那么，从八十年代开始，他就慢慢走出了一条属于自己的乡土文学的写作道路。叙写商州故事，以外来者的眼光来呈现边地的风土人情、历史遗迹；关注社会改革中的乡村变动，《小月前本》《鸡窝洼人家》《腊月·正月》《古堡》在传统与现代的二元结构中，将一种转型期新意识的萌动传达出来。《浮躁》写了改革形势下政治、经济、文化、伦理相碰撞时人们无所适从的心理，既有着新风向到来时的动力和激情，也有着无处不在的传统的、阴暗的力量存在。金狗、雷大空等乡村青年在改革的召唤下对自身价值的确认，往往夹带着复杂的情感纠葛、激烈的思想斗争。九十年代写的《土门》，讲的是一个处于城郊的村庄，如何在城市的扩张中被吞噬，家园不再；《高老庄》以大学教授高子路带着城里的妻子还乡的经历为主线，子路身上所习得的现代文明，回乡后却荡然无存，他又恢复到作为农民的自私、委琐，在与乡村人事、情

---

① 贾平凹：《老生·后记》，第103—104页，《当代》2014年第5期，后面的相关引文均出自该刊。

② 贾平凹：《老生·后记》，第103页。

感的纠葛中，竟生出了对乡村的厌弃。新世纪写的《高兴》，关注农民工进城问题，他们在城市一隅的艰辛生活，受城市歧视的人生境遇，在刘高兴和五富对城市的向往及热情中得以冲淡，但是，当五富带着破散的灵魂还乡时，又让人不得不唏嘘哀恸，既为城市容不下乡民的无情，也为故土召唤的难舍情怀；《秦腔》在日常生活的琐屑中将文化衰落的叹惋，书写得细致入微而又无可奈何；《古炉》回溯历史，既展现"文革"时村庄的日常生活，又剖析这一时期乡村社会各种人物的精神肌理；《带灯》将目光转向基层的"维稳"问题，在一系列琐碎而又具体的政府与乡民的冲突中，我们难以去判断究竟是一种政策的"不作为"，还是乡民的愚昧，那自行带灯的萤火虫的精神光亮，是一种生命的自洁行为，但它能否点亮乡村的暗夜，作者仍然有着怀疑。——这些与乡土中国密切相连的作品，既有边地的奇闻传说，可见一地的民风习俗，各样的能工巧匠，又可感知乡村社会深处的积垢与病理，乡民精神意识中的麻木与迟钝，关涉制度、文化，也关乎人情、人心。

因而，从贾平凹的乡土文学写作中，即便不能一一对应乡村社会的线性发展史，也大致可触摸到每一时期乡村社会的大体面貌，中间还混杂着走出乡村之后的知识分子之间的精神争辩。贾平凹曾说："作家都是时代的作家，他必须为这个时代而写作，怎样为所处的时代而写作，写些什么，如何去写，这里边就有了档次。"① 而这个时代的症结，透过乡土中国，也许可以看得更为真切。乡村中国的历史呈现出怎样的发展脉络？乡村社会的当下情态从何处生衍而来？村庄的消亡及传统文化的衰落从何时开始？在我们生命中一点点沦丧的究竟是什么？对这些问题的叩问，使得贾平凹的写作总是充满着焦虑、矛盾和不安，这种不安，甚至常常变成作者对个体生命之意义的质疑和

---

① 贾平凹：《静虚村散叶》，第173页，陕西人民教育出版社，2009年。

追问。

现在又有了《老生》，它是贾平凹对百年乡土中国持续不断的沉思，同时在小说的写法上，他也在找寻新的表达方式。

《老生》以四个相对独立的故事，讲述了乡土中国近百年的历史。从二十世纪二三十年代的国民革命，共产党走农村包围城市的路线，到解放战争胜利；从四十年代的土改运动，到"文革"结束前乡村社会的各种经济结构改造实验和阶级斗争；从一九七八年后的改革开放基层干部想尽一切办法发展乡村经济，农民开始进城谋生，乡村的物质生活大大改善，到一场突如其来的瘟疫将一个村庄毁灭。小说以乡村唱师的叙述视角，讲述乡村社会的人事兴亡和发展变迁，不仅描摹日常生活的物质形态，也揭示现代文明侵入乡村社会之后的心理情态；不仅有老百姓那些细碎事、风流事，也书写运动年代乡民们的集体生活；涌动着灵魂的不安、人性的幽微，也时时散逸着人心的温暖与至善。《老生》不仅时间跨度达百余年，历史的身影一直若隐若现，也常常出现当下大家所熟悉的新闻或事件，有的人物和故事，甚至还带着贾平凹过往作品的影子——关于商州的故事在小说里再次出现，比如，狼把一个银项圈放到药材铺的门口；白土为玉镯修筑天梯，想让她去山下的村子里看看；再比如，老城村担任土改工作的副主任马生有着《古炉》里霸槽的印迹，当归村靠种植药材而发财致富的戏生有着《浮躁》中雷大空的面影……

这并不是说，《老生》有过于明显的回望现代化进程以来百年乡土历史的野心，作者似乎无意于以百科全书式的写作给乡土叙事做一个总结。事实上，从体量上来讲，《老生》不像《古炉》那样，有着繁复的故事场景和庞杂的人物群像，在历史动乱的大背景中将政治意识形态对人性的规约和改造逐一剥露，进而鞭笞人性及灵魂；也不像《秦腔》那样，一味地扎进日常生活的繁杂、琐细中，以期透过"秦腔"这一传统艺术形式在不同代际和群体间所生发的冲突和矛盾，来写一曲乡村的挽歌。《老生》的故事，清晰、晓畅，它从两个方面来展开：一面是老师给学生讲授《山海经》，一面是唱师讲述他所经历的村庄变迁。

> 故事全都是往事，其中加进了《山海经》的许多篇章，《山海经》是写了所经历过的山与水，《老生》的往事也都是我所见所闻所经历的。《山海经》是一个山一条水地写，《老生》是一个村一个时代地写。《山海经》只写山水，《老生》只写人事。[①]

这显然是一种新的写法，它追求简洁、浑然的效果，行文上，曲处能直，密处见疏，以小见大。这种写法，其实从贾平凹上一部长篇小说《带灯》就开始了。《带灯》介于情节与细节之间，每篇小短文可称之为大细节或小章节。作家的写作就像种庄稼的间苗一样，苗稠的可以间得稀一些，稀的也可以补得稠一些，留出适宜的空间，从而疏密相间。这有点像汪曾祺所说的那种新笔记体小说，结构形式上有着"苦心经营的随便"，整体是散点透视，但叙事上又没有一味地以细节代替情节，所以大处还是浑然的。"我是陕西南部人，生我养我的地方居秦头楚尾，我的品种里有暴力成分，有秀的基因，而我长期以来爱好着明清的文字，不免有些轻轻佻佻油油滑滑的一种玩的迹象出来，这令我真的警觉，我得有意地学学两汉品格了，使自己向海风山骨靠近。"[②]一旦察觉到贾平凹试图从明清的韵致向两汉的品格转身的雄心，或许就能理解，"只写人事"的《老生》，里面为何有着不同一般的庄重和沉着。作者虽然也写了他的伤感和忧心，但这些

---

① 贾平凹：《老生·后记》，第104页。

② 贾平凹：《带灯·后记》，第361页，人民文学出版社，2013年。

更像是静水深流，叙事上是不动声色的，读起来却汩汩有力，令人回味不已；乡土百年的历史，也就这样在山水与人事的描摹间，纷至沓来。

二

《老生》中唱师的存在与离去，显然是一个隐喻。在他哀伤悲恸的歌声里，唱尽人事代谢的伤感无奈，也讲述时局更替、世事变幻中的世相人心。最后，他为当归村在一场瘟疫中的毁灭而歌，之后，自己也随着村庄的衰亡而亡。借唱师的经历来为乡村唱挽，这种精神遗绪及思考，其实接续的是《秦腔》的脉络。

在《秦腔·后记》里，贾平凹描述乡村的当下境遇时，有一种感伤："体制对治理发生了松弛，旧的东西稀里哗啦地没了，像泼出去的水，新的东西迟迟没再来，来了也抓不住，四面八方的风方向不定地吹，农民是一群鸡，羽毛翻皱，脚步趔趄，无所适从，他们无法再守住土地，他们一步一步从土地上走，虽然他们是土命，把树和草拔起来又抖尽了根须上的土栽在哪儿都是难活。"[1]乡土的现状，恰似那秦腔里的无限苍凉，也如这唱师反反复复的哀声里对往昔的伤悼，传统与现代，新与旧，没有一种矛盾杂糅得如此让人无奈、纠心，而乡村又极容易主动或被动地卷入现代性的进程，极容易被置于制度与福利所弃之不顾的境地，被随意地规划与"宰割"。

贾平凹的小说，有意无意间透露着一种被夹击的、社会转型时期固有的迷惘和惶惶然，这令我想起王晓明在论述沈从文的作品时所认同的一种"秋天的感觉"——"把他原先对整个人生虚幻无常的隐约的预感，不知不觉就偷换成了对他钟爱的那个湘西社会即将灭亡的清

---

① 贾平凹：《秦腔·后记》，第515页，作家出版社，2005年。

醒的悲愤。"① 在《长河·题记》中，沈从文也曾这样写道："'现代'二字到了湘西，可是个体的东西不过是点缀都市文明的奢侈品，大量输入上等纸烟和各样罐头，在各阶层间作为广泛的消费，抽象的东西，竟只有流行政治中的公文八股和交际世故。"②《长河》是未完成的有关乡土现代性进程的叙事，它并没有将现代与传统生硬嫁接的现象作更为细致的描摹，也没有将诸如新生活运动、现代教育等外部力量一点点侵入吕家坪的故事续写下去，作者似乎也无力去描绘一个现代化进程下的"现代"乡村——这其实也是中国文学中的一个世纪难题。

　　"现代"二字进入乡土中国已过百年，《老生》里不仅只是渗透着这种"秋天的感觉"，贾平凹的清醒还在于，他正视这种现实，并且试图为这种现实找寻安妥的可能。他的身上，有着不同于沈从文的乡土意识，沈从文是在强化、美化一种乡土想象，他笔下的城乡对立模式，作为"乡下人"的眼界和尺度，即使没有走向偏执和审美的绝对化，最终创造的也更多是一个无以为继的乡土幻梦。沈从文并不允许外在的势力去搅乱那些带着哀愁且美丽的生命形态，相比之下，贾平凹的乡土意识更为开阔，他有着与沈从文一样的把人事与山水合二为一的天地观，但他走向的是一种更为贴近大地尘埃的拙朴，还有对乡村藏污纳垢之现状的包容。贾平凹也写温情、质朴而又美丽、忧伤的风土人情，但他有不回避乡土中那些破碎、粗粝甚至不堪、丑陋的本然状态，他不像沈从文那样，以乡土为原乡，只作远景凝眸，从而隔着一层朦胧的、幻化的氤氲。贾平凹所直面的乡土，已没有多少诗意可言，它更为复杂，也更为真实。

①　王晓明：《沈从文："乡下人"的文体与"土绅士"的理想》，《潜流与漩涡》，第128页，中国社会科学出版社，1991年。
②　沈从文：《长河·题记》，第3页，《沈从文全集》（第十卷），北岳文艺出版社，2002年。

《老生》的故事也是从"现代"话语进入乡村开始的，而所谓的"现代"话语，又可分为前期的革命话语和后期的经济话语。小说里的人物也可大致分为两类：一类就是名字里有"老""生"这种字眼的，如老黑、马生、老皮、老余、戏生，他们即便不是象征现代话语进入乡村的符号或代表，也是被这些话语所塑造的人，他们的存在，呼应着宏大叙事，国家政策，时代话语；另外一类是被这种现代话语所管辖、改造的对象，如王财东、玉镯、白河、白土，等等，他们的存在，代表着基本的日常生活和卑微的人生常态。乡村的现代性进程，正是从革命话语、经济话语植入乡村的日常生活开始的。贾平凹意在写出日常生活被现代性话语所改变的状况，以及由此带来的精神危机和伦理冲突。改变是悄然发生的，它首先体现在村民们对"革命"的理解上——在老黑那里，"革命"是带着绿林好汉式的义气，跟谁"背枪"并不重要；在匪三那里，"革命"首要的意义在于能否有饭吃，他最为关心的只是伙房里每日三餐做的是什么。在战争年代，革命话语与普通民众的对接还存在隔阂，在讲述土改运动以及建国后各样阶级斗争和社会主义建设的故事中，革命话语与日常生活的冲突，在不同的人群中就有了不同的表现：

　　白河往常吃好饭才端碗出来，现在的饭时却端了一碗面糊糊，一晃一晃也到东城门口去了。东城门口有一棵槐树，树枝不繁，树根却疙疙瘩瘩隆起在地上，村里人喜欢端碗蹴在那里一边吃一边说话。白河的面糊糊不稠，却煮了土豆，土豆没切，圆圆图吃着嘴张得很大。别人说：白河呀，今日吃面糊糊也端出来？白河说，现在还是穷着好。别人说：你不是每年这时候去集市上倒腾些粮食吗？白河说：今年没去。别人说：那你忙啥哩？白河说：等哩。别人说：等？等啥的?!白河说：等着分地么！他一说等着分地，那些定了中农的没吭声，而定了贫农的就来了兴头，议论王财东和张高桂家的哪一块地肥沃，哪一块耕作了旱涝保收，如果能给自己分到了，产下麦子磨成粉，他就早晨烙饼，中午，晚上了还吃，吃捞面。①

这是土改运动中普通百姓的反应，他们最原始的愿望同一种狭隘、自私混杂在了一起。小说还呈现了这一场运动中三个地主富农的行为和心理，他们作为被批斗和改造的对象，相互试探，又相互哀怜——王财东面对大捆作废的金圆券出现精神紊乱，在紧接着的没收财产的过程中，脸上的"瓜相"越来越明显；张高桂带着气愤地说，死后要把自己埋在自己的地里，让种地的人结不了穗；李长夏在自家的牛要充公时，把牛全身都摸了一遍……与此同时，从马生、劳栓等人身上，我们看到了由身份所赋予的革命的正义性，也暴露出了积存已久的人性深处的黑暗面，革命、运动的结果，只是为了可以随意地占有一个女人，侵占几亩田地——阿Q式的革命仍在延续。一夜之间，身份地位就翻转了，乡民们的精神世界变异着，乡村的道德伦理也裂变着：

　　邢轱辘到了张高桂家，张高桂的灵堂里来的亲戚在高一声低一声哭号，邢轱辘对张高桂老婆说，我送你到家了，你没出事，我就走了。张高桂老婆说，你不给你叔磕个头?!邢轱辘说：你家是地主了，地主就是敌人，我不磕头。张高桂的小舅子正在灵堂上哭，不哭了，起来骂道：十几天前还不是敌人，十几天后他就是敌人了？他是你的敌人？抢过你家粮偷过你家钱还是嫖了你家人?! ②

----

① 贾平凹：《老生》，第34—35页。

② 贾平凹：《老生》，第36页。

人们后来发现，只要一穿上那劳动服，人就变了，身子发木，脑袋发木，你得紧张地劳动，不能迟来，不得早起，屙屎撒尿也得小跑，似乎鸡狗甚至蚊子都变了，早晨天刚放亮，鸡就拉长嗓子喊，以前的鸡最多喊两声，如今喊叫不停，接着喇叭在响，刘学仁又在讲话，所有人就得赶紧起来。①

伦理变了，人的感觉变了，甚至连鸡、狗、蚊子都变了，而革命最为彻底的地方，正是实现了对日常生活的改造。触及灵魂的最终目的，就是重塑一种日常生活，通过生活，把一种革命的成果固化。革命话语旨在激发广大人民群众的热情，从自身的生活境遇（如吃饭这些基本问题）出发，来激发革命斗志，"改造"乡民的思维，灌输一种斗争哲学、阶级理念；经济话语则以"发展""进步"为社会变迁的真理，一切都在急速前进着，随着经济结构的改变，价值信念与发展、致富之间，纠葛着种种矛盾，人心在物欲、权欲的激荡下，一点点显露出它脆弱、不堪的悲剧品质，这种改变是缓慢的、细微的，但这种改变也是持久的、深刻的。以老余带领的当归村为例，官员们总是一边规划着乡村的未来，一边借此高升。村里先是发展养殖业，结果因残留农药和激素过多不得不中止；接着又想以秦岭发现老虎为由头，建立自然保护区，后来不得不承认是子虚乌有的；最后又发展药材种植业。在唱师的眼里，"确实是发了财的人很多，街道上的小汽车多起来，穿西服的多起来，喝醉酒的和花枝招展的女人多起来，而为了发财丧了命的人也多，我常常是这一家的阴歌还没结束，另一家请我的人就到了门口。"②

---

① 贾平凹：《老生》，第60页。
② 贾平凹：《老生》，第78页。

戏生经历了这种变化，也承受着这种变化的后果。贾平凹在戏生这个人物身上，设计了多重身份：他是革命的后代，想沾革命的荣光获得补助；他是一个农民艺术家，能信手拈来许多民歌，还可以边唱边剪纸；有过短暂外出务工的经历，在那还染上了性病；最后在老余的帮助下，成了一个经营药材批发的农民企业家。由戏生这一驳杂的身份，可以看到经济浪潮下人心的浮动，他有传统农民的弱点，爱面子，爱吹嘘，但也有勇气和胆量去尝试改变现状，只是，他终归缺乏一种自主性，跟着摇摆不定的政策走，甚至成了基层干部的政绩工程中的一颗棋子。戏生的境遇，其实也是中国大多数农民的境遇。在革命年代，农民的意志被捆绑在时代意志的战车上，他们只能盲目地跟着跑；在改革年代，农民貌似有了更大的自由，但一种更隐蔽的意识形态与商业主义合流的力量，同样在决定着农民的命运——无论是革命话语还是经济话语，农民都无法独立地去选择，他们永远是生活在一个角落里，被损害，也被遗忘。他们的出路在哪里？

小说以一场瘟疫来结束村庄的历史，这就是村庄必然的命运么？村庄就不配享有现代化，现代化所带来的就必然是一场灾难？瘟疫或许只是一种警示，它是为了表达贾平凹对乡土的忧思。他一个时代一个时代地推演村庄的"进化"，既不美化它，也不丑化它，乡村就矗立在那，它被奴役，被愚弄，也被治理，被规划，但它的前途终究是曲折的、晦暗的。它的沉实和美，正在消失，而自身的惰性和痼疾，却正在生长；加上政策的多变、基层干部的胡来，乡土中国的地基已经松动，一些伟大的乡土品质正在死亡。孟德拉斯曾经这样分析农民农业的消失，"与其说是由于经济力量的作用，勿宁说是由于把并非为农业而制定的分析方法、立法措施和行政决策运用于农业。"[①] 这个

---

① ［法］孟德拉斯：《农民的终结》，第6页，李培林译，中国社会科学出版社，1991年。

看法或许是一种社会学的理性分析，但对文学写作未尝没有参考价值。过去我们在讲述乡土中国时，总是从伦理、审美的角度去写，无非是表达一种令人心疼的美，一个质朴、自然的世界的消失，但乡土中国的困境，真的只是审美的溃败或现代化对自然的掠夺么？造成乡村衰亡的原因，真的是如此单一么？

贾平凹的《老生》，包括他近年的《秦腔》《带灯》，之所以有特别的意义，不仅在于他呈现出了中国乡村的世情、世貌，也回答和思索了孟德拉斯式的疑问——政策和制度的不合身，甚至失误，对于乡土的溃败，到底扮演着怎样的角色？乡土问题的复杂，尤其是现代化侵入以来，单从文化和乡情的角度，已经很难全面解读乡村的变迁；而贾平凹的写作，除了文化和乡情的关怀，他还描写乡村的经济活动，呈现"并非为农业而制定的分析方法、立法措施和行政决策运用于农业"之后的现状，这何尝不是一种更迫近、更真切的现实感？这种现实感，在当下中国的乡土文学作品中，是非常匮乏的品质。它看起来是很不文学的，但它又是文学必须面对的另一种坚硬的现实。贾平凹在《老生》中所做的这种有点笨拙的努力，既洋溢出一种艺术的倔强，又贯注着他对现实的独特观察。

三

为村庄作传，为乡土写史，在过往的乡土文学写作中并不鲜见，几乎每一位乡土写作者，都想尝试为乡土中国的百年变革作记录，以此来省思今日的现实。写史是回顾过去，也是意在当下，因为当下、此时"处处保留着与先前存在的事物的精神联系。"①

---

① ［德］雅斯贝斯：《历史的起源与目标》，第12页，魏楚雄、俞新天译，华夏出版社，1989年。

关于乡土中国的写作，半个多世纪来，至少存在着三种不同的历史观念及其叙事风格。其一，着力表现一种螺旋上升式的发展进程，在一派欣欣向荣的历史图景中完成对主流历史话语的重构——新中国成立后，很长一个时期的中国文学都承担着这种写作任务。柳青的《创业史》，第一部讲述的是社会主义革命运动，第二部则是有关社会主义的建设，农业合作社的建立与巩固。这种历史叙事的立场，更多是集体的、国族的，很少有风物人伦、个体情感的表达，即使有，也多是一种被格式化了的情感；任何对重大历史事件的叙述背后，都潜藏着不证自明的社会进化史观，人物形象也多是使命非凡、性格鲜明的那种。到二十世纪八十年代，随着文学观念的革新，尤其是新历史主义思潮的涌现，这种历史观念在文学叙事中已经淡出。其二，认同历史循环论，中间混杂着偶然及神秘主义的观念。沈从文的小说或多或少就有这种色彩，而像陈忠实的《白鹿原》，将白、鹿两大家族的斗争史放在长达半个多世纪的社会变幻中，历史总是宿命般地循环着，即便是他们的后代，对革命的随意理解，对传统文化的有限回归，饱含的也是历史前行过程中的不确定性，作者无法给历史一个清晰的态度。《古船》是以隋抱朴这一个体的记忆来补充国家记忆的空白，个人的或家族的苦难，旁证的不过是历史进程中那些不可忽视的折返和倒退，即便是在重新承包粉丝厂的时刻，人物也难见历史转型期应有的自信和力量。和陈忠实一样，张炜在面对历史时，也是暧昧、犹疑的。其三，书写欲望的历史，一种被权欲、情欲、人性的恶所主导的历史。刘震云的《故乡天下黄花》选取的是民国初年、一九四〇年、一九四九年、"文革"这四个具有代表性的时间点，在历史的交替更迭中，他所看到更多的是一种权力争夺、私欲横流的历史景观。莫言的《丰乳肥臀》以一个母亲的受难史，一个大家庭的分分合合来看取百余年的中国社会，但小说前行的根本动力还是欲望叙事。阎连科于二〇一三年出版的《炸裂志》，在讲述一个村庄成为一个城市时，那种炸裂的力量，同样是来自权力和欲望——当深渊般的欲求与人性的恶开始结盟，人类的末日也许就真的来临了。只是，无论个体的受难史，还是欲望的膨胀史，都容易走向一种历史虚无主义，它们一方面丰富了历史叙事的经纬，另一方面也稀释了乡土中国所面对的真实问题——以历史虚无主义的态度来解决沉重的现实问题，这是很多乡土文学写作惯用的手法，但真正的问题并不会因此而隐匿，它依然存在。

　　贾平凹近年关于乡土中国的写作，几乎全是正面迎击现实本身，而拒绝用一种历史虚无主义的态度来稀释现实的沉重与疑难。他作为一个乡村之子，无法对乡土的破败取旁观或超然的姿态，他承认自己是一个现实中人，乡土现实中所发生的一切，都与他有关。尽管贾平凹也写过《废都》式的都市小说，但他的根还是在乡土，还是在商洛，在棣花村，他的精神从那片土地上生长出来，最终也要回到那片土地上去，这是他的写作宿命。贾平凹曾说，"做起城里人了，我才发现，我的本性依旧是农民，如乌鸡一样，那是乌在了骨头上的。"[1]正因为此，我能理解贾平凹在《秦腔》之后所投注到故土上的那份复杂情感：他爱这片土地，但又对这片土地的现状和未来充满迷茫；他试图写出故乡的灵魂，但心里明显感到故乡的灵魂已经破碎。

　　他一直无法卸下身上的那个重担，一直无法摆脱做一个现实中人的那种焦灼感，于是继《秦腔》《带灯》之后，贾平凹又写下了《老生》。《老生》的时间跨度比《秦腔》《带灯》要长得多，他给了小说一个历史的外壳，但乡村作为社会结构和物质文化形态本身的历史存在，作者是用鲜活的现实话语和人生经验来呈现的。他用写实的方式为历史塑形，在他笔下，历史是从现实中生长出来的。在《老

---

① 　贾平凹：《秦腔·后记》，第560页。

生》里，一部分是山水，一部分是人事，山水只是作为隐在的背景，像是国画中那些随意勾勒的墨迹，小说重在讲述人事。以人事的变迁来记录乡村的进程，以个体记忆来补充历史的空白，以生命的冷暖来充盈现实的肌理——作者所渴望接近的，依然是一种此时此地的真实。

> 《老生》就得老老实实地去呈现过去的国情、世情、民情……要写出真实得需要真诚，如今却多戏谑调侃和伪饰，能做到真诚已经很难了。能真正地面对真实，我们就会真诚，我们真诚了，我们就在真实之中。①

确实，《秦腔》之后，贾平凹开始在写作中确立起一种新的真实观，那就是摹写现实的细部，成为现实中人。但他越逼近真实，就越觉得虚幻，甚至连他那个魂牵梦绕的故乡，渐渐地，也成了一个陌生的存在。《秦腔》写了夏天智、夏天义、引生、白雪、夏风等众多人物，那些细碎、严实的日常描写，把叙事搞得有点密不透风，按理说，故乡的真实应该触手可及了，然而，在《秦腔》所出示的巨大的"实"中，更多的却是贾平凹心里那同样巨大的失落和空洞。他说出的是那些具体、真实的生活细节，未曾说出的是精神无处扎根的伤感和茫然。有人说，贾平凹写作《秦腔》是为了寻根，是一次写作的回乡之旅，这些都是确实的，但寻根的结果未必就是扎根，回乡也不一定能找到家乡；寻根的背后，很可能是面对更大的漂泊和游离。因此，在《秦腔》"后记"里，贾平凹喊出了"故乡啊，从此失去记忆"的悲音，这读起来是惊心动魄的。

必须承认，多数现代人的生存已被连根拔起，精神处于一种挂空

---

① 贾平凹：《老生》，第104页。

的状态。故乡是回不去了，城市又缺乏扎根的地方，甚至大多数的城市人连思想一种精神生活的闲暇都没有了，活着普遍成了沉重的负累。孔子说，"老者安之，少者怀之，朋友信之"，这本是人生大道，然而，在灵魂挂空的现代社会，不仅老者需要安怀，一切人都需要安怀。牟宗三在《说"怀乡"》一文中说，自己已无乡可怀，因为他对现实的乡国人类没有具体的怀念，而只有对于"人之为人"的本质之怀念。"现在的人太苦了。人人都拔了根，挂了空。这点，一般来说，人人都剥掉了我所说的陪衬，人人都在游离中。可是，唯有游离，才能怀乡。而要怀乡，也必是其生活范围内，尚有足以起怀的情愫。自己方面先有起怀的情愫，则可以时时与客观方面相感通，相粘贴，而客观方面始有可怀之处。虽一草一木，亦足兴情。君不见，小品文中常有'此吾幼时之所游处，之所憩处'等类的话头吗？不幸，就是这点足以起怀的引子，我也没有。我幼时当然有我的游戏之所，当然有我的生活痕迹，但是在主观方面无有足以使我津津有味地去说之情愫。所以我是这个时代大家都拔根之中的拔根，都挂空之中的挂空。这是很悲惨的。"[①] 读《秦腔》，就能体会到这种"拔根""挂空""悲惨"的感受。贾平凹越是想走近家乡，融入故土，就越是发现故乡在远离自己。这不是他一个人的困境，而是说出现代人与乡土之间的关系正在裂变与毁灭。

　　《秦腔》以夏天智和夏天义的死来结尾，就富有这样的象征意味。秦腔痴迷者夏天智的死，既可以看作是民间精神、民间文化的一种衰败，也可看作是中国乡村最有生命力的部分正在消失——这种衰败和消失，并非一夜之间完成的，而是一点一点地进行的，到夏天智死的时候，达到了一个顶峰。那时，秦腔已经沦落到只是用来给喜事丧事唱曲的境地，而农村的劳动力呢，"三十五席都是老

---

① 牟宗三：《说"怀乡"》，《生命的学问》，第2页，广西师范大学出版社，2005年。

人、妇女和娃娃们，精壮小伙子没有几个，这抬棺的，启墓道的人手不够啊！"① ——人死了，没有足够的劳力将死人抬到墓地安葬，这是何等真实、又何等凄凉的乡土现实，身处其中的人又怎能安怀？夏天义是想改变这种处境的，但最后他死在了一次山体滑坡中（这次山体滑坡把夏天智的坟也埋没了），清风街的人想把他从土石里刨出来，仍然没有主要劳力，来的都是些老人、小孩和妇女，刨了一夜，也只刨了一点点，无奈，只好不刨了，就让夏天义安息在土石堆里。随着夏天智和夏天义的死，清风街的故事也该落下帷幕了，而那些远离故土出外找生活的人，那些站在埋没夏天义的那片崖坡前的清风街的人，包括"疯子"引生，似乎都成了心灵无处落实的游离的孤魂，正如夏天义早前所预言的，他们"农不农，工不工，乡不乡，城不城，一生就没根没底地像池塘里的浮萍"，一片茫然。

《秦腔》是日子带着政事，日子难过，《带灯》是政事引着日子，更难过的乡村干部的日子，整日处于各种问题的漩涡之中。樱镇进入开发的时代，现代性落实到经济发展上，就是讲奋斗，谈挣钱，这样一来，身体生态、自然生态、社会生态、精神生态等都遭到了严重破坏。去大矿区打工的人大多得了矽肺病，空气污染了，旱涝灾害频发，社会贫富不均造成越来越多的暴力事件，精神上更是无所适从。乡村的问题累累，正如《带灯》中不断出现的落不尽的灰尘、掰不完的棒子、压不下的葫芦瓢、补不完的窟窿一样，生活世界的乱象所映照出的是一个鬼影绰绰的世界——故乡，终究是破败了，陌生了。到了《老生》，虽然换了一种写法，但作者面对故土的哀痛，却并没有减少。《老生》呈现国情、世情和民情，重在讲人事，却并不凸显人与人之间的正面冲突，也几乎没有大的场面描写，而是在吃喝拉撒的日常书写中将乡村伦理的变迁、精神世界的变异一点点呈现

---

① 贾平凹：《秦腔》，第538页。

出来，从而昭示出一种人心之善恶、暖凉。

四

《老生》中有几个人物是令人印象深刻的，比如白土，他本是长工，在王财东被打倒后，仍然去他家里干活，他面对精神失常的玉镯被马生欺侮，敢怒却不敢言，那份良善与暖意，既朴实，又感人；比如乌龟，他是舞皮影戏的好手，他与开花之间的感情，虽不为现世的道德所容忍，但在乡村里，却是自由自在、安静妥帖的。这些都只是小事，一些生活的小场景，但放到小人物身上，却真切地传达出了一种精神气息。这些细节、气息的存在，为《老生》所描述的故土，增加了真实感，贾平凹在《老生》中所贯注的情感，似乎也比《秦腔》、《带灯》多了一些沉实和清澈。他的乡土写作，正变得越来越隐忍，也越来越开阔，在充满宽恕之情的同时，也不断地发掘生命中的亮色、寻找黑暗中的光。所以，《老生》所写的百年乡土，不追求激烈、复杂的人事纠葛，而更注重通过那些可以考证的物质形态的描绘，刻画出现实丰盈的肌理，使这种既近又远的现实，洋溢出可以体察的人情冷暖，可以感知的生命哀痛，带着泥土的气息、炊烟的味道，虽然有一种悲凉感，但更多的却是温和和坚韧。

面对历史，面对村庄的故事，贾平凹不急于去批判，更无意于将谁推到历史的审判台上，他饶恕一切，也超越一切。选择这种慈悲和平等的立场，并不表明他看不到乡村正在衰败、故乡行将消失的命运，只是，他不知道该是谁、也不知道该是哪种力量应该为这样一种消失和衰败承担责任。这种无责任之责任、无罪之罪，更多的是指向自我，指向每一个人。他不是不想批判，而是看到了批判的局限性；他或许觉得，比批判更能接近现实真相的，是理解和同情。至少，《老生》的批判性，远不及《古炉》深刻、直白。无论是对小说中的"恶人",对人事纷争中所展露出来的人性的自私、嫉妒，甚至残酷、血腥，还是对于乡村所处的这个激进的现代化进程中，基层干部的功利心、胡作非为，作者都没有回避，他把这些看作是生活的常态，没有了它们，乡村历史反而是残缺的。

《老生》旨在呈现真实，所有急切的道德判断，在小说中都是搁置的。作者是想说，乡村在现代性进程中的歧路与坎坷，乡民们在这一路途上背负的悲欢与血泪，都正在过去，惟一值得记住的是，我们现在和往后的路，都必须在这些经验的丛林中穿行。你无法选择，也无法躲避，你必须经历这些，必须把这些复杂的经验变成人生的一部分。写完《秦腔》之后，贾平凹坦言："我的写作充满了矛盾和痛苦，我不知道该赞颂现实还是诅咒现实，是为棣花街的父老乡亲庆幸还是为他们悲哀。"① 这种"矛盾和痛苦"，终究还是一种郁结的情感，但到了《老生》，这种郁结的情感，慢慢地已经释然。

《老生》的结尾是一场瘟疫袭来，村民迅速死亡，当归村几乎成了空心村，唱师和荞荞一起去村里为那些没来得及埋葬的村民唱阴歌，以安妥那些游荡的魂灵。这个场景是象征性的。一方面，是对一个村庄的人事的哀悼与怀想，在死亡面前，人世所有的恩怨、纷争都烟消云散了，魂灵与魂灵之间已经达成了和解；另一方面，是对村庄所承载的物质和精神记忆的祭奠和纪念，为行将远去的这个社会形态——村庄——作一个告别。只是，在一种释然的情感后面，也还隐藏着作者的一丝忧虑：那些游离的魂灵是否能回归来处？

> 有一天，我问她：你再也不回当归村了吗？她说：还回去住什么呢？成了空村、烂村，我要忘了它！我说：那能忘了吗？她说：就是忘不了啊，一静下来我就听见一种声音在

---

① 贾平凹：《秦腔·后记》，第563页。

响，好像是戏生在叫我，又好像是整个村子在刮风。①

　　这是唱师最后与莽莽的对话，或许有悲戚，但没有怨恨，也没有用强用狠的争夺、挣扎、呼告，它更多的是一种体验，一种伤怀，一种面对现实之后的寂寥，隐约的，也有一种平静和安详。灵魂在面对乡土的衰亡时，不可能没有伤感和挂怀，但是，那种超越一切之后的释然和慈悲，不也是一种真实？既然一切无法修改，那就不如接受它，经历它，也饶恕它。

　　从《秦腔》《古炉》，到《带灯》《老生》，贾平凹的乡土写作，进入到了一个新的阶段，他不仅是在为日益衰败的乡土中国唱一曲文学挽歌，更重要的，他是在为乡村历史保存一个肉身，而为了使这个乡土的肉身更为真实，贾平凹甚至不惜对现实、对日子做着社会学意义的忠实记录——很多人，并不能理解贾平凹的这种写作变化，更不会认同这种写作的文学意义。可是，当乡土的现实形态无可挽回地在溃败，文学面对它的方式，真的只能限于审美或悼挽么？文学是否也可以对现实进行记录、勘探、考证、辨析？贾平凹正是借由记录和还原，扩展了乡土文学的疆域，也创新了乡土文学的写法——《秦腔》仿写了日子的结构，以细节的洪流再现了一种总体性已经消失了的乡村生活；《带灯》貌似新笔记体，介于情节与细节之间，疏密有致，小处清楚，大处浑然，尽显生活中阳刚与阴柔、绝望与希望相交织的双重品质；《老生》则讲述了经验的历史，把物象形态与人事变迁糅合在一起来写，进而呈现一种现实的肉身是从哪里走来的。

　　乡土的神话时代已经过去，今天的乡土，留给作家的，不过是一堆混乱的材料，一些急速变化的现实片段，一腔难以吟唱出来的情绪而已，俯视或仰视乡村，都难以接近真实，你只能平视，只能诚实地

---

① 贾平凹：《老生》，第100页。

去翻检和发现，甚至只能做一个笨拙的记录者。贾平凹所做的，更多的就是记录的工作，他决意不再以任何启蒙的、审美的或乌托邦式的理念去伪饰村庄，而专心还原乡土原初的面貌。他既不赞美历史，也不诅咒现实，他面对这片土地上的所有美与丑、善与恶、光明与黑暗，只要是存在过的，它们就都有被记录、被书写的权利。陈晓明说："乡土中国在整个现代性的历史中，是边缘的，被陌生化的、被反复篡改的，被颠覆的存在，它只有碎片，只有片断和场景，只有它的无法被虚构的生活。"① 这样看来，裸呈现实，未尝不是一种新的乡土文学的叙事方式。当文坛讨论着乡土文学的终结，探究着乡土文学写作的困境，可是，要走出这一困境，是靠作家提供一种新的美学想象，来重画乡土的宏伟景象，还是让作家去直接面对乡土、裸呈现实？贾平凹选择了后者。勾描出乡土现实的肉身状态，还原一种生活的细部肌理，这种琐细、笨拙的写作，作为一种叙事方式，或许不是肇始于贾平凹，但确实是因为他一直执着于这种叙事方式，而把乡土文学带到了一个新的境地。没有对经验、细节、生活肌理的精细描绘，乡土生活的本然状态如何呈现？没有对一种历史悲情的和解与释然，如何能够看清乡土生活来自何方，又该去往何处？没有对人事和世相的饶恕与慈悲，乡土文学如何能走向宽广、涤荡怨气？因此，乡土题材的写作或许会日渐式微，但乡土文学精神不会退隐，而如何表达这种巨变之后的乡土文学精神，在当代作家中，贾平凹可能是用力最深，也是走得最远的。

二〇一四年十月十日

---

① 陈晓明：《乡土叙事的终结和开启》，《文艺争鸣》2005年第6期。

权力镜像中的人心

　　王跃文的小说是中国文学的一个特例。他开创了一种小说类型——当代官场小说，同时也成为这一类小说写作的集大成者。尽管在中国，传统上早有描写官场的小说，清末民初，这一类小说更是盛行一时，但在当代，把人持续放在官场这一视域里来观察、检验，并以此来照见一个国家的政治生态、人性万象者，王跃文是先行者，也是其中写得最好的一个。

　　他的成功，其实不在于他写了官场，而在于他写官场却跳出了官场俗套的权力争斗、政治黑幕，把着力点放在了人性、人情上面。因此，与其说他写的是官场小说，还不如说他写的是人情小说。

　　写官场，当然离不开写权力，这是主导俗世生活的重要力量。可惜，多数喜写官场的写作者，要么一落笔则陷入俗套，油滑市井，无所不用其极，要么投鼠忌器，畏首畏尾，不得大方。能把这一"俗"材写好写深的，能把这权力与官场几乎看透的，为数不多。而王跃文的《国画》《西州月》《苍黄》等作品，不是看热闹式的官场现形记，而是以自己独特、隐忍的视角，看到俗常里的真相，戏剧人生中的悲剧。天行有常，吉凶有道，他对人心世界一直怀有最诚恳、也最值得我们记住的劝导——人心有怕，才能敬畏。

　　失了敬畏，人性就没有了管束，心里的魔鬼就全放出来了。所以，官场的污浊，固然有监督的缺位、利益的诱惑等原因，但根子还是因为人心无所依托，里面挺立不起一种价值、一种信念，最终人成了权力、金钱和性的囚徒。人性的沦陷，在商场、学界也屡见不鲜，但它在官场的表现，可能更丰富，也更具传奇色彩。王跃文倾心于官场题材，大约觉得官场是人性最好的熔炉——在这个熔炉里，人性已有的恶能得到展示，人性残存的善也可能被逼视出来。在别的环境中，我们或许看到的多是人性的常态，但在官场里，见到的就多是极致状态下的人生百态：一个怀着理想的人，可以被官场的现实吓住、粉碎；一个讲良知的人，会被官场的一些规则同化、说服；当然，一个准备在浊世里沉浮的人，也可能因厌倦官场而从此退守内心、干净生活。

许多人写官场，着迷于个中的怪现状，极力展现那光怪陆离的官场丑态，读者似乎也乐意消费这样的故事，以宣泄他们对现实的不满，对官员的不信任。但王跃文的高明之处，却是写出了官场中那些人性的微妙变化，甚至是人性的巨大逆转。他并不刻意批判官场，也不沉溺于权、利、性三位一体的庸俗展示，而是着迷于对官场这个特殊场域中的世态人情作一种原生态的写实。他精细地描摹官员们的日常状态和心理嬗变，从而凸显繁复世相背后的官场伦理与心灵逻辑，并以此透示出权力镜像下的个体生命在现实与灵魂之间的种种冲突。所以，王跃文的小说，有着丰盈的日常生活细节描摹与纤毫毕现的心理刻画，细微到人物的一个眼神，一个称谓，一颦一笑，连语调与姿势等不经意之处，他都不含糊交代，而是着力描绘。作者有意在让人愕然而又觉荒谬的情节中对人物进行微观特写，目的是为解析官场复杂的伦理提供实证，也为人性如何一步步地迷失布下绵密的针脚。

正因为如此，我们读王跃文的小说，才不会觉得他是在单一地描写官员，而是觉得他在结结实实地写人。他的写作，为自己人物的言行、活动、心理起伏，准备了坚实的事实依据和逻辑理由。

《国画》以朱怀镜在宦海沉浮中一步步靠近权力的历程为叙事主

线，作者正是通过描写官场生活的日常图景来完成对小说真实感的有力塑造。朱怀镜的心理蜕变，权力对他的异化，人在欲望与现实间的纠结，都说出了当代中国基层官场的真实情状，但同时，《国画》也是充满日常趣味的社会世情画卷。三教九流，人生百态，都在其中。皮副市长、柳秘书长、画家李明溪、记者曾俚、派出所所长宋达清、神功"大师"袁小奇、世外"高僧"圆真大师、企业家裴大年、进城务工人员瞿林等各色人等，皆被作者缝入了这一世情长卷。在王跃文的白描勾勒中，不仅在权力与欲望的沼泽之中苦苦挣扎、欲罢不能的人物形神皆现，就连他们流水般的日常生活、家居私事，以及一个城市的基本气质，也都被写得极富质感。

显然，王跃文是有很强的写实才能的。他不抽象地图解官场的潜规则，也不热衷于窥探官员们的生活隐情，而是力求把一种生活落实下来，把它写稳妥了——这种写实的底子，往往体现在作者对生活细节的观察和刻写上。在《头发的故事》里，办公室陈科长的头发稀少，却整日摆弄，想保持良好的风度。年轻干事小马好卖弄，一次无意间说到"满头烦恼丝"，另一次是大谈头发疏密与性生活的关系，引得陈科长内心猜忌、忿然到反感，最后借口下乡扶贫，将小马安排去了乡下。《天气不好》里的年轻干部小刘是县里有名的"笔杆子"，平时谨言慎行。家乡老母亲做的腊鱼和腊鹅，全家都舍不得吃，而拿去送给县委办主任，以期得到县领导的赏识与提拔。哪知他在走廊上巧遇在讨论干部提拔会议中出来上厕所的县长，一不小心面对县长打了个喷嚏，县长回到会场，就给他作了个"太骄傲"的结论，提拔之事成了泡影。《很想潇洒》中刚毕业的汪凡，是位留着长发的青年诗人，第一天去市政府大楼报到的时候，就感觉自己与这里的环境不和谐。于是，他理了小平头，夹着黑色公文包，一副老成持重的样子，开始了新的生活。除了外表的改变，关键是他个性与思维的被改造。他从最初写一份材料被改得面目全非，到后来写的材料越来越得到主任、市长的认可——小说也正是从日常生活的细微处着手，生动地写出了汪凡身上自由、浪漫的"诗性"是如何消褪，而慢慢把自己异化为一个唯唯诺诺的小吏的。《秋风庭院》里的地委书记陶凡退休之后，从身份上说，他已远离权力中心，成了普通百姓，实际上他潜在的"虎威"犹在，他的一举一动仍然会微妙地牵动如精密齿轮般相互咬合的权力链条的运作。他的感冒、探亲、出席会议、无心之语都仿佛是一个个政治隐喻，影响到权力网络中的相关节点。

——这些生活场景、权力图像，隐藏着世情、世事背后许多难言的微妙，解读着中国社会和文化生活中顽固的内在惯性，也巧妙地展现出了人物内心曾经的坚守是如何一点一点地在官场生活中被侵蚀、消耗、瓦解与再造，人性中的光与热是如何在无声无息中被这些日常琐事所稀释与消解的。也许，正如《苍黄》这一书名的寓意所指：染于苍则苍，染于黄则黄，所入者变，其色亦变。尤其是在中国社会，对权力的崇拜如影随形，权力对人们生活造成的阴影也无处不在。权力崇拜激发的是对权力的渴望与拥有，而在膜拜权力的过程中，官员们因身份焦虑所导致的人性异化、人格奴化，自然就成了王跃文小说的潜在主题。

权力角逐的残酷，它对人的吞噬与异化，往往触及的是人性深层的皱褶处，它牵动的是灵魂的冲突和撕裂。《国画》中，朱怀镜因皮副市长的二儿子要出国留学，狠心送了两万块红包，当他被邀请参加皮副市长的家宴时，皮副市长不经意的一句话就让他欣喜不已，"皮市长在他眼中的形象越来越高大，几乎需要仰视了。这一时刻，朱怀镜对皮市长简直很崇拜了。"后来，朱怀镜再次回想到那天自己在皮副市长家的感受时，"猛然像哲学家一样顿悟起来：难怪中国容易产生个人崇拜！"[1] 其实，朱怀镜崇拜的并非皮副市长本人，而是他所代

---

① 王跃文：《国画》，第168页，百花洲文艺出版社，2010年。

表的权力本身。又岂止是朱怀镜，社会上的各色人等，哪一个不落到权力崇拜的罗网之中？权力是日常生活中一根无形的指挥棒，无论是官还是商，是男还是女，是"奇人"还是"大师"，在权力面前个个都趋之畏之附之捧之，围绕着权力作向心运动。

当权力成了供人膜拜的神圣之物，权力对人的异化机制就基本形成了。

美国心理学家弗罗姆在谈到人性异化问题时，认为在异化的状况下，"人不是以自己是自己力量和自身丰富性的积极承担者来体验自己，而是自己是依赖于自己之外的力量这样一种无力的'物'，他把生活的实质投射到这个'物'上。"[1] 弗罗姆所说的异化，其实是人的一种精神和心理的"体验"过程，在这种体验中，生命主体丧失了自我的主动性，主体觉得不是依靠自己，而是依赖于自己以外的力量。于是，人不再感到自己是自己行动的主宰，而是处在了被主宰、被支配的地位上。在王跃文的小说中，我们可以真切感受到因权力崇拜而导致的生命个体的异化与奴化，正如在《国画》中，朱怀镜获得了好友李明溪与大师吴居一合作的那副价值二十八万的《寒林图》之后，他未及多想就送给了皮市长，事后自省，"这画现在说价值不菲，今后还会升值。可自己根本想都没想过要自己留下来，只一门心思想着送人。可见自己到底是个奴才性格！这么一想，朱怀镜内心十分羞愧。"[2] 只是，人心残存的这种觉悟与善意，在权力所编织的网络中，已经难有存身之地，获得权力青睐的唯一途径似乎就是顺从于它，并为它所异化。

这一主题，在王跃文近年出版的《苍黄》中，表现得更加隐蔽、复杂，思考得更见成熟、深刻，作品的现实主义底色也更显苍茫、

---

① 弗罗姆：《资本主义下的异化问题》，《哲学译丛》1981年第4期。

② 王跃文：《国画》，第305页。

沉重。

《苍黄》以乌柚县委办公室主任李济运为核心展开故事情节，小说所叙写的都是今日中国基层社会的热点问题：拉"差配"假民主闹剧、矿难事件、堵截上访者并强行送进精神病院、官场栽赃、群体性食物中毒事件、有偿新闻、宣传部门的"哑床"与"网尸"理论，等等。这是对当代中国官场的深度报道，它所书写的不仅是官场文化的微缩景观，更是一曲人性与权力、欲望相博弈的长歌。仅仅因为舒泽光不愿做差配，骂了县委书记"刘半间"的娘，从而受到刘的一系列打击报复，先被查经济问题，后被栽赃嫖娼，无奈之下成为上访人员。李济运明知这位曾经的同事心智健康，但屈于官威，只能违心地将其强行送到精神病院，最终舒泽光为了获得国家赔偿金送女儿出国，在医院自杀身亡。此外，李济运鼓动老同学刘星明去做选举中的"差配"，结果老实本分的刘星明因梦想升官而在选举的现场癫狂，幻想自己当选上了副县长，也被送入精神病院，最后跳楼自杀。这一切都让李济运内疚，他意识到自己无形中充当了杀害昔日同事、同学的刽子手。

现实中李济运何尝愿意这样？官场的重点不在一个"官"字，而在一个"场"字，身处其场，就要遵循某些不能言明的"规则"，权力逻辑凌驾于人性逻辑之上。只是，在人性的深处，李济运还时常拷问着自己的灵魂。获知舒泽光死讯后，李济运将自己关在洗漱间失声痛哭，后来又目睹老同学跳楼惨死，伤痛不已中，"觉得自己很卑劣，泪水和汗水混在一起流"[1]，这时的李济运，让我们真切地感觉到了个体生命在面对现实时"心为形役"的无力与分裂。即使后来老同学熊雄成了新任县委书记，李济运也很快就感觉到这位老友变得陌生了，无论是言谈举止，还是态度立场，甚至连他看自己的时候，都让

---

① 王跃文，《苍黄》，第379页，江苏人民出版社，2009年。

李济运觉得"目光看上去很遥远"。① 个体生命的丰富情状在整个权力机器的运作与官场生态系统的演进中逐渐被消解掉，官场这架巨大而精密的权力机器，一个个齿轮精密地咬合在一起，只要动一处，整个机关都将动起来，血肉鲜活的生命一旦进入其中，最终都将异化为这一机器上冰冷的零部件，归顺于权力逻辑，从而丧失生命的温度与光亮。

　　只是，面对这一严峻的现实，王跃文并不急于作出道德决断，似乎也无意于谴责什么、批判什么，他不给官场或生活一种意义，而只是想在其中发现某种意义，并不忘揭示人性中可能有的温暖和亮光。王跃文自己也说："我小说中缺乏有些人所希望的所谓光明，但也有温暖和亮光，不过它也许只是黑暗和寒夜里的烛光。"② 确实，好的小说，从来不是判断，而是一种发现，一种理解——对存在的发现，对生命的理解。王跃文对处于权力的焦灼与自省的苦闷相纠结之精神困境的知识分子，就充满着理解之情。他笔下不乏具有文人精神气质的官员，《国画》《梅次故事》中的朱怀镜，《西州月》中的具有文人情怀的诗人关隐达，《大清相国》中的陈廷敬，还有《苍黄》中的李济运，他们都是知识分子，本应是社会良心之所在，但在官场这个特殊场域之中，他们的人格不断被扭曲，生命越来越虚空，面对这种随波逐流、不断沉沦而又无法超脱的生存境遇，他们的内心都有一种悲哀，可出路在哪里呢？个体如此无力，生命又是如此脆弱，而权力所构筑起来的那个"无物之阵"，却能把每一个人都吸附其上，使之处在一种低质量的耗费状态中，生命也就在揣摩领导心思、应对人情世故的琐屑中被慢慢磨损，慢慢丧失它应有的光彩和意义。

　　而真正痛苦的是，有些人对于生命这种无意义的耗费，无法得过

---

① 王跃文：《苍黄》，第304页。

② 术术、王跃文：《县委书记是官场起步价》，《SOHO小报》2009年第8期，第48页。

且过，而是有一种觉察和不安。如《国画》所写，某个深夜，朱怀镜为自己处在春风得意之时却突然心生悲意而疑惑不解，"可是就在他这么疑惑的时候，一阵悲凉又袭过心头，令他鼻子酸酸的。他脑海里萌生小时候独自走夜路的感觉，背脊发凉发麻，却又不敢回头去看。"①结尾处，朱怀镜经历了官场得意与失意之后，反思自己的仕途与人生，"抬起头，望着炫目的太阳，恍恍惚惚，一时间不知身在何处"。②《西州月》中，颇有文人情怀的"诗人"官员关隐达初入官场，就做西州地委书记陶凡的秘书，当陶凡退休之后，他也因此失势被调去了县城，最终，被排挤到权力边缘地带的他，用并不光彩的手段夺回了权力。在官场权力与文人情怀的冲突中，关隐达内心充满了抵抗、迷惘与分裂的痛苦，以致成为新任市长时的关隐达，面对年轻的秘书龙飞，不由心中喟叹："又一个诗人死了。"③这一意味深长的细节，透出的是官场人生背后的悲凉与沉重。

　　而寄寓着王跃文文人心性中某种政治理想的人物，或许是《大清相国》中陈廷敬这一权臣形象。依然是官场，但作者着力凸显的是陈廷敬在文化人格上的训诫意义与范式价值。在近五十年的宦海沉浮之中，陈廷敬历任了工、吏、户、刑四部尚书，官至文渊阁大学士，最后能在成为首辅相国、位极人臣之时以"耳疾"为由自请还家，获得善终。对其生平，康熙曾有八字赞语："宽大老成，几近完人。"陈廷敬一生谨守五字诀——"等、忍、稳、狠、隐"，它可视为官场权谋之术，亦可视为世事人情的智慧所在，而它所折射出的复杂的中国政治文化内涵，尤其值得深思。

　　由此，令我联想起王跃文小说中的另外一类知识分子形象，如《国画》中的狂放似癫、憨态卓然的画家李明溪，不喜亦不近俗世，

---

① 王跃文：《国画》，第171页。

② 王跃文：《国画》，第489页。

③ 王跃文，《西州月》，第290页，新世界出版社，2010年。

只借自己的笔墨书写性情；关怀现实、耿直不羁的记者曾俚，敢于秉笔直书揭露社会之不平不真不公之事；还有那位"平生只堪壁上观"、淡泊自持的雅致堂主人卜未之老先生。他们身上有着中国传统士人的精气神，从高洁品格的持守和社会责任的承担这两方面，展示着知识分子价值标高；但在权力意志独断一切的现实中，他们只能是似癫还狂的画家，抑或是落拓无为的小记者，要不就是作"壁上观"的垂暮老人而存世，游离于官场之外，处于一种边缘化的境地，最后不是死亡就是疯癫，抑或不知所归——这样的结局所喻示的，正是中国士人精神的没落，从中也可隐约见出作者的悲观之情。

多少年来，中国的历史虽然浩荡向前，但对权力的迷信和膜拜，一直都无多大改观。说到底，中国还是一个权力社会，史官文化依然是中国文化的主流，权力对人心的劫持和异化，至今仍是大面积存在的人文灾难。从这个意义上说，王跃文不过是找到了一个切近中国现实的角度，他写的虽是官场，映照出的又何尝不是现代人的精神境遇？他的作品触及到了当代社会的心理兴奋点，但又不满足于对权力帷幕内部的好奇与窥视，他渴望写出一种真的人生，写出那种潜藏在生活深处的黑暗与惯性，并试图反抗它的存在。或许，正因为看到了这一点，《苍黄》之后的王跃文，笔墨仍起于官场一隅，却已不拘于此间，而渐入开阔之境。我想，他在这个自己所开创的写作根据地上，还可以写得更大胆，从而走得更远。

二〇一一年一月二十七日

人心即史心

——《大秦帝国·点评本》序

一

中国人的文字传统中，一直有着对历史、土地和文学的三重信仰，其中又以对历史的尊崇为核心。尽管林语堂说，"中国诗在中国代替了宗教的任务"（《诗》），但就着一种精神信仰而言，历史叙事比文学表达还要重要。哪怕像"春秋笔法""史记传统"这种用来形容文学书写的说法，其背后参证的也是历史——在很多中国人看来，文学的最高成就，就是把作品写成《春秋》和《史记》。所以，《三国演义》《水浒传》，包括《红楼梦》，名为小说，很多读者也是拿来作为历史文本来读的，这些小说所塑造的曹操、诸葛亮、宋江等人的形象，即便与历史中的人物大有出入，多数读者仍然愿意相信小说所写的就是历史真实。钱穆先生说，中国文化是一种向后看的文化，中国人"很少向未来的热恋，却多对过去之深情"（《湖上闲思录》），这是确实的；对历史、土地和文学的信仰，正是这种向后看的文化心理的表现。

中国文化以经、史、子、集四部相传，其实各部均通于史，即便先秦诸子之学，也都源自史学。史有正史与稗史之分，正史多为史官所为，一代一代下来，记录完整，稗史则流传于乡野传说之中，后来也散见于《左传》等著作。后世所说的小说家言，虽多依凭稗史，但也并不是全然没有价值。文学也是一家之言，此一家之言，其实是一人之心迹，也是一人之史，自有其特殊的意义。像《离骚》《出师表》《桃花源记》这样的文学作品，照史家之见，既通于子也通于史；这种一人之史、一人之精神自传，照样可纳入一个民族、一个国家的文化道统之中，甚至文学所昭示的，比一些机械的历史记载更有见地。

中国的史学，强调要有治史的心情和抱负，甚至一度把史学称为是圣人之学，不仅在于史学重要，更在于像《西周书》《春秋》这些最早的史书，都出自周公、孔子这些圣人之手；它们不仅记录史事，更寄托史家之精神、史家之生命观——个人的小生命，寄托在历史的大生命之中，每一个人都生在历史中，也死在历史中，所谓的人生不朽，其实就是你的人生与历史联系在了一起。中国人的历史，记人重于记事，原因也在于此。

历史的写法，大体有几种，或记言，或记事，或记人。此三种，构成了中国人的历史观。近三千年来，中国人都以这种方式记载历史，从未中断，这堪称是人类历史中的人文奇迹。《西周书》记言，《春秋》记事，《左传》既记言也记事，但这些似乎都不如司马迁所开创的记人为主的《史记》，也就是所谓的列传体。列传体后来成了正史，自西汉至今，共积存了二十五史，蔚为壮观。史学一路演进下来，虽有伪造、美化之处，但后来者也有辨别、考证、纠错；治史和疑史之风并重，使得中国历史即便不全是信史，也迹近信史，自有其书写的传统所在，即便是小说，源自虚构，在讲述历史的时候，也不得不参证《史记》，而不能全然信口开河。

所以，中国历史的主体精神就在于人，也重在写人，所谓"人事之外，别无义理"（章学诚：《浙东学术篇》）。明史，既明天人之际，也知古今之变。宋代写史最多，明代略少，清代多考证历史，惟有章学诚写的一部《文史通义》，但传承的仍是经世明道的史学精神。只是，章学诚有感于《文史通义》偏于理论，"空言不及征诸实事"，后又撰《和州志隅》二十篇。他在《志隅自序》中说："郑樵有史识而未有史学，曾巩具史学而不具史法，刘知几得史法而不得史意，此予《文史通义》之所为作也。"章学诚之"史意"，也可理解为通常所说的"史识"，实为一种精神，一种见地，近世的史学大家钱穆则用"史心"一词名之，似乎更为准确。"培养史心，来求取史识，这一种学问，乃谓之史学。"（《史学导言》）有了这一种研究历史的心情，才会真正关注国家、民族、个人的当下处境，才会在记录历史的公正中，贯注一种历史精神。

而诠释历史精神最好的方式，仍然是以人写事。虽然中国的历史也写自然风俗、制度礼仪，但终归是以人为中心，强调是人在做事，事无论大小，都在于人为。"不论一切事，先论一个心。"这是钱穆的话。他之所以反对笼统地说中国的历史都是帝王之家谱，就在于他能因人见事，以心论史。事实上，二十五史写的人物千千万，简单地称之为帝王家谱，确实是偏见。每一段历史，除了讲帝王，也讲群臣，讲各类贤达，甚至也讲小人物。写忠臣，也写奸臣，写圣人事迹，也记草民之乐，并不全然是政治或宫廷之事。《史记》分十二本纪、十表、八书、三十世家、七十列传，既编年纪事，也为历史群像作传，有褒有贬，据义直书，后人也不能轻易推翻前人，这种史识、史心，并不是一味地逢迎或谄媚，而是有自己的坚持和标准。按照《左传》的写法，孔子的篇幅也不比别人更多，而写宋史不避写文天祥，写明史不避写史可法，这些例证，也足以说出中国历史的写法，在知人论世上，已形成自己秉直、公正的传统。

二

因为历史以人事为中心，所以历史学也可称之为生命之学。如果我们把历史看作是一个生命的过程，就会发现，由人的生命而有的生活，构成了真正的历史基础。而描绘这种生活最好的方式不是史著，不是史学，而是小说。尽管小说家所编集的诸书，比孔子创立儒家还早，但在中国，小说一直是被貌视的文体。即便在二十世纪初，梁启超发表了那篇著名的论文《论小说与群治之关系》，把小说当作改造社会、启蒙民众的一个重要的文体，但到鲁迅开始写小说之前，小说还是不入流的文体。鲁迅是真正把中国小说从一种渺小的文体壮大成重要文体的奠基者。

小说是一人之历史，也是想象之历史，它未必处处征诸实事，但它的细腻、传神，它所创造的想象之真实，也非一般史著可比。譬如，我们读历史著作，会明白明代、清代是一个什么样的社会，有什么样的制度和官品阶级，但我们很难通过历史学家的论述，真正明白明清时代的人是怎样过日常生活的，他们穿什么衣服，唱什么戏，吃什么样的点心，用什么样的器物，等等，这些都是历史著作所不屑，也无意用力的。因此，小说能补上历史著作所匮乏的当时代的生活脉络、生活细节，从而使历史变得更丰满、真实。有论者说，小说比历史更可靠，至少马克思就说，自己从巴尔扎克的小说中所了解的法国比历史学家笔下所描述的要丰富得多。莫洛亚在分析托尔斯泰的《战争与和平》时也说，没有任何历史文献会像托尔斯泰那样去描写一个皇帝，皇帝的手又小又胖，像"又小又胖"这样的词汇，在历史文献里是肯定不会出现的，但它会出现在小说里面。小说就这样把历史著作所匮乏的肌理和脉络给补上了，从而有效地保存了历史的肉身部分。

历史小说首先是小说，但它也对话历史、旁证历史，因此，历史小说作家，若无卓越的史识、温润的史心，必定也写不出好的历史小说。这些年来，做历史小说者众多，但多限于传奇、演义一类，或是对史实并不高明的改写，真正有创新、有洞见的历史小说，并不多见。他们多看见人物、时事那客观、物质的一面，而少有关注到中国历史中文化精神的演变；概言之，历史中既有物质生命，也有文化生命，而后者才是重点。如果把中华民族看作是一个大生命，每一个个体都是寄存其中的小生命，那所谓的生命之学，就是关于民族的兴衰和精神的熔铸。在当代中国，有此志向的历史小说，据我阅读所及，惟有二月河的帝王系列，唐浩明的晚清三部曲，熊召政的《张居正》，以及孙皓晖的《大秦帝国》。

其中，孙皓晖的《大秦帝国》尤为特出。它是目前国内篇幅最长的小说，凡十一卷，五百余万言，不仅描写了一个帝国的繁荣与衰落，也探源了一种文明的气象与脉络，思力深厚，气势壮阔，语言庄重，有大格局、大气象。遗憾的是，该书出版多年来，在读者和史学界的影响，远甚于文学界。

现在是到了给《大秦帝国》正名的时候了。

我读《大秦帝国》，印象最深的是一个字：通。确实，这是一本通书，通历史，通人文，通人，也通物。由于《大秦帝国》是小说，不少史实，尽信书不如无书，因此，为了叙事之方便，错用、改写、合并之处，也不在少数，有些甚至和《史记》大相径庭；但大体而言，孙皓晖不违主要的历史真实，同时也敢于辩正历史迷误。他并不掩饰自己为一段中国历史、一种中国文明重新立传的野心，毫无顾忌地在小说中伸张自己的历史观和文明观，这构成了《大秦帝国》精神激荡的核心。

通历史，不仅在于熟识历史，更在于通历史之常道与变道。世运兴衰的内在成因，人物成败的幽微转折，如果只有事件的叙写，那不过是表面的观察，惟有细致考证、深入分析、以心感悟，才能有所新见。如果把历史只看作是过去，而无现在和将来，则此历史就是死历史。历史之过去，说的是事已经过去了，但历史之道、历史之经验，并没有过去，它还在影响现在和将来。孔子说，"执其两端，用其中于民。"死生存亡，即人生两端，一过去，一将来，现在居于其中，正是从过去中走来的。从死中认识生，从亡中洞彻存，这就是"通而为一"的历史智慧。因此，历史从来都不曾过去，而是一边过去，一边积存。孟子说，"所过者化，所存者神，上下与天地同流"，历史即便过去的部分，也有一种神化的作用，有所化，必定有所存，通为一体，正是过化存神的结果。以此历史观看六国之兴衰，尤其是看秦国之起伏，就会有很多惊人的发现。而孙皓晖是史学教授出身，深知历史之常与变，他对历史研究的用力之巨，在当下的小说家中，极为罕见。

通人文，在于承认历史是一部文化史、精神史，而所谓人文，其实就是花样，就是要知历史之变、天地之变、人生之变。四季寒暑、山川湖泊、花鸟虫鱼、人生百态，均有花样，均有变化——小说在物质层面，首先就要写出这种变化的样态。《大秦帝国》篇幅庞大，是百科全书式的小说，不同民族、不同地域、不同国家，时间跨度之大，空间纵深之广，为一般小说所远不及，但作者事无巨细一一道来，其中有大量笔墨，写的正是一种人文景况，或宫廷，或乡野，或盛大朝会，或日常生活，从习俗到饮食，从建筑到兵器，处处见细节，也见功力。更重要的是，作者不仅看到了器物之变、生活之变，他还写出了人文之变，把中国历史还原成了人文史、文明史，且最终把历史的书写，变成了一种文明的较量和辩正。

写历史小说，通史固然重要，但通物有时更不容易。各色人等的用度、膳食，他们佩带的玉器、刀剑，建筑的用材、风格，兵器、战车的数量、规格，商人之间的交易、用语，凡此等等，都属物的范畴。年深日久，物的光泽已经不再，物的形质甚至都灰飞烟灭了，但小说要写得生机勃勃，就必须复现这些物的形与质，让它的出现合乎历史的情境。历史小说一旦没有坚实的物质外壳，真实感就会大打折扣。《大秦帝国》的作者在这些方面有惊人的造诣，小说所涉器物，均有详尽考证，以及精准的描述，展现出了令人敬佩的写作的专业精神。

通过物变以济人文，通过人文成就物变，而这一切都以人为中心。通物最终是为了通人。

孙皓晖历经十六年写成的这部恢弘之作，最令我感佩的是，他对于秦史的描绘，不是依托于小聪明，也不是出于那种枯坐书斋的苍白想象，而是花一般人所不愿花的笨功夫，把虚构和想象，融入到了广博的学识、严密的历史论证之中，去史实中辨识一个帝国的面影。写历史小说，如果没有这种实证精神，而一味地胡编乱造，就会缺乏叙事的说服力。小说当然不是信史，但作家所用的材料若不可信，人物性格演进的线索若破绽百出，他就无法说服他的读者相信他所写的是真的。好的小说家，往往能够把假的写成真的，所谓虚构，其实是到达一种更高的、想象的真实。而如何才能在小说中建立起一个可信的物质外壳，有时比在小说中建立起一种精神更难。所以，我看重孙皓晖的写作中那种实证、专业的品格，他的小说，既贯彻着一个作家的情怀，也不乏一个专家的谨严。他研究秦代的法律、风俗、思想、战争，涉及这些方面时，都谨慎下笔，即便从饮食和兵器这样细小的地方，也能见出他的专业造诣。照沈从文的解释，专家就是有常识的人。以常识写人物，人物才可能被还原，才会显得饱满，进而在历史的幕布中真正站立起来。

通人，就是有人物，并且让这些人物都雄浑饱满、神采飞扬起来，这是《大秦帝国》的另一个特色。作者孙皓晖显然是秦帝国的辩护者和膜拜者，他的写作激情，源于他对一种业已消逝的大精神、大风骨的向往，而关于这种精神和风骨的塑造，如果不落实于人物，就会显得虚浮。小说的精神，往往是通过人物来担当的，人物饱满了，精神也就挺立起来了。许多小说，之所以显得枯涩、失血，根本原因还是没能写好人物。《大秦帝国》是有人物的，当商鞅、白起、王翦、王贲、蒙恬、秦始皇，包括李斯、赵高、扶苏这样一大批人物从孙皓晖笔下有血有肉地站起来时，他关于秦帝国的想象也就有了坚实的载体。

这些人物，寄寓着他的写作理想。在他们身上，我们所看到的是一个野生的、活力四射的中国，它意气风发，思力旺盛，理想高迈，气度庄严，用人、断事不为人伦俗见所限，这些，连同那活跃在大争之世的血气和雄心，读之，感之，往往令人心潮澎湃。与这个野生的中国所固有的气象比起来，汉唐之后的中国，更像是圈养的、饲养的、家生的，少了许多野气、血性和活力，从这个意义上说，孙皓晖穷多年之功为这个远逝的、野生的中国立传，实在算得上是一个壮举。

三

《大秦帝国》既是对一种真精神的召唤，也是对一个气势磅礴的时代的怀念，为达此写作目的，孙皓晖甚至不惜以大篇幅的议论、抒情、感慨来助力于自己的小说叙事，他这种自由主义的文风，若是用之于普通的小说，或许是失败的，但在长达五百万言的写作里，这种旁逸斜出、不拘一格的写法，反而有效地舒缓了整部作品的叙事节奏。《大秦帝国》作为小说是笨拙的，野性的，它的历史观也不乏可探讨之处，但它的确创造了一个强大的精神气场——它写的是历史，但对话的却是历史中的人，以及这群人的心所能达到的宽度和高度。

人心即史心。并不是每一部历史小说都能为人物立心的，但《大秦帝国》是有心、有精神原创力的。作者说，"大秦帝国是中国文明的正源。""大秦帝国所处的时代是中国五千年文明史中最重要的一个时代。"秦帝国兴亡沉浮的五百多年（从秦立诸侯国到帝国二世灭亡），是中国历史上最为自由奔放、充满活力的大黄金时代。"这些并不是意气之词，而是作者在长篇幅的小说中所着力论证和书写的，目的是要把那个千古疑问推到每一个人的面前：这个统一的帝国只有十五年生命，像流星一样一闪而逝，但这个帝国所编织的社会文明框架及其所凝聚的文化传统，今天仍然规范着我们的生活，并构成了中华民族的巨大精神支柱，这一切如何解释？它所创造的万里长城、兵马俑、郡县制、度量衡以至我们每天都在使用的方块字，这些文明成果，至今还在我们的生活中存在着，可为何在很多人的印象中却仍旧只有"暴秦"一说？是历史欺骗了我们，还是我们在篡改历史？这本来是一个巨大的历史难题，但孙皓晖想通过小说叙事来作出回答。他以史实为据，又不拘泥于史实，目的是要写出那个"凡有血气，皆有争心"的大时代，写出"大争之世"里人的风采、骨气、生命力、精神爆发力，写出文明在原生阶段那荡气回肠的思想光芒。《大秦帝国》确实做到了。而且，在一些根本史实的辩正上，作者也作出了令人信服的解释。譬如，"焚书坑儒"的真相到底是什么，以二十万囚犯作为主力作战部队而不阵前倒戈，这又说明了什么？小说的最高境界本来描写人性中暧昧、昏暗、模糊的地带，它并不适合对历史的真相作出清晰的回答。小说的答案应该是无解的。但孙皓晖似乎要反其道而行之，他并不满足于小说只是讲述个人私事或发表个人私见，他想恢复一种文学的品格，让文学重新获得一种重量，重新担负起一种对话历史、介入现实的能力。

我甚至认为，《大秦帝国》最大的成功，不是因为作者把历史写成了小说，而是把小说写成了生命的学问，从而成了历史是生命之学的最好诠释。

说小说是生命的学问，表明它对生命的活动和展开有一套自己的勘探和论证路径，但它也遵循学问的一般法则。什么是学问？清代有一个著名学者，叫戴震，他在乾隆年代，把学问分为义理、考证、辞章三门。同时期的文学家姚鼐也持这一观点。在当时，这是对宋学的纠偏，宋学重义理，清代学者所讲的汉学则倾向于考据，而戴、姚二位，则强调义理、考证、辞章三方面的统一，这就好比大学的文、史、哲三个专业，应有内在的联系。但戴震认为，学问有本末，文章之道当有更高的一面，他把这称之为"大本"，不触及"大本"，学问就仍属"艺"之一端，而未闻"道"。"夫以艺为末，以道为本，诸君子不愿据其末，毕力以求据为本，本既得矣，然后曰'是道也，非艺也'……求其本，更有所谓大本。"（《与方希原书》）也有同时代人评价戴震此论，"通篇义理，可以无作"，不仅章学诚，甚至连钱大昕、朱筠等人，都认为戴震作《原善》诸篇，"群惜其有用精神耗于无用之地"，意思就是反对戴震过分强调义理这种空虚无用之说。但我觉得，任何的学问，包括历史小说的写作，若失了义理，不讲大道，也可能会把学问引向干枯和死寂。王阳明形容这种无根本的学问，"如无根之树，移栽水边，虽暂时鲜好，终久要憔悴。"（《传习录卷下》）如果都在讲专门之学，而不讲生命之学，学问的现状，终究是晦暗、残缺的。以前的理学家把学问分为"德性之知"和"闻见之知"，虽然不能说"闻见之知"就不重要——王船山就认为，"人于所未见未闻者不能生其心"，但"德性之知"肯定更为重要。在中国的学术传统中，"尊德性"本是首要的议题，不强调"德性之知"，就无从接续和应用中国自身的学术资源。因此，我认同戴震所说的"德性资于学问"，这是一条重要的学术路径，至少，它更切近我对学问的理解。

借用义理、考证、辞章这三分法，或能更清晰地理解《大秦帝国》的写作之道。后来的曾国藩，又在这三者以外，加了另外一门，叫经济。所谓经济，是指学问要成为实学，要有经国济世之用，不能光是空谈。《红楼梦》里，史湘云曾嘲讽贾宝玉是懂"经济"的人，亦取此意。小说作为一门学问，面对的研究本体是生命本身，它是对生命的解析，也是对生命的考证。既然是学问，自然就有义理、考证、辞章这三方面的讲究。

《大秦帝国》是有义理之作，他的义理，概括起来就一句话，"大秦帝国是中国文明的正源。"这个义理，未必是正见，也不一定是正统的历史观，但因为有此高度，很多历史疑问都得到了重释，很多历史人物、历史场景也都有了新的观察角度。一些学者或评论家，习惯性地用历史的正见来要求作家，这就违背了文学的立场。小说家笔下的历史，和《史记》的写法肯定会有不同，用《史记》的历史观来审核小说家的历史观正确与否，这是对小说创造性的否定；把小说写成《史记》了，那还要史学家干什么？况且，《史记》也未必都是信史，它也常用小说笔法，里面也不乏虚构的事实和段落。比起历史的正见，小说更看重个体真理。小说就是讲述个体真理的哲学。只要这一个体真理足够深刻，足够强劲有力，它就可以在叙事中成立，并说服读者相信这一切都是真的。其次，《大秦帝国》有许多考证。考证即实证，这种实证，其实是一种笨功夫，它要求作家做大量案头工作，查找大量历史资料，核实小说中的每一个细部，以熟悉他所要写的生活和人事。考证是对生命的辨析，也是对历史的还原。最后是看小说的辞章。辞章是指小说的文体、文采、语言、形式。古人说"修辞立其诚"，又说"直而不肆"，这就是辞章之学，说话要真实、诚恳又不放肆，用词要有分寸，口气要有节制，讲义理，也要讲艺术。语言上尤其如此。《大秦帝国》的语言不做作，没有刻意的文艺腔调，记述、对话都简洁有力，而在小说中随处可见的思想论辩，更是能见出作者的深沉思力和语言机锋。《大秦帝国》选择了一种与他它的篇幅相匹配的叙事方式和语言风格，在众多历史小说中，它的思想含量和精神张力都是最大的。

义理是大道，考证是知识，辞章是情感和艺术的统一，对于好的小说而言，必须三者兼备，缺一不可。《大秦帝国》正是通过这三方面的努力，把小说还原成了生命的学问。一部生命力飞扬的作品，必定会让另一个生命受到触动，正如一部有灵魂的作品，一定会把另一个灵魂卷走。《大秦帝国》的价值信念如此坚定，叙事气魄如此宏大，真正读进去，你很容易就成为《大秦帝国》的信徒。但这次我和青年学者胡传吉女士所做的点评本（该点评本由河南文艺出版社2014年出版），本着客观、诚恳的态度，也从义理、考证和辞章这三方面，作出了我们的解读。在义理上，我们一方面认同作者追寻、辨析原生文明的勇气和胆识，另一方面，我们也对其中可能有的粗陋之见、以偏概全提出了我们的质疑；在考证上，我们一方面惊讶于作者所花心力之巨，另一方面，也对一些人物的出场、情节的剪辑、史实的准确与否，找了不同的历史文献作为参证，也指出了其中一些明显的谬误。在辞章上，我们一方面感佩于学者出身的孙皓晖有如此出色的叙写故事的能力，另一方面，也对作者一些单调的用词、不当的描写作了直接的批评。

我们所遵循的点评原则是，和作者对话，和人物对话，和历史对话，并时刻秉持着一个文学人的艺术教养来读小说，不讳言我们的热爱，也不掩饰我们的不同意见。

特别需要指出的是，点评《大秦帝国》涉猎甚广，所需查找的资料达数百本之多，但我们点评文字中所引资料均来自纸质原书的权威版本，个中的工作量之大可想而知，即便如此，错谬之处也在所难免，还请读者见谅。这项点评工程前后耗费了我们整整一年多时间，但比起孙皓晖耗时十六年之功才写就的《大秦帝国》，我们的付出可谓微不足道，借此机会，再次向孙皓晖先生致以崇高的敬意，并希望有更多对中国历史、中国文明有忧戚之情的读者能读到这部大著。

二〇一四年七月七日

想起了几个青年小说家

金仁顺

很多人都注意到了，中国作家普遍面临一个"中年困境"的写作难题。那些青年时期就写出了出色作品的作家，一进入中年，无论有没有环境的压力，创造力都明显衰竭，一字不写了的人也不在少数。从"五四"一代作家，到新时期成长起来的几代作家，似乎都没能逃脱这一困局。为此，一个作家的早期作品在他的写作史上就变得尤为重要。

一个作家的早期作品，核心词一定和青春相关，因为青春是一个人精神燃烧的起点；而通过文学里的青春叙事，我们也可以由此洞悉一代人的热情和沧桑。因此，一些青春文本，不仅属于文学，它也是一代人的心灵写照。"五四"时期，很多青年向那个腐朽的中国喊出了响亮的声音，他们的日记、书信、小说、诗歌、时评、论著，其实都是青春文本之一种，记载的是那一个时期最有活力的心灵。理解青年，就是理解一种未来和希望。鲁迅一生都不愿苛责青年，也不愿在青年面前说过于悲观和绝望的话，就在于他还有一种对生命本身的自信。唐君毅说得好，我们没有办法不肯定这个世界。同样的道理，我们也没有办法不肯定青年、不肯定青春，因为当一些人的青春老去，世界必然会由新的青春所主导。

任何人的青春里，都有一种可以被宽恕的狂放；他们的叛逆、破坏、颠覆，也理应被理解。菲茨杰拉德说：每个人的青春都是一场梦，一种化学的发疯形式。而梦和疯狂，正是文学创造力的两个核心要素——在文学世界里越界，其实并不可怕；相反，这样的越界，还可能为他一生的文学写作积累激情和素材。照着格林的论证，作家的前二十年的体验覆盖了他的全部经验，其余的岁月，只不过是在观察而已。确实，作家的一生其实都在回味、咀嚼青春所留下的记忆，而青春文学呢，则是对作家自己和他这一代人的浓缩性书写。

"七〇后"作家也有过自己的青春：那些狂放而勇敢的岁月，那些大胆而热烈的叙事。

十多年过去了，"七〇后"已经普遍变得沧桑而老成，更为恣肆的写作姿态已让位于"八〇后"甚至"九〇后"，当年的疯狂和尖叫声也正在远去，如今，还留在这条写作道路上的人，像魏微、朱文颖、金仁顺、戴来、李修文、陈家桥，连同后起的冯唐、盛可以、田耳、李师江、乔叶、李宏伟、马笑泉、徐则臣、李浩等人，自然成了这一代小说家里的中坚力量。但在这一批作家中，金仁顺恐怕是最容易被忽视的一位，虽然她的写作态度谨严，作品质量整齐，但她的话语方式决定了她很难成为一个焦点或话题——文坛面对她的静默，和她在写作上的沉实，似乎有一种呼应。她适合在这样的语境里写作。

但是，随着金仁顺发表短篇《彼此》和长篇《春香》等优异作品，她的重要性已经越发显著。她经营短篇和长篇的能力，是这一代作家中最出色的之一。我回想起，多年前她的短篇《盘瑟俚》就已达到了某种艺术标高——那种成熟的结构能力和叙事节奏，以及简洁的语言风格，令人惊叹。"盘瑟俚"是朝鲜族特有的一种曲艺形式，这种来自民间的曲艺形式，或许最适合于叙述民间的苦难和悲情。可明明是一个充满暴力、痛楚和撕裂感的故事，明明是两代女性的被凌辱和被损害，金仁顺的笔触却显得异常舒缓而沉着。那个伤害"我"和"母亲"的人，是"我"的"父亲"，一个所谓的"贵族的后代"，然而，正是这个"贵族"，成了"我"的耻辱和暴力的来源，我唯一的反抗方式是杀了他；而当我面临被定罪的时候，盛大的同情却来自一个叫玉花的老太太，一个盘瑟俚艺人，她说唱的故事，使"我的眼泪像春天的雨，下起来就没有个完。不光是我，全谷场的人都被玉花说哭了，连冷冰冰的府使大人也用袖子遮住了脸孔"，于是，"我"最终被释放，也成了一个盘瑟俚艺人。——金仁顺的小说从没有故作另类的姿态，我读到的多是她对历史和现实极为艺术化的处理，以及她作为女性作家特有的纤细和单纯。

这样的作家，之后会写出《彼此》和《春香》来，就不足为奇了。她的写作，一直保持着青春的激情，但不乏冷峻；她植根于自己的民族经验，但对生存有着超越民族的理解；她热爱现实，但在现实面前没有放弃想象的权利；她锐利，但知道将锐利和残酷如何变成一种隐忍的力量……我想说的是，金仁顺写作，其实一直处于写作的青春状态，尤其是她的活力，她对艺术的执着，她飞扬的想象力和语言才华，使她出道这么多年后，写作的光芒不仅没有磨损，还越发的灿烂。

她在写作上所显露出的这种腾跃的力量，有望使她的写作超越"中年困境"，而一直保持一种青春般的生机和创造力——尽管，对青年作家金仁顺而言，"中年"还是一个遥远的词，但中年式的精神暮气正在逼近"七〇后"这一代作家，却已经是一个不争的事实。

须一瓜

须一瓜是一个对书写人性暗角、描绘人心世界的微妙转折有着持续热情的作家。她的第一部长篇《太阳黑子》，延伸了她在中短篇小说中所探讨的核心母题——善与恶、罪与罚的争辩，人性的亮点与阴影，爱与救赎的可能，并为小说如何才能在生命世界里建立起一种肯定性的力量，敞开了一种可能性。

这样一部以罪案的侦破为外壳，进而对人物幽深内心进行缜密勘探的小说，它的叙事难度可想而知：故事逻辑的推演，既要在现实世界里步步为营，也要在人物内心挺进的速度上做到合情合理，叙事的各种元素要镶嵌得严丝合缝，才能在读者心中建立起阅读的信任感。须一瓜显然意识到了现实和情感逻辑之于叙事的重要意义，所以她对的哥杨自道、协警辛小丰和鱼排工陈比觉这三人的生活作了周密的安排，他们面对十四年前自己犯下的强奸灭门案的悔悟，以及通过一种负疚并带着罪感的生活来救赎自己的内心轨迹，也作了严实的论证，而他们三人对小尾巴的爱与责任，杨自道与伊谷夏之间的感情从不可能变成可能，等等，须一瓜都通过精微的叙事作了极富人情美的刻写。

但《太阳黑子》真正吸引我的却不是这些精彩故事，而是它所揭示出的那个异常复杂的内心世界。甚至可以说，这部小说真正的主角就是内心本身。它写了三个有罪的好人，十几年来，一面负罪逃生，一面又渴望以自己的善和自省来为自己洗罪。在这种特殊的境遇中，他们借由愧疚，使自己内心残存的人性之光得以昭示，于是，他们成了时代的异己，成了旁人眼中奇怪的好人。他们在自我谴责中受难，在日夜的煎熬里寻找内心的平安，他们也曾矛盾，也曾想过放弃，罪案即将昭彰的时候，也曾试图延迟审判之日的到来，但最终他们选择了顺服——十四年前因为冲动和欲望所犯下的罪恶，今天惟有通过这颗知罪自责、顺服至死的心来偿还。

那个一直处于暗处的心灵，突然被一种善和义所照亮，也为一种受难的光辉所感动，以致杨自道、辛小丰和陈比觉最后的坦然赴死，已不仅仅是接受法理上的审判，更是生命得以自由的象征。他们没有在现实中延续肉身的生命，但在灵魂的另一端，他们却证明了生命所固有的那不可摧毁的价值——爱比死更坚强，黑暗永远不能胜过光。

所以，杨自道、辛小丰和陈比觉所犯下的罪是大的，但我相信，他们临死前，得到了大多数人的精神宽恕。宽恕他们，不是宽恕罪恶，而是宽恕一颗已经认罪、自责并向善的心。

而《太阳黑子》提醒我们，善和恶在一个人身上的逆转，除了受难，还必须经过自我审判。审判即辩论。须一瓜正是通过这种生命的自我辩论，打开了人物灵魂的空间，并写出了"灵魂的深"。杨自道等人的自我救赎，不仅是善对恶的弹劾和审判，更重要的还有恶的自我审判，以及人心残存的善对自己的确认。他们是犯人，也是审判者，他们揭发人心的罪恶，也阐明罪恶中可能埋藏的光辉。他们是在一种生命的自我辩论中，没入灵魂的深渊，并穿越人性幽暗的洞穴，进而走向光明。

我心光明，夫复何言？是啊，在一个罪感麻木的时代，写出恶的自我审判，在一个人心黑暗的时代，写出心灵之光，在一个精神腐败的时代，写出一种值得信任的善和希望，这是今日写作真正的难度所在。《太阳黑子》成功地克服了这一难度，并写出了那些平凡生命可以争得的尊严。它的精神路径或许是孤绝的，但须一瓜用一种久违了的理想主义情怀，强有力地向我们证明，人性里依然还有亮点，而且无论世代如何萎靡，它都一直坚定地在着。

陈希我

一直以来，我都不喜欢太温和的过日子文学，而喜欢有力的、能把对人的追问推向极致的文学。只是，多数的中国作家，都缺乏把存在推向极致的勇气和力量，这几乎成了中国当代文学的精神大限。只有个别的作家，能够在今天这个消费主义的话语丛林里保持必要的警惕，保持一个向存在发问的姿态。陈希我就是这样的作家之一，《冒犯书》就是这样的作品。

《冒犯书》能让我们这些日渐疲惫的阅读灵魂，重新意识到文字的力量——确实，陈希我的小说是有骨头、有力度的；许多时候，为了使自己的小说"骨感"更为显著，他甚至来不及为自己的叙事添加更多的肌理和血肉，而直接就将生存的粗线条呈现在了读者的面前。所以，阅读陈希我的小说，你会为他的尖锐和突兀而感到不舒服，他似乎太狠了，不给生活留任何情面，并将生活的一切掩饰物全部撕毁，但他的确让我们看到了生活的破败，一种难以挽回的破败。

陈希我试图在自己的写作中，接续上逼视存在、书写破败的文学传统。他把我们貌似平常的生活推到存在的聚光灯下，从而使生活中的荒谬、匮乏与绝望悄悄显形。这样的写作姿态是独特的，也是有点不合时宜的。当欲望和消费日益成为新的时代意志，谁还在关心存在？谁还在坚持揭发存在本身的疾病？又有谁还在倾听这些存在的私语以及作家对生活的抗议？这或许正是陈希我的不同凡响之处：他没有像一般的年轻作家那样，热衷于讲述消费主义的欲望故事，他关注存在，关注平常的生活内部显露出的存在危机。所以，陈希我的小说，一开始总是从一个平常的人或事件入手，但在那束潜在的存在眼光的打量下，人物和事件很快就改变了它原先的逻辑和演变方向，转而向存在进发。我以为，他这种将事件向存在转化的能力，在当代作家中是并不多见的。

读陈希我的小说总令我想起卡夫卡。卡夫卡说："和每日世界直接的联系剥夺了我看待事物一种广阔的眼光，好像我站在一个深谷的底部，并且头朝下。"确实，卡夫卡的作品，在他那个时代具有一种"头朝下"的品质——他对文学和存在的理解，与固有的传统观念是正好相反的。让我感到惊异的是，陈希我的写作居然也完全无视当下文学的流行面貌，而采取"头朝下"的特殊方式来书写现代人的存在境遇。比如《冒犯书》的第三章《补肾》，写的是一对表面上恩爱有加的夫妻，过着丈夫独自自慰，然后用手给其妻子满足的性爱生活；而那个妻子，居然认可了这种生活，她要做的就是不停地给丈夫补肾。她见补就买，而且因为自己的经济能力总能毫不费力地买到那些补物，她开始对补物的补效产生了怀疑。最后，他给丈夫买了人肾。这个血腥的细节让人想起鲁迅《药》中的人血馒头。鲁迅笔下的人血馒头沾的是革命烈士的血，而《补肾》中的活肾却是从被社会深恶痛绝的被枪决的黑社会头目身上盗割来的——这里面，蕴含着比"人血馒头"更大的荒谬。在陈希我笔下，一切的价值观念都颠倒了，他决意要让我们看到乱世之下的人心，正如他自己在一篇文章中所说的：文学就是要关注人心，关注我们灵魂中黑暗的盲点。

陈希我的小说，与当下文坛萎靡琐碎的风气是大不相同的，它里面有股狠劲，迫使着我们不得不去关注存在的本相。因此，读《冒犯书》需要有坚强的神经：一对小恋人为了能够有实质性交媾，千方百计合谋，让女方钦定的未婚夫先破了处女膜（第一章《晒月亮》）；一场玩笑居然引发出抢劫的妄想（第二章《暗示》）；假如我们的身体没有一种抑制感觉的物质，我们是不是每时每刻都会感觉神经的抽动，血管的奔流，我们一刻也活不下去（第五章《我疼》）；假如把种种私有生活场景（包括上卫生间前后撩衣摆、在化妆时挤眉弄眼、翻看自己的内牙龈……）完全展示在我们面前，我们将如何再面对这个世界？……

这样的文字，像是在揭发生活的隐痛和伤疤。当那些外面的饰物被除去，显露在我们视野里的，其实是一片难堪的景象——生活是禁不起追问的，可作家的使命，不正是要持续、坚定地追问生活底下那个精神的核心么？存在的真相，常常隐匿在经验的丛林里，不经过追问和逼视，它永远也不会显形。因此，陈希我的小说，并不是按照经验的逻辑来设计的，他遵循的是存在的逻辑，他所要描述的也是存在的图景。比如，同样是写"不幸"，一些作家可能就流于展示艰难或残忍的生活场景，把"不幸"理解为遭遇上的苦难，但陈希我笔下的"不幸"，因着他有沉潜于生活底部的能力，这个"不幸"就不仅是遭遇上的苦难，也是存在论意义上的苦难；同样是写欲望，一些作家可能满足于展示欲望的细节，把放大的欲望合法化，以此来理解现代人生存的变化，但陈希我却把从人的本性上说往往不可能去征服的欲望，理解为我们肉身的沉重，灵魂的残疾，他通过欲望所要书写的是我们的大绝望。

《冒犯书》走的是一条极致化的写作道路。它的尖锐和坚决，旨在唤醒我们对自身生存境遇的敏感和觉悟。陈希我似乎在说，当麻木、变态成了一种时代病，我们唯一的拯救就在于恢复对生命的真实感受，恢复一种精神的痛感，并重新找回存在的坐标。

吴　玄

似乎是一夜之间，小说家普遍成了精神顺民，不再抗争，也不再扮演叛逆者的角色，写作日益臣服于现有的语言秩序，臣服于消费主义的诱导，也臣服于身体、欲望和各种思想的压迫。当妥协变成一种美德，探索成了一种笑谈，如何才能更多地分享到由名声、版税和奖项共同构成的文学利益，便成了小说界公开的秘密。或许，小说自诞生之日起，就是俗物，世俗的利益链条进入小说家的视野，是一种常态，正如世故是小说家的基本品质一样。多年来，大家早已习惯了一个没有争论、彼此呵护的小说界，一团和气，没有什么能令他们愤怒，也没有什么能令他们向往，多数的时候，写作不过是一种经验的讲述，作家也不过是故事的奴隶而已。精神的重担就这样轻易就被卸下来了，语言探索的热情也慢慢寂灭，小说界正在进入一个纷纷言说陈词滥调的时代——凌厉的生存追问，孤寂的叙事实验，如同一个古董，正在小说家的视野里消失。

故事无非是写欲望和欲望的各种变体，叙事也只剩下传统现实主义这一套路，都在依靠情节和悬念吸引读者，小说的阅读，业已沦为一种几无挑战和难度的阅读——面对小说界的这一严峻面貌，有多少个人会觉得这是一种危机？

与诗歌界比起来，小说对这个时代的介入和发言，越来越缺乏精神的说服力。由于诗人一直很难取得世俗意义上的成功，他们反而甘于退守，至少在很多诗人那里，还不乏对诗歌的生命投入及对语言纯粹性的坚定捍卫。在我看来，这个小说为王、诗歌边缘化的时代，最热闹的是小说，成就最大的则是诗歌。诗歌因为被普遍忽视，反而有了走在时代前列的自由和契机，而谁能够在这个时候，从精神顺民的阵营中站出来，担当一个文学叛徒的角色，谁就可能在文学界发出不同的、有价值的尖锐声音。

小说界尤其需要这种发声方式。一个没有文学叛徒的时代，就是一个没有创造力的时代。困守于一种写作潮流，躺在现有的语言遗产上享清福，通过一些小的写作变化来取悦于时代，这正是写作创造力衰颓的重要象征。而文学史上最可贵的精神之一，就是反叛意识。不愿流俗，不愿和众人合唱，不愿重复旧有文学经验，这就注定很多巨人只能是叛徒的形象：苏格拉底被指认为"反对民主的叛徒"，帕斯捷尔纳克、索尔仁尼琴等人曾被当时的苏联政府定罪为背叛国家，鲁迅则是真正的"逆子贰臣"（瞿秋白语），他说他不想做人，想做鬼，做"女吊"，因为"女吊"决绝于恶的人世……还有那些艺术的叛徒，总是想探索一种全新的话语方式，扩展艺术的边界和语言的空间，普鲁斯特、博尔赫斯、罗伯-格里耶，以及二十世纪八十年代中国的先锋小说家，都曾充当文学的叛徒，为文学创造了新的话语景象。

不过是十几年时间，八十年代中国文学的叛徒们，多数也成了精神顺民。今日的作家，更愿意做秩序的囚徒，而不是从秩序里出走的叛徒或持精神异见的人。文学的气氛日益轻松而甜蜜，锐利的声音贫弱，新的叙事精神匮乏，甚至可以值得一说的人物形象也寥寥无几，大多数作家只是凭一种惯性在写作，不再有文学抱负，也不再为自己的写作建立新的难度，写作不过是他们混世界的一种手段而已。

我开始怀念一种文学的先锋精神、叛徒意识。文学的创造，说到底是提供一种新见、异见，是孤独的前行、寂寞的探索，是建立难度和超越难度。正因为此，吴玄、陈希我、李师江等人，便成了我近年特别看重的作家，他们的叙事粗鲁而有力，经验独异而极端，语言锋利、毒辣又充满叙事的速度感。他们的写作恢复了小说写作的原始作风：从日常生活中发现疑难，把小事写得壮观、辉煌。

我称吴玄"是少数几个对当下生活怀着热情和警觉，同时又能通过游戏和反讽使这种生活获得庄重的形式感的作家之一"，再加上他通晓叙事艺术，有一种为语言加速的禀赋，而且重新使小说的叙事成了一个写作议题，他堪称是我们时代的先锋作家。他的小说，有存在的疼痛感，有语言的探索热情——也许，这些不过是他承传了二十世纪八十年代先锋小说的写作品质，但在一个精神和叙事上都无所作为的年代，真正的先锋，也可以是一种后退，正如创新有时也可以表现为是一种创旧一样。后退到先锋精神之中，这正是吴玄最为值得重视的写作品质，他的这一姿态，是和当下许多作家作着相反的文学见证的。

吴　君

写作是记忆的炼金术。离开了记忆，写作就会失去精神的地基。因此，童年记忆往往是一个作家写作的原始起点。在中国，多数作家的童年都生活在乡村或者小镇，这本来是一段绚丽的记忆，可以为作家提供无穷的素材，也可以为作家敞开观察中国的独特视角——毕

231

竟，真正的中国，总是更接近乡村和小镇的，但是，现在的许多青年作家，几乎都背叛了自己童年的记忆和经验，没有几个人再愿意诚实地面对自己所真正经历过的底层中国。受消费文化的怂恿，他们普遍认为，只有都市经验和情爱写真，才能进入消费者的视野，才能帮助他们走向成功。也就是说，底层的故事虽然适合于文学叙事，但未必适合于市场和消费——于是，那些千人一面的都市经验和欲望场景，成了当下的写作趋势。

就这样，在新一代的文学叙事里，中国已被悄悄地改写。面对当下小说中近乎泛滥的都市符号丛林——酒吧、舞厅、高级写字楼、咖啡、爵士乐等，我常常会有一个幻觉：中国人似乎整天都在喝咖啡、逛商场或者失恋，仿佛一个奢华的时代已经来临。即便偶尔有人写到乡村和小镇，也大多是诗意或美化它，把它当作精神的世外桃源来向往，但事实上呢，中国的多数人还在乡村和小镇的版图上为基本的生存挣扎。今天，谁来关注这些辛酸的现实？谁愿意来书写这些渺小的人群？

我不是题材决定论者，但面对消费文化在当下小说出版中无往不利，面对作家们共同臣服于一种单一的都市情爱经验，我的确开始忧虑：现在的作家，或许正在失去面对完整世界的发言能力——他们的写作，都过分用力在一个得以通行于消费和市场的小小区域，而关于这个世界的更大的真实，却被彻底地忽略或遗忘。如果用哈贝马斯的话说，这种对生活的简化和改写，其实是把生活世界变成了新的"殖民地"。他在《沟通行动的理论》一书中，特别提到当代社会的理性化发展，已把生活的片面扩大，侵占了生活的其他部分。比如，金钱和权力只是生活的片面，但它的过度膨胀，却把整个生活世界都变成了它的殖民地。同样，当都市情爱经验在文学叙事中一统天下的时候，也是把整个中国都变成了它的"殖民地"。真正的底层，已经很难找到它该有的位置。

正是基于以上的看法，我觉得吴君的长篇小说《我们不是一个人类》，有其独特的价值。她写了一条北方小城的灰泥街，那些流民的生存相，那些草根社会的心灵情状，经由吴君的讲述，生动地凸现在了我们面前。在我的记忆中，很少有中国作家写过类似的题材，吴君的选择，显然丰富了当代中国的文学版图，她似乎决意要把另一个"人类"的真实描绘出来。

尽管吴君已经在深圳生活了十几年，但她的写作根底还在老家，还在自己的记忆深处，所以，《我们不是一个人类》里胶着了作家复杂的情感、深刻的喟叹。而这，正是这部小说最动人的地方——它让我们看到了一个作家的根，或者说，吴君终于为自己的写作找到了一个扎根的地方。长期以来，由于文学日渐受到市场和消费文化的影响，作家们几乎都在自己的写作中抛弃故乡，向往"生活在别处"，他们离开自己的根，转而描写适合于市场和消费者口味的都市故事。描写都市并没有错，只是，在这样千人一面的无根的写作潮流中，我们已经很难再找到诚实的心灵、真实的记忆。很多作家仿佛是天外来客，你在他们的作品中，根本就看不出他是从哪里来的，也看不出他走来的时候所留下的心灵痕迹。

但《我们不是一个人类》是有根的，读者看了之后，就会知道作者来自哪里——也就是说，会知道塑造作者心灵的过程中，所潜藏的那些令人难忘而真实的细节。这样的阅读，让我想起那些现代作家，比如鲁迅，比如沈从文，你阅读他们的时候，是知道他们精神的根长在哪里的。即便是当代比较好的作家中，像莫言、余华、贾平凹等人，他们的作品下面，也都有一条河流，它流自作家曾经生活和热爱过的地方——故乡。抛弃故乡的写作，只会产生一批虚假的作品，即便表象上很真实，精神上的虚假也一目了然。

吴君对那一群卑微的人，显然相当熟悉，情感上，也异常复杂而难言。因此，她在小说中，扮演了一个冷静、软弱的讲述者，好像是在旁观一种生活。这是意味深长的。吴君并没有居高临下地审视，也没有一般作家在处理类似题材时那种张扬的同情和悲悯，她如同在和邻居聊天，轻轻地数落和回忆着自己熟悉的人和事。这令我想起波兰裔美籍诗人米沃什的一句名言："我到过许多城市，许多国家，但没有养成世界主义的习惯，相反，我保持着一个小地方人的谨慎。"——我在吴君的叙述里，亲见的也正是这种"小地方人的谨慎"，她对灰泥街的所有爱恨，都在这种"谨慎"里体现出来了。她写了宁姨、老何、老王，写了小英、小莲、大宝、二宝……这是一个巨大的底层人群，他们生活在灰泥街，带着这条街的烙印和气味，以后，无论他们走到哪里，"他们身上那种特有的气质让灰泥人一眼就可以看出来"。这或许就是所谓的命运，一种无奈而又真实的宿命。

他们中也有人想逃离，比如小莲，读了夜大，走了出去，但最终还是"被打回了灰泥街"。小说中有一段有关他的描写是非常重要的："十几岁那一年的一个清早，她突然醒了过来。小莲是被一阵特别难闻的味道给弄醒的。醒来之后她并没有说话，而是静静地观察这个生活了近二十年的家，她先是看见了刚刚由火炕变成的大床上面有她妈妈妹妹们的内衣裤子。它们花花绿绿，散发着一夜捂出的汗酸味和奶子味，与厨房里昨晚剩下的饭菜中大蒜大葱们混在一起的味道。这是小莲闻了许多年的味道，但是这一次让她有呕吐的感觉。她感到自己仿佛置身于垃圾堆里。她迅速爬起来跑到院子里，可是她发现院子里也到处弥漫着这一种味道，这是灰泥街的味道，走到哪里都摆脱不了的。"

——生活就是一种味道，这味道就是留在每个人内心深处的烙印。《我们不是一个人类》的出色之处，不仅在于作者真正写出了一条街道的生存味道和气息，更重要的是，作者还写出了这种味道和烙印，如何复制到了一代又一代灰泥街人的内心里。他们虽然也反抗过，也试图清理过自己的生活，但是，那些属于这条街的气息，属于底层人特有的精神容颜，还是顽强地流淌在灰泥街人的血液里。这是一种无法升华的生活，一种不断复制的生活，因为他们本是移民，他们已经没有了自己扎根的地方，甚至，由于被遗忘和边缘化，他们没有希望。

这是更深的悲剧。一种无法修改的悲剧，如同发生在这个世界的一次生存错误，谁来修正这个错误？小说的结尾写到一个叫小发的灰泥街人，他曾想到为灰泥街改名，改成"菩提街"，但灰泥街人"漠不关心、无所谓"，照样扯嗓子喊"灰泥街"，"这个街没救了！"——这是小说中深刻的一笔。吴君写出了一种没有解决方案、没有希望的生活，它未必是完全绝望的，但它却只能带着灰泥街人固有的精神继续生活下去。他们的存在，其实是在提示另一些人群，我们应该怎样活着，应该怎样像一个人类一样地活着！

灰泥街是底层中国的一个缩影，类似的街，类似的人群，一定还有很多，他们还在被遗忘，也还在当代文学的书写中被忽视，就此而言，吴君的《我们不是一个人类》虽然在叙事上多有粗糙着处，但依然值得重视。一个并不知名的青年作家能写出这种风格和力度的小说，不简单。

郭文斌

郭文斌是一个写短篇的行家。他的小说，有乡土般的淳朴质地，也有短文学特有的纯粹和干净。他写了忧伤，但不绝望；他写了苦难，但不自苦；他写了小地方人的情怀，但不狭窄；他写了美好的真情，但不做作。他的短篇，真的是一刀切下去，一切就清晰地显示出来了。

我喜欢读这样的小说，文字不冷，带着温暖的色调，同时会让你和作者一起去怀想天真的童年、烂漫的往事。这是一个有根的作家，他的作品，从大地中来，有故土的气息，同时又对生命饱含正直的理解。他以自己那通达而智慧的心，打量世界，所发现的，往往是别人所难以发现的自得和优美。在苦难叙事成了主流的时代，对苦难有一种超然的理解，更能显出作家的宽广和坚韧——这正是郭文斌的写作个性。

以短篇小说《吉祥如意》为例，它并非郭文斌最好的小说，却依然洋溢着一种清新、温暖的力量。它的第一句说，"五月是被香醒来的。"五月是姐姐，她的弟弟叫六月。小说写了这两个人，也写了两个词，一个是"香"，一个是"美"。香是"艾叶香，香满堂"，是那种能把"鼻子香炸"的那种香，"胸前没有了香包的五月一下子暗淡下来，就像是一个被人摘掉了花的花杆儿"。美呢，"那个美啊，简直能把人美死"，是"快要把人心撑破了的美"。《吉祥如意》写的这种香和美，是从生活中长出来的，它不是观念，而是藏在一株草、一滴露珠、一条花绳、一个眼神，甚至一声叹息里。人的心里存着念想，怀着希望，就能从世界里闻到香，看到美，因为世界就是人心的镜像。从心里发出的香，是真香；从心底长出来的美，是至美。所谓"吉祥如意"，就是对香和美的期许，是一种生活的冀望。

《吉祥如意》里的一家子，心里存着感恩和欣喜，不是因为他们生活富足，而是他们最大限度地享受了生活的馈赠。五月和六月是天真的，朦胧的，对世界充满善意，在他们眼中，成人世界也是诗意的、甜蜜的。这两个孩子，在民间端午节的采艾和供奉的仪式中，发现着生活的惊奇和美好，他们在一种单纯中，被香和美所溶解。就这样，郭文斌为我们写出了一种值得珍重的人世："六月说，我看地生对我姐有意思呢。娘说，是吗，让地生做你姐夫你愿意吗？六月说，不愿意，他又不是干部。娘说，那你长大了好好读书，给咱们考个干部。六月说，那当然。等我考上干部后，就让我姐嫁给我。五月一下子就用被子蒙了头。娘哈哈哈地大笑。六月说，就是嘛，我爹常说，肥水不流外人田，我姐姐为啥要嫁给别人家？娘说，这世上的事啊，你还不懂。有些东西啊，恰恰自家人占不着，也不能占。给了别人家，就吉祥，就如意。所以你奶奶常说，舍得舍得，只有舍了才能得。越是舍不得的东西越要舍。这老天爷啊，就树了这么一个理儿。六月说，这老天爷是不是老糊涂了。娘说，他才不糊涂呢。"

——中国当代文学惯于写黑暗的心，写欲望的景观，写速朽的物质快乐，唯独写不出这种值得珍重的人世。胡兰成说，"可珍重的人世是，在拥挤的公车里男人的下巴接触了一位少女的额发，也会觉得是他生之缘。可惜现在都觉得漠然了。"漠然，或许正是这个时代的精神病。多数的人，不仅在苦难面前麻木，在美好生活面前也变得淡漠了，因为他的心已向这个世界关闭。生活成了苦熬，成了无休止的自我折磨——文学也成了苦熬和自我折磨的写照。这个时候，读郭文斌的小说，心里好像透进了一束亮，原来心一旦打开，这个世界也是有美好事物，也是值得珍重的。

这个美，我把它称为人情之美。以优美的人情书写天道人心，这是中国文学自古以来的伟大传统，正因为如此，王国维才说《红楼梦》写的是"通常之人情"，鲁迅也把《红楼梦》称之为"清代之人情小说的顶峰"。《红楼梦》最动人的，写的正是一种人情，一种优美的人情，即便是贾宝玉和林黛玉所追求的心心相印的知己生活，也藏在一种值得珍重、留恋的人情之中。《红楼梦》或许没有对存在意义的直接追索，但这种"通常之人情"，接通的何尝不是天地清明的大道？中国古代的小说，不重在观念和思想的传达，而重在解析人世中的情和理。在中国人看来，人情就在世俗之中，天道也隐于日常生活里面，一个作家，若把人情和世俗生活写透彻了，他也就把世界了悟了。这是中国独有的小说写法。张爱玲受的是西洋学堂的教育，但谈起西洋文学，总是说它的好处"到底有限制"，读起来觉得隔，远不如读《红楼梦》《金瓶梅》亲切——我想，她是对中国式的人情之美情有独钟吧。

不懂中国的人情，就读不出中国小说的特质，这也是我近年深有所感的一点。郭文斌的《吉祥如意》，写了人情之美和人心中那些纤细、单纯的感受，承继的其实正是中国传统文学的写作底子，同时他的语言和叙事，又有一种现代感。他的短篇小说，是对中国民间生活的深切回应。

潘 灵

潘灵的小说总是带着一种时代性的气味，他所渴想的，是为当代生活留影、立心。《泥太阳》写的是一个变革中的农村，《半路上的青春》则关注一帮八○后青年的情感和心绪，看似截然不同的两类故事，但小说的骨子里都洋溢着难耐的躁动和不安。这似乎是一种时代的病症：各个角落、各个阶层，都不满于现状，他们的欲望和狂想，无所顾忌地释放出来之后，举目所见，都是扩张，都是索取，我们已经难得看见一种隐忍的人生，也不再拥有一个安静的角落。

整个中国都处在喧嚣和亢奋之中，而追逐的对象，不过是欲望和物质而已。这个时代性的风潮，也感染了当下的文学写作，尤其是小说，呈现的多是欲望的种种变形和物质的那种专断力量，精神被压迫到了渺小的一隅，难以伸展。谈论性、欲望和身体正变得肆无忌惮，谈论灵魂和信仰反而成了一种隐私。只是，许多的作家，不仅对这一现状没有警觉，反而加入到了这场文学的合唱之中，他们着迷于描绘情欲的写真和物质的光芒，以为这就是时代的真实，却遗忘了沉潜在生活内部的那些矛盾和精神饥饿。

于是，文学的面貌越来越单一，人们对世界的认识也越来越被简化成一些粗陋的线条。关于底层，无非是苦难和不公；关于都市，不过是酒吧和性放纵；关于八○后，就是物欲和享乐；而写到青春，对应的就一定是愤激、残酷或轻浅的自言自语。所以，当我拿到《半路上的青春》一书，知道这是一部试图分享八〇后的心灵风暴的作品时，马上觉出了潘灵的写作野心，他大概是想写一曲新时代的青春之歌，从而为正在成长起来的一代人找寻一个合适的定位。

他想在自己的小说中实现一种公正：公正地理解一个新的人群的生活，也公正地看待这一代人的热情和沧桑、堕落与拯救。

小说一开始，写了纵情于丽江的一群人，尚晓月，周云，何为，汤米，贺子健等人，他们开店、远游、无所事事，发呆、艳遇、挥霍，或者准备自杀，一看就是价值分崩离析的一代人，无所信，也无所畏惧，在一条看起来危险而刺激的道路上前行，既悲观于现世，又恐惧一种将要到来的生活，如此矛盾，如此纠结。这样的青春，充满纵乐和疯狂的气息，他们在冒险中麻木，在肉体的沦陷里试图找寻到自己的灵魂。可是，在前方等待他们的不过是狂欢之后对生命的漠然和绝望。物质的尽头站立着虚空，欲望的深处藏着寒冷，那些困守其中而无处突围的青春心灵，狂放、叛逆、破坏、颠覆，如菲茨杰拉德所说——每个人的青春都是一场梦，一种化学的发疯形式，之后就无可避免地走向绝境。所以，当那个貌似荒唐的"不想活探险团"成立以后，不断有人加入进来，他们崇尚自杀，厌弃人世，却又以达观的态度面对死亡，以自己的有为之身，践行和昭示活着之幻灭感和无意义感。

事情的转机出现在从丽江去香格里拉的路上。他们想为自己的青春加冕，想完成那个祭奠般的神圣仪式，结果一路走来，一路艰辛。但在挫折中，他们的感情被唤醒；在无助中，他们的责任被召回；在生命的弱里，他们看见了坚强；在彼此的倾吐中，他们结识了动人的新灵魂。可以说，一种绝望在哪里出现，一种希望也在哪里准备出来。那些生命中本已破碎的爱心和信念，就在这个走向死亡的旅途中重新被激发和聚拢起来，在一颗心温暖另一颗心，一个灵魂被另一个灵魂感动的过程中，这些厌倦于生活的青年，开始找回生存的勇气，开始学习承受命运的重量，并面对内心的破败和黑暗，从而完成了对生命的自我救赎。

从幻想的云端回到现实中来，活着突然有了一种脚踏实地的感觉，而那经过重重苦难而积攒下来的那些细小的幸福，更是真实地撞击着每一个人，使他们变得柔软。当这群"不想活探险队"的人从梅里雪山得救，尚晓月在电话的另一端对周云说"我想死你了"时，周云也不再念及过去的不快，哽咽着说："尚晓月，我也想死你了！"一直在路上的青春不再流离，终于在一块坚实的土地上落足了，就像在"偶遇青春"客栈院内的树上和晾衣绳上系满的迎风飘扬的黄手帕，昭示出的那种俗世的温暖、人间的幸福，俨然成了他们新的青春证词——穿过自我，他们接通了社会这条巨大的血管；穿过物欲，他们重新认识了自己的内心；因为关心他人的痛苦，他们知道了责任；因为体验到了一种受难之后的激情，他们也重塑了青春的现实含义。

《半路上的青春》写出了一种青春的茫然和窘迫，也写出了这种青春重新出发之后所焕发出的光彩。可以说，潘灵在这部小说中出示了自己公正的眼光，这为我们认识一种青春，并为这种青春正名，建立起了新的想象路径。

李德南

二〇〇九年，我第一次见李德南，在上海的一次学术会议上。那时，德南正在上海大学哲学系读硕士，却来听文学会议。会议间隙，他走到我身边，告诉我，他是广东人，硕士论文研究的是海德格尔的科学哲学，毕业后想报考我的博士生——这几件事情，用他低沉的声音说出来，令我印象深刻。

那时我并不知道他还写小说，只是凭直觉，如果一个人有哲学研究的背景，转而来做文学研究，一定会有所成的。这也可能跟我自己的知识兴趣有关。我做的虽然是文学批评，但对哲学一度非常着迷，大学期间，我读过的哲学书，超过我读的文艺理论方面的书，对海德格尔等人的存在主义哲学，更是不陌生。现代哲学提供一种思想和方法，也时刻提示你存在的真实处境，它和文学，其实是从不同角度回答了存在的问题：一个是说存在是什么，一个是说存在是怎样的。现在的文学研究，尤其是文学批评，之所以日渐贫乏，和思想资源的单一，密切相关。德南在硕士期间就愿意去啃海德格尔这块硬骨头，而且还是关于科学哲学这一学术难点，可见，他身上有一种隐忍的学术雄心。我后来读了德南的硕士论文，很是钦佩，他的研究中，不仅见学术功力，更可见出他领会海氏哲学之后的那份思想情怀——谈论现代哲学，如果体察不到一种人性的温度，那你终究还是没有理解它。德南把自己的文学感悟力，应用到了哲学研究中，我预感，他日后也可以把哲学资源应用到文学研究中，实现文学与哲学的综合，这将大大开阔他的学术视野。

一个人的精神格局有多大，许多时候，是被他的阅读和思考所决定的。二十世纪九十年代以来，"思想淡出，学术凸显"，学术进一步细分、量化，八十年代很普遍的跨界交流越来越少，文学研究的影响力衰微，和这一研究不再富有思想穿透力大有关系。因此，文学批评的专业化是把双刃剑，它可以把文学分析做得更到位，但也可能由此而丧失对社会和思想界发声的能力。专业化是一种学术品格，但也不能以思想的矮化为代价，学术最为正大的格局，还是应推崇思想的创造，以及在理解对象的同时，提供一种超凡的精神识见。那年和李德南的短暂聊天，勾起了我许多的学术联想，那一刻我才发觉，多年来，文学界已经不怎么谈论哲学和思想了，好像文学是一个独立的存在，只用文学本身来解释就可。有一段时间，不仅文学批评界厌倦于那种思想家的口吻，文学写作界也极度鄙夷对存在本身作哲学式的讨论，文学的轻，正在成为一种时代的风潮。

正因为此，我对李德南的学术路径有着很大的期许。他硕士毕业那年，果然报考了我的博士，只是，每年报考我的考生有数十人之多，我一忙起来，连招生名录都忘记看，有些什么人来考试，也往往要等到考完了后我才知道。这期间，德南也没专门联系我，等到考完、公布分数，德南可能由于外语的拖累，名次并不靠前，我甚至都无法为他争得面试的资格，成为当年一大憾事，这时我真觉得，那个在上海的会议间隙和我说话的青年，也许过于低调、沉默了。

这其实非常符合德南的性格。一贯来，他都脚踏实地，不事张扬，写文章从不说过头的话，生活中更不会做过头的事，他总是等自己想清楚了、觉得有把握了，才发言，才做事。这令我想起，德南是广东信宜人，地处偏远，但民风淳朴，那里的人实在、肯干，话语却是不多，在哪怕需要外人知道的事上，声音也并不响亮。德南并不出生在此，但那是他成长的地方，他深受故乡这片热土的影响，有这片土地的质朴，也像这片土地一样深沉。他或许永远不会是人群中的主角，但时间久了，他总会显示自己的存在，而且是无法忽略的存在。

在这几年的学术历程中，德南以自己的写作和实践，很好地证实了这一点。

真正的沉默者也会发声的。第二年，德南以总分第一的成绩，顺利进入中山大学攻读博士学位。他对文学有着一种热情和信仰，但他又不放纵自己作为一个写作者的情感，相反，他总是节制自己，使自己变得理性、适度、清明，如他自己所言，他受益于海德格尔"思的经验"，但后来更倾心于伽达默尔为代表的现代诠释学。他更看重的也许正是伽达默尔的保守和谨慎。比起海德格尔式的不乏激烈色彩的思想历险，德南崇尚谦逊、诚恳，以及迷恋洞明真理之后的那种快乐，他曾引用伽达默尔的话作为自己的写作信条："如果我不为正确的东西辩护，我就失败了。"他当然也作出自己的判断，但任何判断，都是经由他的阐释之后的判断，而非大而无当的妄言。与意气风发的判断者比起来，德南更愿意做一个诚实的阐释者。

这也构成了李德南鲜明的学术优势：一方面，他有自己的思想基点，那就是以海德格尔、伽达默尔为中心的思想资源，为他的文学阐释提供了全新的方法和深度；另一方面，他一直坚持文学写作，还出版了长篇小说《遍地伤花》，对文学有一种感性、贴身的理解，尤其在文本分析上，往往既新颖又准确。他从海德格尔、伽达默尔等思想大师身上，深刻地理解了人类在认识上的有限性，同时也承认每个人都是带着这种有限性生活的；从有限性出发的阐释，一定会对文学中的存在意识、悲剧意识有特殊的觉悟——因此，李德南关注的文学对象很广，但他最想和大家分享的，其实只是这些作家、作品中所呈现出来的很小的一部分。他的博士论文《"我"与"世界"的现象学——史铁生及其生命哲学》，就是很好的例子。他把史铁生当作一个整体来观察，从个体与世界、宗教信仰与文学写作等维度，理解史铁生的精神世界以及他内心的挫败感与残缺意识，以文本细读为基础，但正视史铁生的身体局限和存在处境，从而为全面解读史铁生的写作世界和生命哲学，提供了一个现象学的角度。在我看来，《"我"与"世界"的现象学——史铁生及其生命哲学》是目前国内关于史铁生研究最有深度的一部著作。

而李德南会如此认真地凝视史铁生这样的作家个案，显然和他沉默的性格有关。他的沉默、谨言、只服膺于真理的个性，使他不断返观自己的内心，不断地为文学找到存在论意义上的阐释路径，他也的确在自己的研究中，贯彻了这一学术方法。他对史铁生、刘震云、格非等作家个体，对七〇后、八〇后等作家群体的研究，都试图在个体经验和真理意识中找到一种平衡，他既尊重个体经验之于文学写作的重要性，也不讳言自己渴望建构起一种真正的"写作的真理"，而且，他乐意于为这种真理辩护。这种文学批评中不多见的真理意识，使德南对文学作品中那些幽深的内心、暗昧的存在，一直怀着深深的敬意，他把这些内心图景当作自己对话的对象，同时也不掩饰自己对这些心灵有着无法言喻的亲近感。

因为有着对内心的长久凝视，同时又有属于他自己的"写作的真理"，使得李德南这些年的文学批评有着突出的个人风格；他是近年崛起的八○后批评家中的重要一员，但他的文字里，有着别的批评家所没有的思想质地。

我也曾一度担忧，像德南这样偏于沉默的个性，会不会过度沉湎于一种精神的优游，把写作和研究变成玄想和冥思，而远离实学。尤其是蜷缩于一种隐秘精神的堡垒之中，时间久了，很多作家、诗人、批评家，都容易对现实产生一种漠然，批评也多流于一种理论的高蹈，而不再具有介入文学现场的能力，更谈不上影响作家的写作，让作家与批评家实现有效的交流。这是文学批评的危机之一，但多数批评家因为无力改变，也就对此失去了警觉。但李德南对文学现场的深度关注、介入，很快就让我觉得自己对他的担忧纯属多余。我在不同场合，听陈晓明、程永新、弋舟等人，对德南的批评文字、艺术感觉，甚至为人处事，赞赏有加；我也已经察觉到，德南是可以在沉默中爆发的，尽管这样的爆发，不是那种为了引人注目的尖叫，而只是为了发声，为了让自己坚守的"写作的真理"被更多人听见。

沉默与发声，就这样统一在了德南身上。这两三年，每次见到他，还是那种稳重、沉实的印象，但在一些问题的发言上，他往往有锐见，话不多，但能精准地命中要害。他是一个有声音的人。他以沉默为底子，为文学发声，这个声音开始变得越来越受关注。尤其是他在《创作与评论》等杂志上主持栏目，系统地研究八○后、七○后的作家与批评家，介入一些文学话题的讨论，并通过一系列与文学同行的对话，活跃于当代文学的现场。与北京、上海等文学重镇比起来，德南在广州发出的，有着"南方的声音"的独有品质。他已经有了自己的领地，也开始建构起自己的话语面貌，这些年，以自己的专注和才华，守护着自己的文学信仰，与一代作家一起成长，并为这代人的成长写下了重要的证词。他在多篇文章和访谈中说，自己在写作和研究之外对文学现场的参与——主持研究栏目，发起文学话题，把一代作家作为整体来观察并预言他们的未来，等等，是在求学期间得益于我的启发：在重视文学研究的同时，也不轻忽文学实践，从而让自己的思想落地，让思想有行动力——中国从来不缺有思想者，而是缺能够把一种思想转化成有效的行动和实践的人。这样的说法让我惭愧，但也让我越发觉得，文学并不只是一个个作家编织出的精神的茧，而应是通往世界和内心的一条敞开的道路。事实上，在德南的身上，我也学得了很多，尤其是这些年来，他比我更熟悉文学现场，更熟悉年轻一代的写作，我常就一些新作家、新作品，征询他的意见，倾听他的观点，并从中受益。教学相长，在我和德南身上，还真不是一句空话。

直到现在，在我召集的师友聚会中，德南更多的还是一个沉默者，即便他做父亲了，告诉我们这个消息时，语气也是平和、节制的，但他在文字里的发声，却已经越来越成熟。他很好地统一了沉默与发声的学术品质，也很好地处理了文学沉思与文学实践之间的关系，正如他讨论的文学场域越来越宽阔，但对文学的信念、对自己如何阐释和为何阐释却有了更坚定的理解。他的研究格局很大，他的声音也柔韧有力、辨识度高——在我心目中，这个时代最值得倾听的文学声音之一，有他。

二〇一五年五月六日

中国当代小说叙事伦理的基本类型
及其历史演变

一、叙事伦理与中国当代文学：话语谱系的回溯、重构与反思

中国当代文学作为一个学科而存在的时间不算太长，既有广阔的生长空间，也因为一直没能形成固定的专业领域而面临着表述危机。不少研究者都在努力寻找合适的研究进路和学科话语，以求在克服学科危机的同时，拓展学术研究的空间。从叙事伦理的角度来研究中国当代小说，正是这样一种尝试。

不妨对叙事伦理的研究与应用实践作一个简单的回溯与重构。按照学者伍茂国的梳理，在西方，叙事伦理（学）首先是伴随着各种应用伦理学研究的兴起而出现的，是伦理学的分支学科，主要探究如何有效地运用叙事以达成必要的伦理效果。对文学研究而言，正式使用这一术语的是美国学者亚当·桑查瑞·纽顿（Adam Zachary Newton）。一九九五年，纽顿在《叙事伦理》（Narrative Ethics）这本著作中集中阐释了由叙述行为所引起的讲述者、倾听者、读者和文本之间的相互关系与伦理对话。他特别强调尊重他者的差异性，关注结构和形式分析的伦理结果，把叙事中的伦理看成一种艺术和技巧，而不是对日

常理性伦理规则的反映和折射。① 而在汉语的语境中，"叙事伦理"这个词最早出现于刘小枫的著作《沉重的肉身——现代性伦理的叙事纬语》中。在这一影响甚广的著作里，刘小枫对"伦理"进行了个人化的、诗性的解释，进而将伦理学分为"理性伦理学"和"叙事伦理学"两种。他所界定的理性伦理学相当于传统意义上的道德哲学；同时，他对何谓叙事伦理学进行了阐释："叙事伦理学不探究生命感觉的一般法则和人的生活应遵循的基本道德观念，也不制造关于生命感觉的法则，而是讲述个人经历的生命故事，通过个人经历的叙事提出关于生命感觉的问题，营构具体的道德意识和伦理诉求。"②

在刘小枫给出叙事伦理的定义并作了相应的研究实践以后，王鸿生、耿占春、李建军、张文红等学者自觉地将之引入当代文学研究（主要是小说研究）领域，本人也于二〇〇五年开始致力于"叙事伦理"的研究。这些学者依据各自的理论资源以及对中国当代文学的体悟，为中国当代小说的研究与批评开拓了新的路向，也为后来者提供了可资借鉴的观念与方法。与上述学者不同的是，我试图对中国当代小说叙事伦理的历史演变进行考察，进行类型学划分，以此为基础来思考中国当代小说的叙事困境及其出路。

在叙事伦理的类型学划分上，目前较有影响的是刘小枫在《沉重的肉身》一书中所提出的"二分法"。他认为，现代的叙事伦理可以分为"人民伦理的大叙事"和"自由伦理的个体叙事"两种，两者存在如下差别："在人民伦理的大叙事中，历史的沉重脚步夹带个人生命，叙事呢喃看起来围绕个人命运，实际让民族、国家、历史目的变得比个人命运更为重要。自由伦理的个体叙事只是个人生命的叹息或想象，是某一个人活过的生命痕印或经历的人生变故……人民伦理

———————————

① 参见伍茂国：《叙事伦理：叙事走向伦理的知识合法性基础》，《宁夏大学学报》（哲学社会科学版）2009年第1期。

② 刘小枫：《沉重的肉身·引子》，第4页，华夏出版社，2007年。

的大叙事的教化是动员，是规范个人的生命感觉，自由伦理的个体叙事的教化是抱慰、是伸展个人的生命感觉……自由的叙事伦理仅让人们面对生存的疑难，搞清生存悖论的各种要素，展现生命中各种选择之间不可避免的矛盾与冲突，让人自己从中摸索伦理选择的根据，通过叙事教人成为自己，而不是说教，发出应该怎样的道德指引。"① 这一"二分法"，主要是依据政治意识形态与伦理学观念的差异而形成的；在与之相关的文本分析中，则常常能看到自由主义、个人主义、社会主义、资本主义等各种伦理观念和政治观念的对比。虽然刘小枫在《沉重的肉身》中主要以昆德拉、卡夫卡、基斯洛夫斯基等外国作家作品作为叙事伦理学的讨论对象，并未涉及任何中国当代小说家，但是，这一二分法也隐约地指向中国当代小说。他的《当代中国文学的景观转换》《流亡话语与意识形态》《国家伦理资源的亏空》《我在的呢喃——张志扬的〈门〉与当代汉语哲学的言路》等文章，可为旁证。② 在这些文章中，个体伦理、国家伦理、人民伦理等术语，"个体言说的失位转换为民族性或国家性言说，为民族和国家立言"等思想观念，被反复应用。③《当代中国文学的景观转换》一文更是直接指出，当代中国文学缺少个人话语，应实现文学景观的转换，即"从存在的根性、从个体的处身性，而非仅只是从中国的国家和民族性来审视个人的困境……更深入地透视中国人的特殊存在，进而为世界文学提供出汉语文学的经验。"④

在刘小枫的著述中，从两种文学景观的比照到两种叙事伦理的探

---

① 刘小枫：《沉重的肉身·引子》，第7页，华夏出版社，2007年。

② 这几篇文章均收录在《这一代人的怕和爱》一书中，该书由华夏出版社2007年出版。

③ 刘小枫：《我在的呢喃——张志扬的〈门〉与当代汉语哲学的言路》，《这一代人的怕和爱》，第72页，华夏出版社，2007年。

④ 刘小枫：《当代中国文学的景观转换》，《这一代人的怕和爱》，第256页，华夏出版社，2007年。

讨，可谓是一脉相承。从中国文学写作的实际情况而言，借用这一类型划分的方式来讨论中国当代小说乃至二十世纪中国小说也是适宜的。从五四新文学革命以来，国家与个人、民族与个人、集体与个人的二元式对比，就不断地出现在包括小说在内的文学写作、理论思辨或对文学作品的批评与批判中。中国当代文学的构造者更是从一开始就把反对自由主义、个人主义作为推动文学发展的动力之一，"当代文学"合法性的获得也是在这一过程中完成的，"'当代文学'长期以史诗性的写作作为自己的目标，中国当代文学在很长时间内还可以说是一种国家文学。在新中国建立前夕，在上海就发动了对于'小资产阶级'的批判，在对于'历史本质'的追求中，逐渐产生了对'个人'与'日常生活'的排斥，甚至形成了题材的'禁区'。"[①]以刘小枫的这一二分法作为切入口，能在一定程度上照见中国当代小说叙事伦理演变的痕迹。关于这一点，后面还会作更具体的分析与举例。这里想先行指出的是，刘小枫这一从现代性的理论视野出发所进行的理论阐释和框架设置无疑是有洞见的，可是其中的"不见"也非常明显。对"现代小说"进行观察、审视，除了关注它们与政治意识形态的复杂缠绕，还应该看到市场意识形态的影响。作为一种新型的意识形态，市场意识形态对现代文学的影响并不亚于政治意识形态。阿多诺、霍克海默等人对现代文化工业的研究早已表明，政治意识形态和市场意识形态之间存在着互相借用的关系；本雅明对机械复制时代文学艺术的生产所进行的阐述，波德里亚对消费社会生产模式的分析也告诉我们，在从现代向后现代转变的历史进程中，市场意识形态对叙事伦理的影响要远远胜过政治意识形态。一九九〇年代以后，政治意识形态与市场意识形态在中国当代小说中更是形成了既共谋又互相冲

---

① 旷新年：《写在"伤痕文学"边上》，见程光炜主编：《重返八十年代》，第156页，北京大学出版社，2009年。

突、你中有我我中有你的复杂面相。在今天，从类型学的角度去研究中国当代小说的叙事伦理，既要注意到刘小枫提出的分析框架所具有的示范意义，又要对它进行必要的扬弃。

还需要指出的是，进行类型学的命名与划分，必须考虑到"中国经验"的独特性。历史地看，从晚清以来，如何建立一个富强、民主、文明、独立的民族国家，就一直是中国现代性的中心任务。从这一主题学的角度出发，本文主张用"国族伦理的宏大叙事"这一概念来代替"人民伦理的大叙事"，以突出"中国经验"的特色。本文还试图引入"消费伦理的大众叙事"这一概念，用以归纳一九九〇年代前后在中国内地兴起、至今已经蔚然成风的商业化写作潮流中所出现的叙事伦理，它是当代中国大陆地区日渐受消费文化影响而形成的一种叙事伦理。

这里提出国族伦理的宏大叙事、自由伦理的个体叙事、消费伦理的大众叙事这样一种"三分法"，用意并不在于指证每一部当代小说的类型归属，进而编制小说的类型目录，而是借助"分类编组"来归纳其主导因素，以利于考察中国当代小说叙事伦理的整体变迁。就此而言，中国当代小说大体上可划分为三个时段：一九四九至一九七六年是国族伦理的宏大叙事占压倒性优势的阶段；一九七七至一九九一年是国族伦理的宏大叙事失去压倒性优势，自由伦理的个体叙事开始兴起的阶段；一九九二年至今是国族伦理的宏大叙事的影响趋于潜隐，自由伦理的个体叙事获得合法性而又内蕴危机，消费伦理的大众叙事开始兴起并不断扩张的阶段。

二、一九四九至一九七六：占压倒性优势的国族伦理的宏大叙事

在中国当代文学的历史叙述中，一九四九年中华人民共和国的成立通常被指认为中国当代文学的起点。这一以政治史作为依据来对文

学史进行断代的文学史方法学，并非没有引起质疑，但也不否认它为中国当代文学的学科建制提供了"合法性"，也为我们理解中国当代文学的起源与演变提供了一个重要的视角。以此为切入点，可以看出中国当代文学和政治之关系的密切。一九四九至一九七六年的中国当代文学，更可以说是文学极端政治化的产物。这一时期的文学，和哲学、政治、历史等话语类型一样，被赋予了解释、重构中国现代历史的重任。其实，早在一九四九年以前，中国当代文学就被纳入到政治意识形态的建构中，需要承担起宣传、推进革命活动的重任。一九四九年以后，它更被赋予了一个重大的使命：书写革命史与党史，论证新政权从出生到胜利的合法性。被推举为红色经典的《红旗谱》《红日》《红岩》，便是对现代中国革命在"大革命""解放战争"等历史阶段的形象写照。

新中国对文学的这样一种表意要求，对当代小说叙事伦理的变迁有重大影响。这主要体现在，一九四九至一九七六年中国小说的叙事实践是在主流意识形态——更准确地说，是马克思主义的政治意识形态——的规约下展开的。这一阶段的小说，往往是先形成一定的叙事伦理，然后才有具体的叙事实践，具有鲜明的理论先行、"理论指导实践"的特征。正如欧克肖特所指出的："一种政治意识形态意味着一个抽象原则，或一套抽象原则，它独立地被人预先策划。它预先给参加一个社会安排的活动提供一个明确表述的、有待追求的目的，在这么做时，它也提供了区分应该鼓励的欲望和应该压抑或改变其方向的欲望的手段。"① 而这一整套抽象原则的"预先策划"，早在一九四九年前就已有雏形，并且对一九四九年以前的叙事实践（如一九三〇年代的左翼文学与一九四〇年代的延安文学）早已有实际性的影

① ［美］欧克肖特：《政治中的理性主义》，第41页，张汝伦译，上海译文出版社，2003年。

响。这种获得马克思主义意识形态许可的叙事伦理，乃是一种国族伦理的宏大叙事的生动体现，其合法性的建立以及地位的巩固是借助政治权力的支持而得以实现的，具体包括以下几个方面。

首先是毛泽东的《在延安文艺座谈会上的讲话》（以下简称《讲话》）的理论倡导。在文学史的书写仍然极大地受制于政治诉求的时代，一九四九年第一次文代会（全称为"中华全国文学艺术工作者代表大会"）的召开也常常被指认为中国当代文学的起点；而近年来，不少学者倾向于把当代文学的真正起点确认为一九四二年。这多少和以下事实有关："一九四九年后，中国政治的发展模式延续了延安的政治传统，同样中国文学的发展也延续了延安文学的传统。"① 其中特别值得注意的是，毛泽东一九四二年五月在延安举行的文艺座谈会上的讲话对中国当代文学的发展具有决定性的作用。考察中国当代文学的幽微转折，不可能离开对毛泽东文学思想及其文学政策的理解。

延安文艺座谈会旨在解决中国无产阶级文艺发展道路上遇到的理论问题与实践问题，诸如党的文艺工作与党的整个工作的关系问题、文艺"为什么人"的问题、普及与提高的问题、内容和形式的统一问题、歌颂和暴露的问题。毛泽东在《讲话》中对这些问题一一做了剖析，明确提出了"文艺为工农兵服务"的原则，强调文艺工作者必须"投身到群众当中"去，必须熟悉工农兵的生活并把它作为最重要的书写对象。《讲话》着力于处理文学的外部问题，尤其重要的是处理文学与政治的关系问题。它毫不含糊地主张，文学应该从属于政治，服务于意识形态的建制。由于毛泽东本人的政治地位以及《讲话》在构建"想象的政治共同体"或"想象的社会主义共同体"中所起到的实际作用，《讲话》发表后，在很长一段时间内，都是作为中

---

① 参见谢泳：《书生的困境：中国现代知识分子问题简论》，第119页，广西师范大学出版社，2009年。

国当代文学写作与批评最主要的理论依据而存在，是一种占有主导地位的"话语"。尤其是在一九四九年以后，虽然在不同的历史时期也曾有不同的理论家与理论口号出现，但始终和以《讲话》为中心的"话语"保持一致，它们往往是对《讲话》的进一步发挥，至少也坚持了同样的书写逻辑。那些与《讲话》的精神背道而驰，甚至稍有出入的理论与写作，大多受到了不同程度的批评或批判。受到批评或批判的理论家，则常常陷入难以摆脱的政治困境当中，胡风及其理论就是典型的代表。

新中国成立以后，国族伦理的宏大叙事作为叙事伦理的主导类型，其合法性的获得，也首先得益于毛泽东及其《讲话》。本来早在"五四"前后，国族伦理的宏大叙事、自由伦理的个体叙事、消费伦理的大众叙事这三种基本类型就已初具雏形。在二十世纪的中国，最大的现实就是告别传统，走向现代。在追求自身的现代性的过程中，建立现代民族国家一直就是中国现代性的中心话语，也是无数中国人的梦想；这同时也是现代个人主体开始逐渐生成的过程。在二十世纪中国文学当中，这一现代性的进程和日本现代文学的发展具有相似性。柄谷行人在论述日本文学的现代性起源时曾经指出：现代性文学的显著特征就是在心理特权和民族国家诉求这两个方面展开有效的社会实践。① 也就是说，进入现代以后的文学生产，既要以细腻的情感表达来塑造现代人的个体心理，满足他们现代个体的各种心理需求，又要以宏大叙事的形式提供现代的民族国家想象，以构造民族国家的政治共同体。二十世纪中国文学也未能脱离这样一种写作思路，正如夏志清所指出的，现代中国文学"对个人与国家都流露出同等的关心。现代中国文学不但在语言上和形式上有别于传统文学，而且，更

---

① 参见［日］柄谷行人：《日本现代文学的起源》，赵京华译，生活·读书·新知三联书店，2003年。

重要地是，它揭橥个人的权益，对那个不顾人道、瘫痪无力的古老中国，抱着无比的爱国热忱……他们从来没有忽略过这两大目标：个人的解放与国家的新生"。① 围绕着个人与国家的问题，二十世纪中国文学产生了两种叙事伦理：国族伦理的宏大叙事、自由伦理的个体叙事。而文学市场或市场意识形态对二十世纪中国小说的影响，早在晚清就已见端倪，也早已为不少论者和作者所注意。② 围绕着个体（现代意义上的主体）、国家、市场三者而形成的三种叙事伦理，形成了既相互竞争又有复杂互动的局面。以自由伦理的个体叙事与国族伦理的宏大叙事为例，从一九三〇年代左翼文艺运动兴起以来，左翼作家群与自由主义作家群就争论不断，"文学自由论"的观点和左翼要求文艺与政治高度结合的观点始终针锋相对。尽管许多情况下左翼的言论可能占压倒性优势，自由主义的倾向也还是有众多追随者。在创作实绩方面，自由主义作家并不示弱。可是，《讲话》充分地论证了"民族、国家、历史目的"确实比"个人命运"更为重要，为国族伦理的宏大叙事奠定了"知识合法性基础"。进入当代以后，作家队伍的调整，作品的发表、重印、修改、定性，等等，大多以《讲话》为标准。由此可见，国族伦理的宏大叙事获得合法性，和《讲话》有很大关系。

　　国族伦理的宏大叙事合法性的建立及其地位的巩固，还与中国当代文学的制度化有关。与现代文学相比，中国当代文学制度的变化主要体现在以下几个方面：作家队伍的变化、出版制度的变化、现代大学制度的变化、文学教育和文学批评的变化。③ 这些变化，大多和当

① 夏志清：《一九五八年以来中国大陆的文学》，《中国现代小说史》，第437—438页，刘绍铭等译，香港中文大学出版社，2001年。

② 参见陈平原：《中国现代小说的起点——清末民初小说研究》，第三章，北京大学出版社，2005年。

③ 谢泳：《书生的困境：中国现代知识分子问题简论》，第94页，广西师范大学出版社，2009年。

时的政治意识形态需求有关。早在一九四二年，毛泽东就在《讲话》中开宗明义地指出，开这次座谈会的目的"是要和大家交换意见，研究文艺工作和一般革命工作的关系，求得革命文艺的正确发展，求得革命文艺对其他革命工作的更好的协助，借以打倒我们民族的敌人，完成民族解放的任务"。[①] 他还提出了"两条战线"的设想，认为中国人民解放的斗争中有各种的战线，起码有文武两条战线，也就是文化战线和军事战线。要战胜敌人除了依靠手里拿枪的军队，还要有文化的军队，这是团结自己、战胜敌人必不可少的一支军队。毛泽东的种种设想，显然源自一种战争文化思维，对那些具有自由主义、个人主义性质的写作观念的排斥是显而易见的。在一九四九年召开的第一次文代会上，"两条战线"的设想则进一步演变为"两条路线斗争"："中国文艺界的主要论争是存在于这样两条路线之间：一条是代表着软弱的自由资产阶级的所谓为艺术而艺术的路线，一条是代表无产阶级和其他革命人民的为人民而艺术的路线。"[②] 这就把自由伦理的个体叙事摆在了和国族伦理的宏大叙事相对立的位置上。

毛泽东在《讲话》中要求作家们组成文艺大军，然而，并非所有的作家都能成为这一文化军队的组成部分。只有那些在艺术风格、写作主题，甚至血统出身都能契合政治意识形态需求的作家才能成为文化军队的一员，而延安文艺座谈会本身就具有筛选士兵的性质。进入一九四九年以后，这种筛选，是通过文代会、作家协会、文艺批判等形式来实现的。能够参加文代会、作代会，进入作家协会的体制，是当时衡量作家政治地位、确认其文化身份的重要标准，文艺批判则是依据政治要求对作家队伍进行理想化清理的有效方式。而在当时更具普遍性的单位制度，也为保持作家队伍的

---

① 毛泽东：《毛泽东选集》，第3卷，第847页，人民出版社，1991年。

② 转引自温儒敏、陈晓明等著：《现代文学新传统及其当代阐释》，第71页，北京大学出版社，2010年版。

"纯洁"提供了保证。[①]

另外，出版制度的变化和现代大学制度的变化对中国当代小说叙事伦理的演变也有不可忽视的作用。在谢泳看来，一九四九年以后对于文学写作最大的影响就是出版制度的变化。现代出版制度的形成与存在，是以自由写作、市场写作为基本生存方式的作家得以存在的基本前提，以自由和公开为基本特点的现代出版制度在当代的消亡，却导致学术和文学活动所依赖的自由空间完全丧失了。中国现代文学发展到成熟阶段的另一个标志是，它和中国现代大学制度形成了相对稳定的互动关系。现代文学中最重要的作家几乎都和中国现代大学有密切的关系，最重要的文学社团和最重要的文学流派大体上也是从现代大学而来。但一九四九年以后，中国现代大学已初步形成的大学独立、教授治校、学生自治、学术自由等传统都不存在了。失去了这些传统，文学的自由发展已成为不可能。[②] 这些传统的丧失，显然不利于那些具有自由主义性质、以个人体验为基本视域的写作方式；国家对出版物的控制与管理，也使得面向市场的写作失去了可能。

正是通过以上种种方式，国家政治意识形态完成了它对中国当代文学的规约。在这一过程中，以沈从文为代表的那些具有自由主义倾向的作家失去了写作的权力，自由伦理的个体叙事和消费伦理的大众叙事逐渐隐匿，国族伦理的宏大叙事却借此获得了充分合法性，也获得了使自身不断壮大的力量。从建国以来一直到"文革"结束，国族伦理的宏大叙事一直占压倒性的优势。从建国到七十年代末间的小说，几乎都受政治意识形态所规定的总体话语的支配，这一时期的叙

---

① 单位制度对中国当代文学的影响，目前已有不少研究成果，其中张均的研究较为细致，具体论述可参见张均：《中国当代文学制度研究（1949——1976）》，北京大学出版社，2011年。

② 参见谢泳：《书生的困境：中国现代知识分子问题简论》，第94—96页，广西师范大学出版社，2009年。

事实践大体具有以下的共同特征。

第一，一九四九至一九七六年的中国小说往往具有崇高化、浪漫化、戏剧化的艺术倾向，史诗和传奇成为最主要的艺术形态。

中国现代小说有问题小说、乡土小说、社会剖析小说、京派小说、海派小说、幽默讽刺小说、通俗小说等多种艺术形态，这些艺术形态的命名，或来自作家以及作家群体的自我认知，或来自不同时期文艺批评家的总结归纳。一九四九至一九七六年的中国小说却不具备这样众声喧哗的特色。这是一个对作品的主题、风格、表现手法都有严格规定的时代，小说艺术形态的单一化也就在情理之中。

革命史诗和革命传奇是"十七年"小说中占据压倒性地位的叙事形态，这与史诗和传奇本身的特点有关。一般而言，史诗是记载英雄业绩的。为了体现英雄本身的崇高和英雄业绩本身的宏大，史诗的写作往往以讴歌、赞美、教化作为自身的艺术重心并以此为基调来布局谋篇，进行叙事伦理的编码。按照日本学者浜田正秀的说法，史诗和小说存在如下区别："史诗的主人公是英雄，而小说的主人公是普通人，并且史诗中大多数是歌颂集体性的战斗，而小说则可能是描写普通人的情感。"[1] "革命史诗小说"在当代中国备受推崇，与政治意识形态本身的历史诉求有关。政治意识形态作为一种巨型话语，其自身合法性的论证，号召力的产生，需要诉诸于具体的艺术形象，也就是英雄人物。英雄人物是最为重要的意识形态符号。把史诗的写作手法移入小说领域，从而形成革命史诗小说这一艺术形态便与上述诉求有密切关系。另外，政治意识形态要将其先验理想大面积地散播开去，还必须以艺术的形式来集中地展现政治激情。革命传奇小说的大行其道，显然与此有关。政治意识形态的散播，需要有激情作为底子，只有张扬的、跳荡的激情，才能真正起到动员、教化作用。革命传奇小

---

[1] ［日］浜田正秀：《文艺学概论》，第59—60页，中国戏剧出版社，1985年。

说的应运而生，与此有很大关系。从艺术形态的角度来看，传奇往往具有两方面特征：人物行为的非同寻常，事件的曲折离奇。传奇的这种浪漫倾向，无疑使得它成为散播先验政治理想和政治乌托邦激情的重要工具。《林海雪原》《铁道游击队》《敌后武工队》《烈火金钢》等革命历史传奇的作用，也多在于此。

第二，从总体而言，一九四九至一九七六年的中国小说具有共同的"暴力的辩证法"。

毛泽东曾经在《湖南农民运动调查报告》中指出："……革命不是请客吃饭，不是做文章，不是绘画绣花，不能那样雅致，那样从容不迫，文质彬彬，那样温良恭俭让。革命是暴动，是一个阶级推翻一个阶级的暴烈的行动。"[1] 这种对待暴力的观念，试图借助暴力来建立想象的政治共同体的意愿与策略，也需要借助文学的形式来传达。一九四九至一九七六年的中国小说往往有很多暴力场面的书写，并且有着共同的对待暴力的法则。在写战斗、战役、批斗会等暴力场面时，由于政治意识形态的介入，暴力行为本身被进行了分化或二元化的处理。有的暴力行为被赋予了合法性，甚至具有"神圣色彩"。

这种"暴力的辩证法"的铺陈，和马克思主义在二十世纪中国的发展有密切关系。按照学者刘再复和林岗的研究，早在一九三〇年代的中国，"马克思主义作为一种意识形态在思想文化方面的主导地位已开始确立，它对中国社会现实和中国历史的重新解释和重新建构已形成压倒性优势。马克思主义意识形态对小说叙事的渗透，正是在这种思想文化背景下展开的。马克思主义是一个庞大的思想体系，这个体系本身包含着'全盘性'和'普遍性'特点，它不仅可以解释宇宙、历史、社会人生中的诸多问题，而且又对现实的政治制度、经济制度作出了独特的分析。同时，它也提供了作家一种现成的说明社会

---

[1]　毛泽东：《毛泽东选集》，第1卷，第17页，人民出版社，1991年。

人生的思想模式，从而直接影响了小说叙事。"[1] 刘再复和林岗还指出，把时间过程和价值判断结合起来是马克思主义时间观、历史观的重要特征。马克思主义在描述人类历史的规律时，认为它存在着"原始共产主义社会——奴隶制社会——封建制社会——资本主义社会——社会主义社会——共产主义社会"这样一条发展逻辑。"这一逻辑，不仅是时间逻辑，还是价值逻辑。既然人类的历史是一个以原始社会为起点的、由低级到高级的时间流，那么，在这种流程中，就发生极端对立的两项：一项是顺乎历史潮流和推动潮流前行的力量，这就是人类历史上进步的革命的力量；一项则是逆乎历史潮流和阻碍历史潮流的力量，这就是反动的腐朽的力量。而代表这两极力量的是不同的阶级。在作出这种价值判断之后，接着就完成了一个重大的发现，即发现了历史罪人。这个历史罪人就是代表反动方向的旧制度的阶级、阶层及其代表人物。它应当承担全部历史罪责。任何新生的革命阶级为了历史进步，对这一历史罪人进行清算，乃至用最残酷手段对其斗争，从精神上和肉体上把它消灭，都是合理的，都是实现历史使命所必须的。"[2]

"暴力的辩证法"得以展开的基本前提就在于"历史罪人"的出现与发现。在中国当代小说中，国民党军官、汉奸、地主、富农、反动资本家、右派分子、黑五类都被放置在历史罪人的位置上。这种放置和身份界定蕴含着严酷的价值判断，即历史罪人总是无恶不作的，不仅毫无价值，而且具有绝对的负价值；与之相对的则是进步力量，

① 刘再复、林岗：《中国现代小说的政治式写作——从〈春蚕〉到〈太阳照在桑干河上〉》，见唐小兵主编：《再解读：大众文艺与意识形态》，第36页，北京大学出版社，2007年。

② 刘再复、林岗：《中国现代小说的政治式写作——从〈春蚕〉到〈太阳照在桑干河上〉》，见唐小兵主编：《再解读：大众文艺与意识形态》，第39页，北京大学出版社，2007年。

共产党军官、地下工作者、红色后代等"历史的崇高形象"（王斑语）则具有绝对的正价值。"历史罪人"和"历史的崇高形象"之间的冲突，是善和恶的冲突，是光明和黑暗的冲突，是进步与反动的冲突。因此，接受这种观念的小说在叙述这种冲突的时候，就被冲突的神圣色彩所笼罩，暴力也因此而成为"神圣的存在物"。

这种"暴力的辩证法"在一九四九至一九七六年的中国小说中具有非常重要的作用，甚至可以说是革命历史小说的叙事得以展开的逻辑前提，也是小说叙事得以推向高潮的必要动力。从《红旗谱》《红日》《红岩》等革命史诗小说到《林海雪原》《铁道游击队》《敌后武工队》《烈火金钢》等革命历史传奇小说，再到"文革"时期的《艳阳天》《金光大道》，无不贯穿着同样的叙事逻辑。

第三，一九四九至一九七六年的中国小说往往对丰富而具体的日常生活本身进行化约处理。

基于政治意识形态方面的考虑，这一时期的中国小说或是侧重写工农兵的战斗生活，或是侧重及时地表现"文革"、充分地体现各种革命的本质，很少写日常生活。早在一九四〇年代后期，以表现都市市民日常生活和市民趣味的作家（如张恨水、张爱玲）就被看作是需要予以清理和批判的对象。进入一九五〇年代以后，这种清理和批判进一步扩大化。另外，由于小说写作担负着书写重大题材、记录重大场面、展现英雄人物形象的重要使命，这一时期的写作，往往有一种内在的紧张。日常生活在文学叙事中的退场，正是这种状态的表现之一。后来的新写实小说之所以着力于书写日常生活，除了和新的生活现实有关，也可看作是对这一存在严重偏差的文学传统的一次矫枉过正。

第四，一九四九至一九七六年的中国小说中的人物，通常是具象化的意识形态、是阶级的存在物而非个人的存在物，缺乏个人的维度。

对这一时期中国小说的叙事伦理进行探讨，"典型人物"是一个重要的关键词。塑造典型人物是这一历史时期小说写作的重要追求。而人物是否具有典型特征，在这一时期的语境中往往是以阶级的理论话语作为依据。典型人物实际上是政治意识形态在文本层面的具象化，是分化了的阶级的代表。由于意识形态话语本身的先验特质，它对小说人物的投射常常将人物从生活特别是日常生活中抽离出来，予以一种激进化的处理方式。一些不符合政治意识形态诉求，或者说不具备折射政治意识形态效能的人物特点，常常被看作是无须置入文本的"多余物"。例如，这一时期小说中的英雄人物往往是没有性欲的，除了阶级情感，很难看到他们有其他的情感，例如人道主义的情感。连爱情也在清理的范围内。他们清一色地具有坚强的、不可被摧毁的革命意志。由于这种书写逻辑一开始就受到政治意识形态的强行推广，并始终得到它的护航，随着小说叙事实践的不断累积，典型人物就越来越显得千篇一律。

第五，一九四九至一九七六年的中国小说的语言具有鲜明的政治意识形态色彩。

通常说来，文学是"语言的艺术"，作为重要文学样式之一的小说自然也不例外。然而，在一个文学从属于政治，只能以政治伴生物的方式而存在的年代，文学往往是"政治语言的艺术"。政治意识形态的语言，或者说，社论式的语言，被大量地植入文学文本，由此而敞开的，也是一个个政治化的文学空间。这样一种书写方式，一直成为后来的小说写作的颠覆对象，如王朔（《一点正经都没有》和《过把瘾就死》等）、阎连科（《坚硬如水》和《受活》）、王安忆（《启蒙时代》）、苏童（《河岸》）等小说家在其小说写作中都频繁地使用颠覆性的政治话语，以开创新的文学空间。

三、一九七七至一九九一：
从国族伦理的宏大叙事到自由伦理的个体叙事

需要指出的是，一九四九至一九七六年的小说写作，并非只有一种叙事伦理。除了具有主导性质的国族伦理的宏大叙事，自由伦理的个体叙事也仍然存在。只不过在一个高度政治化的历史语境中，它经常处于被压抑的状态。这种以个体为原始视点的言说，往往得不到公开表达的机会，而是以"潜在写作"或"地下文学"的面貌出现，如无名氏在这一时期写作的《无名书》以及其他短篇小说。即使在那些以国族伦理的宏大叙事为编码原则的作品内部，也有不少异质的因素。

从历史的总体语境来看，只有到了一九七七年，也就是"文革"结束以后，中国当代小说才从国族伦理的宏大叙事开始走向自由伦理的个体叙事。这一过渡与变迁，和当时的社会语境和文化语境有很大关系。更确切地说，它是依托两种话语资源而实现的：第一是一九八〇年代的思想解放话语；第二是一九八〇年代以来的"新启蒙"话语。在李陀看来，"思想解放"和"新启蒙"两者之间有着本质的不同，前者是"对'文革'进行清算和批判，并且在这样的清算的基础上建立以'四个现代化'为中心的政治、经济以及文化思想上的新秩序"；后者则是"想凭借援西入中，也就是要凭借从'西方''拿过来'的新的'西学'话语来重新解释人，开辟一个新的论说人的语言空间，建立一套关于人的新的知识——这不仅要用一种新的语言来排斥、替代'阶级斗争'的论说，更重要的，还要通过建立一套关于人的新的知识来占有对人，对人和社会、历史关系的解释权。① 杨庆祥

---

① 查建英：《八十年代访谈录·李陀》，第274页，生活·读书·新知三联书店，2006年。

沿着这一思路对这两个运动的主体进行了厘清，在他看来，"思想解放"运动是一个由官方意识形态为主体的，各个阶层共同参与的一次政治上的'拨乱反正'，它的目的是在维护政权的稳定性的前提下进行有限的调整。'新启蒙'话语则是以'精英知识分子'为主体的，主要以人文科学话语为依托（如美学、哲学、历史学、文学等等）的一种知识的传播与普及，同时以此为手段争夺文化领导权。"①

"文革"结束以后，主流意识形态基本放弃了过去长期坚持的"阶级斗争"的主张，强调以经济建设作为中心，思想解放成为一种普遍的追求。在这样一种意愿下，主流意识形态一度出现了一种较为包容的文化心态，允许精英知识分子去翻译、引进西方的思想著作和文学作品，甚至是那些在过去曾有禁忌性质的著作与作品。虽然在某些特殊时期会有反弹，例如在一九八三年、一九八四年发生的"清除精神污染"运动就把翻译西方文学作品和文论看作是肯定"西方资产阶级意识形态"和"个人主义世界观"，但是就整个一九八〇年代乃至一九九〇年代而言，谋求思想解放与"再度启蒙"终归是一种无法阻挡的潮流。在经历了几十年的文化封锁与文化禁锢以后，外国文学的翻译与引进的步伐也明显加快，其中特别值得注意的是"现代派文学"的翻译与引进。在一九八〇年代初，袁可嘉、郑克鲁等人编选的八卷本《外国现代派作品选》，外国文学出版社和上海译文出版社联袂推出的"二十世纪外国文学名著丛书"，漓江出版社出版的"诺贝尔文学奖获奖作家作品集"，还有外国文学出版社的"荒诞派戏剧"等丛书，让中国作家有更多机会接触到多种风格的文学作品。正如程光炜指出的，"在当时的作家、读者心目中，西方'现代派'文学并不存在严格的边界。似乎自十九世纪末叶至今的大多数文学，都可以

---

① 杨庆祥：《"重写"的限度——"重写文学史"的想象与限度》，北京大学出版社，2011年。

网罗穷尽，例如，意识流小说、表现主义、象征主义、未来主义、超现实主义、新现实主义、垮掉派文学、新小说、黑色幽默、荒诞派戏剧、存在主义、魔幻现实主义等，一时间，一百多年的西方文学现象，一齐涌现在短短几年的中国文学的舞台……"[1] 这些精彩纷呈的文学风景，使得当时的作家与读者眼界大开；而这些作品中的自由主义因素，重视个人的"传统"，也带动了中国小说叙事伦理的转型。

中国当代小说叙事伦理的过渡与变迁，首先体现在"伤痕文学""反思文学""知青文学""寻根文学"当中。这些思潮中的作家在面对过去的政治历史时，往往多了几分怀疑与警觉，个人意识开始苏醒。可是，"声势浩大的'伤痕文学''反思文学''知青文学'等，在反抗一种意识形态独断的总体话语的同时，实际上，自己的写作也是按照总体话语的思维方式进行的。——这些作品，虽然和前三十年的作品有着本质的区别，但它的基本思想依旧是先验的，意识形态的，人物依旧是意识形态的载体，结论也依旧是和当时的意识形态是一致的。这样的一致，就为那个时代的写作制造了新的总体话语——不过是把内容从'革命'和'阶级斗争'，换成了苦难和人道主义而已，它依凭的依然是集体记忆而非个人记忆。这种新的时代性的总体话语，在当时有它的进步意义，但随着它们成为历史被凝固，与之相伴而生的文学也作为社会学的标本一起进了历史档案馆。"[2]

和伤痕文学、反思文学、知青文学相比，寻根文学开始将写作的主题从政治引向文化。寻根文学的"根"，正是文化。更准确地说，是儒道释文化和其他类型的民间文化。在理论倡导和写作实践的相互推动下，寻根文学一度曾形成浩大声势，形成了一种新型的叙事美学。正如阿城所指出的，寻根文学有一点值得注意，就是其中开始要

---

[1] 孟繁华、程光炜：《中国当代文学发展史》（第二版），第219页，中国人民大学出版社，2008年。

[2] 谢有顺：《文学的常道》，第119—120页，作家出版社，2009年。

求不同的文化构成。"一九四九是最大的一个坎儿，从知识结构、文化构成直到权力结构，终于全盘'西化'，也就是惟马列是瞻"，这就造成了文学表达上的高度集体化，而寻根文学就是"要去找不同的知识构成，补齐文化结构，你看世界一定就不同了"。[①] "'伤痕文学'和'工农兵文学'的文化构成是一致的，伤是自己身上的伤，好了还是原来那个身，再伤仍旧是原来那个身上的伤，如此循环往复。'寻根'则是开始有改变自身的欲望。"[②] 和此前的中国当代小说相比，寻根文学的特点就在于，它"试图把眼光从现实层面转向文化层面，并希望通过对一种传统文化心理的分析，来对抗文学被政治化和意识形态化的困境；通过对一种文化源头的追溯，找寻到人类的精神家园；通过获得一种文化意义，来深度重构民族自救的神话"。[③]

不过寻根文学的局限也是明显的。由于过强的逻辑思辨、过高的历史目的在前（借文化话语来对抗政治话语、实现民族的自我拯救），加之作家自身的知识积累不够，更缺乏属于个人的精神识见，寻根作家进行写作时往往是从知识论的立场来对待各种形态的文化。他们对文化的理解是理念化、公式化的，也大多和当时现成的文化结论保持一致。在落笔之前，"他们对所要展现的文化形态，大脑里已经有一个非常确定、却未免有些狭窄的设想。例如，楚文化是'神秘''绮丽''狂放'，儒家文化是仁义之学，老庄文化是虚静无为、以静制动，其它类型的民间文化则是自由自在、充满血性、具有狂野的生命力，等等。承接这一思路，寻根文学中所涉及的人、物、风俗、自然景观，不过是这些设想的具体体现，只不过是某种文化的表意符号。

① 查建英：《八十年代访谈录·阿城》，第16页、34页，生活·读书·新知三联书店，2006年。

② 阿城：《闲话闲说——中国世俗与中国小说》，见《阿城精选集》，第385页，北京燕山出版社，2011年。

③ 谢有顺：《文学的常道》，第123页，作家出版社，2009年。

作品中的人物形象，更是通常显得抽象、空洞、干瘪、单一（阿城《棋王》中的王一生似乎有幸逃离了这一宿命），只是某种文化形态的象征而已。"① 从叙事伦理学的角度而言，寻根文学仍旧处在刚从国族伦理的宏大叙事中挣脱出来的状态中，大多数的寻根作家并未能在个人记忆、个人经验与文化书写之间找到恰切的通道。如刘小枫所批评的，"'寻根'文学并不会甚至不想要使中国人成为个人，而是成为中国人。单个的位词被消解在普遍的名词里，于是，个体的身位就被一笔勾销了。"②

自由伦理的个体叙事在中国当代文学中开始兴起，始于刘索拉、徐星、残雪等现代派作家以及马原、余华、苏童、格非等先锋派作家的写作。受塞林格、凯鲁亚克等"现代派"作家的影响，刘索拉的《你别无选择》和徐星的《无主题变奏》都着力于表现当时"新青年"的自我意识与个体意识，以一种反讽的、黑色幽默的语调展现这些"新青年"在社会转型时期的自我感受，那种存在主义式的情绪。作为先锋派的主将之一，残雪则从一个"怪异的"视角去切入人物的内心世界，与人物的心灵进行直接的对话，也能看到作者个人意识的苏醒。

大约是在一九八四年前后，马原写出了《拉萨河女神》这样的小说，之后又写下了《冈底斯的诱惑》《虚构》《错误》《旧死》《大师》等一大批具有先锋色彩的作品。马原坚执地宣称，写作就是虚构，而叙事的意义在于游戏。在马原的写作中，小说不再承担"历史化"和"政治化"的重任，对政治历史的书写从来就不在马原写作的道义范围之内，现实也不再是他的小说关注和表现的中心。真正重要的是叙事本身，"怎么叙事"成了马原最关心的问题，叙事本身也

---

① 李德南：《底层叙事、文化书写与先锋意识——文学思潮视域中的〈一句顶一万句〉》，《边疆文学·文艺评论》2011年第8期。

② 刘小枫：《当代中国文学的景观转换》，见《这一代人的怕和爱》，第254页，华夏出版社，2007年。

因此而具有了独立的意义。小说的形式，小说的语言，小说的结构，也都不再是表现人、历史和意义的手段，而就是目的本身。形式上的创造，语言的魅惑，结构上的探索，均成为马原写作小说的重要动力。在马原的写作中，写作似乎存在着将自身封闭起来而只是一种自我指涉的倾向，或者是作者本人的一种游戏方式。而"我就是那个叫马原的汉人"这样的句式，这样具有个人主义色彩的叙事立场，放在"十七年"和"文革"中都是难以想象的。马原所开创的这一叙事方式，是小说写作回到个人本身的先声。这种写作姿态，不乏激进的成分，却又实实在在地推进了小说写作向其本体的回归，也为后来者继续进行文学探索开启了新的方向。

也许是因为生活本身总是具有延续性，个人既然存在于当下的现实世界里，也就必然无法从历史长河中截然抽身。马原对历史和现实的"遗忘"，也许是有意为之，是一种策略，一种游戏。马原的后来者，如余华、苏童、格非、北村等人似乎也一度继承了这种漫不经心的游戏态度。以余华为例，一九八七年一月的《北京文学》刊发了他的短篇小说《十八岁出门远行》。王德威在对余华这一成名作进行分析时曾指出，这一貌似漫不经心的作品实际上"成为对政治的挑衅"。这是因为，中国当代文学的机制建立在历史决定论的基础上。尤论是革命现实主义还是革命浪漫主义，无论是革命史诗还是革命传奇，小说的叙事过程与历史进程必须相互为用，共同指向一种乌托邦的归宿。革命的路上也许波折重重，但历史进程终将推向必然的未来；未来其实就是历史先验的一部分。而《十八岁出门远行》的革命性意义正在于，它以一种游戏的笔调对这一叙事思路进行了颠覆。①

在反抗国族伦理的宏大叙事上，余华经历了一个渐进的过程。如果说《十八岁出门远行》的反叛还过于温和、隐晦的话，那么在后

---

① 王德威：《当代小说二十家》，第130页，生活·读书·新知三联书店，2006年。

来的《现实一种》《四月三日事件》《死亡叙述》《难逃劫数》《一九八六》《往事与刑罚》等小说中，叙事革命的色彩则越来越浓。我在前面曾经提到，"暴力的辩证法"是中国式的国族伦理的宏大叙事的重要内容之一，而余华对国族伦理的宏大叙事的瓦解，正是集中在对"暴力的辩证法"的改写与重构上。马克思主义政治意识形态规约下的暴力辩证法以进化论的、价值化的时间观念作为存在根基，并且在一种善与恶、忠与奸、进步与反动、革命与反革命、正义与非正义等二元划分中抽离出特定的"历史的崇高形象"，进而书写"历史罪人"。然而，在余华的小说中，另一种暴力的法则冉冉升起，至少，"历史罪人"的形象是暧昧的，更为耐人寻味的是，根本就没有什么"历史的崇高形象"。在《现实一种》中，我们无从分清兄弟山峰和山岗到底谁是正义的，谁是非正义的，也说不出到底孰善孰恶，可以清晰地看到的只是暴力本身。赤裸裸的暴力行为最大限度地填满了小说文本的时间与空间，被推到了绝对化的境地，进而被确认为"现实一种"。

除了马原和余华，在苏童、格非、叶兆言、北村、孙甘露、吕新等先锋作家的写作中，我们也可以不约而同地看到这种对国族伦理的宏大叙事的解构。对于国族伦理的宏大叙事而言，塑造"大写的人""英雄人物""历史的崇高形象"是一个非常重要的面向。在一九五〇、一九六〇年代的小说写作中，看到的多是"崇高形象"；而在一九八〇年代的小说中，取而代之的，是"功能化的人"和"丑怪的人"。"在现代中国文学史上，没有哪个时期能像八十年代那样，产生出那么多的怪异、畸形的形象。令人眼花缭乱的各式人物阔步走上前台，成为主宰：从聋哑人到驼背、残疾人，从白痴、疯子到伤残的肉体、饱受摧残的心灵，从超现实的、可怕的生物到活死人。"[1] 除了这种

---

① 王斑：《历史的崇高形象》，第215页，上海三联书店，2008年。

"丑怪的人"，还有功能化意义上的人。在马原等先锋作家的小说中，"人物被改变成一个角色，一个在虚构空间和似是而非的现实中随意出入的角色，人物、叙述人和现实中的作品，被混为一谈。马原一开始就把叙述人搞得鬼鬼祟祟，他时而叙述，时而被叙述，他在文本中的位置（命名）始终暧昧不清，他类似一副面具，一帧肖像，一道障碍。'人'的意义被压缩了，'人物'的功能被加大了，或者说人物功能化了。因此，对于马原来说，人物的死亡就不再具有悲剧性的意义，马原故事中相继死去的人，也不壮烈，他们类似失踪的消失不过是叙事功能转换的一个环节。"①

除了解构"大写的人"，先锋小说还着力于瓦解"大写的真实"与"大写的经验"。所谓"大写的真实"，就是那种具有普遍性的客观真实。对于一九四九至一九七六年的小说而言，这种客观真实成为作家们的普遍诉求，也成为文学批评的重要尺度之一。这样的一种真实观，奠基于马克思主义的政治意识形态与唯物史观，是在社会主义现实主义的层面上界定的。而等到先锋作家出场的时候，他们大多认识到，必须从这种意识形态观念中突围，才能带来文学上的革命。正如格非后来所说的，包括先锋小说在内的"实验小说与当时的社会意识形态也多少反映了特定时代的现实性，对于大部分作家而言，意识形态相对于作家的个人心灵即便不是对立面，至少也是一种遮蔽物，一种空洞的、未加辨认和反省的虚假观念。我们似乎只有两种选择，要么成为它的俘虏，要么挣脱它的网罗"。②正因如此，先锋作家大多认为客观真实是乌有之物，也不相信"大写的经验"（集体经验或普遍经验），他们更看重个人意义上的真实与个人经验。余华曾说："作家不是神父，单一的解释与理论只会窒息他们，作家的信仰是没有仪

① 陈晓明：《表意的焦虑——历史祛魅与当代文学变革》，第86页，中央编译出版社，2002年。
② 格非：《十年一日》，见《塞壬的歌声》，第66—68页，上海文艺出版社，2001年。

式的，他们的职责不是布道，而是发现，去发现一切可以让语言生辉的事物……事物总是存在两个以上的说法，不同的说法都标榜自己掌握了世界真实。可真实永远都是一位处女，所有的理论到头来都是自鸣得意的手淫……对于创作而言，不存在绝对的真理。"①因此，对于每个作家来说，最重要的还是"离开大众走向个人"，"脱离常识的围困"，找到自己观察世界的方式。这种尊重作家个体经验的思路，与此前的"宏大叙事"显然是背道而驰的。

在以刘震云、方方、池莉等被放置在新写实小说这一名目下进行讨论的作家作品中，这种解构同样在持续。新写实小说和先锋派小说一样，参与了对历史、意义、"历史的崇高形象"、"大写的真实"与"大写的经验"的解构进程。与先锋小说相比，新写实主义的出现，也有其独特之处。新写实之"新"，最重要的一点在于日常生活的全面浮现，尤其是琐碎甚至具有庸俗意味的日常生活开始浮现，并且获得了合法性。在这种日常生活的书写当中，"历史的崇高形象"不可能再继续存在，英雄只能下降为凡人，无奈地站在"一地鸡毛"当中；他们的人生不再壮烈，而被世俗的烦恼所裹卷；他们也不再有崇高的使命感，而是相信"冷也好热也好活着就好"。在新写实主义小说出现以后，这种对待现实生活的"新写实"叙事语法，也一度被移入历史的书写领域。在《妻妾成群》《我的帝王生涯》《武则天》等被称为新历史主义小说的作品当中，历史不再是奠基在唯物史观上的，对历史的解释也不再是惟一的。作家所理解的历史，实际上是个人的生命史、欲望史，对历史的言说也成了一种个人话语。

现代派小说、先锋小说、新写实主义、新历史主义等几种文学思潮的先后出现，有效地瓦解了以往那种"国族伦理的宏大叙事"的编

---

① 余华：《河边的错误·跋》，见《温暖与百感交集的旅程》，第147页，作家出版社，2008年。

码法则。虽然这几股小说思潮也因为过于强烈的反叛意识而局囿了自己的文学视野与灵魂视野，留下了诸多问题，但是随着这些小说对个人存在的重新发现与强调，中国当代小说叙事伦理的变迁，已在所难免。进入一九九〇年代以后，王朔等人延续了新写实主义的写作思路；先锋小说的叙事遗产，则被林白、陈染、韩东、朱文、东西、麦家、刁斗、卫慧、棉棉、魏微、金仁顺、朱文颖等作家所继承。国族伦理的宏大叙事朝着自由伦理的个体叙事的变迁，至此有了相对清晰的脉络。而随着市场意识形态的明显介入，中国当代小说叙事伦理的基本格局还将面临着进一步的重组与调整。

四、一九九二年至今：消费伦理的
大众叙事的兴起与三分格局的形成

进入一九九〇年代，中国当代小说在叙事伦理上再次出现了新的变化：在这一时期，国族伦理的宏大叙事并没有完全失去它的效能，可是和中国当代文学的前三十年相比，它对小说写作的影响已经相对潜隐；自由伦理的个体叙事则得到了进一步的伸展。而最值得关注的是，又一种写作伦理，也就是消费伦理的大众叙事在短时间内迅速兴起。

叙事伦理的这种再度分化与重组，和一九九〇年代中国社会的变化密切相关。对于彼时的中国内地而言，最受瞩目、影响最为深远的变化，莫过于市场经济在体制方面获得了合法性，开始全面铺开。早在一九八〇年代初的"现代化"设想中，市场化便成了现代化建设的一个重要取向，但是当时由计划经济向市场经济的转型仍处在局部调整阶段，至少小说家的生存方式和作品的生产方式、流通方式、消费方式并没有发生根本性的变化。直到一九九二年，文学体制的改革才被正式提出并进入实际操作阶段。国家不再普遍资助、扶持文学刊物与出版社，它们必须遵循市场优胜劣汰的原则，在竞争中求得生存。相应地，政治意识形态对文学的影响力度，也有所减弱。经济转型不仅仅带来了小说家书写对象的变化，同时也意味着作家自身存在方式的变化。在过去的单位制度中，作家只能在政治体制中生存，离开了作协、文联、出版社等单位，他们的人生将会遇到很多无法设想的困难。可是随着市场经济的兴起，作家的生活方式也开始变得相对多样。在一个市场化、以消费作为旨归的社会中，大部分的小说家都成了个人化的存在，也有了更多的可能性。他们既可以像从前那样站在主流意识形态的立场发言，也可以选择"从庙堂出走"，站在民间的或启蒙的立场发言，甚至投合市场也不再受到诟病。进入二十一世纪以后，那些能顺利地获得商业份额的作家，如余秋雨、郭敬明等，更成了一些人心目中的文学"英雄"。

由于社会经济环境等方面的变化，中国当代小说的写作一度形成了国族伦理的宏大叙事、自由伦理的个体叙事、消费伦理的大众叙事的三分格局，有了各自的发展脉络。这三者有时也互相冲突、互相竞争。比如王朔的小说写作，它适应当时的社会大潮而产生，在投合于商业社会的叙事逻辑的同时，又产生出一种反抗以往的政治意识形态的力量。一九九〇年代以后文学市场的形成，也改变了以往"国族文学"或"人民文学"的生产方式，使得不少在计划经济时代无法出版的作品有了面世的机会，从而使得叙事伦理由一元走向多元。从这个角度来说，市场的力量也自有其积极的意义。

值得注意的是，市场既可以形成一个相对多元的叙事空间，也可以对叙事空间进行重整与改写，使得它进入另一种一元化的状态。随着市场化程度的进一步加深，尤其是在新世纪以后，消费伦理的大众叙事渐渐成为主导的叙事伦理，在小说领域的影响也越来越明显。这主要体现在以下几个方面。

首先，小说写作越来越类型化，朝着如何讲一个好看故事的方向转移。任何小说的写作，都有一个基本的"认识装置"或叙事模式，都有一定程度的类型化倾向。结构主义者对神话和小说叙事的研究证明了一点："小说在内容和故事上可以千变万化，在叙事的结构和形式上却总是有限的那么几种原型。如有的叙事学理论家在论民间故事的叙事功能时所说的，'与大量的人物相比，功能的数量少得惊人。'"①小说的类型化倾向，与此不无关联。可是，在这种类型化的倾向中，作家仍然可以有创造的空间。如果作家能够有效地建立起属于作家个人的写作维度，打上个人的存在印记，那么他们多少能突破类型化的局限。这样写作出来的小说，既有统一样态，有基本的叙事模式，又是多样态的，丰富多彩的，独创的。遗憾的是，进入新世纪以后，很多写作者都在拼命地往类型小说靠拢，忽略了个体发现的意义。随着网络文学的兴起，网络小说已经形成了玄幻、仙侠、情色、后宫、盗墓等主要类型。在这些作品中，很少能看到能突破类型局限的个人创造，而更多是千人一面、千人一腔的互相仿制。除了网络文学，在被我们称之为纯文学或严肃文学的领域，类型化的倾向也越来越明显。不管是网络文学、通俗文学还是纯文学或严肃文学，都存在着一个共同的趋向：故事成了小说的主角，并且不是艺术性的故事，而是偏于"低俗"、适合大众阅读的故事成为小说的主角。语言、形式、结构、故事是衡量小说审美品质的重要因素，而现在，这些因素仿佛都不再重要了，重要的是故事本身。故事不再是对人类存在困境的关注，也不是对存在可能性的勘探，而是对读者消费口味的一种揣摩与满足。

其次，消费伦理的大众叙事的兴起以及茁壮成长，还体现在仪式化、符号化的叙事话语越来越多。按照波德里亚的分析，抹平日常生活和艺术虚构本身的界限，把艺术生活化、生活艺术化是消费社会本身的一个重要特征。消费社会的逻辑，也不是对商品使用价值的占

---

① 张清华：《文学的减法》，第38页，吉林出版集团有限责任公司，2009年。

有，而是满足于对社会能指的生产与操纵；消费行为的焦点也不在于消费产品，而是在于消费产品的能指系统，也就是消费符号本身。[①]当这样一种消费逻辑被贯彻到小说领域时，一种新的阅读逻辑也就是形成了："如今，读者买一本小说，几乎都被附着于这部小说的宣传用语——这就是符号和意义——所左右。小说（产品）好不好越来越不重要，重要的是，它被宣传成一个什么符号，被阐释出怎样一种意义来。最终，符号和意义整个能指系统就会改变小说（产品）的价值。"[②]而随着新的消费逻辑、阅读逻辑的形成，新的叙事逻辑与叙事伦理也得到了巩固。为了使小说能成功地进入消费领域，成为一种新的消费符号，叙事也就成了一个消费符号的编码过程。越来越多的小说开始采用拼贴、复制、仿制等手段，以重现旧有的消费符号，创造新的消费符号。如郭敬明的"小时代"系列，就可以看作是一场消费的狂欢。

再次，消费伦理的大众叙事的兴起以及茁壮成长还体现在，身体话语成了叙事的基本动力。在中国当代小说中，对待身体的态度是叙事伦理演变的重要表征之一。在"十七年"小说和"文革"小说中，身体被高度革命化、集体化、纯洁化，身体被看作是罪恶和欲望的根源，是一个需要予以压抑的对象。在这样一种叙事伦理中，身体的正常需要被删减为零，身体的多样化也遭到简化，个人的存在就被严重地遮蔽了。而一九九〇年代以来的小说革命，甚至还包括诗歌革命，很多时候正是以反抗这样的身体伦理作为起点。身体成为构建新型叙事伦理最重要的话语资源。通过对身体的书写，小说曾一度由集体回到了个人，甚至是极端化的个人。如王小波的《革命时期的爱情》《黄金时代》，林白的《一个人的战争》，卫慧的《像卫慧一样疯狂》，

---

① 参见波德里亚：《消费社会》，第二章，刘成富、全志钢译，南京大学出版社，2001年。

② 谢有顺：《文学的常道》，第157—157页，作家出版社，2009年。

盛可以的《道德颂》等。这种书写策略由此而具有了革命性的意义。吊诡的是，仿佛是一夜之间，这种写作策略便被颠覆了。对身体的书写，不再是回到个人的方式，反而重新构成了对个人存在的压抑。这一反转，源自身体话语的趋同、泛滥与简化，身体成了公共欲望的载体，对身体的书写不过是展现欲望景观的表意策略。这种革命方式之所以具有颠覆性的力量，正在于消费的需要，来自消费社会本身的生产逻辑。按照陈晓明的看法，"对身体的兴趣是消费社会的主导兴趣，铺天盖地的时尚杂志，那几乎就是人肉市场，但都被美其名曰是人体美，是生活的理想图景，是时尚的潮流趋势。审美现在仅仅是身体的遮羞布，或者干脆说它就是皇帝的新衣。审美文化现在几乎就是身体文化。我们无法想象，离开了身体，更准确地说，离开了肉体的欲望，当代消费社会的文化符号传播的动力还会剩下多少能量……当代中国文学书写身体也就没有什么奇怪，不过是顺应时代潮流而已。"[①]因此，身体成为小说叙事的基本推动力，成为消费伦理的大众叙事的重要构成，也是情理之中的事情。

五、历史、现状与可能性：中国当代小说的叙事困境及其应对

到此为止，本文对三种叙事伦理的主导因素进行了概括，勾勒了它们在不同历史时期的演变与互动。从小说史的角度来看，大体可以认为，一九五〇至一九七〇年代是一个一元化的时代，一九八〇年代更像是一个二元化的时代，一九九〇年代以来，则是一个多元化的时代。对于这个多元时代的到来，不少作家和文学评论家曾一度抱有很大的信心与希望，认为中国当代小说（乃至整个当代文学）将会迎来一次整体性的突破。这是因为，在这个多元时代，作家获得了更多

---

① 陈晓明：《不死的纯文学》，第226页，北京大学出版社，2007年。

的写作自由，拥有了广阔的表达空间。王安忆曾指出，在过去文学从属于政治的时代，每当有政治运动，特别是一九四九年后政治运动频繁的时期，作家"常会成为枪，或者靶子，批评的对象或批评的工具，总是这种作用，逃脱不了的作用。历来的运动中，作家正是成为一种意识形态的工具，无论是从正面，还是反面，很难摆脱……"①在文学极端政治化、叙事伦理一元化的时代，作家要从个人的维度出发进行写作总是要承担巨大的风险，甚至会惹来牢狱之灾。从这样一种历史事实与历史经验出发，一个多元化时代的到来，无疑能增加写作者的信心。

可是，随着时间的流逝，这种信心似乎也在猛然消退。一方面，多元并不意味着力量的对等，有的声音虽然存在，但是它小得几乎不能被人听见。更可怕的是，这些个人的、有意义的声音一直低下去，不断下沉，以至于不能不让人怀疑，是否有一天它会完全消失，我们也将再次跌进另一种一元化的困境当中。另一方面，在这个时代，多元化和个人的维度越来越像是一种精神假象，写作越来越显得是一种对自我的背叛。"很多的写作，看起来是在表达自己的个人经验，其实是在抹杀个人经验——很多所谓的'个人经验'，打上的总是公共价值的烙印。尽管现在的作家都在强调'个人性'，但他们分享的恰恰是一种经验不断被公共化的写作潮流。在那些貌似个人经验的书写背后，隐藏着千人一面的写作思维：在'身体写作'的潮流里，使用的可能是同一具充满欲望和体液的肉体；在'私人经验'的旗号下，读到的可能是大同小异的情感隐私和闺房细节；编造相同类型的官场故事或情爱史的写作者，更是不在少数。个人性的背后，活跃着的其实是一种更隐蔽的公共性——真正的创造精神往往是缺席的。特别是在年轻一代小说家的写作中，经验的边界越来越狭窄，无非是那一点

② 王安忆：《小说家的十三堂课》，第2页，上海文艺出版社，2008年。

情爱故事，反复地被设计和讲述，对读者来说，已经了无新意；而更广阔的人群和生活，在他们笔下，并没有发出自己的声音。"①

如今，我们越来越发现，叙事本身实际上正为一种新的总体话语所用，甚至叙事从来就没有脱离总体话语的规约。在一个政治意识形态对叙事的价值乃至文学的价值占有绝对解释权的时代，叙事极大地受制于时代的总体话语，自由伦理的个体叙事受制于国族伦理的宏大叙事；在一个市场意识形态对文学的生产与传播具有超强操控能力的时代，叙事则屈从于消费逻辑，为另一种总体话语所引诱、控制，自由伦理的个体叙事受制于消费伦理的大众叙事。在国族伦理的宏大叙事和消费伦理的大众叙事的双重夹击下，自由伦理的个体叙事始终处于弱势地位。无法有效地从整体话语的怀抱中脱离开来，建立起个人的维度，不具备个人的深度，可以说是中国当代小说最为基本的叙事困境。这也说明了一点：很多作家并没有建立起成熟的、为作家个人所独有的叙事伦理学。他们的写作，不过是从理性伦理学出发，最终也回到理性伦理学的立场。这样的话，叙事就不过是对先验伦理的文学化呈现。

按照刘小枫的划分，叙事伦理学之所以不同于理性伦理学，在于"理性伦理学"探究生命感觉的一般法则和人的生活应遵循的基本道德观念，进而制造出一些理则；而"叙事伦理学"关心道德的特殊状况，注视个体的直接经验，通过个人经历的叙事提出关于生命感觉的问题，营构具体的道德意识和伦理诉求。叙事能改变人的存在时间和空间的感觉，是个体在世的一种方式，"当人们感觉自己的生命若有若无时，当一个人觉得自己的生活变得破碎不堪时，当我们的生活想象遭到挫折时，叙事让人重新找回自己的生命感觉，重返自己的生活想象的空间，甚至重新拾回被生活中无法抹去的自我。""叙事不只是讲

---

① 谢有顺：《当代小说的叙事前景》，《文学评论》2009年第1期。

述曾经发生过的生活，也讲述尚未经历过的可能生活。一种叙事，也是一种生活的可能性，一种实践性的伦理构想。"① 也就是说，叙事能将个体的曾在、现在、将在勾连起来，将个人的现实性和可能性一并予以展现，从而使得人成为一个有历史性、整体性、具体的个体。这些，都是叙事之为叙事的重要性所在。一旦叙事作品仅仅局限于呈现理性伦理，叙事本身的价值、作用也就被取消了。这并不是一件好事。

以叙事作为主体的小说要获得永恒的品格，真正能体现其自身的价值，就需要从先验理性与总体话语中脱离出来。要而言之，就是要回到个人，回到个人的、有深度的存在。"个人的深度"首先意味着，写作要同时抵达"个人心灵和事物本身"，作家的书写对象必须是"无论如何与我有关"（蒂里希语）的事物，是和作家的个人在场有存在关联的事物，只有"有了对'我'的处境的敏感，有了此时此地的生活的痛切感受，并知道了什么事物'无论如何与我相关'，真实的写作才有可能开始。写作的资源，往往就存在于生活的缝隙中，没有敏感的心灵或很强的精神警觉，是无法发现它们的。所以，任何伟大的写作，无论是先锋的，还是传统的，都不会仅仅是一些空洞的观念或语言法则，它一定包含着对作家对此时此地的生活细节的警觉。他们的写作可以证明他们曾经很实在地生活过，并且心灵上曾经与那些生活细节有着亲密的关系"。② "个人的深度"还意味着，当作家试图以他们的笔墨塑造文学形象时，这些形象也必须是有深度的，能够从纸上站立起来。他们应该有着自己的生存方式，有自己的生活世界与心灵世界，而不只是作者观念的产物。

对"个人的深度"的要求，并非是一种凭空设定，而是有着深刻的生存论、存在论依据。依照海德格尔的基础存在论，人（此在）

① 刘小枫：《沉重的肉身》，第4页，华夏出版社，2007年。

② 谢有顺：《文学的路标：1985年后中国当代小说的一种读法》，第217页，广东人民出版社，2009年。

是一种在存在者之中占有特殊位置的存在者，具有不同于其余存在者的存在样式：生存。此在具有两个基本特点：第一、此在的存在并不是现成的，也不是一成不变的，存在先于本质并决定本质。第二、此在的存在具有一种向来我属性质，所关心的首先是自身的存在，而不是具有普遍性的存在方式。也就是说，人在"站出去生存"这一过程中，总是以自身的存在作为出发点，然后构造起具有个人色彩的世界。① 个人（此在）和世界的照面，总是以"我"为圆心，是"世界闯进了我的身体"（翟永明语），是"世界无情而鲁莽地直走入我的胸膛里"（郑敏语）。世界之于个人，不是像"水在杯子里"这样一种简单的空间关系，而是如蜗居之于蜗牛。世界实际上是个人的一种存在状态，两者有血肉相连的联系，就像美国诗人史蒂文斯所说的："每个人都有一个感官场地，它之外不存在其他。每个人的场地都有所不同。"② 而世界以及组成世界的各种存在者，它们和人之间的关系，也首先是存在关系，而不是知识关系。"'存在关系'乃是一种可能性关系，是一种源始性关系；'知识关系'源出于'存在关系'，或者说，是以'存在关系'为可能性条件的。"③ 知识关系可以是经验的，也可以是先验的、超验的，存在关系却必定是经验的；知识关系可以一分为二，可以分出互相对立的主体和客体，存在关系却是血肉相连、密不可分的。

如果说海德格尔的论述过于晦涩，那么我们不妨再读读李泽厚的一段话。他说："世界只是个体的。每个人都各自拥有一个属于自己的世界，这个世界既是本体存在，又是个人心理；既是客观关系，又

---

① 参见［德］海德格尔：《时间概念史导论》，第212—228页，欧东明译，商务印书馆，2009年。

② ［美］史蒂文斯：《最高虚构笔记》，第253页，陈东飚、张枣译，华东师范大学出版社，2008年。

③ 孙周兴：《说不可说之神秘：海德格尔后期思想研究》，第28页，三联书店上海分店，1994年。

是主观宇宙。每个人都生活在一个特定的、有限的时空环境和关系里，都拥有一个特定的心理状态和情境。'世界'对活着的人便是这样一个交相辉映'一室千灯'式的存在。"① 这段话，可谓是既简约朴素，又温润清晰。以上述认识为基础，李泽厚还指出："艺术的意义就在于它直接诉诸这个既普遍又大有差异的心灵，而不只是具有普遍性的科学认识和伦理原则。艺术帮助人培育自我，如同每个人都将只属于为自己设计但大家又能共同欣赏的服装一样。"② 其实，小说的力量，乃至于所有叙事文学的力量，何尝又不是在于它直接诉诸这个既普遍又有很大差异的心灵，而不只是具有普遍性的科学认识和伦理原则？那种观念化的叙事，那种受制于时代的总体话语的叙事，是很难产生"一室千灯"的美学效果的。对于小说而言，理想的状态不是"一室一灯"或"一灯千室"，而应该是"一室千灯"。

从基础存在论的角度看，叙事本身，也不过是人的一种存在方式。没有人的存在，就不可能有叙事，不会有小说，也不会有叙事伦理学。叙事之所以存在总是因为，叙事者需要借叙事说出他对自身存在的理解，说出他对那个与他人共在的生活世界的理解。真正的叙事文学，总是"个人的存在学"。中国当代小说要实现整体性的突破，则需要作家能建立起个体意义的叙事伦理学。这种努力，必须从与整体话语的对抗开始，自觉地远离理性伦理学的思维方式，然后在语言、形式、结构、故事等多个方面同时用力。好的小说，必须有好的语言、形式、结构。小说对存在本身的关注与勘探，必然要寄希望于语言。语言不但是存在的家，还是存在得以显现的场域。小说家需要借助语言，才可以打开生活世界与心灵世界中隐藏的结构，而存在就在每一个结构敞开的时刻到来。每个作家，都只有找到合适的语言，才可以

---

① 刘再复：《李泽厚美学概论》，第210页，生活·读书·新知三联书店，2009年。

② 刘再复：《李泽厚美学概论》，第210页。

让存在到来、在场。而形式和结构，也从来就不是可有可无的，而是对存在予以开启的方式。只有借助于独特的语言、形式、结构，小说家才得以说出他们对存在本身的独特领悟，诗性地描画出存在的地图。

就此而言，中国当代小说叙事伦理的整体缺失是明显的。中国当代小说里的个体叙事普遍起源于对宏大叙事的反抗，这种写作策略使得中国当代小说在时间上形成一种长江后浪推前浪式的递进关系，在技巧上则是一种"认识装置"替代另一种"认识装置"（中国式的现代主义替代中国式的社会主义现实主义），在叙事伦理上是一种叙事伦理替代另一种叙事伦理。然而，后起的作家在解构以往的叙事模式与叙事法则、有效地发动"文学革命"的同时，却未能形成一种整全的小说观和健全的精神视野。面对渗透着权力影响的文学体制与文学传统，很多作家深受进化论的价值观念影响，骨子里都有一种"造反有理"的意识与无意识，似乎推倒了前人的叙事逻辑与叙事语法，自身的存在就具备了合法性，并且在价值上占据优越的位置。可是，他们并未能清醒地意识到，过于强烈的反叛意识，在瓦解以往的编码法则和叙事精神的同时，随之而来的，也有可能是另一种形式的精神衰败。在当代中国，还鲜有成熟的个人写作，也鲜有成熟的叙事伦理学。以先锋小说为例，它虽然有效地反抗了国族伦理的宏大叙事，扩展了叙事的主题与边界，但是那种以暴制暴式的写作方式也局限了自身的灵魂视野。余华、北村、史铁生等作家在一九九〇年代以后纷纷转型，致力于寻找新的精神资源（余华一度走向民间，北村、史铁生则转向宗教），便与此有关。

回望中国当代小说数十年的叙事实践，那种千人一面、千人一腔的国族伦理的宏大叙事所存在的问题是明显的。它们往往把国家、民族、集体当作叙事的圆心，着力于传达时代的总体话语，构造具有公共性质的"知识"。为了达成这一目的，他们不惜排斥个人的记忆，抹杀个人的差别，忽视个人的心魂。这种叙事逻辑，自然是片面的。

事实上，具有历史性的个人，总是在世界之中与他人共在。他当然离不开国家、民族、集体，但他总得首先是一个人。而那些试图借助西方的自由主义、个人主义等话语资源来构建自由伦理的个体叙事的话语实践，也未尽人意。这与中国一贯缺乏个人主义和自由主义的精神传统有关，也与作家们的中国经验与现实处境有关。

在西方，自由主义和个人主义，有它们产生、成长的社会条件，有政治制度上的保证，也有文化资源上的支持。至少在理念和制度建设上，西方国家强调尊重个人的权利，尽可能让个人的潜能得到开发，也讲究建立必要的公共权威，强调公共意识。在具备相对完善的社会价值系统的同时，宗教信仰的传统，也保证了终极价值系统的存在和运行。因此，西方作家容易形成整全的人生观（在天、地、神、人共属一体的架构中理解人）与相对成熟的"个人的存在学"，也容易形成相对成熟的自由伦理的个体叙事。可是在中国，显然还缺少这些条件。一九九〇年代以来市场经济的改革、单位制度的变更，使得中国作家可以从想象的或现实的共同体中分离出来，具备了经济独立和人格独立的可能。可是在强调经济自由、将人还原为经济个体的同时，在建立必要的公共权威和公共意识上的滞后，以及终极价值系统的匮乏，却使得中国式的个人主义往往是一种"片面的个人主义"，也就是那种"只讲个人意识不讲公共意识，只带破坏性不带建设性"的个人主义。"'五四'之后的中国，特别是当代中国，经常泛滥的是只要权利、不要责任的破坏性个人主义"。① 这样的一种社会生态与文化生态，也投影在小说的叙事伦理上。从"政治写作"向"私人写作"的转变中，从国族伦理的宏大叙事向自由伦理的个体叙事转变的过程中，中国当代小说"被日益简化为欲望的旗帜、缩小为一己之

---

① 刘再复：《李泽厚美学概论》，第193、192页，生活·读书·新知三联书店，2009年。

私，它的直接代价是把人格的光辉抹平，人生开始匍匐在地面上，并逐渐失去了站立起来的精神脊梁。所以，这些年来，尖刻的、黑暗的、心狠手辣的写作很多，但我们却很难看到一种宽大、温暖并带着希望的写作"。① 即便是自由主义写作和个人写作的最重要代表之一王小波，他在自由伦理的个体叙事的建构上，也留下了诸多问题。王小波本人曾有海外留学的经历，受到了西方自由主义的深刻影响。他对个人写作的探索，对中国国民性的批判，对国族伦理的宏大叙事的解构，都离不开自由主义精神的浸染。可是，正如刘剑梅所指出的，"王小波代表了倾向于犬儒主义的新一代，他解构了多种权威和价值评判体系。不同于五四运动的启蒙传统，他的精英立场是基于个人的自由精神和语言家园的，以此为出发点来抗争狭隘的民族主义思想和官方的权威话语。"他的小说"虽然用'西方主义'来尖刻地讽刺理想主义、道德和精英主义，对描述革命时期的心理世界是非常受用的，然而，面对商业化和全球化所带来的各种问题和各种矛盾，它们并不能为中国知识分子提供任何的解决办法。相反，王小波小说中出现的犬儒哲学的态度和玩世不恭的口吻，反而无视社会伦理道德的败坏，无视所谓'人文精神'的沦丧，这在某种程度上迎合了九十年代与消费文化相关的道德衰退现象"。② 一九九七年去世后，王小波为文学市场所"挖掘"，被打造成一位畅销书作家，拥有大量读者。在不少批评家的论述中，王小波又成为个人写作和自由写作的"神话"，他的"盲见"则被轻轻地抹去。这些都说明，在叙事伦理学的探索上，我们仍需要付出更多的努力，在更为开阔的层面上进行省思。

虽然困难重重，但是在今天，重申作家要致力于叙事伦理学的重建，也不应该被看作是一种奢望。在史铁生（《务虚笔记》）、林白

---

① 谢有顺：《现实主义者王十月》，《当代文坛》2009年第3期。
② 刘剑梅：《革命与情爱——二十世纪中国小说史中的女性身体与主题重述》，第250—251、259页，上海三联书店，2009年。

（《妇女闲聊录》）、东西（《后悔录》）、贾平凹（《秦腔》）、麦家（《风声》）、刘震云（《一句顶一万句》）、迟子建（《额尔古纳河右岸》《白雪乌鸦》以及其他中短篇小说）等小说家的写作中，我们都能看到他们致力于构建个人化的叙事伦理学的努力。他们的不少叙事实践，具有丰富的精神向度与多重的意义空间，有力地展现了个人存在的深度，也有在语言、形式、结构、故事方面同时进行突破的野心。假若中国作家能这样保持探索的姿态，并且有更多的作家能加入到突围的行动中，我们的文学环境也能更多地认同这样的作品，中国当代小说实现整体性突破的可能未尝不会很快就成为现实。

二〇一四年三月八日

重构中国小说的叙事伦理

一、叙事伦理与中国小说

据英国叙事理论家马克·柯里转述，新批评派代表人物约翰·克罗·兰塞姆在一九三七年写了一篇题为《批评公司》的很有影响的文章。文中提出了一个观点，即在这职业化的新时代，文学批评家的学术特征是很弱的，批评家必须开拓不同于历史学家和哲学家的属于自己的专业领域。兰塞姆认为，文学研究中的身份危机是可以通过发展独特的专门知识来解决的，这一专门知识应该能使批评家提高描述文本本身的能力，而无需参照历史语境或哲学思想。① 这个观点一度赢得了批评家的赞赏，以致相当长一段时间来，中国批评界也有过许多关于批评专业化的讨论。批评不愿意再附庸于哲学和美学，它们想争得自己的专业领域——这一诉求获得了许多人的支持。尽管当代文学批评的思想资源更多的还是来自福柯、哈贝马斯、德里达、利奥塔、萨义德、詹姆逊等思想家，描述文本时更多的也还是"参照历史语境或哲学思想"，但自二十世纪九十年代以来，批评话语的生产呈现出

---

① ［英］马克·柯里：《后现代叙事理论》，第9页，宁一中译，北京大学出版社，2003年。

越来越专业化和学术化的趋势，也是一个不争的事实。

但是，哪一种知识才能缓解文学批评的身份危机，才算得上是文学批评以及文学研究中比较成熟的"专门知识"呢？如果要说出答案，叙事学恐怕会是首要的选择。华莱士·马丁在《当代叙事学》的开篇就说："在过去十五年间，叙事理论已经取代小说理论成为文学研究主要关心的论题。"[①] 作为研究小说的一种重要方法和专业知识，叙事学在二十世纪的崛起，不仅推进了小说写作的复杂性和多样性，更由于它对叙事形式的有效进入而独领风骚并压制了历史研究方法达数十年之久。当代叙事学让我们看到，小说写作在本质上并非单纯地反映社会人生，它更是一种语言建构。叙事文学除了故事的讲述之外，还存在着许多不容忽视的结构、形式、视角、叙事时间等艺术问题。离开语言建构的一系列规则，你就无法理解二十世纪以来世界文学中的种种变革和实验。因此，一个批评家若要进行二十世纪叙事文学的研究，掌握叙事学的知识和方法就成了必要的工作；同理，一个作家要想进行新的文学创造，也必须找到自己对世界的独特的观察方式和叙事方式。正如一段时间里批评家所喜欢说的那样，重要的不是看你写了什么，而是看你怎么写。从"写什么"到"怎么写"的变化，正是叙事艺术在文学上的胜利。它直接改写了小说写作的固有图式，使小说不再只做故事的奴隶——对许多小说家而言，语言远比故事重要得多，写小说也远比"讲故事"要复杂得多。

叙事之于小说写作的重要意义，已经成为一种文学常识，无须我再饶舌。中国作家在接受现代叙事艺术的训练方面，虽说起步比较迟，但在二十世纪八十年代中期之后的数年时间，文体意识和叙事自

---

① ［美］华莱士·马丁：《当代叙事学·导论》，第1页，伍晓明译，北京大学出版社，1990年。

觉就悄然进入了一批先锋作家的写作视野。语言实验的极端化，形式主义策略的过度应用，以及由此导致的对固有阅读方式的颠覆和反动，这些今天看来多少有点不可思议的任性和冒险，在八十年代中后期却获得了前所未有的关注。文学创新的渴望和语言游戏的快乐，共同支配了那个时期作家和读者的艺术趣味，形式探索成了当时最强劲的写作冲动——无疑，这大大拓宽了文学写作的边界。事实上，叙事学理论的译介，和当时中国先锋文学的出现有着密切的对应关系。据林岗的研究，一九八六年至一九九二年我国开始大量译介西方叙事理论，而中国当代先锋文学的兴盛大约也是在一九八五年至一九九二年。先锋文学的首要问题是叙述形式的问题，与之相应的是叙事理论使"学术关注从相关的、社会的、历史的方面转向独立的、结构的本文的方面"。① 今天，尽管有不少人对当年那些过于极端的形式探索多有微词，但谁也不能否认它的革命意义，正如"先锋派"文学的重要阐释者陈晓明所说："人们可以对'先锋派'的形式探索提出各种批评，但是，同时无法否认他们使小说的艺术形式变得灵活多样。小说的诗意化、情绪化、散文化、哲理化、寓言化，等等，传统小说的文体规范的完整性被损坏之后，当代小说似乎无所不能而无所不包……无止境地拓宽小说表现方法的边界，结果是使小说更彻底地回到自身，小说无须对现实说话，无须把握'真实的'历史，小说就对小说说话。"② 形式主义探索对于当代文学的变革而言，是一次重要而内在的挺进。没有文体自觉，文学就谈不上回到自身。

令人困惑的是，不过是十几年时间，叙事探索的热情就在中国作

---

① 林岗：《建立小说的形式批评框架——西方叙事理论述评》，载《文学评论》1997年第3期。

② 陈晓明：《表意的焦虑：历史祛魅与当代文学变革》，第111—112页，中央编译出版社，2002年。

家的内心冷却了——作家们似乎轻易就卸下了叙事的重担，在一片商业主义的气息中，故事和趣味又一次成了消费小说的有力理由。这个变化也许可以追溯到二十世纪九十年代中期或者更早的时候，但更为喧嚣的文学消费主义潮流，则在进入"新世纪"以后的近十年才大规模地兴起。市场、知名度和读者需求，成了影响作家如何写作的决定性力量。在这个背景下，谁若再沉迷于文体、叙事、形式、语言这样的概念，不仅将被市场抛弃，而且还将被同行看成是无病呻吟抑或游戏文学。与此同时，政治意识形态也在不断地改变自身的形象，部分地与商业意识形态合流，文学的环境变得越来越暧昧，越来越复杂。在这一语境下，大多数文学批评家也不再有任何叙事研究的兴趣，历史主义的研究方法或者文化批评、社会批评的模式再次卷土重来，批评已经不再是文本的内在阐释，不再是审美的话语踪迹，也不再是和作品进行生命的对话，更多的时候，它不过是另一种消费文学的方式而已。在文学产业化的过程中，批评的独立品格和审美精神日渐模糊，叙事的意义遭到搁置。

尽管民众讲故事和听故事的冲动依然热烈，但叙事作为一种写作技艺，正面临着窘迫的境遇。尤其是虚构叙事，在一个信息传播日益密集、文化工业迅猛发展的时代，终究难逃没落的命运。相比于叙事通过虚构与想象所创造的真实，现代人似乎更愿意相信新闻的真实，甚至更愿意相信广告里所讲述的商业故事。那种带着个人叹息、与个体命运相关的文学叙事，正在成为一种不合时宜的文化古董。尽管二十世纪三四十年代，巴赫金把小说这种新兴的文体，看作是近现代社会资本主义文明在文化上所创造的唯一的文学文体。所以在巴赫金的时代，"还可以觉得小说是一种尚未定型的、与现代社会和运动着的'现在'密切相关的叙事形式，充满着生机和活力，具有无限的前景和可能性。然而，这种看法显然是过于乐观了。经典的小说形式正在作古，成为一种'古典文化'。"① 而与巴赫金同时代的本雅明，却在一九三六年发表的《讲故事的人》一文中宣告叙事艺术在走向衰竭和死亡，"讲故事这门艺术已是日薄西山"，"讲故事缓缓地隐退，变成某种古代遗风"。②

　　我想，小说叙事的前景远不像巴赫金说的那样乐观，但也未必会像本雅明说的那么悲观。作为一门学科，叙事学还是很新的。据研究，茨维坦·托多洛夫在一九六九年才第一次提出"叙事学"这一概念，而叙事理论则是以色列学者里蒙·凯南的《叙事虚构作品：当代诗学》③ 一书于一九八三年出版之后才受到广泛关注。更值得我们注意的是，叙事本身就是一门古老的艺术。从穴居人讲故事开始，广义的叙事就出现了。讲述自己过去的生活、见闻，这是叙事；讲述想象中的还未到来或永远不会到来的生活，这也是叙事。叙事早已广泛参与到人类的生活中，并借助记忆塑造历史，也借助历史使一种生活流传。长夜漫漫，是叙事伴随着人类走过来的，那些关于自己命运和他人命运的讲述，在时间中渐渐地成了人类生活不可缺少的段落，成了个体在世的一个参照。叙事是人类生活中的重要内容，"没有叙事，就没有历史"（克罗奇语）；没有叙事，也就没有现在和未来。一切的记忆和想象，几乎都是通过叙事来完成的。从这个意义来讲，人确实如保罗·利科在其巨著《时间与叙事》中所说的，是一种"叙事动物"。而人既然是"叙事动物"，就会有多种多样的叙事冲动，单一的叙事模式很快会使人厌倦。这时候，人们就难免会致力于寻求新的"叙事学"，开拓新的叙事方式。

---

① 耿占春：《叙事美学·绪论》，第2页，郑州大学出版社，2002年。

② ［德］本雅明：《讲故事的人》，《本雅明文选》，第296页，张耀平译，中国社会科学出版社，1999年。

③ ［以色列］里蒙·凯南：《叙事虚构作品：当代诗学》，姚锦清等译，生活·读书·新知三联书店，1989年。

我还想指出的是，叙事这一古老的艺术，早在它的诞生之日，就开始参与对人类伦理感受活动的塑造、延续与改写。也就是说，阅读小说，除了叙事学的视角，还需要引入叙事伦理学的视角。这与叙事本身的特殊功能有很大关联。很多人都把叙事当作是讲故事。的确，小说家就是一个广义上的"讲故事的人"，他像一个古老的说书人，围炉夜话，武松杀嫂或七擒孟获，《一千零一夜》，一个一个故事从他的口中流出，陪伴人们度过那漫漫长夜。然而，进入现代社会之后，写作不再是说书、夜话、"且听下回分解"，也可能是作家个人的沉吟、叹息、甚至是悲伤的私语。作家写他者的故事，也写自己的故事，但他叙述这些故事时，或者痴情，或者恐惧，或者有一种受难之后的安详，这些感受、情绪、内心冲突，总是会贯穿在他的叙述之中，而读者在读这些故事时，也不时地会受感于作者的生命感悟，有时还会沉迷于作者所创造的心灵世界不能自拔，这时，讲故事就成了叙事——它深深依赖于作家的个人经验、个体感受，同时回应着读者自身的经验与感受。当我们阅读不同的故事，我们往往能得到不断变化的体验，"我们感到自己的生活得到了补充，我们的想象在逐渐膨胀。更有意思的是，这些与自己毫无关系的故事会不断地唤醒自己的记忆，让那些早已遗忘的往事与体验重新回到自己的身边，并且焕然一新。"①

在讲述故事和倾听故事的过程中，讲者和听者的心灵、情绪常常会随之而改变，一种对伦理的感受，也随阅读的产生而产生，随阅读的变化而变化。作家未必都讲伦理故事，但读者听故事、作家讲故事的本身，却常常是一件有关伦理的事情，因为故事本身激发了读者和作者内心的伦理反应。

让我们来看这段话：

---

① 余华：《没有一条道路是重复的》，第133—134页，作家出版社，2010年。

　　　　*我现在就讲给你听。真妙极了。像我这样的弱女子竟然
向你，这样一个聪明人，解释在现在的生活中，在俄国人的
生活中，发生了什么，为什么家庭，包括你的和我的家庭在
内，会毁灭？……*①

　　这是帕斯捷尔纳克的《日瓦戈医生》一书中，拉拉和日瓦戈重
逢之后说的一段话。它像一个典型的说故事者的开场白："我现在就
讲给你听……"革命带来了什么，平静的日常生活是如何毁灭的——
拉拉似乎有很多的经历、遭遇要诉说，但在小说中，拉拉没有接着讲
故事，也没有赞颂或谴责革命，她接着说的是她内心的感受，那种无
法压制的想倾诉出来的感受：

　　　　*……我同你就像最初的两个人，亚当和夏娃，在世界创
建的时候没有任何可遮掩的，我们现在在它的末日同样一丝
不挂，无家可归。我和你是几千年来在他们和我们之间，在
世界上所创造的不可胜数的伟大业绩中的最后的怀念，为了
悼念这些已经消逝的奇迹，我们呼吸，相爱，哭泣，互相依
靠，互相贴紧。*②

　　日瓦戈和拉拉抱头痛哭。我想，正是拉拉叙事中的那种伦理感
觉，那种在生命的深渊里彼此取暖的心痛，让两个重逢的人百感交
集。它不需再讲故事，那些百死一生的人生经历似乎也可以忽略，重
要的是，那种"互相依靠，互相贴紧"的感觉，一下就捕获了两颗孤

---

① ［苏联］帕斯捷尔纳克：《日瓦戈医生》，第467页，蓝英年、张秉衡译，漓江出
　　版社，1997年。
② ［苏联］帕斯捷尔纳克：《日瓦戈医生》，第467页。

独的心。叙事成了一种对生活的伦理关切，而我们的阅读、经历这个语言事件的同时，其实也是在经历一个伦理事件。在拉拉的讲述中，故事其实已经停止了，但叙事背后的伦理感觉在继续。

还可以再引一段话：

> 师傅说凌迟美丽妓女那天，北京城万人空巷，菜市口刑场那儿，被踩死、挤死的看客就有二十多个……①

这是莫言《檀香刑》里的话。"师傅说……"的语式，表明作者是在讲故事，而且是复述，也可以说是复叙事。这个叙事开始是客观的，讲述凌迟时的景况，但作者的笔很快就转向了对凌迟这场大戏的道德反应："在演出的过程中，罪犯过分的喊叫自然不好，但一声不吭也不好。最好是适度地、节奏分明的哀号，既能刺激看客的虚伪的同情心，又能满足看客邪恶的审美心。"② ——这样的转向，可以说就是叙事伦理的转向。从事实的转述，到伦理的觉悟，叙事经历了一场精神事变，"师傅说"也成了"作者说"：

> 面对着被刀离割着的美人身体，前来观刑的无论是正人君子还是节妇淑女，都被邪恶的趣味激动着。③

"都被邪恶的趣味激动着"，这就是叙事所赋予小说人物的伦理感觉。康德说"美是道德的象征"，但他也许没有想到，邪恶有时也会洋溢着一种美，正如希特勒可以是一个艺术爱好者，而川端康成写玩弄少女的小说里也有一种凄美一样。在这些作品中，叙事改变了我们

---

① 莫言：《檀香刑》，第240页，作家出版社，2001年。

② 莫言：《檀香刑》，第240页。

③ 莫言：《檀香刑》，第240页。

对一件事情的看法，那些残酷的写实，比如凌迟、檀香刑，得以在小说中和"猫腔"一起完成诗学转换，就在于莫言的讲述激起了我们的伦理反应，我们由此感觉，在我们的世界里，生命依然是一个破败的存在，而这种挫伤感，会唤醒我们对一种可能生活的想象，对一种人性光辉的向往。生活不应该是这样的！生活可能是怎样的？——我们会在叙事中不断地和作者一起叹息。于是，他人的故事成了"我"的故事——如钱穆谈读诗的经验时所说的："我感到苦痛，可是有比我更苦痛的；我遇到困难，可是有比我更困难的。我哭，诗中已先代我哭了；我笑，诗中已先代我笑了。"①

由此可见，叙事作品本身，不仅是一个阅读的对象，更是一个人在世和如何在世的存在坐标。叙事不仅是一种讲故事的方法，同时也是一个人的在世方式，能够把我们已经经历、即将经历与可能经历的生活变成一个伦理事件。在这个事件中，生命的感觉得以舒展，生存的疑难得以追问，个人的命运得以被审视。我们分享这种叙事，看起来是在为叙事中的"这一个"个人而感动，其实是通过语言分享了一种伦理力量。那一刻，阅读者的命运被叙事所决定，也被一种伦理所关怀。所以，真正的叙事，必然出示它对生命、生存的态度；而生命问题、生存问题，其实也是伦理问题。叙事不仅是一个与美学有关联的领域，也是一个与伦理学关联甚密的领域。对叙事作品的研究，除了从叙事学的角度切入，还可以从叙事伦理学的角度切入。

正是基于这样一种认知，在最近几年，我常常将叙事伦理作为观照小说作品的一个重要维度。同时，我也试图在对这些作品的历史性考察中离析出一些重要的精神价值。多年前，我曾在《中国小说的

---

① 钱穆：《谈诗》，《中国文学论丛》，第124页，生活·读书·新知三联书店，2002年。

叙事伦理》^①一文中相对集中地陈述了我的看法，如今，我更意识到，在进入新世纪以后，中国当代小说要想获得更广阔的发展空间，就必须对本国的文学传统——不管是古典文学的"大传统"还是现代文学的"小传统"或"新传统"^②——有所反思，以激发传统的活力。而对传统的继承与反思，不可避免地是在现代思想的照耀下展开的，总是会带有重新阐释的意味。一方面，曾作为文学作品的土壤而存在的"周围世界"早已在历史中灰飞烟灭，只留下些许踪迹，我们所看到的作品本身可以说是被架空的。缺乏了"周围世界"的参照，无疑给理解作品增加了不少难度。在《精神现象学》一书中，黑格尔曾鉴于古代生活及其"艺术宗教"的衰亡而哀叹道：缪斯的作品"现在就是它们为我们所看见的那样，——是已经从树上摘下的美丽的果实，一个友好的命运把这些艺术品给予了我们，就像一个姑娘端上了这些果实一样。这里没有它们具体存在的真实生命，没有长有这些果实的树，没有土壤和构成它们实体的要素，也没有制约它们特性的气候，更没有支配它们成长过程的四季交换——同样，命运把这那些古代的艺术作品给予我们，但却没有把那些作品的周围世界给予我们，没有把那些作品得以开花和结果的伦理生活的春天与夏天一并给予我们，而给予我们的只是对这种现实性的朦胧的回忆。"^③另一方面，人

---

① 本人的《中国小说的叙事伦理》（载《南方文坛》2005年第4期）、《文学叙事中的身体伦理》（载《小说评论》2006年2期）、《当代小说的叙事前景》（载《文学评论》2009年1期）、《小说叙事的伦理问题》（载《小说评论》2012年第5期）等文，均探讨了小说的叙事伦理问题，本文是在这些论述基础上做的整合、扩充和再思。

② 有关"大传统"与"小传统"或"新传统"的区分，出自温儒敏的文章。具体论述可参看温儒敏、陈晓明等著：《现代文学新传统及其当代阐释》，北京大学出版社，2010年，第一章。

③ 转引自［德］伽达默尔：《诠释学I：真理与方法（修订译本）》，第235页，洪汉鼎译，商务印书馆，2007年。亦可参看［德］黑格尔：《精神现象学》，第231页，贺麟、王玖兴译，商务印书馆，1996年。

不是全知全能的上帝，总有其作为一个历史主体的种种局限。在面向历史的时候，我们难以完全摆脱自身的视域限制，就如伽达默尔所说的："每一个时代都必须按照它自身的方式来理解历史传承下来的文本，因为这文本是属于整个传统的一部分，而每一个时代则是对整个传统有一种实际的兴趣，并试图在这传统中理解自身。当某个文本对解释者产生兴趣时，该文本的真实意义并不依赖于作者及其最初的读者所表现的偶然性。至少这个意义不是完全从这里得到的。因为这种意义总是同时由解释者的历史处境所规定的，因而也是由整个客观的历史进程所规定的。"①对文学传统的解读，就不只是简单的复原，而只能是一种"重构"。虽然"被重建的、从疏异中召回的生命"，可能"并不是原来的生命"②，但是对当代人来说，这种重构仍然有它的意义。毕竟，它提供了一种重要的精神参照，借此我们可以更好地理解自身，而传统也可以在重构中得到持续的更新。因此，笔者试图从一个超越性的精神视点出发来解析中国小说在不同时期的叙事成就和叙事转向，重构中国小说的叙事伦理，同时希望找出一道中国现当代小说中不太被人重视的叙事潜流——那种用灵魂说话，用生命发言，用良知面对世界，超越世俗道德判断的写作。

二、"通而为一"的生命世界

中国人一直对生命有深切的觉悟，对伦理的关注以及在伦理中所舒展的生命感觉也异常丰富。因此，也有人称中国文学是"生命的学问"（牟宗三语）。中国文人重视立心，其实就是重视生命的自我运转。文人写作不向外求娱乐，而向内求德性修养，最终冀望于人生即

① ［德］伽达默尔：《诠释学I：真理与方法》（修订译本），第403页，洪汉鼎译，商务印书馆，2007年。
② ［德］伽达默尔：《诠释学I：真理与方法》（修订译本），第234页。

艺术，艺术即人生，把艺术和人生，看作是一个不能分割的整体。艺术如何能和人生相通？简单地说，就是艺术和人生共享一个生命世界。钱穆说，中国以农立国，即便普通一人，也知道视自然、天地为大生命，而个人的生命则寄存于这个大生命之中，生命和生命相呼应之后而有的手之舞之足之蹈之，即成为最好的中国艺术。

因此，中国艺术从生命出发，它重在创造世界，而非模仿世界。中国画尤其如此。山水、人物要入画，不在模其貌，而在传其神。神从何来？必定是画家对自己所画之物多方观察、心领神会之后，才能由物而摹写出自己的性情，由笔墨而创造出一个全新的意境。不理解这一点，就不明白，何以中国人读一首诗、看一幅画，总是要去探究作者是谁，甚至他的身世、家境，都在考察之列，其目的就是要通过其人，先知其心，再见其笔法之巧。有心之人，才能以其心感他心，以其心状景物，技巧反而是其次的了。知其心，也就必定知其为何喜、为何悲、为何怨，以心来觉悟这个世界，世界就变得活泼、生动了。

中国的文学，强调作品后面要站着一个人，也是表明文学要与人生相通，文学和人生要共享一种伦理。作品后面若没有人，人生若没有被一种生命伦理所照亮，那就是失败。这令我想起《红楼梦》第四十八回里写的一件事。香菱姑娘想学作诗，向林黛玉请教时说："我只爱陆放翁的诗'重帘不卷留香久，古砚微凹聚墨多'，说的真有趣！"林黛玉听了，就告诫她："断不可学这样的诗。你们因不知诗，所以见了这浅近的就爱，一入了这个格局，再学不出来的。"后来，林黛玉向香菱推荐了《王摩诘全集》，以及李白、杜甫的诗，让她先以这三个人的诗"做了底子"[①]。林黛玉对诗词的看法，自然是很精到的，只是，我以前读到这里，总是不太明白，何以陆放翁的诗"重

---

① 曹雪芹、高鹗：《红楼梦》（上），第515页，人民文学出版社，2009年。

帘不卷留香久，古砚微凹聚墨多"是不可学的，直到后来读了钱穆的《谈诗》一文，才有了进一步的了悟。钱穆是这样解释的："放翁这两句诗，对得很工整。其实则只是字面上的堆砌，而背后没有人。若说它完全没有人，也不尽然，到底该有个人在里面。这个人，在书房里烧了一炉香，帘子不挂起来，香就不出去了。他在那里写字，或作诗。有很好的砚台，磨了墨，还没用。则是此诗背后原是有一人，但这人却教什么人来当都可，因此人并不见有特殊的意境，与特殊的情趣。无意境，无情趣，也只是一俗人。尽有人买一件古玩，烧一炉香，自己以为很高雅，其实还是俗。因为在这环境中，换进别一个人来，不见有什么不同，这就算做俗。高雅的人则不然，应有他一番特殊的情趣和意境。"① 这是很深刻的一种文学看法。中国文学的后面是有人的，所以，中国古代的文人，无须写自传或他传，因为他们的诗和文，就是他们的传记，所谓"诗传"。我们读李白或杜甫的诗，就知道他们的为人、胸襟和旨趣，不必再找旁证做解释的材料了。这是中国文学极为独特的一种写作伦理：它以生命为素材，以性情为笔墨，目的是要在自己笔下开出一个人心世界来。

由此看来，中国文学可以说是关于人的伦理的文学，也是关于生命伦理的文学，理解了这一点，就会发现，文学的叙事，不仅关乎文学的形式、结构和视角，也关乎作家的内心世界，以及他对这个世界的基本认识。而叙事伦理的根本，说到底就是一个作家的世界观。有怎样的世界观，就会产生怎样的文学。

需要指出的是，强调文学与人生的遇合，对于中国文学来说，也并非没有负面的影响。其中最大的问题在于使得中国文学（尤其是中国的小说、戏曲）多是有关现世人伦、国家民族的叙事，也就是王国维所说的《桃花扇》这一路的传统，较少面对宇宙的、人生的

---

① 钱穆：《中国文学论丛》，第111—112页，生活·读书·新知三联书店，2002年。

终极追问，也较少有自我省悟的忏悔精神，缺少文学的超越意识，甚至形成了一种以宣扬道德训诫为旨归的简单化的叙事伦理。在这些叙事作品中（例如"三言二拍"），写作的目的主要在于通过故事的形式来讲述因果报应，破除忘恩负义的非道德倾向，而叙事的过程也完全成了伦理教化的过程。像《喻世明言》《警世通言》《醒世恒言》这"三言"，仅是从书名，就能嗅到道德训诫的气息。这些作品，往往陷于现实经验与现世道德的窠臼，很难开出有重量的精神境界。

但我也注意到，在中国古典小说中有一部分作品，比如《红楼梦》，不仅写人世，也写天道，能做到人心与天道、人世与宇宙的通而为一。作为一部小说，《红楼梦》并没有回避世俗或现实，相反，曹雪芹在写作这部大书的时候，是怀着一颗坚强的、具体的、无处不在的世俗心的，否则，他就写不出那种生机勃勃、栩栩如生的大观园里的日常生活了。即便是作诗这样高雅的场面，作者也还穿插了贾宝玉和史湘云烤鹿肉吃的生动场景。这事是在《红楼梦》的第四十九回。而《红楼梦》对贾、史、王、薛四大家族之间那种繁复细密的关系的书写，对贵族家庭中所使用的器物的描写，无不体现出杰作的形成正是以对现实世界的观察为基础的。这种"写实"的能力，即使到了以写实主义为大宗的二十世纪，也仍然是不可企及的典范。有一次，我听格非说，当代作家写历史，一般都不敢写器物，为什么？因为他没有这方面的常识，即便写，也写不好。像苏童的《妻妾成群》，可以把那种微妙的人与人之间的关系写得入木三分，但他还是不敢轻易碰那个时代的器物。格非说这个话的时候，还举了《红楼梦》第三回的例子。林黛玉进荣国府，第一次去王夫人的房里见她。小说中写道：

茶未吃了，只见穿红绫袄青缎掐牙背心的一个丫鬟走来，笑说道："太太说，请林姑娘到那边坐罢。"老嬷嬷听了，于是又引黛玉出来，到了东廊三间小正房内。正房炕上横设一张炕桌，桌上垒着书籍、茶具。靠东壁，面西设着半旧的青缎靠背引枕。王夫人却坐在西边下首，亦是半旧的青缎靠背坐褥。见黛玉来了，便往东让。黛玉心中料定这是贾政之位。因见挨炕一溜三张椅子上，也搭着半旧的弹墨椅袱，黛玉便向椅上坐了。①

初读这段话，并无特别之处。但脂砚斋在评点的时候，就上面的三个"旧"字，大发感叹：

三字有神。此处则一色旧的，可知前正室中亦非家常之用度也。可笑近之小说中，不论何处，则曰"商彝""周鼎""绣幕""珠帘""孔雀屏""芙蓉褥"等样字眼。②

甲戌本的眉批接着又说：

近闻一俗笑语云：一庄农人进京回家，众人问曰："你进京去，可见些个世面否？"庄人曰："连皇帝老爷都见了。"众罕然问曰："皇帝如何景况？"庄人曰："皇帝左手拿一金元宝，右手拿一银元宝，马上捎（原误稍）着一口袋人参，行动人参不离口。一时要屙屎了，连擦屁股都用的是鹅黄缎子，所以京中掏茅厕的人都富贵无比。"试思凡稗官写"富贵"字眼者，悉皆庄农进京之一流也。盖此时彼实未身经目

---

① 邓遂夫校订：《脂砚斋重评石头记甲戌校本》，第121页，作家出版社，2005年。
② 邓遂夫校订：《脂砚斋重评石头记甲戌校本》，第121页。

睹，所言皆在情理之外焉。①

　　只有像曹雪芹这样经历过富贵与繁华的生活，并且怀有世俗心的人，才能事无巨细地写荣国府的器物，甚至把荣国府的引枕、坐褥、椅袱全部写成"半旧"的——那些"未身经目睹"的，一定以为荣国府的引枕、坐褥、椅袱都是绸缎的，簇新的，闪闪发亮的，因为他没有富贵生活的经验和常识，所言必然是"在情理之外"，正如上面说的那个"庄农"，没见过皇帝，只能想像皇帝"左手拿一金元宝，右手拿一银元宝"。没有世俗心，缺乏细致的观察，光凭着不着边际的想象，是写不出可信的文字来的。像曹雪芹这种写实的能力，没有世俗心，没有对世俗生活的体验与浸染，是不可能做到的。

　　但是，《红楼梦》的书写，始于现实，却不止于现实；而是由实而虚，讲求虚实结合，虚实相生。它在开篇即讲到，作者自云，因曾历过一番梦幻之后，故将真事隐去，而借"通灵"之说撰写此书。在将"真事隐去"的同时，它又采取了"假语村言"的叙述方式，并强调作者本意原为记述当日闺友闺情，并非怨世骂时之书；虽一时有涉于世态，然亦不得不叙者，但并非本旨。②因此，《红楼梦》既是世俗的，又是宇宙的、"通灵"的。它从俗世中来，却深入灵魂，着意于从更高的精神视点来体察俗世，打量人生。

　　像《红楼梦》这样的作品，一旦进入一个通达的生命世界与天地境界，就会超越道德、是非、善恶、得失这些现世问题，走向宽广和仁慈。阿城在《闲话闲说——中国世俗与中国小说》中也曾专门谈过这个问题。他说，曹雪芹对所有的角色都有世俗的同情，相同之情，例如宝钗，贾政等等乃至讨厌的老妈子。他还指出，作家往往受

---

① 邓遂夫校订：《脂砚斋重评石头记甲戌校本》，第121页。
② 参见曹雪芹、高鹗：《红楼梦》（上），第1页，人民文学出版社，2009年。

到"道德""时髦"等很多方面的束缚，缺乏广泛的相同之情的能力。这就要求作家具有多重自身，具备超越现实限制的意识与能力。^① 这又让我想起胡兰成在《文学的使命》一文中关于"新的境界的文学"的相关论述。他说："新的境界的文学，是虽对于恶人恶事亦是不失好玩之心，如此，便是写的中日战争，写那样复杂的成败死生的大事，或是写得痛痛快快，楚楚涩涩，热热凉凉酸酸的恋爱，亦仍是可以通于……那单纯、喜气、无差别的绝对之境的。"^② 尽管我不喜欢胡兰成这人，但他这话却是颇得中国文学的深意的——它说出了一种新的文学伦理。确实，对于"恶人恶事"，作家若能"不失好玩之心"，抱"相同之情"，文学或许能从一种道德的困境、经验的困境中解放出来，从而走向一个"新的境界"。对于习惯了以俗常的道德标准来理解人世、关怀此在的中国作家来说，在如何对待"恶人恶事"这点上，很少有人提出辩证的声音。总有人告诫写作者，小说的伦理应和人间的伦理取得一致，于是，惩恶扬善式的叙事伦理，不仅遍存于中国古代戏曲和小说之中，即便在现代作家身上，也依然像一个幽灵似的活跃着，以至整个二十世纪的文学革命，最大的矛盾纠结都在如何对待文明和伦理的遗产这个问题上——甚至到了二十一世纪，诗歌界的"下半身"运动所要反抗的依然是文学的伦理禁忌，所以，他们对性和欲望可能达到的革命意义抱以很高的期待。现在看来，将文学置于人间伦理的喧嚣之中，不仅不能帮助文学更好地进入生活世界与人心世界，反而会使文学面临简化和世俗化的危险。

对于小说而言，它固然要取材于现实，却也应该有其超越现实的一面。小说的伦理和人间的伦理并不是重合的。小说之为小说，不在于它有能力对世界做出明晰、简洁的判断，相反，那些模糊、暧昧、

---

① 参见阿城：《阿城精选集》，第357页，北京燕山出版社，2011年。
② 胡兰成：《中国文学史话》，第119页，上海社会科学院出版社，2004年。

昏暗、未明的区域，更值得小说家流连和用力。阿城所说的"相同之情"，胡兰成所说的"好玩之心"，大概就是为了提醒小说们，过分执迷于现实的伦理诉求是产生不了好的小说的，只有当小说家具备相对超越的立场与眼光，才能获得新的发现——惟有发现，能够帮助小说建立起不同于世俗价值的、属于它自己的叙事伦理。用米兰·昆德拉的话说，"发现惟有小说才能发现的东西，乃是小说惟一的存在理由。一部小说，若不发现一点在它当时还未知的存在，那它就是一部不道德的小说。"① 昆德拉将"发现"当作小说的道德，这意味着，再现固有的伦理图景不能成为小说的最高追求，相反，小说必须重新解释世界，重新发现世界的形象和秘密。也就是说，小说家的使命，就是要在现有的世界结论里出走，进而寻找到另一个隐秘的、沉默的、被遗忘的区域——在这个区域里，提供新的生活认知，舒展精神的触觉，追问人性深处的答案，这永远是写作的基本母题。在世俗伦理的意义上审判"恶人恶事"，抵达的不过是小说的社会学层面，而小说所要深入的是人性和精神的层面；小说应反对简单的伦理结论，着力守护事物的复杂性和丰富性——它笔下的世界应该具有无穷的可能性，它所创造的精神景观应该给人们提供无限的想象。

昆德拉的写作，很多时候是在实践这样一种文学理想，他在《帷幕》一书中也曾以大江健三郎的《人羊》为例，解释小说的写作何以需要一束超越的眼光。《人羊》是一个短篇小说，它的故事并不复杂：有一天晚上，一辆公交车上挤满了日本人，后来还上来了一帮喝醉酒了的士兵，他们属于另一个国家的军队。这些士兵上车后开始吓唬一名大学生乘客，逼迫他脱掉裤子。士兵们并不满足于只有这么一个受害者，转而迫使一半乘客都露出屁股来。在公交车停下来后，士

---

① ［捷克］米兰·昆德拉：《小说的艺术》，第6—7页，董强译，上海译文出版社，2004年。

兵们离开了，那些人终于得以穿上了裤子。别的人从他们的被动状态中清醒过来，要求那些受了侮辱的人到警察局去告发那些外国士兵，惩罚他们的所作所为。其中有一个小学教师，尤其不肯放过那个大学生，要求知道他的名字，以将他所受到的侮辱公之于众，指控那些外国士兵。最后，这两个人之间爆发了仇恨。

昆德拉在分析这篇小说的时候，特别指出一点：小说提到的外国士兵是二战后留守日本的美国兵，但大江健三郎在行文的时候并没有说出士兵的国籍。在昆德拉看来，大江健三郎这么做并非是为了追求文体上的效果，也并非是出于政治上的忌讳，而是出于对小说精神的维护。他认为，这种有意淡化现实政治色彩的处理方式是值得称道的："试想，假如在整篇小说中，一直都是日本乘客在与美国士兵对峙！在这个明确说出的定语的力量之下，整个短篇都会被简化为一个政治文本，变成对占领者的控诉，而只需要放弃这个词，就可以让政治的一面覆盖上一层朦胧的阴影，让光线完全聚集到小说家感兴趣的主要谜语上面：存在之谜。"①

在昆德拉看来，"让政治的一面覆盖上一层朦胧的阴影"，转而关注"存在之谜"，正是《人羊》的奥妙所在。正是经由这一途径，《人羊》可以将作者与读者的眼光聚拢在更具普遍性的"存在之谜"上，例如小说中所涉及的人性的懦弱、廉耻，施虐与受虐的辩证，等等。和具体的政治诉求相比，"存在之谜"显然更值得我们关注，理由在于，"大写的历史，带着它的运动，它的战争，它的革命和反革命，它的民族屈辱，并不作为需要描绘、揭示、阐释的对象，因其本身而让小说家感兴趣；小说家并非历史学家的仆人；如果说大写的历史让他着迷，那是因为它正如一盏聚光灯，围绕着人类的存在而转，并将光投射在上面，投射到意想不到的可能性上，这些可能性在和平时

---

① ［捷克］米兰·昆德拉：《帷幕》，第87页，董强译，上海译文出版社，2006年。

代，当大写的历史静止的时候，并不成为现实，一直都不为人所见，不为人所知。"①

　　昆德拉的这些见解，引人深思。的确，对于小说而言，它要探究和追问的是存在之谜，是人类精神中那些永恒的难题。它所表现的，是永远存在着争议、处于两难境遇的生活。小说家的精神世界里，不该有过于明晰、清楚的结论。有了预设结论的写作，会使作品的精神空间变得狭小，那些有答案的生活，也会缩小文学的想象空间。伟大的小说之所以伟大，就在于它们着力探询永恒的、与人类一直共存的精神难题，也就是那些过去解答不了、今天也解答不了、以后可能也永远解答不了的问题，比如时间与空间，生与死，绝望与拯救，这些都是无解的难题。小说不是被善恶、是非的力量卷着走的，而是被人物的命运推着走的。是命运，就不能简单地下结论。一个不幸的人，也可能有许多微小的幸福；一个快乐的人，也可能有不为人知的伤心和忧愁。是命运，就有两难，就有无法抉择的时候。二十世纪的小说向内转以后，开始回答人类内心的提问和内在的精神难题了。卡夫卡的小说，一直追问人能不能在现世里获得拯救；伍尔芙的小说，也是在不停地拷问人，尤其是女人，在无限的时间里如何寻找自己存在的价值；鲁迅却在思索，绝望之后，人该如何带着绝望生活——小说就是处理这种两难的、无法抉择的精神经验的，同时也是超越俗常的善恶是非的。一个人杀了人，这应该是一个恶人了吧，可是他在法庭上说出的理由，又可能值得同情；一个人为了让孩子读好书，天天严格教育他，这是善良的愿望吧，可他过于严格，孩子受不了，自杀了，这又成了恶了。人生就是这样复杂，善恶就是这样难以区分。

　　小说是要回答现实所无法回答的问题，安慰世俗价值所无法安慰

---

① ［捷克］米兰·昆德拉：《帷幕》，第87—88页，董强译，上海译文出版社，2006年。

的心灵。这样的超越意识，其实不仅为纯文学所追求，即便是像金庸的武侠小说也未能全然忘怀。比如，《射雕英雄传》的最后，憨厚的郭靖也突然思索"我是谁"的问题；《神雕侠侣》里，小龙女中毒难治，对着一灯和尚说："这些雪花落下来，多么白，多么好看。过几天太阳出来，每一片雪花都变得无影无踪。到得明年冬天，又有许许多多雪花，只不过已不是今年这些雪花罢了。"[①]一个青春少女，达观知命，少受物感，实已达到人生化境；《倚天屠龙记》里，写到张无忌、赵敏等人在那个孤岛上，"五人相对不语，各自想着各人的心事，波涛轻轻打着小舟，只觉清风明月，万古常存，人生忧患，亦复如是，永无断绝。忽然之间，一声声极轻柔、极缥缈的歌声散在海上：'到头这一身，难逃那一日。百岁光阴，七十者稀。急急流年，滔滔逝水。'却是殷离在睡梦中低声唱着小曲。"接着她又唱着，"来如流水兮逝如风，不只何处来兮何所终！""她翻翻覆覆唱着这两句曲子，越唱越低，终于歌声随着水声风声，消没无踪。各人想到生死无常，一人飘飘入世，实如江河流水，不知来自何处，不论你如何英雄豪杰，到头来终于不免一死，飘飘出世，又如清风之不知吹向何处。"[②]——这样的人生叹息，也是很深的。因此，金庸的小说会如此风靡，实和他对中国文化的浸淫、中国人生的领会有很大的关系。而曹雪芹在《红楼梦》中感叹"空对着山中高士晶莹雪，终不忘世外仙姝寂寞林"，"纵然是举案齐眉，到底意难平"——很显然，这里的"终不忘"，并非忘不了世界的繁华，这里的难平之"意"，也不是说欲望得不到满足。

曹雪芹之所以了不起，就在于他使文学超越了这些世俗图景，他所创造的是一个任何现实和苦难都无法磨灭、无法改写的精神世界。

---

① 金庸：《神雕侠侣》（三），第960页，生活·读书·新知三联书店，1999年。
② 金庸：《倚天屠龙记》（三），第962—964页，生活·读书·新知三联书店，1999年。

在这个世界里，没有是非、善恶的争辩，没有真假、因果的纠结，它所书写的是与天道相通之后的人情之美，并在这种人情之美中写出了一种悲剧中之悲剧。曹雪芹写林黛玉"泪尽而亡"，突出的是她的心死。在《红楼梦》第四十九回，黛玉对宝玉说，"近来我只觉心酸，眼泪却像比旧年少了些的。心里只管酸痛，眼泪却不多。"① 以眼泪"少了"来写一个人的伤心，这是何等深刻、体贴、动情的笔触。所以，脂砚斋指出，曹雪芹在写林黛玉"泪尽而亡"的同时，他自己也是"泪尽而逝"。这点可在脂砚斋对"满纸荒唐言，一把辛酸泪"这句的批语上看出："能解者方有辛酸之泪，哭成此书。壬午除夕，书未成，芹为泪尽而逝。余尝哭芹，泪亦待尽。"② 没有一颗对世界、对人类的赤子之心，又何来"泪尽""泪亦待尽"这样的旷世悲伤？而《红楼梦》中的赤子之心，其实正是"好玩之心"，作者让贾宝玉常常发傻、发呆，两眼发直，他最后因自责、负疚，离开家里这个伤心地，还不忘向父母告别作揖，有悲有喜，惟独没有怨恨，感情上实在是达到了"无差别的绝对之境"——在此之前，中国文学中从未出现过这种具有自在之心、"好玩之心"的人物。

写作上的"相同之情"，"好玩之心"，远比严厉的道德批判抑或失禁的道德放浪要深刻得多。然而，当代中国的写作，似乎总难超脱善恶、是非，总忘不了张扬什么，或者反叛什么，在艺术上未免失之小气。以前，是政治道德在教育作家该如何写作，等到政治道德的绳索略松之后，作家们又人为设置了新的善恶、是非，供自己抗争或投靠——"写什么"和"怎么写"的论辩，"公共经验"和"个人写作"的冲突，"中国生活"该如何面对"西方经验"，"下半身"反抗"上半身"，等等，主题虽然一直在更换，但试图澄明一种善恶、是非的

---

① 曹雪芹、高鹗：《红楼梦》（上），第526页，人民文学出版社，2009年。

② 邓遂夫校订：《脂砚斋重评石头记甲戌校本》，第82页，作家出版社，2005年。

冲动却没有改变。因此，中国文学的根本指向，总脱不了革命和反抗，总难以进入那种超越是非、善恶、真假、因果的艺术大自在——这或许就是中国文学最为致命的局限。

　　写作既是一种发现，那么对任何现存结论的趋同，都不是文学该有的答案。写作的真理存在于比人间道德更高的境界里。在中国，较早洞察这个秘密的人，是王国维，他的《〈红楼梦〉评论》，包含着他对《红楼梦》的伟大发现，也全面阐发了他关于小说艺术的观念。可惜，那个时代的小说家，无心倾听王国维的声音，也毫不留意小说在艺术和美学上的追求，而大多是受"小说界革命"思想的影响，追随梁启超，把小说简化成了政治或道德的工具，他们写出来的小说也显粗糙、简陋。有意思的是，当时推崇"新小说"的一批新派人物，提倡师法外国小说，却走回了"文以载道"的老路；相反，一直研究旧小说《红楼梦》的王国维，却提出了全新的艺术观念——文学是带着人生的体验去描写人生的，并通过艺术来寻得人生的慰藉和解脱。王国维的《〈红楼梦〉评论》贯穿了这一主张，个中论述虽不少牵强之处，但必须承认，他是当时少有的能够理解《红楼梦》的生命世界并深入体会作者的写作用心的人。他把《红楼梦》称之为"彻头彻尾的悲剧"，不仅重新诠释了悲剧的境界，还使我们认识了一种在"无罪之罪"中承担"共同犯罪"之责[①]的叙事伦理。王国维"由叔本华之说"，把悲剧分为三种，他以《红楼梦》为例对悲剧所作的解读，即便是在今天也深具启示意义：

　　　　第一种之悲剧，由极恶之人，极其所有之能力以交构之

────────────

① 　这是刘再复对王国维的进一步解释。刘再复和林岗合著的《罪与文学——关于文学忏悔意识和灵魂维度的考察》一书，以"《红楼梦》与'共犯结构'"为题，设专章谈《红楼梦》，我认为这是中国当代学者对《红楼梦》最有创见的研究之一。《罪与文学》一书由牛津大学出版社2002年出版。

者。第二种，由于盲目的运命者。第三种之悲剧，由于剧中之人物之位置及关系而不得不然者；非必有蛇蝎之性质与意外之变故也，但由普通之人物、普通之境遇，逼之不得不如是；彼等明知其害，交施之而交受之，各加以力而各不任其咎。此种悲剧，其感人贤于前二者远甚。何则？彼示人生最大之不幸，非例外之事，而人生之所固有故也。若前二种之悲剧，吾人对蛇蝎之人物与盲目之命运，未尝不悚然战栗；然以其罕见之故，犹幸吾生之可以免，而不必求息肩之地也。但在第三种，则见此非常之势力，足以破坏人生之福祉者，无时而不可坠于吾前。且此等惨酷之行，不但时时可受诸己，而或可以加诸人；躬丁其酷，而无不平之可鸣：此可谓天下之至惨也。若《红楼梦》，则正第三种之悲剧也。……不过通常之道德、通常之人情、通常之境遇为之而已。由此观之，《红楼梦》者，可谓悲剧中之悲剧也。①

王国维指出《红楼梦》是第三种悲剧，而这一悲剧，并非由几个"蛇蝎之人"造成的，也非盲目的命运使然，而是由《红楼梦》中的每一个人（包括最爱林黛玉的贾母、贾宝玉等人）共同制造的——他们都不是坏人，也根本没有制造悲剧的本意，"但由普通之人物、普通之境遇，逼之不得不如是"，这就使这一悲剧既超越了善恶的因由（"极恶之人"），也超越了因果的设置（"意外之变故"），从而在"通常之道德、通常之人情、通常之境遇"中发现了一种没有具体的人需要承担罪责、其实所有人都得共同承担罪责的"悲剧中之悲剧"："贾母爱宝钗之婉嫕"，"信金玉之邪说，而思压宝玉之病"，

---

① 王国维：《〈红楼梦〉评论》，见《王国维文学论著三种》，第14—15页，商务印书馆，2001年。

王夫人"亲于薛氏"，都属情理中的事，无可指摘；宝玉和黛玉虽然
"信誓旦旦"，但宝玉遵循孝道，服从自己最爱的祖母，也是"普通之
道德使然"，同样无可厚非。这中间，并无"蛇蝎之人"，也无"非常
之变故"，每个人都有自己为何如此行事、如此处世的理由，每个人
的理由也都符合人情或者伦理，无可无不可，无是也无非，既无善恶
之对立，也无因果之究竟；然而，正是这些"无罪之罪"、这些"通
常之人情"，共同制造了一个旷世悲剧。而曹雪芹的伟大也正在于
此——他从根本上超越了中国传统小说中那种惩恶扬善、因果报应的
陈旧模式，既写俗世，又写俗世中的旷世悲剧；既写人世，又写人世
与天道的相通，为小说开创了全新的精神空间和美学境界。它对中国
文学最大的贡献，就是创造了一种新的叙事伦理：小说的写作，就是
要从俗世中来，到灵魂里去，写出人生和天道的通而为一。

三、写出"灵魂的深"

《红楼梦》"不外悲喜之情，聚散之迹"（鲁迅语），但它超越善
恶、因果，以"通常之人情"写出了至为沉痛的悲剧。重提《红楼
梦》，是因为当代小说正沦陷于庸常的、毫无创见的价值趣味之中，
而《红楼梦》中那束超越是非、善恶的审美眼光，实在有助于当代
作家将自己的写作深入到经验的内部，通达人类精神的大境界。写作
一旦为俗常道德所累，被是非之心所左右，其精神格局势必显得狭
小、局促。可惜，文学史常常是一部道德史、善恶史、是非史，少有
能超越其上、洞悉其中的人。

曹雪芹之后，鲁迅算是一个。鲁迅所生活的年代，是一个充满变
动与转折的大时代，一个激烈地告别传统、企求中国现代性的大时
代。在这一时期，建立一个现代民族国家，是包括多数知识分子在内
的中国人的共同愿望。而按照学者刘禾在《文本、批评与民族国家

文学》一文中的说法，现代文学的发展与中国进入现代民族国家的过程刚好是同步的，两者之间有密切的互动关系，因此，就性质而言，现代中国文学实际上是一种民族国家文学。①刘禾的判断稍嫌绝对，却也说出了部分的真实。起码就二十世纪中国小说而言，确实是充分地甚至是过多地与现代民族国家的诉求关联在了一起。因此，若论及二十世纪中国小说的叙事伦理，占主流地位的，可以说是一种国族伦理的宏大叙事。虽然这种国族伦理在不同时期、不同作家的小说写作中会有不同的表现，但大体上和刘小枫所说的"人民伦理的大叙事"是相同的。按照刘小枫的说法，"在人民伦理的大叙事中，历史的沉重脚步夹带个人生命，叙事呢喃看起来围绕个人命运，实际让民族、国家、历史目的变得比个人命运更为重要……人民伦理的大叙事的教化是动员、是规范个人的生命感觉。"②鲁迅小说的叙事伦理，也是在这一叙事语境与社会语境中形成的。他的小说，直接取材于当时的现实，从未回避时代的"主要的真实"（索尔仁琴语），也有很多国族层面上的承担。这就不奇怪，为什么詹明信在解读鲁迅的《狂人日记》时，会把它看作是"民族寓言"来阅读。③

　　我想进一步指出的是，鲁迅的小说，既从当时的现实取材，有现实层面的诉求（也就是他所说的"揭出病苦，引起疗救的注意"），又不拘泥于现实，更没有被俗世的伦理逻辑吞没。这种既贴近现实、又超越现实的立场，使得他的小说写作具有非常复杂的面相，远比一般意义上的民族寓言要丰富得多。鲁迅小说的叙事伦理，也绝非通常的"国族伦理的宏大叙事"所能涵盖。它有国族层面的承担，也注重

① 参见唐小兵主编：《再解读：大众文艺与意识形态》，第1页，北京大学出版社，2007年。

② 刘小枫：《沉重的肉身》，第7页，华夏出版社，2007年。

③ 〔美〕詹明信：《处于跨国资本主义时代中的第三世界文学》，《晚期资本主义的文化逻辑》，第523页，生活·读书·新知三联书店，1998年。

伸展个人的生命感觉，尤其注重传达鲁迅自己的切身体验。

对于当时的黑暗现实，鲁迅常常持一种激烈的批判立场，同时又对世界存有大悲悯。所以，他虽以冷眼看世界，却从来不是一个旁观者。当他说"中国历来是排着吃人的筵宴，有吃的，有被吃的。被吃的也曾吃人，正吃的也会被吃"时，不忘强调，"但我现在发见了，我自己也帮助着排筵宴"① —— 也就是说，鲁迅的思想并没有停留于对"吃人"文化的批判上，他承认自己也是这"吃人"文化的"帮手"，是共谋。他的文化批判，没有把自己摘除出去，相反，他看到自己也是这"吃人"传统中的一部分，认定自己对一切"吃人"悲剧的发生也应承担不可推卸的责任。所以，鲁迅是深刻的，因为他充当的不仅是灵魂的审判官，他更是将自己也当作了被审判的犯人——他的双重身份，使他的批判更具力度，在他身上，自审往往和审判同时发生。在二十世纪的中国作家中，具有这种自审意识的人极为稀少。鲁迅说，"我的确时时解剖别人，然而更多的是更无情面地解剖我自己。"② 这样的自我解剖，迫使鲁迅不再从世俗的善恶、是非之中寻求人性的答案，而是转向内心，挖掘灵魂的黑暗和光亮。没有这一点，鲁迅也不可能这么深刻地理解陀斯妥耶夫斯基的作品：

> 凡是人的灵魂的伟大的审问者，同时也一定是伟大的犯
> 人。审问者在堂上举劾着他的恶，犯人在阶下陈述他自己的
> 善；审问者在灵魂中揭发污秽，犯人在所揭发的污秽中阐明
> 那埋藏的光耀。这样，就显示出灵魂的深。
>
> ……在甚深的灵魂中，无所谓"残酷"，更无所谓慈悲；

---

① 鲁迅：《而已集·答有恒先生》，《鲁迅全集》（第三卷），第454页，人民文学出版社，1981年。

② 鲁迅：《写在〈坟〉后面》，《鲁迅全集》（第一卷），第284页，人民文学出版社，1981年。

但将这灵魂显示于人的，是"在高的意义上的写实主义者"。①

和陀斯妥耶夫斯基一样，鲁迅也是能写出"灵魂的深"的作家。他同样兼具"伟大的审问者"和"伟大的犯人"这双重身份，不仅超越了善恶，而且因为深入到了"甚深的灵魂中"，达到"无所谓'残酷'，更无所谓慈悲"的境界——这远比一般的社会批判要广阔、深邃得多。然而，在如今的鲁迅研究中，总是过分强调他作为社会批判家的身份，恰恰淡化了鲁迅身上那自审、悔悟、超越善恶的更深一层的灵魂景象。这或许正是鲁迅精神失传的原因之一。

这令我想起夏志清的一个说法：现代的中国作家普遍存在着一种感时忧国的精神。他们非常感怀中国的问题，能无情地刻画中国的黑暗与腐败，着力于以文学来拯救时世、改善中国民生，重建人的尊严，但恰恰是这种过于强烈的道义上的使命感，过多的爱国热情，使得中国作家未能获得更为宽广的精神视野，以至于整个现代文学当中，真正有成就的作家屈指可数。② 我认可夏志清的这一判断，却不完全认同他在《中国现代小说史》中对鲁迅的分析。夏志清指出，"中国现代小说家中，大概只有四个作家凭着自己特有的性格和对道德问题的热情，创造出一个与众不同的世界。他们是张爱玲、张天翼、钱钟书、沈从文。"③ 而鲁迅的成就，实在不能说在这几位作家之下。鲁迅的小说，既能写出时代的"主要的真实"，又能深入到人的内心世界，写出"灵魂的深"。即使在今天看来，他的《呐喊》与《彷徨》，仍旧是一笔异常珍贵的叙事遗产。

---

① 鲁迅：《集外集·〈穷人〉小引》，《鲁迅全集》（第七卷），第95页，人民文学出版社，1981年。

② 夏志清：《中国现代小说史》，第461页，刘绍铭等译，香港中文大学出版社，2001年。

③ 夏志清：《中国现代小说史》，第434页。

在鲁迅之后，同样能写出"灵魂的深"的，是张爱玲。张爱玲有一副俗骨，但必须看到，她的虚无和无意义背后，还是有一种超越现实、超越世俗的渴望。她的文字，有"很深的情理，然而是家常的"①。但这样的家常，并没有使张爱玲沉溺于细节与琐屑之中，因她很早就敏锐地察觉到："因为对一切都怀疑，中国文学里弥漫着大的悲哀。只有在物质的细节上，它得到欢悦——因此《金瓶梅》《红楼梦》仔仔细细开出整桌的菜单，毫无倦意，不为什么，就因为喜欢——细节往往是和美畅快，引人入胜的，而主题永远悲观。一切对于人生的笼统观察都指向虚无。"②——这是一个很高的灵魂视点，因为看到了"中国文学里弥漫着大的悲哀"，"一切对于人生的笼统观察都指向虚无"，所以，世事、人心在张爱玲笔下，自有一种苍凉感、幻灭感。但张爱玲并不是一味地尖刻，她也有着超越善恶之上的宽容和慈悲，"她写人生的恐怖与罪恶，残酷与委屈，读她的作品的时候，有一种悲哀，同时又是欢喜的，因为你和作者一同饶恕了他们，并且抚爱着那受委屈的。饶恕，是因为恐怖，罪恶与残酷者其实是悲惨的失败者……作者悲悯人世的强者的软弱，而给予人世的弱者以康健与喜悦。人世的恐怖与柔和，罪恶与善良，残酷与委屈，一被作者提高到顶点，就结合为一。"③胡兰成当时真不愧是张爱玲的知音，能这样准确地理解张爱玲——他看到了张爱玲超越于人间道德之上的宽容心，看到了"饶恕"，看到了"罪恶与善良"被她提高到顶点能"结合为一"，看到了她在世界面前的谦逊和慈悲，看到了她对这个世界爱之不尽。

张爱玲写了许多跌倒在尘埃里的人物，如果不是她有超越的眼

---

① 胡兰成：《中国文学史话》，第194页，上海社会科学院出版社，2004年。

② 张爱玲：《中国人的宗教》，《张爱玲文集》（第四卷），第111页，安徽文艺出版社，1992年。

③ 胡兰成：《中国文学史话》，第171—172页。

光，有敏锐的生命感悟，就很难看出弱者的爱与生命力的挣扎——因为强者的悲哀里是没有喜悦的，但张爱玲的文字里，苍凉中自有一种单纯和喜气。她笔下那些跌倒在尘埃里的人物，卑微中都隐藏着一种倔强和庄严，原因也正在于此。像《倾城之恋》，战乱把柳原和流苏推在一处，彼此关切着，这时，即便"整个的世界黑了下来"，张爱玲也不忘给他们希望："可是总有地方容得下一对平凡的夫妻的"；又如《金锁记》里的长安，面临最深的苦痛的时候，脸上也"显出稀有的柔和"——能将生之悲哀与生之喜悦结合为一者，除张爱玲之外，在其他中国作家中并不常见。

夏志清说："对于普通人的错误弱点，张爱玲有极大的容忍。她从不拉起清教徒的长脸来责人为善，她的同情心是无所不包的。"[1]胡兰成则说："张爱玲的文章里对于现代社会有敏锐的弹劾。但她是喜欢现代社会的，她于是非极分明，但根底还是无差别的善意。"[2]这就是张爱玲小说的叙事伦理：无所不包的"同情心"，对世界永不衰竭的爱，能将生之悲哀和生之喜悦结合为一的力量，以及那种"无差别的善意"。——她无论写的是哪一种境遇下的人物，叙事伦理的最终指向，总是这些。她的平等和深刻，成就了她非凡的小说世界。

还有沈从文。在二十世纪以来的中国作家当中，沈从文体量庞大。他所创造的文学世界有着非常复杂的面相，也贯穿着大体相通的写作伦理。沈从文的小说写作，对社会与人生也是充满关切的，当有人问沈从文"你为什么要写作"时，他是这样回答的："因为我活到这个世界里有所爱。美丽，清洁，智慧，以及对全人类幸福的幻影，皆永远觉得是一种德性，也因此永远使我对它崇拜和倾心。这点情绪同宗教情绪完全一样。这点情绪促我来写作，不断地写作，没

---

① 夏志清：《中国现代小说史》，第355页。
② 胡兰成：《中国文学史话》，第114页。

有厌倦，只因为我将在各个作品各种形式里，表现我对于这个道德的努力。"①

　　若不了解沈从文的写作，那么他所说的"德性"、道德这样的词汇，恐怕是容易引起误会的。作为一个作家，沈从文也确实有很强烈的感时忧国的精神，甚至有非常复杂的对民族国家的想象，而他对国家、民族与时代的关心，常常是站在一个艺术家的立场上的，如他所言："我就是个不想明白道理却永远为现象所倾心的人。我看一切，却并不把那个社会价值挼加进去，估定我的爱憎。我不愿问价钱上的多少来为百物作一个好坏批评，却愿意考查它在我官觉上使我愉快不愉快的分量。我永远不厌倦的是'看'一切。宇宙万汇在运动中，在静止中，在我印象里，我都能抓定她的最美丽与最调和的风度，但我的爱好显然却不能同一般目的相合。我不明白一切同人类生活相联结时的美恶，另外一句话说来，就是我不大能领会伦理的美。接近人生时我永远是个艺术家的感情，却绝不是所谓道德君子的感情。"②

　　沈从文说，他"不大能领会伦理的美"，在切近人生时"永远是个艺术家的感情，却绝不是所谓道德君子的感情"。这一番话，说得如此决绝，照见的是他那一颗丰沛的艺术之心，以及他对中国古典小说叙事伦理"伟大传统"的继承与发扬。不说《边城》，即便是《雪晴》《长河》等作品，他也都注重天人合一之境、强调和美的大自然对健全人格的感召，尽管那一时期他写的这一系列短章加大了对"恶"的批判力度，尤其是不再回避发生在乡村里的恶劣事。城市罪恶不是惟一的罪恶，希腊小庙里供奉的人性，揭下了圣洁的面纱，它终归要直面人间的普遍危机，他的人性世界里，出现了与纯净不相和

① 沈从文：《萧乾小说集题记》，《沈从文全集》第16卷，第325页，北岳文艺出版社，2002年。
② 沈从文：《从文自传·女难》，《沈从文全集》第13卷，第323页，北岳文艺出版社，2002年。

谐的杂音。但沈从文怀着伤感写暴力，不是为了显示暴力多么强大无阻，而是为了拯救，为了爱。他在小说里想象了无边的爱，因为只有爱，才能承担、和解那些冲突的重担，只有爱，才能让暴力低下不可一世的头颅。沈从文终归还是要把爱存放在乡村，因为天尽头的虫鸣、鸟叫、松落、雪飘、风吹，最能撮合肉身与灵魂的相遇。将美、善、爱合而为一，赞美没有恶意的生命景观，开启旷野里的自在呼吸，这一直是沈从文的叙事伦理。

沈从文和鲁迅一样，都对自己身处的人世，有着不同于别人的发现。只是，鲁迅的发现是黑暗、凄厉的，而张爱玲、沈从文的发现则不乏柔和、温暖。尤其是沈从文，他有一颗仁慈、宽厚之心，他所书写的湘西土地上那些平凡的人物、平凡的欢乐和悲伤，都焕发着美丽和诗性的光泽。他笔下的女性都是美的化身，如《三三》里的三三，《长河》里的夭夭，《边城》里的翠翠，还有《菜园》里那个"美丽到任何时见及皆不免出惊"的媳妇，等等，就连妓女也是可爱而敬业的，他并不严厉地批评，他坚持以善良的心解读世界。这点他和鲁迅有很大的不同。鲁迅笔下的女性形象，不是像杨二嫂那样"凸颧骨，薄嘴唇""两手搭在髀间，没有系裙，张着两脚，正像一个画图仪器里细脚伶仃的圆规"，便是如祥林嫂般"脸上瘦削不堪，黄中带黑，而且消尽了先前悲哀的神色，仿佛是木刻似的；只有那眼珠间或一轮，还可以表示她是一个活物"，即使刚开始时"总是微笑点头，两眼里弥漫着稚气的好奇的光泽"的子君，到最后，也露出了"凄惨的神色"。这就是鲁迅先生对人世的理解，麻木的，悲凉的，里面藏着大绝望。鲁迅对人性的总体看法是很灰暗的，他笔下的人世，多为沉重、腐朽、不堪的人世。鲁迅当然也有大爱，但他的爱是藏得很深的。沈从文所看到的世界则是美的，温润的，纯朴的，仁慈的。应该说，他们以同中有异的方式成了现代中国的灵魂见证人。

在曹雪芹、鲁迅、张爱玲、沈从文这样一些作家身上，我们可以看到中国小说的另一种叙事伦理：他们不仅是关怀现实、面对社会，而是直接以自己的良知面对一个心灵世界。中国文学一直以来都缺乏直面灵魂和存在的精神传统，作家被现实捆绑得太紧，作品里的是非道德心太重，因此，中国文学流露出的多是现世关怀，缺乏一个比这更高的灵魂审视点，无法实现超越现实、人伦、国家、民族之上的精神关怀。这个超越精神，当然不是指描写虚无缥缈之事，而是要在人心世界的建构上，赋予它丰富的精神维度——除了现实的、世俗的层面，人心也需要一个更高远、纯净的世界。所谓"天道人心"，"人心"和"天道"是可以通达于一的。中国小说惯于写人的性情，所以鲁迅才把《红楼梦》称之为"清代之人情小说的顶峰"，而在人的性情的极处，又何尝不能见出"天道"之所在、"人心"之归宿？但是进入二十世纪以后，中国小说是越写越实了，都往现实人伦、国家民族上靠，顺应每一个时代的潮流，参与每一次现实的变动，"小说"成为"大说"，结果是将小说写死了——因为小说是写人的，而人毕竟不能全臣服于现世，他一定有比这高远的想象、希望和梦想，正如别尔嘉耶夫所说的，"人是社会性的存在物，这是无可争议的。但人也是精神性的存在物。人属于两个世界。只有作为精神存在物，人才能认识真正的善。作为社会存在物，人只能认识关于善的不确定的概念。有一种社会学，它否定人是精神存在物，否定人从精神世界里获得自己的评价，这样的社会学不是科学，而是虚假的哲学，甚至是虚假的宗教。"① 既然人是一种精神性的存在物，就总会有属于他个人的想象、希望和梦想。如果忽视了人的这些精神属性，那么人就不复是健全的人，这样的文学也就是死的文学，或者是社会学、政治学的变体。

---

① ［俄］别尔嘉耶夫：《论人的使命　神与人的生存辩证法》，第25页，张百春译，上海人民出版社，2007年。

所以说，小说的精神维度应是丰富和复杂的，简化是小说的大敌。文学当然要写人世和现实，但除此之外，包括小说在内的中国文学自古以来也注重写天地清明、天道人心，这二者不该有什么冲突。比方说，中国人常常认为个人的小事之中也有天意，这就是很深广的世界观，它不是一般的是非标准所能界定的——现实、人伦是非分明，但天意、天道却在是非之初，是通达于全人类的。中国文学缺的就是后一种胸襟和气度。因此，文学不仅要写人世，它还要写人世里有天道，有高远的心灵，有渴望实现的希望和梦想。有了这些，人世才堪称是可珍重的人世。"可珍重的人世是，在拥挤的公车里男人的下巴接触了一位少女的额发，也会觉得是他生之缘。可惜现在都觉得漠然了。"① 正是因为作家们对一切美好的、超越性的事物都感到"漠然"了，他们的想象也就只能停留于那点现实的得失上，根本无法获得更丰富的精神维度。现实或许是贫乏的，但文学的想象却不该受制于现实的是非得失，它必须坚持提出自己的超越性想象——只有这样的文学，才能远离精神的屈服性，进入一个更自在、丰富的境界。

四、叙事困境及其可能性

　　周作人在一九二〇年有一个讲演，他说："人生的文学是怎样的呢？据我的意见，可以分作两项说明：一，这文学是人性的，不是兽性的，也不是神性的。二，这文学是人类的，也是个人的；却不是种族的，国家的，乡土及家族的。""古代的人类文学，变为阶级的文学；后来阶级的范围逐渐脱去，于是归结到个人的文学，也就是现代的人类文学了。要明白这意思，墨子说的'己在所爱之中'这一句话，最注解得好。浅一点说，我是人类之一；我要幸福，须得先使人

---

① 胡兰成：《中国文学史话》，第125页。

类幸福了，才有我的分，若更进一层，那就是说我即是人类。所以这个人与人类的两重特色，不特不相冲突，而且反是相成的。"①周作人这话，在今天读来，还是新鲜的。文学是人性的，人类的，也是个人的——如果作家真能以这三个维度来建构自己的写作，那定然会接通一条伟大的文学血脉。现在的问题是，中国作家中，能写出真实人性的人太少了，很多作家都把"兽性"和"神性"等同于人性，这是一个巨大的误区。所谓"神性"，说的是作家要么把写作变成了玄学，要么在作品中一味地书写英雄和超人（这在中国当代文学前三十年中尤为常见），没有平常心，这就难免显露出虚假的品质；所谓"兽性"，说的是作家都热衷于写人的本能和欲望（这在中国当代文学"后三十年"中尤为常见），多为肉身所累。另一方面，文学是"人类的，也是个人的"，表明在个人的秘密通道的另一端，联结的应是人类，是天道，是人类基本的精神和性情，却不仅仅是种族的、国家的、乡土及家族的。可惜的是，整个二十世纪，中国文学基本上都徘徊于种族、国家、乡土及家族的命题之中，个人的视角得不到贯彻，人类性的情怀无从建立，所以，二十世纪中国小说的局限性，不幸被周作人过早地言中。

进入当代以后，中国曾经历了一个极端政治化的时期，人的日常生活，人的思想的方方面面，都被主流意识形态统率起来。文学写作也一度被纳入到政府与国家的体制中，具有计划经济的性质。文学几乎成了社会学、政治学或政治经济学。从建国到二十世纪七十年代末之间的小说，几乎都受主流意识形态所规定的总体话语的支配。这个时代性的总体话语，从指导思想上说，是"文艺为政治服务"；从表现手法上说，是"革命现实主义与革命浪漫主义相结合"；从人物塑

---

① 周作人：《新文学的要求——一九二〇年一月六日在北平少年学会讲演》，《周作人自编文集·艺术与生活》，第19页、21页，河北教育出版社，2002年。

造上说，是歌颂正面人物，批判反面人物……总体话语为文学写作制定了单一的目标、方向、内容、路线和手法，艺术的个性和创造性被长期放逐，尤其是到了"文革"期间，文学成了意识形态的宣传工具，处于一种沉寂的状态。而在"文革"结束以后，声势浩大的"伤痕文学""反思文学""知青文学"等，在反抗一种意识形态独断的总体话语的同时，实际上，自己的写作也是按照总体话语的思维方式进行的。这些作品，虽然和前三十年的作品有着本质的区别，但它的基本思想依旧是先验的、意识形态的，人物依旧是意识形态的载体，结论也依旧和当时的意识形态是一致的。这样的一致，就为那个时代的写作制造了新的总体话语——不过是把内容从"革命"和"阶级斗争"，换成了苦难和人道主义而已，它依凭的依然是集体记忆而非个人记忆。这种新的时代性的总体话语，在当时有它的进步意义，但随着它们成为历史被凝固，与之相伴而生的文学也作为政治学、社会学的标本一起进了历史档案馆。

除了思想的负担太重，消费文化的兴起，也给二十世纪特别是九十年代以来的中国小说带来了不少的负面影响。这种叙事伦理上的变迁，和当代中国的社会语境与文学语境的变化有很大关系。二十世纪九十年代前后，中国开始了进一步的改革，市场经济在体制方面获得了合法性，开始全面铺开，文学体制的改革也开始进入实际操作阶段。小说家、文学刊物、出版社的存在和发展，原则上不再依赖于国家的资助和扶持，而是遵守市场的法则。与此同时，政治也改变了进入日常生活的形式，是消费，而不再是政治，成了社会生活的中心议题。在这样一个背景下，经验、身体和欲望，借助消费主义的力量，成了当下小说叙事的新主角。故事要好看，场面要壮大，经验要公众化，要发表，要出书，要配合媒体的宣传，获得市场效益——所有这些消费时代的呼声，都在不知不觉地改写作家面对写作时的心态。翻开杂志和出版物，举目所见，多是熟练、快速、欢悦的欲望写真，叙事被处理得像绸缎一样光滑，情欲是故事前进的基本动力，场景、细节几乎都指向阅读的趣味，艺术、叙事、人性和精神的难度逐渐消失，慢慢地，读者也就习惯了在阅读中享受一种庸常的快乐——这种快乐，就是单一的阅读故事而来的快乐。那些善于讲故事的人，尤其是善于以私人经验为主要故事内容的人，越来越成为这个时代的宠儿——市场意识形态所青睐的，总是这样一些人。

小说作为叙事的艺术，正在经受各种消费主义潮流的考验。到二十世纪九十年代，小说日渐成为一种消费品，从刊物到出版社，充满对情爱故事的渴望，加上电影、电视剧对小说的影响，而且每天大量的社会新闻主导着人们的日常阅读，所有这些，都是故事在其中扮演第一主角——不过，这里的故事不再是艺术性的叙事，它成了文化工业对读者口味的揣摩和满足。

从这个意义上说，消费的力量介入小说写作之后，使叙事发生了另外一种命运：叙事与商业的合谋，在电影、电视剧和畅销小说等领域都获得了巨大的成功。这是消费社会里新的叙事图景："现代社会一方面把叙事分解为新闻报导或新闻调查之类的东西，另一方面资本社会并没有忘记人们爱听故事的古老天性，现代社会把叙事虚构变成了一种大规模的文化工业。古老的叙事艺术和讲故事的能力在认真严肃的小说叙事领域没落了，却成了一本万利的文化工业。讲故事的艺术从小说叙事中衰落，为广告所充斥的商业社会却到处都在讲述商业神话，用讲故事的形式向人们描述商品世界的乌托邦。"[①] 这种文化工业对叙事的改造，正在影响小说写作的风貌，使得中国小说的叙事伦理出现了新的演变。为了迎合读者的口味和走向市场，已经有不少作家以牺牲写作难度的代价来满足出版者的要求；即便是严肃的写作，

---

① 耿占春：《叙事美学：探索一种百科全书式的小说》，第2—3页，郑州大学出版社，2002年。

许多时候也得容忍和默许出版者用低俗的理由进行炒作。商业和市场遏制了许多作家试图坚守写作理想的冲动，叙事的艺术探索更是在萎缩。消费社会的叙事悖论也许正在于此：任何严肃、专业的艺术创造，甚至艰深、枯燥的学术思想，都有可能被消费者改造成商业用途。消费社会的逻辑根本不是对商品的使用价值的占有，而是满足于对社会能指的生产和操纵；它的结果并非在消费产品，而是在消费产品的能指系统。文学消费也是如此。读者买一本小说，几乎都被附着于这部小说上的宣传用语——这就是符号和意义——所左右。小说（产品）好不好越来越不重要，重要的是，它被宣传成一个什么符号，被阐释出怎样一种意义来。最终，符号和意义这个能指系统就会改变小说（产品）的价值。我们目睹了太多粗糙的小说就这样被炒作成畅销书或重要作品的。叙事如果完全受控于消费符号的引导，真正的叙事艺术就只能退守到一个角落了。

在这样一种背景下，召唤一种灵魂叙事，由此告别那种匍匐在地上的写作，并在写作中挺立起一种雄浑、庄严的价值，使小说重获一种肯定性的、带着希望的力量，这可能是接下来中国小说叙事发展的趋势。当写作日益变成一种养病的方式，小说日益变成一种经验的私语和欲望的加油站，也许必须重申，文学更应该是人心的呢喃、灵魂的叙事。

当小说日益变成故事的奴隶和消费主义的信徒，重申曹雪芹、鲁迅、张爱玲、沈从文这一具有超越性的"伟大传统"，对于我们认识一种健全的中国文学，有着不同寻常的意义。曹雪芹以"通常之人情"写旷世之悲剧，鲁迅以"伟大的审问者"和"伟大的犯人"这双重身份写"灵魂的深"，张爱玲以无所不包的同情心和"无差别的善意"写生之悲哀和生之喜悦，沈从文以他的仁慈书写生命的淳朴和庄严——他们写的都是人性、人情，但他们又都超越了人间道德的善恶之分，超越了国家、种族这样一些现世伦理，都在作品中贯注着一种人类性的慈悲和爱。他们的写作，不能被任何现成的善恶、是非所归纳和限定，因为他们所创造的是一个伟大的灵魂世界，在这个世界里，每个人都是悲哀的，但又都是欢喜的；每个人都在陈述自己，但又都在审判自己——在我看来，这是中国文学中最为重要、但至今未被充分重视的精神传统。

中国当代小说只有重建起这一叙事伦理，才有望为人类性的根本处境作证，才能进到一个新的境界。当代小说经过了这么多年的变革，再指望通过一些局部的改造而获得新的前景，已经没有可能；它需要的是整体性的重建。其中，至关重要的一点，就是要在文学中建立起灵魂关怀的维度，从而写出灵魂的丰富性和复杂性。这一灵魂叙事的重要性，不仅被曹雪芹、鲁迅、张爱玲、沈从文等人的写作所证实，它也是整个西方文学的精神基础。

在中西方伟大的文学中，几乎都有共通的叙事伦理——它高于人间的道德，关心生命和灵魂的细微变化；它所追问的不是现实的答案，而是心灵的回声。这样一种叙事伦理是超越的，也是广阔的。它不解答社会学和政治学意义上的问题，而是通过一种对人性深刻的体察和理解，提出它对世界和人心的创见。有了这个创见，才能建立起小说自身的伦理——一种不同于人间伦理或理性伦理的诉求。因此，要真正理解《红楼梦》，要准确进入鲁迅、张爱玲和沈从文的世界，我们就必须知道这种以生命和灵魂为主角的叙事伦理。

叙事伦理也是一种生存伦理。它关注个人深渊般的命运，倾听灵魂破碎的声音，它以个人的生活际遇，关怀人类的基本处境。这一叙事伦理的指向，完全建基于作家对生命、人性的感悟，它拒绝以现实、人伦的尺度来制定精神规则，也不愿停留在人间的道德、是非之中，它用灵魂说话，用生命发言。刘小枫说，"叙事伦理学不探究生命感觉的一般法则和人的生活应遵循的基本道德观念，也不制造关于生命感觉的理则，而是讲述个人经历的生命故事，通过个人经历的叙事提出关于生命感觉的问题，营构具体的道德意识和伦理诉求。叙事伦理学看起来不过在重复一个人抱着自己的膝盖伤叹遭遇的厄运时的哭泣，或者一个人在生命破碎时向友人倾诉时的呻吟，像围绕这一个人的、而非普遍的生命感觉的语言嘘气。"① 因此，以生命、灵魂为主体的叙事伦理，重在呈现人类生活的丰富可能性，重在书写人性世界里的复杂感受；它反对单一的道德结论，也不愿在善恶中挣扎——它是在以生命的宽广和仁慈来打量一切人与事。

在中国当代，认识这一叙事伦理的价值的作家还太少。大多数人，还在走"种族的，国家的，乡土及家族的"路子，把"兽性"当人性来写的人也不在少数，只有少数作家，开始从现世的伦理、是非中超越出来，正走向生命的宽广，正试图接续上中国叙事文学传统中最为重要的伦理血脉。

余华比较早就觉察到了一种叙事伦理转向的意义。二十年代八十年代中期，余华和格非、苏童等年轻作家一起走上文学舞台。在不少研究者看来，以他们为代表的先锋写作具有鲜明的"去政治化"的意味，事实上，这种对政治的拒绝，在先锋小说中并不彻底，至少余华在八十年代中后期的小说写作中并没有脱离政治。相反，他对待政治的态度是相当激进的。王德威在对余华于一九八七年发表的短篇小说《十八岁出门远行》进行分析时曾指出，这一貌似漫不经心的作品实际上"成为对政治的挑衅"。在王德威的解读中，《十八岁出门远行》的革命性意义正在于，它以一种游戏的笔调对当时占主流的国族伦理的宏大叙事进行了颠覆。② 这种解读，同样是将之看作是一个"国族寓言"。如果说《十八岁出门远行》的反叛性还过于温和、过于隐晦的话，那么在他的《一九八六》《往事与刑罚》《现实一种》《四月

---

① 刘小枫：《沉重的肉身》，第4页，华夏出版社，2007年。

② 王德威：《当代小说二十家》，第131页，生活·读书·新知三联书店，2006年。

三日事件》《死亡叙述》等中篇小说里，这种对国族伦理的大叙事的反抗就更明朗了。在这一系列中短篇著作中，余华形成了独特的暴力美学：将暴力书写泛滥化，并借此解构中国当代前三十年文学所建立起来的宏大叙事。这一批小说，在政治层面上的解构意义自不待言，从文学史的序列来看也自有其价值，但这种以牙还牙、以暴制暴式的写作也使余华无法自我撇清，更无法填补解构后的空无，如阿城所言："近年评家说先锋小说颠覆了权威话语，可是颠覆那么枯瘦的话语的结果，搞不好也是枯瘦，就好比颠覆中学生范文会怎样呢？"①

对于这种写作方式的局限，余华也是有所反思的。一九九三年时，他说：

> 我一直是以敌对的态度看待现实的。随着时间的推移，我内心的愤怒渐渐平息，我开始意识到一位真正的作家所寻找的是真理，是一种排斥道德判断的真理。作家的使命不是发泄，不是控诉或者揭露，他应该向人们展示高尚。这里所说的高尚不是那种单纯的美好，而是对一切事物理解之后的超然，对善与恶一视同仁，用同情的目光看待世界。②

当许多作家都还停留在发泄、控诉和揭露的阶段，余华已经意识到，写作的真理"是一种排斥道德判断的真理"，并能够"对善与恶一视同仁"，能"用同情的目光看待世界"，这是一种不同凡响的写作觉悟。余华后来能写出《活着》和《许三观卖血记》这样的小说，显然是得益于这一叙事伦理的影响。因为有了这种"超然""一视同仁"和"同情"，《活着》才如余华自己所说，讲述了眼泪的宽广和

---

① 阿城：《闲话闲说——中国世俗与中国小说》，《阿城精选集》，第385页，北京燕山出版社，2011年。

② 余华：《为内心写作》，《灵魂饭》，第222页，南海出版公司，2002年。

丰富，讲述了绝望的不存在，讲述了人是为了活着本身而活着的，而不是为了活着之外的任何事物而活着的；《许三观卖血记》才成了"一本关于平等的书"。必须承认，余华对善恶、是非以及道德判断的超越，对"超然"和"平等"的追求，使他走向了一个新的写作境界。尽管这样的转向没有了他早期的凶猛和冲击力，但就着一个作家对现实的描写而言，余华找到了一条更切合中国人生存状态的写作路径。

东西的小说，从《没有语言的生活》开始，就一直在探索个人命运的痛苦、孤独和荒谬。他的小说有丰富的精神维度：一面是荒谬命运导致的疼痛和悲哀，另一面他却不断赋予这种荒谬感以轻松、幽默的品质——正如张爱玲的小说总是能"给予人世的弱者以康健与喜悦"一样，读东西的小说，我们也能从中体验到悲哀和欢乐合而为一的复杂心情。他的《没有语言的生活》，写了三个人：王家宽，王老炳，蔡玉珍，一个是聋子，一个是瞎子，一个是哑巴，他们生活在一起，过着没有语言的生活，但即便如此，东西也不忘给王老炳一个简单的希望："如果再没有人来干扰我们，我能这么平平安安地坐在自家的门口，我就知足了。"他的《不要问我》写的是另一种失去了身份之后的荒谬和焦虑。主人公卫国是一个大学副教授，酒后冒犯了一个女学生，为了免于尊严上的折磨，他决定从西安南下，准备到另一个城市谋职。没想到，他的皮箱在火车上遗失，随之消失的是他的全部家当和一应证件。他成了一个无法证明自己是谁的人。麻烦接踵而来：他无法谋职，甚至无法在爱情上有更多的进展，总是处在别人的救济、同情、怀疑和嘲笑之中。原来是为了逃避尊严上的折磨而来到异地，没想到，最终却陷入了更深的折磨之中。因为没有证件，卫国的身体成了非法的存在，这本来是荒谬的，但东西在小说的结尾特意设置了一个比赛喝酒的细节，从而使这种荒谬带上了一种黑色幽默的效果，越发显得悲怆。他的长篇小说《后悔录》，写了一个叫曾广贤的人，这个人本性善良、胆怯，可是，他的一生好像都在为难自己，因为他做的每一件事情，最终都使自己后悔，他的一生也为这些事付出了巨大的代价：因为自己一不小心将父亲的情事"泄密"出去，父亲遭受残酷迫害，三十年不和他说话，母亲死于非命，妹妹失踪了；因为一时冲动，闯进了漂亮女孩张闹的房间，虽然什么事也没发生，却得了个"强奸"的罪名，身陷牢狱多年；因为对感情和性爱抱着单纯、美好的想象，他失去了一个又一个对他示好的女友；因为被张闹的一张假结婚证所骗，他多年受制于她，等到明白过来的时候，已经人财两空；一个在很小的时候就对性充满热情的人，却一直没有享受过真实的性爱——不是没有机会，而是，"不知道为什么，这些年来，只要我的邪念一冒头，就会看见女人们的右掌心有黑痣，就觉得她们要不是我的妹妹，就是我妹妹的女儿。我妹妹真要是有个女儿，正好是你这样的年龄，所以，直到现在，我都四十好几了，都九十年代了，也没敢过一次性生活，就害怕我的手摸到自家人的身上。"所以，曾广贤最后为自己总结到："我这一辈子好像都在挖坑，都在下套子，挖坑是为自己跳下去，下套也是为了把自己套牢。我都干了些什么呀？"①曾广贤受了许多委屈和错待，但他心里没有憎恨，他饶恕一切，承担一切，将一切来自现实的苦难和重压，都当作是生活对自己的馈赠。《后悔录》仿佛在告诉我们，小人物承担个人的命运，跟英雄承担国家、民族的命运，其受压的过程同样值得尊敬。这个用自己的一生来后悔的人，最后用自己的后悔证明了人生的荒谬，以及荒谬世界里那渺小的悲哀和欢乐。东西通过一种"善意"和"幽默"，写出了生命自身的厚度和韧性；他写了悲伤，但不绝望；写了善恶，但没有是非之心；写了欢乐，但欢乐中常常有辛酸的泪。他的小说超越了现世、人伦的俗见，有着当代小说所少有的灵魂追问。

---

① 东西：《后悔录》，《收获》2005年第5期。

贾平凹的叙事伦理也值得研究。他在长篇小说《秦腔》的"后记"中说："我的写作充满了矛盾和痛苦，我不知道该赞颂现实还是诅咒现实，是为棣花街的父老乡亲庆幸还是为他们悲哀。……古人讲：文章惊恐成，这部书稿真的一直在惊恐中写作……"[①] 在"赞颂"和"诅咒"、"庆幸"和"悲哀"之间，贾平凹"充满矛盾和痛苦"，他无法选择，也不愿意作出选择，所以，他只有"在惊恐中写作"。《秦腔》之所以会被认为是当代中国乡土写作的重要界碑，与贾平凹所建立起来的这种新的叙事伦理是密切相关的。假如贾平凹在写作中选择了"赞颂现实"或者"诅咒现实"，选择了为父老乡亲"庆幸"或者为他们"悲哀"，这部作品的精神格局将会小得多，因为价值选择一清晰，作品的想象空间就会受到很大的限制。但贾平凹在面对这种选择时，他说"我不知道"，这个"不知道"，才是一个作家面对现实时的诚实体会——世道人心本是宽广、复杂、蕴藏着无穷可能性的，谁能保证自己对它们都是"知道"的呢？《庄子》载："啮缺问乎王倪曰：子知物之所同是乎？曰：吾恶乎知之。子知子之所不知耶？曰：吾恶乎知之。然则物无知耶？曰：吾恶乎知之。虽然，尝试言之，庸讵知吾所谓知之非不知耶？庸讵知吾所谓不知之非知耶？"——你知道这些吗？我不知；你知道你不知吗？我也不知。我只是一个"无知"，但我这个"无知"何尝不是一种生命的真知？这种真知，既是自知之明，也是生命通透之后的自觉，是一种更高的智慧。遗憾的是，中国当代活跃着太多"知道"的作家，他们对自己笔下的现实和人世，"知道"该赞颂还是诅咒；他们对自己笔下的人物，也"知道"该为他庆幸还是悲哀。其实这样的"知道"，不过是以作者自己单一的想法，代替现实和人物本身的丰富感受而已。这令我想起胡兰成对林语堂的《苏东坡传》的批评。苏轼与王安石是政敌，而两人相见

---

① 贾平凹：《秦腔·后记》，《秦腔》，第563—564页，作家出版社，2005年。

时的风度都很好。但是，"林语堂文中帮苏东坡本人憎恨王安石，比当事人更甚。苏与王二人有互相敬重处，而林语堂把王安石写得那样无趣……"①胡兰成的批评不无道理。相比之下，当代文学界的很多作家在帮人物"憎恨"（或者帮人物喜欢）这事上，往往做得比林语堂还积极。

中国当代文学界太缺乏能"对善与恶一视同仁"、太缺乏能宣告"我不知道"的作家了，"帮苏东坡本人憎恨王安石"式的作家倒是越来越多。结果，文学就越发显得庸俗和空洞。就此而言，余华、东西和贾平凹等人在叙事上的伦理自觉，值得推崇。

迟子建小说的叙事伦理也值得我们重视。在中国当代的女作家当中，迟子建、铁凝、魏微等人的笔墨，常常带着精神暖意。她们小说中的那种美好、坚韧和隐忍的高尚，总是让人对生存心怀希望。迟子建的短篇小说《逝川》，长篇小说《额尔古纳河右岸》《白雪乌鸦》等，都给我留下了极深的印象。她的这些作品，也是能抵达"对善与恶一视同仁"的境界的。阅读她的小说，仿佛是置身于一个深邃广大、充满灵性的世界当中，让我想起德国思想家舍勒所说的"爱的共同体"。海德格尔曾把"操心""畏""烦"等看作是人生在世的基本状态，但是在舍勒看来，"'爱与亲密无间'、心心相印与携手共进，才是人生在世的最深沉的基础结构。"②这是舍勒"爱的共同体哲学"的起点，也可以说是迟子建小说叙事伦理的基本内容。

《逝川》中的吉喜，年轻时曾与阿甲村的村民胡会相恋。吉喜本以为胡会一定会娶她，胡会却选择了毫无姿色与持家能力的彩珠。胡会不娶吉喜，主要是因为觉得吉喜太能干了，男人在她的屋檐下会慢慢丧失生活能力。后来吉喜一直独身，除了捕鱼，也替人接生。小说

---

① 胡兰成：《中国文学史话》，第119页。

② 转引自靳希平：《海德格尔传·译后记》，[德]萨弗兰斯基著《海德格尔传》，第578页，商务印书馆，1999年。

里吉喜为爱莲接生时的场景是动人的，这里面有个人的记忆与恩怨（爱莲是胡会的孙子胡刀的爱人），也有个人得失的卷入。接生这天，本是捕捉泪鱼的日子，传说这天谁一无所获家里就要遭灾，可独身的吉喜最后还是放弃了捕鱼，全力替难产的爱莲接生。阿甲村的村民也在吉喜的木盆中放了十多尾泪鱼。他们都把吉喜当作是自己的亲人。

在迟子建的小说世界中，恶一直都是在场的，但是善和爱本身，也从未退场。在深入地挖掘人性之恶的同时，迟子建也不忘扎根于灵魂，出示她的信心与希望。以《白雪乌鸦》为例，小说里的王春申本来是个不幸的人物，他的一妻一妾，都与别人偷情。其中妻子吴芬的情人叫巴音，当巴音暴尸街头时，知道王春申家事的人，以为他会因此解气。但是，"王春申为巴音难过，他没有想到十多天前还好好的一个大活人，说死就死了。他平素厌恶巴音的模样，觉得他长着鹰钩鼻子，一双贼溜溜的鼠眼，不是善面人。可现在他一想起他的眉眼，就有股说不出的怜惜与心疼。王春申更加鄙视吴芬，觉得她自私自利，无情无义，合该无后。在王春申想来，巴音的精血，是被吴芬吸干了，一场伤风才会要了他的命。"①

在更年轻一些的作者当中，葛亮的小说也别具风格。近年来，他在港台和内地出版了《谜鸦》《德律风》《七声》《朱雀》等作品。《阿德与史蒂夫》《阿霞》《德律风》等短篇小说以近乎白描的手法书写底层人物的卑微人生，长篇小说《朱雀》则以南京这一城市空间为根据地，聚拢起二十世纪中国的历史与创伤。在切近历史的暴虐和宿命般的创伤时，葛亮不忘投以一束有情的眼光，从中可以看到沈从文与张爱玲的遗风。这部小说中的人物，各有其现实身份，但葛亮在走近他们的时刻，并未受限于历史与现实的恩怨，而是一视同仁地试图深入人物的灵魂，倾听他们心灵深处的声音。《朱雀》的行文，

---

① 迟子建：《白雪乌鸦》，第29页，人民文学出版社，2010年。

涉及南京大屠杀、国共内战、反右、文革等重大历史事件，但它们在小说中并没有成为表现的中心。葛亮有意将大历史的暴虐分散在日常生活当中，并以程囡、程云和、程忆楚等人的情与爱加以融化。在叙事状物写人的时候，葛亮往往能超越于一般的政治与伦理立场，忠实地表现自己真实的艺术感觉，最终创造了一个属于自己的文学世界。

像余华、东西、贾平凹、迟子建、葛亮这样的作家，不是仅在现实的表面滑行，更非只听见欲望的喧嚣，而是能看到生命的宽广和丰富，他们其实正在接续中国小说叙事的伟大传统——"饶恕"那些扭曲的灵魂，能有无所不包的同情心，能在罪与恶之间张扬"无差别的善意"，能对坏人坏事亦"不失好玩之心"，能将生之悲哀和生之喜悦结合为一，能在"通常之人情"中追问需要人类共同承担的"无罪之罪"，能以"伟大的审问者"和"伟大的犯人"这双重身份写出"灵魂的深"——这些写作品质，已经超越了我们对文学叙事的一般理解。

只是，在一个民族、国家的命运，革命、政治的理想成了伟大的人民伦理的时代，任何的个体伦理，以及任何个体对生命、生存所发出的叹息和劝慰，都会淹没在历史匆忙的脚步声中。因此，中国小说常常被时代的总体话语所劫持，不得不加入到时代的大合唱中，而个体的生命感觉、个人的命运故事，只能在革命、政治和消费文化的缝隙中，艰难地发出自己微弱的声音。因此，二十世纪来中国小说叙事的每一次伦理转向，都包含着个体伦理与政治伦理、消费伦理的冲突，也都在证明，惟有个体伦理、生命伦理，才是文学叙事最终的栖息之地。

二〇一二年八月八日

尊灵魂的写作时代已经来临

　　进入新世纪后，中国小说的写作日趋多元，每个作家都必须面对一个由消费文化为主导的多重力量交织的写作现场，写作已经无法再获得任何的精神总体性。正如二十世纪八十年代作家们着迷于把语言变成一种叙事权力一样，近年来，如何把个人写作彻底合法化，也成了中国当代文学发展的重要动力。然而，在这个写作不断走向个人化的过程中，个人经验的广阔并没有被全面敞开，相反，一种压抑个人的力量也同时崛起——新的写作公共性，往往以个人写作的名义，为作家笔下那千人一面的故事进行道德辩解。

　　经验和故事，身体和欲望，可以看作是这十几年来中国小说的两对关键词；催生它们蓬勃发展的潜在力量，正是消费社会的兴起。但是，这样的写作开始面临根本的困境：二十世纪的小说革命，是把作家的眼光从外在的世界转向人类的内心，通过"对自我的内心生活进行细致探究"① 来寻找新的方向，假如今日的小说不再探究人类心灵的内在图景，也不再对人类的精神提出新的想象，那么，小说存在的意义在哪里？换句话说，越过经验和欲望的丛林，小说还有可能对存在发言、与灵魂对话吗？

---

① ［捷］米兰·昆德拉：《小说的艺术》，第32页，董强译，上海译文出版社，2004年。

基于这样的追问，我以为，在经验和身体话语之外，新世纪的小说正在经历隐秘的变化，而变化的方向，是灵魂叙事将再一次成为小说的强势主角。

一、经验的贫乏

小说是对内心的勘探，对精神复杂性的描述，这一直是小说的重量之所在。导致近年来小说日益轻化、趣味化、商业化的根本原因，在我看来，是经验的崛起以及小说界对个人经验的过度崇拜——个人写作，一度成了经验写作的代名词。展示经验的新奇，书写经验的秘密，把经验当作生活的基本肌理加以解剖，甚至把个人经验当作日常生活的全部内容，这已经成了当下写作的主流。

展示经验的最好载体是故事。在这个崇尚经验、热衷于传递经验的当代社会，故事正在日渐取代小说的地位——很多人之所以读小说，目的是为了读故事；而读故事的目的，又是为了窥探、分享那些私密的经验。就这样，一个发端于个人经验的写作链条，通过讲故事的方式，连接上了消费社会这一粗大的血管；很长一段时间来，小说除了讲一个好看的欲望故事之外，几乎丧失了探索精神疑难和叙事艺术的热情。然而，小说固然要讲故事，但故事并不都是小说；正如生活里有经验，但生活并不全由经验所构成。

本雅明说，"经验贬值了"，"而且看来它还在贬，在朝着一个无底洞贬下去。无论何时，你只要扫一眼报纸，就会发现它又创了新低，你都会发现，不仅外部世界的图景，而且精神世界的图景也是一样，都在一夜之间发生了我们从来以为不可能的变化。"[1] 新闻是对经

① ［德］瓦尔特·本雅明：《讲故事的人》，张耀平译，陈永国、马海良编：《本雅明文选》，第291—292页，中国社会科学出版社，1999年。

验最直接的讲述，由新闻所告诉我们的经验适合分享和传递，所以，现代人的生活，几乎都由新闻所主导。当大家在新闻的暗示下，口口相传别人的经验的时候，其实个体可以言说的经验不仅没有变得丰富，反而变得贫乏了。这也就是为何那些激进的个人主义者，写出来的小说面貌往往大致相仿的原因之一。经验的类同，正在瓦解小说家的创造力，因为在现代社会，一切经验都在遭遇根本的挑战："战略经验遇到战术性战争的挑战；经济经验遇到通货膨胀的挑战；血肉之躯的经验遇到机械化战争的挑战；道德经验遇到当权者的挑战。"① 那些渺小的个人经验，只有被贴上巨大的历史标签或成为特殊的新闻事件之后，它才能被关注和获得意义，因此，很多的写作，看起来是在表达自己的个人经验，其实是在抹杀个人经验——很多所谓的"个人经验"，打上的总是公共价值的烙印。尽管现在的作家都在强调"个人性"，但他们分享的恰恰是一种经验不断被公共化的写作潮流。

如何在经验已经贫乏、贬值的年代，继续让小说获得自己独有的意义？这令我想起米兰·昆德拉对小说家的定义，他在《小说的艺术》一书中称小说家为"存在的探究者"，而把小说的使命确定为"通过想像出的人物对存在进行深思"，从而揭示出存在世界不为人知的方面。"小说审视的不是现实，而是存在。而存在并非已经发生的，存在属于人类可能性的领域，所有人类可能成为的，所有人类做得出来的，小说家画出存在地图，从而发现这样或那样一种人类可能性。……存在的领域意味着：存在的可能性。"② 这个著名论述，指出小说的精神，应该关乎"存在"与"可能性"这两个基点，也就是说，小说必须在世界和存在面前获得一种深度，而非简单地在生活经验的表面滑

---

① ［德］瓦尔特·本雅明：《讲故事的人》，张耀平译，陈永国、马海良编：《本雅明文选》，第292页。

② ［捷］米兰·昆德拉：《小说的艺术》，第54—55页，董强译，上海译文出版社，2004年。

行——但我注意到，当下很多写作仍然是在满足于再现一种贫乏的经验，复制一种简陋的生活。当作家们普遍热衷于描绘"直接现实主义"，我们有必要追问：一个有内心质量的作家，应该如何处理经验与记忆、个人与世界、想象与虚构之间的复杂关系？

我并不否认，个人经验在文学写作中的全面崛起，增强了写作的真实感，并为文学如何更好地介入生活提供了新的视角和资源。我想说的是，经验并非写作唯一用力和扎根的地方，在复杂的当代生活面前，经验常常失效。一个作家，如果过分迷信经验的力量，过分夸大经验的准确性和概括性，他势必失去进一步探究存在的热情，从而远离精神的核心地带，最终被经验所奴役。

经验是写作的重要材料，但在这个任何经验和感受都能被符号化、公共化的消费时代，作家的创造性应该体现在如何对经验进行辨析、如何使经验获得"个人的深度"（克尔恺郭尔语）上。这种对经验的辨析，正如克尔恺郭尔辨析"记忆"和"回忆"这两个概念之间的不同一样。他在《酒宴记》中说，你可以记住某件事，但不一定能回忆起它。"回忆力图施展人类生活的永恒连续性，确保他在尘世中的存在能保持在同一进程上，同一种呼吸里，能被表达于同一个字眼里。"[①] 简单的记忆，记住的不过是材料，它因为无法拥有真实的、个人的深度，必定走向遗忘。耿占春对此也作了分析，他说：在新闻主宰一切的今天，"人人都记得的一件事，谁也不会对它拥有回忆或真实的经验。这反映了经验的日益萎缩，这也表明了人与经验的脱离，人不再是经验的主体。看来不太可能的状况已经出现在我们的生活中：我们生活在并非构成自身经验的生活中。我们的意识存在于新闻报道式的话语方式中，因而偏偏认为：不能为这种话语方式所叙

---

① ［丹麦］克尔恺郭尔：《酒宴记》，见《曾经男人的三少女》，江辛夷译，作家出版社，1994年。

述的个人生活经验是没有意义或意指作用不足的。"① 确实，当下中国作家面临的一个重要困境就是，"生活在并非构成自身经验的生活中"，生活正被这个时代主导的公共价值所改写，在这种主导价值的支配下，一切的个人性都可能被抹平，似乎只有这样，小说才能获得最大限度的商业和消费价值。

如果用哈贝马斯的话说，这种对生活的改写，其实是把生活世界变成了新的"殖民地"。他在《沟通行动的理论》一书中，特别提到当代社会的理性化发展，已把生活的片面扩大，侵占了生活的其他部分。比如，金钱和权力只是生活的片面，但它的过度膨胀，却把整个生活世界都变成了它的殖民地。② 面对这种状况，重述一个作家的对存在现状的敏感是必要的。惟有对存在的敏感和追问，才能使作家拒绝认同片面生活对整个生活世界的殖民。许多时候，经验写作其实是新的殖民写作：它以一种可以被消费和传播的经验，殖民了更多在暗处的、无法获得传播价值的经验。因此，经验常常是片面的，经验只有被存在所照亮，它才能为一种人之为人的处境作证。

假如小说不再集中描述存在的景象，也不再有效地解释精神的处境，那么，它也就不再处于自己的世界之中了。荷尔德林说，文学是为存在作证，但在今天，文学仿佛一夜之间就变成了消费主义和欲望故事的囚徒，谁还有兴趣对存在的难题穷追不舍呢？存在已被遗忘。然而，真正的文学永远是人的存在学，它必须表现人类存在的真实境况。离开了存在的视角，精神的暗处便无法被照亮；没有对精神复杂性的充分认知，一个作家的写作也无法深入人类的内心。惟有把一切伪装的生存饰物揭开，看看在经验的下面，我们的心灵究竟需要什么，我们的精神究竟在哪里出了问题，这样的文学，才是寻根的文

---

① 耿占春：《回忆和话语之乡》，第181—182页，广西师范大学出版社，2003年。
② 转引自王元化、李慎之、杜维明等著：《崩离与整合：当代智者对话》，第5页，东方出版社中心，1999年。

学、找灵魂的文学。

当本雅明所说的新闻报道成了更新、更重要的第三种叙事和交流方式，小说由此面临危机之时，小说还有存在的必要，就在于它能够在个人经验被侵蚀和淹没的时候，为贫乏的经验找到一条返回内心、获得意义的通道，使人类重新生活在构成我们自身经验的生活中。

二、身体的面具

和经验相关的另一个写作关键词是：身体。近十年来，身体是一些作家的革命主体，也是另一些作家的写作策略，关于身体话语的文学讨论，因此被赋予了很多复杂的因素。有一些人，一说到身体，以为指的就是性，欲望，或者个人情感的宣泄，这其实是把身体和肉体混为一谈。肉体指的是身体的生理性的一面，它是身体最低、最基本的方面；除了生理性的一面，身体还有伦理、精神和创造性的一面。身体的伦理性和身体的生理性是辩证的关系，只有将二者统一才称得上是完整的身体，否则它就仅仅是个肉体——而肉体不能构成写作的基础。

从哲学意义上说，身体是灵魂的物质化，而灵魂需要通过身体实现出来；没有身体这个通道，灵魂就是抽象的，虚无缥缈的。只讲灵魂不讲身体的思想一旦支配了一个人的写作，这种写作就很容易走向玄学——玄学写作看起来高深莫测，里面往往空无一物。把身体和灵魂对立起来的观念是简陋的，但凡有力量的灵魂、有价值的精神，岂能越过身体而单独存在？不应该用一种貌似高尚的精神来贬斥身体、践踏身体、把身体驱逐到一个黑暗的境地，真正的身体写作，就是要把身体从黑暗的空间里解救出来，让身体与精神具有同样的出场机会。

身体当然有物质性（生理性）的一面，可物质很可能是我们了解精神的必由通道。任何的精神、灵魂和思想，都必须有一个物质的外壳来呈现它，没有这个外壳，写作就会变成一种不着边际的幻想，或者变成语言的修辞术。强调身体在写作中的意义，其实是强调作家的在场。"身体"正是个人在场的标志之一。身体从一方面说，是个人的身体——物质性的身体；从另一方面说，许多的人也构成了社会的身体，社会的肉身，"我们的身体就是社会的肉身"①——很多小说之所以显得苍白无力，就在于它几乎不跟这个"社会的肉身"发生关系。真正的写作必须面对身体，面对存在的物质外壳，面对这个社会的肉身状态，这是写作不可或缺的物质基础。

必须承认，当下的小说写作中，存在着一种虚假的身体写作——它使用的是公共的身体，这看起来是在书写身体，其实不过是在迎合一种身体叙事的潮流。身体和经验一样，在写作中被过度使用后，也面临着再次被公共化的危险。如果说，之前政治对身体的公共化是源于一种专断的思想，那么，这一次身体公共化的力量则来自作家对欲望的消费。它们的话语方式或有不同，思维方式却是一样的，骨子里都是观念写作的路子——所谓观念写作，就是为了某种思想的总体要求，大家都朝着这个方向写，集体戴上文化面具（如罗兰·巴特所说，现在的写作都戴上了文化的面具）。

为此，我们就不难理解，为什么文学在二十世纪八十年代中期发生了语言革命之后，到二十世纪末，身体会成为另一次文学革命的主角。语言革命指向的是"怎么写"，身体革命指向的是"写什么"——比如"下半身写作"，不就是一次"写什么"的革命么？有一段时间，在年轻作家眼中，好像"怎么写"的可能性已经穷尽了，再次的革命，只能诉诸身体，造道德的反。但是，当身体写作成为一种时髦，当肉体乌托邦被过度推崇，"身体"很快就在当代文学中泛滥成灾。

---

① ［美］约翰·奥尼尔：《身体形态——现代社会的五种身体》，第17页，张旭春译，春风文艺出版社，1999年。

真正的身体被简化成了叙事的符号，被等同于肉体、欲望和性，身体写作也被偷换成了肉体写作。

对身体的迷信很容易走向肉体乌托邦。尤其是一些年轻的写作者，普遍以为肉体就是一切，也可以决断一切，从而把身体的生理性强调到了一个极端的地步。"蔑视身体固然是对身体的遗忘，但把身体简化成肉体，同样是对身体的践踏。当性和欲望在身体的名义下泛滥，一种我称之为身体暴力的写作美学悄悄地在新一代笔下建立了起来，它说出的其实是写作者在想象力上的贫乏——他牢牢地被身体中的欲望细节所控制，最终把广阔的文学身体学缩减成了文学欲望学和肉体乌托邦。肉体乌托邦实际上就是新一轮的身体专制——如同政治和革命是一种权力，能够阉割和取消身体，肉体中的性和欲望也同样可能是一种权力，能够扭曲和简化身体。"① 虽说"肉体中存在反抗权力的事物"②，但是，一旦肉体本身也成了一种权力时，它同样可怕。

约一百年前，尼采曾在《权力意志》一书中声称："要以身体为准绳。……因为身体乃是比陈旧的'灵魂'更令人惊异的思想。"③ 可是，很多作家误读了"以身体为准绳"的意思，结果就把身体叙事等同于欲望故事。消费这样的欲望故事，不仅成了这个时代的身体伦理，也成了这个时代的话语伦理。这种伦理的核心内容是欢乐，一种感官的、肤浅的欢乐。萨利·贝恩斯在《一九六三年的格林尼治村——先锋派表演和欢乐的身体》④ 一书中说："当身体变得欢乐时，由文雅举止的条规建构而成的身体会里外翻转——通过强调食物、消化、排泄和生殖上下翻转，通过强调低级层次（性和排泄）超越高级层

---

① 谢有顺：《文学身体学》，《先锋就是自由》，第49页，山东文艺出版社，2004年。

② ［英］特里·伊格尔顿：《美学意识形态》，第17页，王杰等人译，广西师范大学出版社，1997年。

③ ［德］尼采：《权力意志》，第152页，张念东、凌素心译，商务印书馆，1991年。

④ 广西师范大学出版社2001年出版。

次（头脑及其所暗示的一切）。而且，十分重要的是，这欢乐、奇异的身体向个人自足的现代后文艺复兴世界中的'新身体教规'挑战，新教规的身体是封闭、隐蔽、心理化及单个的身体。而这个欢乐、奇异的身体则是一个集体的和历史的整体。"——萨利·贝恩斯显然忽视了身体在欢乐化的过程中所蕴含的危险因素，那就是身体沉溺在欲望中时，它其实已经变成了一种商品。这是对身体尊严的严重伤害。身体被政治所奴役和被消费所奴役，结果是一样的，都是使人从人本身的价值构想中坠落，最终走向它的反面。以前那个政治化社会，在身体问题上，坚持的是道德身体优先的原则，抵制一切个人对身体的关怀，把身体变成政治符号；现在这个消费社会，在身体问题上，则坚持欲望身体优先的原则，放纵一些肉体的经验和要求，最终是把身体变成商业符号。维特根斯坦在《哲学研究》中说，"人的身体是人的灵魂最好的图画。"[1] 这话一点没错。无论是政治奴役身体的时代，还是商品奴役身体的时代，它说出的都是人类灵魂的某种贫乏和无力。

重新建构身体的伦理维度的渴求，就在这个时候被提出来了。应该在写作中把身体当作一个整全性的存在来审视：它是开放的，但拒绝被外在事物所操控；它是自由的，但这自由不能被滥用；它是有情欲的，但也超越情欲。更重要的是，它是独立的，但它也生活在一个广阔的身体世界里：我有身体，别人也有身体；推而广之，政治是一个身体，社会也是一个身体。政治身体被滥用，会导致强权和压迫；社会身体被滥用，会导致灾难和动乱；个人身体被滥用，势必失去身体本身的价值和光辉。只有将个人身体的独立性同构在别人的身体和社会的身体里，这个身体才有可能获得精神性的平衡。换句话说，生理性的身体必须和语言性的身体、精神性的身体统一在一起，文学叙事中的身体伦理才是健全的、可靠的。

---

[1] ［英］维特根斯坦：《哲学研究》，第279页，陈嘉映译，上海人民出版社，2001年。

新一代作家的小说写作，很多都是起于经验，止于身体，这就是我称之为的"闺房写作"。它的局限性是把人看成封闭的自我，缺少和别的自我、和天地对话的空间，也就是缺少精神的荒原意识、旷野意识。现在看来，小说写作要真正完成从闺房到旷野的精神扩展，如何处置身体这个写作原点，是一个极为重要的问题，因为从身体出发，通向的也应该是一个广大的灵魂世界。

三、灵魂的视野

"灵魂"是一个旧词，在写作中谈论灵魂问题，不仅毫无新意，而且是落后的象征。但我愿意在此重申灵魂叙事之于当下写作的重要意义。中国小说经过这些年来激进的欲望叙事之后，身体早已不再是隐私了，相反，灵魂倒是成了许多人难以启齿的隐私。你看，在当代世界，无论是电影、报纸还是杂志，身体经验都是可以被广泛分享和讨论的公共话题，谈论灵魂呢，在一些人的眼中则成了一个笑话。文学界更是如此。那些读起来令人心惊肉跳的欲望故事中，有几个是写到了灵魂深处不可和解的冲突？为现代人的灵魂破败所震动、被寻找灵魂的出路问题所折磨的作家，实在是太少了。小说变成了无关痛痒的窃窃私语，或者变成了一种供人娱乐的雅玩，它不仅不探究存在的可能性，甚至拒绝说出任何一种有痛感的经验。到处是妥协，到处是和解，惟独缺乏向存在的深渊进发的勇气。

那个被我们忽略了多年的灵魂问题，真的已经不重要了吗？太多的小说家，只要一开始讲故事，马上被欲望叙事所扼住，他根本无法挣脱出来关心欲望背后的心灵跋涉，或者探索人类灵魂中那些不可动摇的困境。欲望叙事的特征是，一切的问题最后都可以获得解决的方案，也就是获得俗世意义上的和解；惟独灵魂叙事，它是没有答案的，或者说它在俗世层面是没有答案的——文学探究这些过去没能解答、今日不能解答、以后或许也永远不能解答的疑难，为何是有意义的？因为这就是灵魂的荒原，是每一个人的生存都无法回避的根本提问。

只有勇敢面对这样的根本提问，人才有可能成为内在的人。经验是表面的，欲望是短暂的，如果承认有灵魂，它一定比这些更深。如何写出深切的灵魂，这正是一部小说的魅力所在。鲁迅读了陀斯妥耶夫斯基的作品后，对文学中的灵魂叙事有一个经典的概括："凡是人的灵魂的伟大的审问者，同时也一定是伟大的犯人。审问者在堂上举劾着他的恶，犯人在阶下陈述他自己的善；审问者在灵魂中揭发污秽，犯人在所揭发的污秽中阐明那埋藏的光耀。这样，就显示出灵魂的深。"①"审问者"和"犯人"并存的精神维度，说的就是灵魂的冲突；在这个冲突中，作家不仅是一个尖锐的洞察者，还是一个诚实的忏悔者。

相比之下，现在的作家几乎不知道忏悔为何物了。灵魂的污秽变成了可以赏玩的隐私，无须自责，也不用警醒，一切都顺着时代的潮流而动。这是个宽容的时代，但也是个灵魂隐匿的时代。直到最近，一些作家才开始意识到欲望的虚无、经验的大同小异，写来写去，无非那点私事，读者也开始腻烦了。试图投合这个面貌单一的市场，或者投合瞬息万变的读者口味，已经没有路可走了。文学不如转身，重新回到灵魂的旅程中来，从而发出属于自己的声音。确实，生活中那点经验，人性里那些欲望，早已不再是文学所专有，文学最重要的使命，应该是记录人心的呢喃、灵魂的叙事。木心说："艺术到底是什么呢，艺术是光明磊落的隐私。"②在我看来，"光明磊落的隐私"说的正是灵魂。今天，写身体隐私的作家很多，但能写出"光明磊落的

---

① 鲁迅：《集外集·〈穷人〉小引》，《鲁迅全集》，第七卷，第95页，人民文学出版社，1981年。

② 转引自李静：《"你是含苞欲放的哲学家"——木心散论》，《南方文坛》2006年第5期。

隐私"的作家太少，因为缺少在精神上真正光明磊落的人。

所谓的光明磊落者，往往是有健全的精神视野的人。健全才能广大，广大才能深透。但是，当代作家中，很多人的精神视野是残缺的，因为残缺，就容易沉陷于自己的一己之私，而无法向我们出示更广阔的人生、更高远的想象。"文学不仅要写人世，它还要写人世里有天道，有高远的心灵，有渴望实现的希望和梦想。有了这些，人世才堪称是可珍重的人世——中国当代文学惯于写黑暗的心，写欲望的景观，写速朽的物质快乐，唯独写不出那种值得珍重的人世。"① ——为何写不出"可珍重的人世"？因为在作家们的视野里，早已没有多少值得珍重的事物了。他们可以把恶写得尖锐，把黑暗写得惊心动魄，把欲望写得炽热而狂放，但我们何曾见到有几个作家能写出一颗善的、温暖的、真实的、充满力量的心灵？苦难的确是存在的，可苦难背后还会有希望；心灵可能是痛苦的，可痛苦背后一定还有一种坚定的力量在推动着人类往前走。如果只看到了其中的一面，那就是对生活的丰富性的简化。

简化是对生活的遗忘，也是在向生活说谎。"简化的蛀虫一直以来就在啃噬着人类的生活：即使最伟大的爱情最后也会被简化为一个由淡淡的回忆组成的骨架。但现代社会的特点可怕地强化了这一不幸的过程：人的生活被简化为他的社会职责；一个民族的历史被简化为几个事件，而这几个事件又被简化为具有倾向性的阐释；社会生活被简化成政治斗争，而政治斗争被简化为地球上仅有的两个超级大国的对立。人类处于一个真正简化的漩涡之中，其中，胡塞尔所说的'生活世界'彻底地黯淡了，存在最终落入遗忘之中。"② 建立起了健全的灵魂视野，才有可能反抗这种简化，从而使写作走向宽广。

---

① 谢有顺：《中国小说的叙事伦理——兼谈东西的〈后悔录〉》，载《南方文坛》2005年第4期。

② ［捷］米兰·昆德拉：《小说的艺术》，第22—23页。

小说只写苦难，只写恶、黑暗和绝望，已经不够了。在这之上，作家应该建立起更高的精神参照。卡夫卡也写恶，鲁迅也写黑暗，曹雪芹也写幻灭，但他们都有一个更高的精神维度做参照的：卡夫卡的内心还存着天堂的幻念，它所痛苦的是没有通往天堂的道路；鲁迅对生命有一种自信，他的憎恨后面，怀着对生命的大爱；曹雪芹的幻灭背后，是相信这个世界上还存在着情感的知己，存在着一种心心相印的生活。相比之下，现在的作家普遍失去了信念，他们的精神视野里多是现世的得失，内心不再相信希望的存在，也不再崇尚灵魂的善。作家的心若是已经麻木，他写出来的小说，如何能感动人？又如何能叫人热爱？

　　我当然知道，很多作家只要一写到善和希望，就显得不真实，但这并不等于说文学不能写善，不需要向我们提供希望，而是作家要向我们证实，他所写的善和希望是真实的、可信的。一个没有向往过善和希望的心灵，怎能写出可信任的善和可实现的希望来？作家自己没有确信了，他所写的才无法让人相信。"五四"以来，中国小说中几乎看不到多少成熟、健旺、有力量的心灵，就在于二十世纪以来的中国人，在精神发育上还有重大的欠缺，精神不成熟，没有完成精神成人，文学所画出的灵魂也就显得单薄、孱弱。

　　就此而言，在今日的小说写作中，重申灵魂叙事，重塑健全的精神视野和心灵刻度，便显得迫在眉睫。书写经验、讲述欲望的时代正在过去，文学的生命流转，正在重新转向对灵魂的审视。我相信这是文学发展的大势。我这样说，并不是要为文学的前行提供一个精神意义上的解决方案，只是强调，文学气息的流转已经发生变化，尊灵魂的写作时代已经来临。灵魂是复杂、丰富、蕴含着无穷可能性的一幅图画，它比经验更深，比身体更内在，它是写作最后要到达的地方，而且，只有那些视野广大、精神成熟的作家才有可能真正抵达——这样的作家，必定是一个对美好的事物心中有爱、对未知的世界抱着好奇、对生命的衰退怀有伤感、对灵魂的寂灭充满痛感的人。

　　"小说是……生活的一种富有想象力的演出，而作为演出，它是我们自我生活的一种扩展。"①我想，在这样的"演出"中，能否将自我生活扩展成为一种灵魂叙事，是决定一个人的写作到底能走多远的关键所在。

---

① ［美］克林斯·布鲁克斯　罗伯特·潘·华伦编：《小说鉴赏》（上册），第6页，主万等译，中国青年出版社，1986年。

如何批评，怎样说话？

——谈当代文学批评的现状与出路

一

二〇〇九年六月十五日，由《文艺报》和盛大文学共同主办的"起点四作家作品研讨会"在北京召开，十多位文学评论家面对四位年轻的网络作家时不禁感慨，新一代网络文学作品与他们所熟悉的传统文学之间，如同隔着一道"巨大的裂谷"。张颐武甚至说，"中国新文学的想象力到七〇后就终结了。裂谷的这边是中国历史上最新的一代，他们的阅读空间就在网络，就是这些作品，传统文学的生命没有在后一代人得到延续。"由此，文学的结构会有根本性的变化，这种断裂造成的后果就是年轻人写年轻人读，中年人写中年人读。[①] 类似的感慨，近些年在批评界时有所闻，它说出了一种批评的危机——在如何面对新的文学力量崛起这一现实面前，批评界不仅存在审美知识失效的状况，也有因思想贫乏而无力阐释新作品的困境。

这个困境，可能是批评面临的诸多危机中极为内在的危机，它关乎批评的专业精神和专业尊严。但是，批评界的这一危机，在过往的

①　相关报道见田志凌：《网络写作"大神"驾到！当代文学已出现巨大的裂谷》，载《南方都市报》2009年6月17日B11版。

讨论中，往往会被置换成另外一些问题，比如，时代的浮躁，消费主义的盛行，批评道德的沦丧，人情与利益的作用，等等，仿佛只要这些外面的问题解决了，批评的状况就会好转。很少有人愿意去探讨批评作为一种专业的审美和阐释，它所面临的美学和思想上的饥饿。许多时候，批评的疲软是表现在它已无力阐释正在变化的文学世界，也不再肯定一种新的美学价值，而变成了某种理论或思潮的俘虏。翻译过罗杰·法约尔的《批评：方法与历史》一书的译者怀宇先生说："文学批评在进入八十年代以后越来越变成了与航天物理学和分子生物学同样特殊的一种'科学'领域，……文学批评已经不是向读者介绍好书，或者为社会认定杰作，而是把作品当做验证分析方法和探索新的分析内容的基本素材。"① 当文学批评过度依附于一些理论，一味地面对作品自言自语的时候，其实也是批评失去了阐释能力的一种表现，它所对应的正是批评主体的贫乏。我们或可回想起上世纪八十年代，虽然批评家也是多依赖西方的理论武器，但他们在应用一种理论时，还是以阐释文学为旨归，像南帆与符号学、吴亮与叙事学、朱大可与西方神学、陈晓明与后现代主义、戴锦华与女性主义、陈思和与民间理论之间的关系，都曾有效地为文学批评开辟新的路径，这和现在过度迷信理论的批评思潮，有着本质的不同。何以二十世纪九十年代以来文学批评日益演变成意识形态批评、道德批评、文化批评？正是因为批评家缺乏文学的解释力，以致在谈论文学问题的时候，只能从性别、种族、知识分子、消费文化等角度来谈，惟独不愿从文学立场来观察问题，审美感受的辨析更是成了稀有之物。为此，洪子诚曾质问："如果文学批评已失去了它的质的规定性，而完全与文化批评、社会问题研究相混同，那么，文学批评是必要的吗？文学批评是否可

---

① 罗杰·法约尔：《批评：方法与历史》，第430页，怀宇译，百花文艺出版社，2002年。

能？"① 文学批评向文化批评转型之后，却失去了解读文学的能力，它的背后，终究掩饰不了批评主体贫乏这一事实。

批评主体的这种空洞和贫乏，是造成批评日益庸俗和无能的根本原因。如果在批评家身上，能重新获得一种美的阐释力和灵魂的感召力，如果在他们的内心能站立起一种有力量的文学价值，并能向公众展示他们雄浑而有光彩的精神存在，时代的潮流算得了什么？人情和利益又算得了什么？批评的尊严并不会从天而降，它必须通过一种专业难度及其有效性的建立而获得。因此，批评主体的自我重建，是批评能否走出歧途的重点所在。"批评也是一种心灵的事业，它挖掘人类精神的内面，同时也关切生命丰富的情状和道德反省的勇气；真正的批评，是用一种生命体会另一种生命，用一个灵魂倾听另一个灵魂。假如抽离了生命的现场，批评只是一种知识生产或概念演绎，只是从批评对象中随意取证以完成对某种理论的膜拜，那它的死亡也就不值得同情了。"②

即便是当下被人热论的批评人格和批评道德的问题，同时关乎批评主体的重建。批评界何以存在着那么多平庸的、言不及义的文字，何以一边审讯别人一边又忙于吹捧那些毫无创造力的作品？一种审美的无能以及批评人格的破产是如何发生的？愤激地将之归结为批评家不够勇敢、不像个战士那样发力批判，或者把利益看作是批评人格溃败的主因，这些都不过是肤浅的看法，它并未触及到批评的内在特性。勇敢的人、敢于在自己的批评中横扫一切的，大有人在，甚至点开任何一个文学网站，都不乏那种把当下的文学贬得一文不值的人，但这样的冒失和意气，对文学和文学批评的自我完善有何益处？批评家作为以理解文学为业的专业人士，如果也仅满足于这种低水平的话

① 洪子诚：《批评的"立场"断想》，见《文学与历史叙述》，第131页，河南大学出版社，2005年。
③ 谢有顺：《文学批评的现状及其可能性》，《文艺争鸣》2009年第2期。

语合唱，而无法向公众提供更复杂、更内在的文学感受，那同样是批评的失败。像那些断言文学已死、文学是垃圾的人，都是从一种整体主义的角度去描述一种文学的缺失，这对于解答具体的文学问题其实并无助益，因为真正有效的批评需要有一种诚恳的研究精神，必须阅读文本，才能洞察作家作品的真实局限。作为一个批评家，阐释有时比否定更为重要。而那些文学已死、文学垃圾论之类的言辞，之所以会引起巨大的关注，首先要反思的可能是一些媒体和读者的心理预期，他们总以为那种横扫一切的否定才是批评家的勇气。如果真是这样，"文革"期间早已把所有文学都否定了，新时期我们又何必一切都从头再来？一些人，惟恐别人记不住他的观点，总是想把话说绝，越专断越好，而知识分子读了一堆书，如果不懂什么叫节制、诚恳、知礼，不好好说话，也不懂在自己不知道的事情面前保持沉默，这难道不是另一种悲哀？批评精神的核心并不是比谁更勇敢，而是比谁能够在文学作品面前更能作出令人信服的专业解释。空谈几句口号，抽象地否定中国文学，这并不需要什么勇气，相比之下，我更愿意看到那些有理有据的分析文章。当我们在批判一种话语疲软的状况时，也要警惕一种话语暴力的崛起。

因此，理解批评存在的困境，和理解文学的困境是一致的。要确立文学批评的价值，首先是要确立文学的价值、相信文学的价值。批评精神的基本构成，是关于批评对文学的忠诚守护，对人的复杂性的认知。通过对文学和人的深刻理解，进而出示批评家自身关于世界和人性的个体真理，这依然是批评的核心价值。但在一个文学的精神性正在受到怀疑的时代，引起公众关注的，更多只是文学的消费和文学的丑闻。随着这些关于文学的笑谈的流行，写作也不再是严肃的灵魂冒险，不再捕捉生命力的话语闪电，也不再绘制创造力的隐秘图景，它仿佛是一种剩余的想象，充当生活中可有可无的点缀。面对公众对文学越来越盛大的揶揄和嘲讽，文学批评不仅没能通过自己的努力叫人热爱文学，反而因为它的枯燥乏味，成了一些人远离文学的借口。这样一种蔑视文学的逻辑，在以会议、出版社和批评家为核心的图书宣传模式中，更是得到了证实。于是，文学逐渐走向衰败，文学批评也正沦为获取利益的工具。

以阐释、解读文学为基本伦理的文学批评，最终不仅不能唤醒别人对文学这一创造性的精神活动的珍视，还进一步恶化了文学环境，尤其是加剧了公众对文学及其从业者的不信任，这当然是批评的耻辱。另一方面，肆意贬损作家的劳动，含沙射影地攻击写作者的人格，无度地夸大一些毫无新意的作品，跟在网络或报刊后面为一些商业作品起哄，面对优秀作品的审美无能，把批评文章写得枯燥乏味或者人云亦云……所有这些症状，也在表明批评家已经无力肯定文学自身的价值，也不能把文学证明为认识人和世界的另外一种真理，那种个体的、隐秘的、不可替代的真理——人类世界一旦少了这个真理，人类的感受力和想象力就会缺少一个最为重要的容器。没有对文学价值的基本肯定，批评家如何开始自己的阐释工作？他根据什么标准来面对文学说话？

> 我冒昧揣测，很多文学批评家已不信文学。批评家不相信"真理"掌握在作家手里，不认为作家能够发现某种秘密，墨索里尼，总是有理，批评家也总是有理，社会的理、经济的理、文化的理，独无文学之理；批评活动不过是证明作家们多费一道手续地说出了批评家已知之事，而这常常在总体上构成了一份证据，证明批评家有理由和大家一道蔑视此时的文学，进而隐蔽地蔑视文学本身。[①]

---

① 李敬泽：《伊甸园与垃圾》，《文艺争鸣》2008年第1期。

需要恢复对文学本身的信仰。正是有了对文学的信，作家和批评家才有共同的精神背景，也才有对话的基础。从事文学的人却不信文学，生活在这个时代的人也普遍不爱这个时代——这或许是我们精神世界里最为奇怪的悖论之一了。作家不爱文学，自然也不再把写作当作是心灵的事业，甚至连把技艺活做得精细一些的耐心都丧失了，写作成了一种没有难度的自我表达，或者是面向商业社会的话语表演；批评家不爱文学，面对作品时就不会取谦逊和对话的态度，更不会以自己对文学的敬畏之情来影响那些对文学还怀有热情的人。为何文学这些年多流行黑暗的、绝望的、心狠手辣的写作，因为作家无所信；为何文学批评这些年来最爱关注的总是那些夸张、躁狂、横扫一切的文字，也因为批评家无所信。无信则无立，无信也就不能从正面、积极的角度去肯定世界、发现美好。重新确立起对文学的信，其实就是相信这个世界还有值得肯定的价值，而文学也能充分分享这一价值。文学是对世界的发现，而文学批评是对文学真理的发现。发现、肯定、张扬一种价值，这能使文学和文学批评从一种自我贬损的恶性循环中跳脱出来，并在一个更大的精神世界里重新找到自己的位置。

二

相信文学依然是认识世界、洞察人性的重要入口，相信在一个物质时代，精神生活依然是人之为人的核心证据，这是文学批评的价值背景，也是文学批评的伦理基础。文学批评最终要引导人认识文学、认识自我——这个看起来已经老套的观念，却是当下极为匮乏的批评品质。文学批评要拒绝成为权力的附庸，这个权力，无论来自意识形态、商业意识，还是知识权力，都要高度警惕。意识形态的指令会使批评失去独立性，商业主义的诱惑会使批评丧失原则，而知识和术语对批评的劫持，则会断送批评这一文体的魅力。文学批评曾经是传播新思潮、推动文学进入民众日常生活的重要武器，尤其是新时期初，它对一种黑暗现实的抗议声，并不亚于任何一种文学体裁，但随着近些年来社会的保守化和精神的犬儒化，文学批评也不断缩减为一种自言自语，它甚至将自己的批判精神拱手交给了权力和商业，它不再独立地发声，也就谈不上参与塑造公众的精神世界。文学批评的边缘化比文学本身更甚，原因正在于此。而在我看来，文学批评只有进入一个能和人类精神生活共享的价值世界，它的独特性才能被人认知，它才能重新向文学和喜欢文学的人群发声。

　　批评之所以成为一种独立的艺术，不在自己具有术语水准一类的零碎，而在具有一个富丽的人性的存在。①

　　这是李健吾的观点。现在重读现代文学的一些评论论著，何以很多人的文字已经陈旧，而李健吾的文章依旧能让人受益？最重要的一点，就是李健吾做批评不是根据那些死的学问，而是根据他对人生的感悟和钻探。他的着重点是在人性世界，所以他的文字有精神体温，有个性和激情，不机械地记录，也不枯燥地演绎，他是在通过文学批评深刻地阐明他对文学的热爱和发现。

　　长期的价值幽闭，导致了当下的文学批评贫血和独语的面貌。这个时候，强调对话和共享，就意味着强调批评作为一种写作，也是人性和生命的表白，也是致力于理解人和世界的内在精神性的工作，它必须分享一个更广大的价值世界——在这个世界中，站立着"富丽的人性的存在"。离开了这个价值世界，文学批评的存在就将变得极其可疑。"文学批评，这种致力于理解人类精神内在性的工作，随着'精神内在性'的枯竭而面临着空前的荒芜。人们看起来已不需要内

---

① 李健吾：《咀华集·咀华二集》，第1页，复旦大学出版社，2005年。

在的精神生活，不需要文学，因此，更不需要文学批评。"① 而真正的批评，就是要通过有效地分享人类内在的精神生活来重申自己的存在。一种有创造力和解释力的批评，是在解读作家的想象力，并阐明文学作为一个生命世界所潜藏的秘密，最终，它是为了说出批评家个人的真理。这种"个人的真理"，是批评的内在品质，也是"批评也是一种写作"的最好证词。

批评当然也有自己的学理和知识谱系，但比这个更重要的是，它还有自己的人性边界，它的对象既是文学，也是文学所指证的人性世界。但是，这些年来，批评的学术化和知识化潮流，在规范一种批评写作的同时，也在扼杀批评的个性和生命力——批评所着力探讨的，多是理论的自我缠绕，或者成了作品的附庸，失去了以自我和人性的阐释为根底。必须重申，文学和批评所面对的，总是一种人生，一种精神。尤其是批评，它在有效阐释作品的同时，也应有效地自我阐释，像本雅明评波德莱尔，海德格尔评荷尔德林、里尔克，别林斯基评俄罗斯文学，就是阐释和自我阐释的典范。这些批评家，同时也是思想家和存在主义者。与此相比，中国的批评家正逐渐失去对价值的热情和对自身的心灵遭遇的敏感，他们不仅对文学没有了阐释的冲动，对自己的人生及其需要似乎也缺乏必要的了解。批评这种独特的话语活动，似乎正在人生和精神世界里退场。

因此，我们强调批评的学术性的同时，不该忘记批评所面对的也是一个生命世界——这个世界的主体，就是人性及其限度。而植根于人性之存在的批评，也追求公正，但批评家必须用他的同情和智慧来润泽这种公正，公正才不会显得干枯而偏激。以人性为尺度，以富于同情和智慧的公正为前提，批评就能获得自由的精神。它不伺候作家的喜好，也不巴结权力，它尊重个性，并以人的自由为批评的自

---

① 李静：《当此时代，批评何为？》，《中国图书评论》2008年第8期。

由——从这个意义上说，批评既是自由的，也是有限制的。这个限制，主要表现在对未知真理的谦卑，对正在生长的、新的文学力量的观察和宽容，并承认文学对人的洞见没有穷尽。

由此对照以往的批评喧嚣，我们就会发现，很多貌似公正的批评，其实并不公正，因为它们缺乏对人的精神差异性的尊重，也缺乏对人和历史的整全性的理解，而是一味地放纵自己在道德决断上的偏好。"我不太相信批评是一种判断。一个批评家，与其说是法庭的审判，不如说是一个科学的分析者。科学的，我是说公正的。分析者，我是说要独具只眼，一直剔爬到作者和作品的灵魂的深处。"①批评这个词最初出自希腊文，意思就是判断。然而，批评作为一种判断，在当代批评的实践中，往往面临着两个陷阱：一是批评家没有判断，或者说批评家没有自己的批评立场。许多批评家，可以对一部作品进行长篇大论，旁征博引，但他惟独在这部作品是好还是坏、是平庸还是独创这样一些要害问题上语焉不详，他拒绝下判断，批评对他来说，更多的只是自言自语式的滔滔不绝，并不触及作品的本质。这种批评的特点是晦涩、含混、在语言上绕圈子，它与批评家最可贵的艺术直觉、思想穿透力和作出判断的勇气等品质无关。一个批评家，如果不敢在第一时间作出判断，不敢在审美上冒险，也不能在新的艺术还处于萌芽状态时就发现它，并对它进行理论上的恰当定位，那它的价值就值得怀疑。二是在判断这个意思的理解上，一些批评家把它夸大和扭曲了，使得它不再是美学判断和精神判断，而是有点法律意义上的宣判意味，甚至有的时候还把它当作"定罪"的同义词来使用。比起前者的拒绝判断，这属于一种过度判断，走的是另一个极端。这样的例子也并不鲜见。批评界许多专断、粗暴、攻讦、大批判式的语言暴力，均是这方面的典范。"批评变成了一种武器，或者等而下之，一

---

① 李健吾：《咀华集·咀华二集》，第24页，复旦大学出版社，2005年。

种工具。句句落空，却又恨不把人凌迟处死。谁也不想了解谁，可是谁都抓住对方的隐慝，把揭发私人生活看作批评的根据。大家眼里反映的是利害，于是利害仿佛一片乌云，打下一阵暴雨，弄湿了弄脏了彼此的作品。"① 美学判断一旦演变成了严厉的道德审判，我想，那还不如不要判断——因为它大大超出了文学批评的范畴。批评的公正，说到底来源于它对人性的忠诚，对文学价值的信仰，对世界的整全性的认知，并且它愿意在灵魂的冒险中说出个人的感受。它是一种写作，是写作，就有私人的感受、分析、比较、判断，它不是法律，也不是标尺，不可能完全客观、公正，也不是"是非自有公论"，它更多的是批评家面对作品时的自我表达。它的公正是在分析和尊重的前提下，以自我的存在来印证文学世界中那个更大的存在。它从一己之经验出发，又不限于一己之经验，而是向着人类的精神生活完全敞开。

　　一个批评家应当诚实于自己的恭维，也要诚实于自己的揭露。要说公正，诚实就是批评最大的公正。但凡在文字里隐藏着个人的利己打算的，即便他的文字再勇敢和尖锐，最终也只能是他卑琐心灵的写照。李长之说，伟大的批评家的眼光是锐利的，感情是热烈的，"因为锐利，他见到大处，他探到根本；因为热烈，他最不能忘怀的，乃是人类。他可以不顾一切，为的真理，为的工作，为的使命，这是艺术家的人格，同时也是批评家的人格。"② 诚实和使命感是这一人格的基石。有此准则，再来谈批评家的自由，才不会失去方向感。自由的人，必须是有内在经验的人，而批评家的自由，则来自于他建立起了深厚的关于人生和文学的内在经验——许多的时候，不是道德勇气让一个批评家自由，而是这一内在经验的唯一性，使他无法再向别的

---

① 李健吾：《咀华集·咀华二集》，第94页。
② 李长之：《李长之书评》（一），第12页，河北教育出版社，2006年。

价值妥协。他的内在经验若是足够强大，那他就无法再屈从于权力、欲望、利益、舆论和多数人的意见。不屈从，照李长之的说法，就是反奴性，它是批评获得自由和独立精神的根本点。

批评家和作家的对话关系，之所以一直来充满紧张和冲突，也正是因为批评要从作品附庸的地位上解放出来，它渴望以自己的创造性见解，来赢得属于批评该有的尊严。"文学批评从不承认对作家的'跟帮'角色，它最大的野心，就是通过'作家作品'这一个案来'建构'属于批评家们的'历史'。"① 当这种由公正和自由建构起来的批评风格，着眼点落实到了文学价值的肯定、人性的存在上时，就意味着批评从幽闭的价值世界走向了人类宽阔的精神世界——从这一个起点出发，批评有望重塑文学的价值世界，并引导文学像过去一样积极分享人类精神生活的各个侧面。

三

必须承认，文学的热闹确实大不如前了，但文学作为一种独特的灵魂叙事，它并未在当代生活中缺席。文学对于保存人生和情感的丰富性，具有不可替代的意义，如让·斯塔罗宾斯基所说，"文学是'内在经验'的见证，想象和情感的力量的见证，这种东西是客观的知识所不能掌握的；它是特殊的领域，感情和认识的明显性有权利使'个人的'真理占有优势。"② 认识到这一点，就知道，批评作为阐明文学之特殊意义的一种文体，也是"生命的学问"（牟宗三语）。是生命的学问，就意味着批评应该把文学世界看作是一个生命体，它对作品的解读，也是对这一生命世界的关切，它不仅是在面对"富丽的人性

① 程光炜：《文学史的兴起——程光炜自选集》，第403页，河南大学出版社，2009年。

② 转引自郭宏安：《从阅读到批评》，第262页，商务印书馆，2007年。

的存在",也是把一个真实的世界给人,把人心的温暖给人。好的批评,是在和文学、和读者共享同一个生命世界。

这种文学与生命的互证,也是批评之独立价值的象征。批评如果没有学理,没有对材料的掌握和分析,那是一种无知;但如果批评只限于知识和材料,不能握住文学和人生这一条主线,也可能造成一种审美瘫痪。尼采说,历史感和摆脱历史束缚的能力同样重要,说的也是类似的意思。何以这些年关于当代文学史的书写越来越热?里面显然包含着对批评学术化和历史化的诉求。因此,一方面,文学史书写大量借鉴文学批评的成果,另一方面,在文学史的权力里,文学批评却由于它的即时性和感受性而大受贬损。很多批评家为了迎合当下这个以文学史书写为正统学术的潮流,都转向了学术研究和文学史写作,这本无可厚非。只是,文学作为人生经验的感性表达,学术研究和文学史书写是否能够和它有效对话?当文学成了一种知识记忆,它自然是学术和文学史的研究对象,可那些正在发生的文学事实,以及最新发表和出版的文学作品,它所呈现出来的经验形式和人生面貌,和知识记忆无关,这些现象,这些作品,难道不值得关注?谁来关注?文学批评的当下价值,就体现在对正在发生的文学事实的介入上。

我当然知道,文学批评是最容易过时和衰老的文体,它在今天显得如此寂寥,其实和它这种悲剧性的命运有关。批评家何向阳就曾感叹:"我是选择当代文学作为专业方向的一分子,当时间的大潮向前推进,思想的大潮向后退去之时,我们终是那要被甩掉的部分,终会有一些新的对象被谈论,也终会有一些谈论对象的新的人。这正是一切文字的命运。"① 但是,文学批评的意义依然不可忽视,因为它和作家一样,都是当代精神的书写者和见证者。一种活泼的人生,一定要通过一种活泼的阅读来认识,而文学批评就是要提供一种不同于知识

---

① 何向阳:《批评的构成》,《文艺报》2007年7月12日。

生产和材料考据的阅读方式，它告诉我们最新的文学状况，且从不掩饰自己对当下文学和现实的个人看法。从这个角度说，文学批评在学术秩序里的自卑感是虚假的、不必要的。钱穆读诗，常常说，我读一家作品，是要在文学里接触到一个合乎我自己的更高的人生。"我感到苦痛，可是有比我更苦痛的；我遇到困难，可是有比我更困难的。我是这样一个性格，在诗里也总找得到合乎我喜好的而境界更高的性格。我哭，诗中已先代我哭了；我笑，诗中已先代我笑了。读诗是我们人生中一种无穷的安慰。"[①] 这样读诗，就是最好的一种文学批评，因为他在解读文学的同时，也是在领会文学中的人生、情感和智慧。钱穆是以生命的眼光来看一个文学世界，并通过文学来诠释自己的人生。如果没有这样一种对文学的感悟，钱穆的那些学术研究，恐怕也不会有这么长久的生命力。他是一个把学问通到了身世、时代的人，所以，他谈中国文学，不是纸上的学问，而多是自己的人生心得。遗憾的是，当下的批评界多师从西方理论，而少有人将钱穆、牟宗三这样能融会贯通的大学者当作批评和做学问的楷模。

因此，真正的批评，不是冷漠的技术分析，而是一种与批评家的主体有关的语言活动。批评家应该是一个在场者，一个有心灵体温的人，一个深邃地理解了作家和作品的对话者，一个有价值信念的人。有了这种对生命脉搏的把握，批评才能在文学世界里做深呼吸，而不是只贩卖术语，或作枯燥的理论说教。米歇尔·福柯说：

> 我忍不住梦想一种批评，这种批评不会努力去评判，而是给一部作品、一本书、一个句子、一种思想带来生命；它把火点燃，观察青草的生长，聆听风的声音，在微风中接住

① 钱穆：《谈诗》，见《中国文学论丛》，第124页，生活·读书·新知三联书店，2002年。

海面的泡沫，再把它揉碎。它增加存在的符号，而不是去评判；它召唤这些存在的符号，把它们从沉睡中唤醒。也许有时候它也把它们创造出来——那样会更好。下判决的那种批评令我昏昏欲睡。我喜欢批评能迸发出想象的火花。它不应该是穿着红袍的君主。它应该挟着风暴和闪电。[①]

以一种生命的学问，来理解一种生命的存在，这可能是最为理想的批评。它不反对知识，但不愿被知识所劫持；它不拒绝理性分析，但更看重理解力和想象力，同时秉承"一种穿透性的同情"（文学批评家马塞尔·莱蒙语），倾全灵魂以赴之，目的是经验作者的经验，理解作品中的人生，进而完成批评的使命。

这种批评使命的完成，可以看作是批评活动的精神成人，因为它对应的正是人类精神生活这一大背景。生命、精神、想象力、艺术的深呼吸，这样一些词汇，不仅是在描述批评所呈现的那个有体温的价值世界，它同时也是对应于一种新的批评语言，那种"能迸发出想象的火花"的语言——所谓批评的文体意识，主要就体现在批评语言的优美、准确并充满生命的感悟上，而不是那种新八股文，更不是貌似有学问、其实毫无文采的材料堆砌。而在我看来，当下众多的批评家中，真正注重批评文体和文辞的，只有李敬泽、陈晓明、张新颖、郜元宝、南帆、王尧、王彬彬、孙郁、张清华、耿占春、何向阳等少数批评家，多数的人，批评文体的自觉意识还远远不够。而我所梦想的批评，它不仅有智慧和学识，还有优美的表达，更是有见地和激情的生命的学问。只是，由于批评主体在思想上日益单薄（二十世纪九十年代以后，批评家普遍不读哲学，这可能是思想走向贫乏的重要原

---

① 米歇尔·福柯：《权力的眼睛——福柯访谈录》，第104页，严锋译，上海人民出版社，1997年。

因），批评情绪流于愤激，批评语言枯燥乏味，导致现在的批评普遍失去了和生命、智慧遇合的可能性，而日益变得表浅、轻浮，没有精神的内在性，没有分享人类命运的野心，没有创造一种文体意识和话语风度的自觉性，批评这一文学"贱民"的身份自然也就难以改变。

　　而我之所以撇开关于文学批评的其他方面，郑重地重申批评家对文学价值的信仰，重申用一种有生命力的语言来理解人类内在的精神生活，并肯定那种以创造力和解释力为内容、以思想和哲学为视野的个体真理的建立作为批评之公正和自由的基石，就是要越过那些外在的迷雾，抵达批评精神的内面。我甚至把这看作是必须长期固守的批评信念。而要探究文学批评的困局，重申这一批评信念，就显得异常重要。所谓"先立其大"，这就是文学批评的"大"，是大问题、大方向——让批评成为个体真理的见证，让批评重获解释生命世界的能力，并能以哲学的眼光理解和感悟存在的秘密，同时，让文学批评家成为对话者、思想家，参与文学世界的建构、分享人类命运的密码、昭示一种人性的存在，这或许是重建批评精神和批评影响力的有效道路。也就是说，要让批评主体——批评家——重新成为一个有内在经验的人，一个"致力于理解人类精神内在性的工作"的人，一个有文体意识的人。批评主体如果无法在信念中行动，无法重铸生命的理解力和思想的解释力，无法在文字中建构起一种美，一些人所热衷谈论的批评道德，也不过是一句空话而已。

　　这或许是对文学批评的苛求了。但在这样一个文学品质正在沦陷、批评精神正在溃败的时代，继续从事批评的工作，不仅是对自身耐心和良心的考验，甚至还是一种斗争。斗争的目的是为了守护批评的信念，使批评能一直在文学世界里作灵魂冒险的旅行。俄罗斯哲学家别尔嘉耶夫在说到自己被迫与什么作斗争时，他的回答是，"与我的洁癖，我精神和肉体的洁癖，病态的和针对任何事物的洁癖。"我在从事文学批评的过程中，经常想起别尔嘉耶夫这句话。或许，只有那些在精神上有洁癖的人，才能真正成为优秀的批评家，而一旦精神的纯粹性出了问题，批评的专业自尊也必将受损。而要在批评中挺立起一种精神，并使其重新影响文学和社会，它除了要具备和作家、作品进行专业的对话能力之外，如何回到以文学的方式来理解生命和人性这条批评道路上来，也至关重要。

二〇〇九年六月二十七日

后 记

收录在本书中的文章，都是我近年作品的结集，里面有我一些新的思考，但也掩饰不了自己面对当下文学现状时的困惑。在一个如此喧嚣的时代，文学即便迎合大众的趣味，也已无法和新闻争宠，既然如此，那还不如退回到文学自身的空间里，分享属于文学的话题。在我看来，文学的根本出路，终归还是探索人类的内心，为人类日益破败的精神作证。因此，我把本书名之为"小说中的心事"，就是为了观察小说内在的风景，以及小说向人类内心挺进的可能。

苏珊·桑塔格说："在一个阅读的价值和内向的价值都受到严重挑战的时代，文学就是自由。"

正因为如此，我相信，小说依然是我们认识自我、认识这个时代的重要文体，它有别的文体所无法替代的价值。我在不同场合，都强调这个观点。有意思的是，书中《小说的常道》《内在的人》《乡土资源的叙事前景》《莫言的国》等文，正是我的演讲录音整理稿，成文时，我花了不少时间订正，里面虽然保留了口语的风格，但也能由此感受我对文学所怀的信念，以及对这一信念的坚持。

我在书中说：重申批评家对文学价值的信仰，重申用一种有生命力的语言来理解人类内在的精神生活，并肯定那种以创造力和解释力为内容、以思想和哲学为视野的个体真理的建立作为批评之公正和自由的基石，就是要越过那些外在的迷雾，抵达批评精神的内面。我甚至把这看作是必须长期固守的批评信念。

我希望自己的批评实践，能够有效诠释自己所坚持的这一信念。

需要说明的是，本书中的所有篇章，都曾发表于《文学评论》《文艺研究》《文艺争鸣》《当代作家评论》《小说评论》《当代文坛》《花城》等刊，对这些刊物的责任编辑，我深表感谢；其中，《海风山骨的话语分析》《中国当代小说叙事伦理的基本类型及其历史演变》两文，我的博士生樊娟、李德南提供了帮助，一并致谢！

还要感谢作家出版社总编辑张陵先生、责任编辑李宏伟先生，没有他们热忱的邀约、催促，这些文章肯定还散在我的电脑里，无法成书。

尽管我几年前就对出书失去了兴奋感，但在校改本书打印稿时，我还是为自己曾经的思考所感动。我珍惜这些细碎的瞬间，并期望它一直存在，永不消失。

谢有顺
二〇一五年十月十五日，广州

图书在版编目（CIP）数据

小说中的心事/谢有顺著. -- 北京：作家出版社，2016.1
ISBN 978 - 7 - 5063 - 8422 - 3

Ⅰ. ①小…　Ⅱ. ①谢…　Ⅲ. ①小说评论 - 中国 - 当代 - 文集　Ⅳ. ①I207. 42 - 53

中国版本图书馆 CIP 数据核字（2015）第 256855 号

小说中的心事

作　　者：谢有顺
责任编辑：李宏伟
装帧设计： 合和工作室
出版发行：作家出版社
社　　址：北京农展馆南里 10 号　　　邮　　编：100125
电话传真：86 - 10 - 65930756（出版发行部）
　　　　　86 - 10 - 65004079（总编室）
　　　　　86 - 10 - 65015116（邮购部）
E - mail：zuojia@ zuojia. net. cn
http：//www. haozuojia. com（作家在线）
印　　刷：北京中科印刷有限公司
成品尺寸：145 × 210
字　　数：295 千
印　　张：11.5
版　　次：2016 年 1 月第 1 版
印　　次：2018 年 1 月第 2 次印刷
ISBN 978 - 7 - 5063 - 8422 - 3
定　　价：42.00 元